ODYSSEY
IV

Information Paper

MEMORANDUM FOR OPLANOTW THE STAGE GATE

SUBJECT : OPLANOTW 'THE STAGE GATE' ;

- OPLAN 'F Zone' ;

- OPLAN 'KELLA' ;

FM : SECDEF Robert M. Gates.

TO : Chairman of P.B. Holdings, Isaac E. Stiglitz.

U L T R A T O P S E C R E T F I L E / DoD HR3245

This report, composed of duplicate files, is comprised of an Executive Summary and individually described Reports. These duplicate files in this report should be compelled to designate access authority for specifically restricted to only two men, the Secretary of Defence(SECDEF), essential informant and the chairman of P.B. Holdings, the information recipient.

-It should be compelled only under the Secure Access Control System(SACS)-1.
-It should be compelled through EYES ONLY control.

WARNING

ULTRA TOP SECRET-EYES ONLY document containing compartmental information essential to the national security of the United States within the meaning of the espionage laws on U.S. Code Title 18, Sections 793 and 794. It is strictly for EYES ONLY control. It is strictly forbidden to be handled by anyone other than those who are authorized with the Security Clearance of SACS-1. Any examination or use without any authorized permission is strictly prohibited and punished by U.S. Code.

Attachment: **CJT428358CS**
As stated **21 NOV 08**

. . . .

…다고 비밀문서 '전쟁이 아닌 작전 계획 THE STAGE GATE를 위한 제안'의 안표지 변색도판 (본문 P. 215

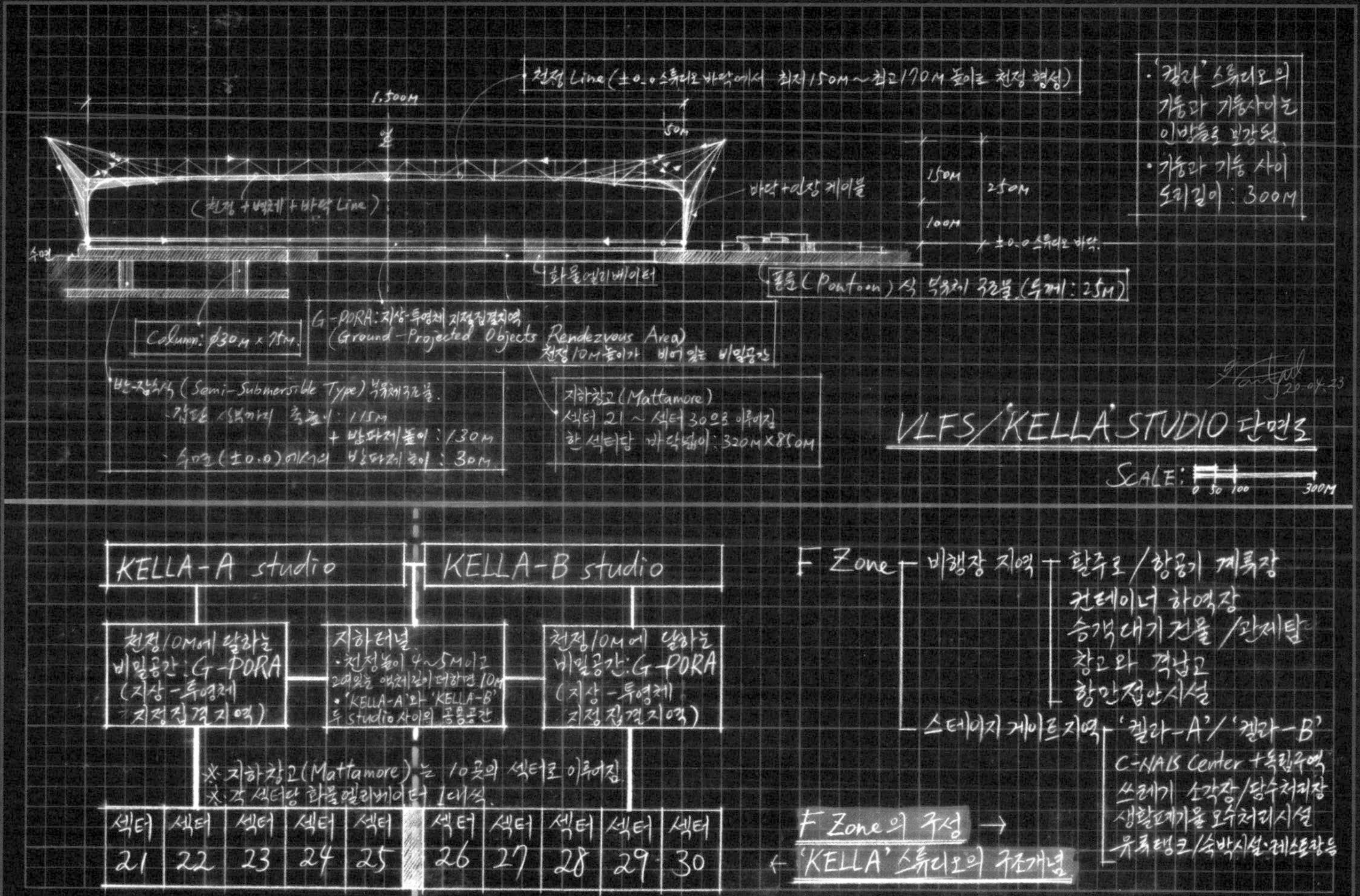

천정 Line (±0.0 스튜디오 바닥에서 최저 150M ~ 최고 170M 높이로 천정 형성)
1,500M
50M
(천정 + 벽체 + 바닥 Line)
바닥 + 인장 케이블
150M
250M
100M
±0.0 스튜디오 바닥
수면
화물엘리베이터
폰툰 (Pontoon) 식 부유체 구조물 (두께 : 25M)
Column : φ30M × 75M
G-PORA : 지상-투영체 지정집결지역
(Ground-Projected Objects Rendezvous Area)
천정 10M 높이가 비어 있는 비밀공간
반-잠수식 (Semi-Submersible Type) 부유체 구조물
· 갑판 상부까지 총 높이 : 115M
+ 방파제 높이 : 130M
· 수면 (±0.0) 에서의 방파제 높이 : 30M
지하창고 (Mattamore)
섹터 21 ~ 섹터 30으로 이루어짐
한 섹터당 바닥 넓이 : 320M × 850M
· '켈라' 스튜디오의 기둥과 기둥 사이는 인방들로 보강됨.
· 기둥과 기둥 사이 도리 길이 : 300M
VLFS / 'KELLA' STUDIO 단면도
SCALE : 0 50 100 300M
KELLA-A studio
KELLA-B studio
천정 10M에 달하는 비밀공간 : G-PORA (지상-투영체 지정 집결 지역)
지하터널
· 천정높이 4~5M이고 고여있는 액체깊이 더하면 10M
· 'KELLA-A'와 'KELLA-B' 두 studio 사이의 공용공간
천정 10M에 달하는 비밀공간 : G-PORA (지상-투영체 지정 집결 지역)
※ 지하창고 (Mattamore)는 10곳의 섹터로 이루어짐
※ 각 섹터당 화물엘리베이터 1대씩.
섹터 21
섹터 22
섹터 23
섹터 24
섹터 25
섹터 26
섹터 27
섹터 28
섹터 29
섹터 30
F Zone
비행장 지역
활주로 / 항공기 계류장
컨테이너 하역장
승객 대기 건물 / 관제탑
창고와 격납고
항만접안시설
스테이지 게이트 지역
'켈라-A' / '켈라-B'
C-NAIS Center + 독립구역
쓰레기 소각장 / 담수처리장
생활폐기물 오수처리시설
유류탱크 / 숙박시설·레스토랑 등
F Zone의 구성 →
← 'KELLA' 스튜디오의 구조개념

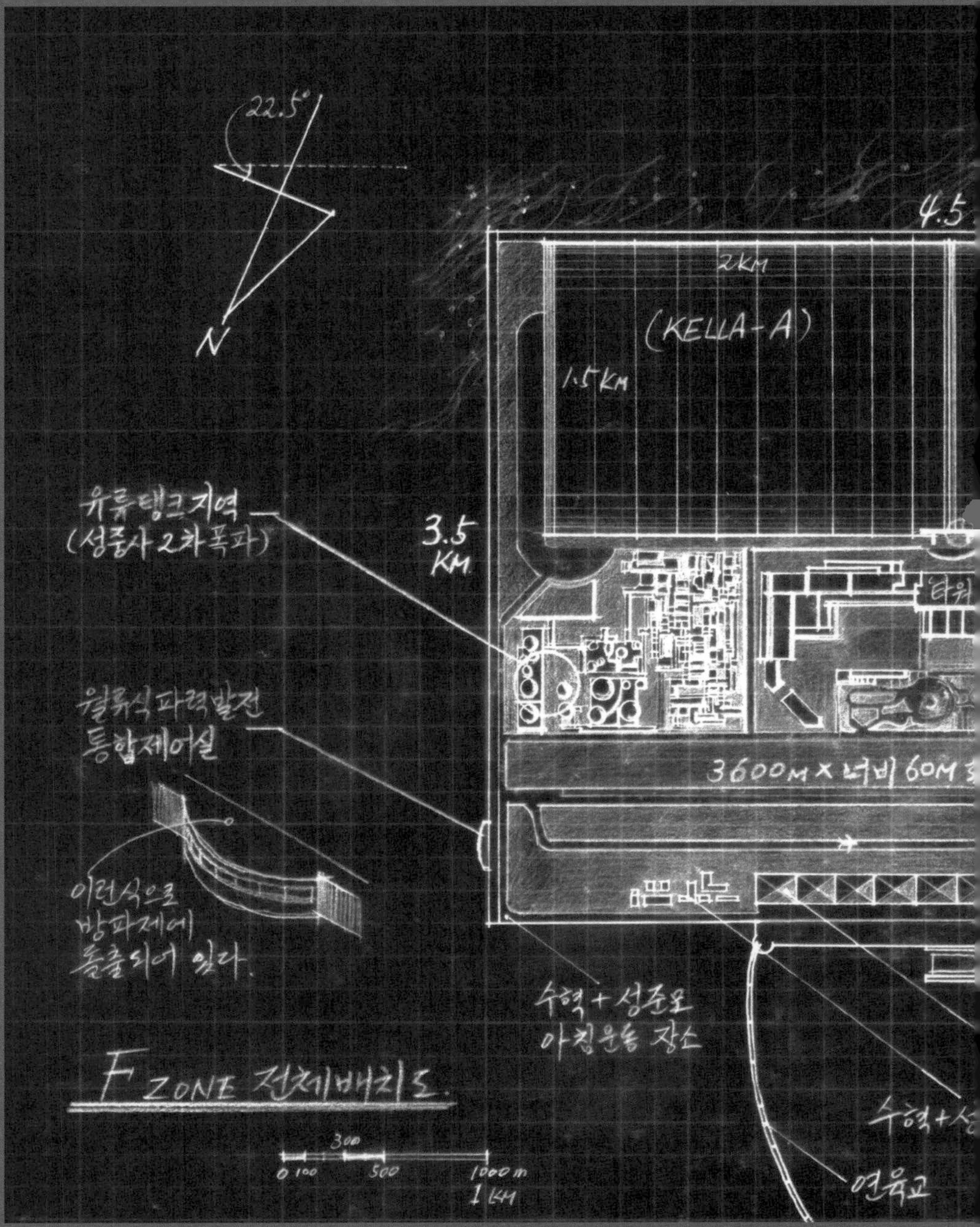
22.5°
N
4.5
2KM
(KELLA-A)
1.5 KM
유류탱크지역
(성중사 2차폭파)
3.5 KM
타워
월류식파력발전
통합제어실
이런식으로
방파제에
돌출되어 있다.
3600M × 너비 60M
수혁 + 성준의
아침운동 장소
F ZONE 전체배치도.
300
0 100 500 1000m
1KM
연육교

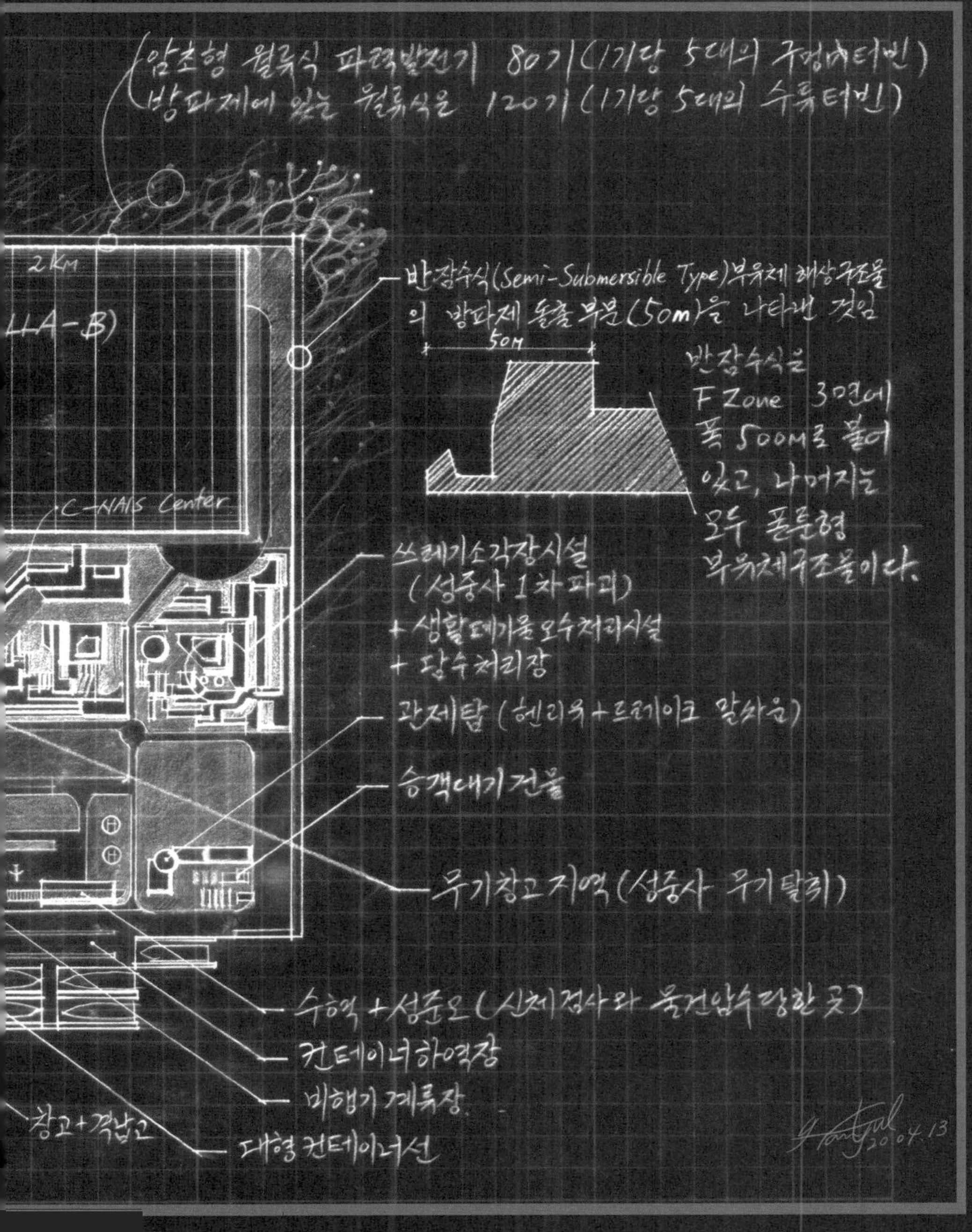
암초형 월류식 파력발전기 80기(1기당 5대의 구멍터빈)
방파제에 있는 월류식은 120기(1기당 5대의 수류터빈)
2KM
LLA-B)
반잠수식(Semi-Submersible Type)부유체 해상구조물의 방파제 돌출부분(50m)을 나타낸 것임
50M
반잠수식은 F Zone 3면에 폭 500M로 붙어 있고, 나머지는 모두 폰툰형 부유체구조물이다.
C-NAIS Center
쓰레기소각장시설 (성중사 1차파괴)
+ 생활폐기물 오수처리시설
+ 당수처리장
관제탑 (헨리와 + 드레이크 말싸움)
승객대기건물
무기창고 지역 (성중사 무기탈취)
수하역 + 성준오 (신체검사와 물건압수당한 곳)
컨테이너하역장
비행기 계류장
창고 + 격납고
대형 컨테이너선
2004.13

오디세이 4

한율 장편소설

한율 장편소설

오딧세이 4

발행일
2020년 10월 8일 초판 1쇄

지은이 ● 한율
펴낸이 ● 김종해
펴낸곳 ● 문학세계사
출판등록 ● 1979. 5. 16. 제21-108호

주소 ● 서울시 마포구 신수로 59-1(04087)
대표전화 ● 02-702-1800
팩스 ● 02-702-0084
이메일 ● mail@msp21.co.kr
홈페이지 ● www.msp21.co.kr
페이스북 ● www.facebook.com/munsebooks

ISBN 978-89-7075-966-1 04810
ISBN 978-89-7075-967-8 04810(세트)
CIP제어번호: CIP2020040280

오디세이 4

ODYSSEY

한율 장편소설

문학세계사

명봉에게

언제나 우리에게 다가오는
현실의 이야기

오딧세이● 차례

일러두기

- 본 소설 안에서, 인명, 지명, 장소명, 기관명, 업체명 등이 실제 명칭이거나 실제를 연상시키는 명칭으로 만들어진 예가 부분적으로 존재합니다. 그러나 그 명칭들을 이용하여 만들어진 플롯과 사건들은 실재(實在)와 관계가 없습니다. 본 소설에 나오는 등장인물들과 배경, 사건들은 작가의 상상력에 의해 창작된 것으로서, 모두 픽션(Fiction)입니다.
- 본 소설 속의 외래어 표기 중에서, 실제 외국어 발음에 가까운 원음식 표기의 필요성이 대두된 경우가 간혹 발생했습니다. 따라서 제목 포함 일부는 국립국어원 외래어표기법과 다름을 알려 드립니다.

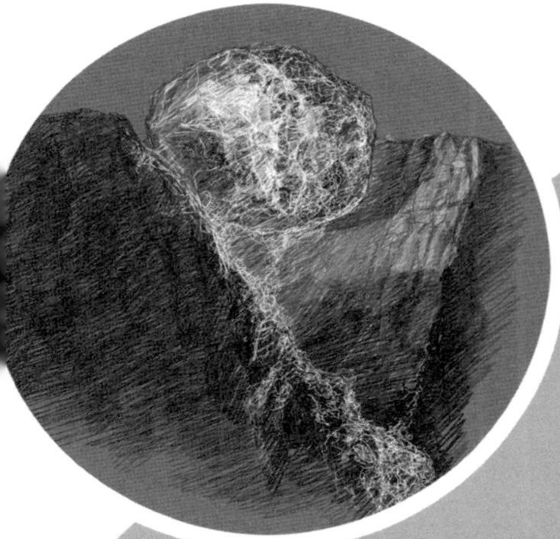

4권 차례

제10부

토약 진행

Skipwise Motion

31

노르스름한 바탕에 검은 반점이 있는 가시복 한 마리가, 인간을 발견하고 위협을 느꼈는지 잔뜩 물을 뱃속에다 들이켜 온몸을 동그란 공마냥 부풀리고 있었다. 그 바람에 똥똥한 몸뚱아리에 빽빽이 들어찬 가시들이 있는 대로 곧추섰다.

물안경 너머로 성 중사는 그 광경을 잠깐 바라보았다. 이윽고, 눈길을 돌려 손목에 찬 다이브 컴퓨터 액정 화면에 표시된 무감압無減壓 한계 시간 측정치와 현재 수심을 확인했다. 수심을 나타내는 숫자는 8미터였다. 장시간 잠수를 해야 하기에, 가능한 한 얕은 수심을 유지해야 하는 작전이다. 수심이 깊어질수록 무감압 한계시간을 초과하기 쉬워지므로 감압정지시간은 따로 더 필요하게 되고, 이로써 더블공기탱크 용량이란 제한 안에서 잠수가능시간 동안에 실질적으로 이동할 수 있는 거리는 짧아질 것이고, 결국은 작전 수행이 어려워진다. 이런 이유로 잠수 수심에 대해 예민해질 수밖에 없는 성 중사와 정 하사이다.

성 중사는 자신의 뒤를 쫓아오면서 같이 수심을 낮추어 가던 정 하사에게 이젠 됐다고, 따라오기만 하면 된다는 수신호를 보냈다. 정 하사는 고개를 끄덕거린 뒤, 발에 찬 오리발을 돌고래의 꼬리지느러미같이 교차로 천천히 흔들면서 성 중사 옆으로 다가왔다. 성 중사는 수중 나침반을 콘솔에서 꺼내 왼손에 들고, 가고자 하는 쪽으로 오른팔을 펴 방향각을 측정했다. 두 사람은 나침반에 의지하여 남남서南南西 방향, 즉 F Zone 쪽으로 나아갔다.

지난주 일요일인 14일, 두 사람은 송악산에서 서귀포시 쪽으로 해안도로 타고 조금 더 가면 나오는, 산방산 근처 다이버 펜션 하우스에서 중고 스쿠버 장비를 매입한 후 — 중고를 신품 가격에 속아 주는 척하고 매입하니, 주인은 신이 나서 자세한 정황을 묻지도 않았다 — 4월 20일 토요일 오전 10시 30분을 기해 F Zone 수중 침투 작전을 개시하였다. 다른 건설 현장과 달리 파력발전 시설 쪽은 비교적 휴일을 쉴 수 있는 편이었다. ATV(산악용 4륜 오토바이) 타러 갔다가 현장에서 꼬신 아가씨들하고 어디 좀 놀러 갈 좋은 일이 생겼다고, 이번 주 월요일부터 미리 제어실 박 실장에게 너스레를 떨어 대니, 오늘 별다른 의심을 살 필요 없이 방파제에서 몸을 일찍 뺄 수 있었던 두 사람이다. 제주테마파크 건설현장을 피해, 송악산 너머 마라도 유람선 선착장에서 낚싯배를 타고 나와, 11시에 물속으로 다이빙하였다. 14시에 국정원 요원들과 F Zone에서 접선하기로 되어 있으니, 3킬로미터에 달하는 F Zone까지의 순수한 도착 거리, 그리고 F Zone 밑바닥을 넉넉잡고 총 4킬로미터 정도는 해매야 침투 장소를 포착할 수 있을 것이란 예상 거리, 두 가지를 합쳐 7킬로미터 남짓한 거리를 숨대롱(Snorkel)을 물고 바다 표면에서 40분, 수중으로 1시간 20분, 합계 2시간 내에 헤엄쳐야 했다. 어찌했든 13시 경에는, 36번째 월류식 파력발전기의 배수구 강철 도관 입구에 도착하기로, 성 중사와 정 하사는 마음먹었다. 물론 거리를 단축시킬 수 있는 코스도 있었지만, 침투 시에 F Zone 감시 요원들에게 눈에 띌 것을 염려하여, 부유체 구조물 하부의 수중 세계, 즉 F Zone 바닥 바로 밑에서 주로 활동이 이루어지는 쪽으로 작전 경로를 정하였다. 대신, 기포 발생을 막아 수면 위에서 적의 눈에 띄는 것을 방지하는 폐쇄 회로 잠수법(Close Circuit Diving)은 쓰지 않고, 일반 스쿠버처럼 기포가 수면 위로 올라오는 열린 회로 잠수법(Open Circuit Diving)을 택했다. 국정원에 요청하여 별도의 군사용 폐쇄 회로 잠수 장비를 구한다는 것은 불가능한 상황이었고, 그렇다고 개인 별도 구매 이외엔 제대로 관리가 된 일습을 갖추기도 힘든 레저용 폐쇄 회로(완전 폐쇄식 재호흡기 다이빙) 장비를 현지에서 갑자기 구하겠다고 진을 빼는 일도 정말로 소모적이고 쓸데없는 짓으로 여겨졌고, 저산소증(Hypoxia), 고산소혈증(Hyperoxia), 탄산과잉증(Hypercapnia) 등 열린 회로 잠수법보다 예민한 신체 반응이 나타나기 쉬운 잠수 시스템이라, 예상을 벗어난 상황들이 줄줄이 있을지 모르는 잠수 조건에 아무래도 불안한 것이 사실이었고, 또한 촉촉하고 따뜻한 기체 호흡으로 저체온증에 유익하고 장시간 잠수에 유리하다는 큰 장점이 있긴 하지만, 이 장점들이 과연 침투 작전의 성패를 좌우할 만큼 중요한 조건이 되는가, 아무래도 회의적인 판단이 드는 등, 여러 이유들이 있었다.

7킬로미터라는 수중 침투 거리는 그들에게 먼 거리라 할 수는 없었지만, F Zone 안의 침투 예정 장소(36번째 월류식 파력발전기의 배수구)에 도착하려면 인공섬 바닥에서부터 복잡한 상황이 예상되어, 어쨌든 가급적 일찌감치 F Zone에 도착하는 게 유리했다. 훈련을 통해 둘 다 장거리 다이빙 수영에 자신이 있었다. 서귀포시 앞바다에는 범섬, 문섬, 숲섬(섶섬)으로 이루어지는 해양 생태계 보전 지역이 있고, 그곳 바다는 스쿠버 잠수 포인트로서도 유명했다. 상모리에서도 차로 가면 30분 이내로 떨어지는 지역의 앞바다이니 제주테마파크와도 엎드리면 코 닿을 데였다. 그 바닷속은 우선 대단히 물이 맑고, 형광빛의 화려한 연산호 군락에 각종 형형색색 물고기가 헤엄치는 광경이 참으로 아름다웠는데, 그 이유로 스킨스쿠버 애호가들이 각지에서 몰려들었다. 스쿠버 장비 대여점들도 흔했고, 전문 다이버를 위한 리조트 시설도 서귀포시에서 송악산까지 군데군데 해변가에 늘어서 있어, 성 중사 들이 스쿠버 장비백을 들고 낚싯배에 올라타도 큰 의심을 살 만한 일은 없었다. 덕분으로, 지금까지는 편안하게 공작이 진행되는 중이다.

잠수 포인트로 알려진 지역 외의 바닷속을 헤엄칠 땐, 보다 주의해야 될 점이 하나 존재했다. 낚시꾼들의 배나 어선의 항해가 잦은 지역은, 상어나 해파리보다도 무서운 함정들이 더욱 잦은 빈도로 도사리고 있었다. 바로, 밧줄이나 어망, 낚싯줄에 걸리는 경우를 피해야 했는데, 지금 성 중사 들이 나아가는 바닷속은 바다낚시꾼이나 어선들의 낚시바늘이 해수면을 뚫고 사방에 내려지는 지역이라 극히 조심하며 나아가야 했다. 그래서 수중 스쿠터 사용도 접을 수밖에 없었다. 수중 스쿠터에 매달려 가면 굳이 힘들일 필요 없이 목표 지점에 도착할 수 있었으나, 스쿠터 스크류에 낚싯줄이라도 휘말리면 낭패였고, 낚싯줄들을 피하느라 수심이 깊어지면, 수압 때문에 잠수 시간이 극도로 짧아진다는 실제적인 문제점이 있었다. 더구나, F Zone 밑에는 해조류 번식을 위한 구조물까지 빽빽이 늘어서 있을 테니, 그 좁은 사이를 스쿠터에 매달려 가는 일도 애로점이 있을 것 같아 아예 포기하였다. 수중 스쿠터를 구입하면 쓸 만한 것은 대당 3백만 원 이상(공작금은 넉넉하니 살려면 살 수도 있었지만, 전문점까지 찾아가 구입해야 함이 눈에 띌 짓이고 유난스러워 보여 불안했다)이 든다는 점도 편치 않은 상황이었고, 따라서 결국 어디선가 빌려야 할 것이고, 그러자니 기록이 남겨지는 문제나 반드시 반납이 이루어져야 한다는 문제나, 이래저래 골치가 아파서 몸으로 때우기로 작정한 그들이다. F Zone에서 공작을 마치고 복귀할 때는, 밤이 깊어지기를 기다렸다가 공기통이고 뭐고 거추장스런 장비 일체는 몸에서 떼어 버리고—사전에, F Zone에 도착할 때부터 상황 봐서 아예 버릴 생각이다—입엔 숨대롱(Snorkel)만 물고 원영으로 헤엄쳐, 제주테마파크 방파제까지 직선거리로 돌아올 것을 마음먹었다. 작전 상황을 미리 예측하며 세부적인 면까지 검토를 끝내 버리자—두 사람은 웬일인지 '공작'이란 말이 입 밖에 나오질 않아, 언제나 "작전!", "작전!" 하고 있었다—"형! 우린 역시 몸으로 땜빵할 때가 제일 맘 편합니다!"라고 말하면서 하얀 이를 드러내고 시원하게 웃는 정 하사를 마주보며, 성 중사도 오랜만에 크게 웃어젖힐 수 있었다.

바닷속은 빛도 해상보다 적고 부유물과 미생물 때문에 난반사亂反射

까지 일어나 가느다란 낚싯줄이 잘 보이질 않았다. 두 사람은 다른 사람이 보면 일부러 박자를 맞춘다는 느낌마저 들 정도로, 리듬을 탄 오리발 동작을 교대로 선보이며, 낚싯줄들을 피해서 가급적 신속하게 바닷속을 헤엄쳐 갔다.

4월의 제주 바다는 일 년 중 제일 차갑다. 평균 수온 섭씨 13~14도로 최저로 내려와 있다가, 5월부터 올라가기 시작하여 한여름에 평균 24도에서 최고치를 기록하고, 겨울인 1, 2월에도 평균 수온 섭씨 15~16도를 유지한다. 지금은 4월 중순이니, 수온 면에서는 장시간 다이빙하기에 불리한 조건이었다. 가을이 제주 바다 스쿠버다이빙의 제철이었다. 이때에는 물빛도 맑고 투명해져 시야가 환히 열리고, 여름에 번식한 연산호 숲은 더욱 진한 색깔을 자랑했다.

현재 시각 11시 46분, 수온은 섭씨 14.71도로 다이브 컴퓨터 액정에 표시되고 있었다. 하지만, 성 중사나 정 하사에게는 오랜 시간을 견딜 만한 수온이었다. 두 사람 모두 UDT의 24주 지옥 훈련을 통과한 전력前歷들이라, 저체온증에 대해서는 걱정하지 않을 내성과 경험을 갖추고 있었다. F Zone에 도착한 이후부터 발생할 극심한 신체 활동을 생각하여, 몸이 거북살스런 드라이 수트를 입지 않고, 활동이 편한 스피어 피싱Spear Fishing 수트를 착용하게 되었다. 다이버 펜션 하우스에 있는 수트 종류 다 입어 보고 그중 작전에 제일 유리한 쪽으로 결정한 것인데, 7밀리미터 두께의 가장 두껍고 — 보온성을 생각 안 할 수가 없었다 — 해녀 스타일의 후드가 달린 질 좋은 수트였다. 4월 20일이란 날짜 자체엔 큰 문제는 없었다. 음력으로 3월 11일이라 보름달이 뜬 사리(대조)가 되기 5일 전으로, 조금(소조)이 갓 지나 물이 차오르기 시작할 때였다. 따라서 제주 모슬포 지역에선 조석(Tide)의 차이가 크지 않았고, 따라서 조류의 세기도 우려할 만한 수준이라 할 수 없었다. 취미로 여기저기 기웃거리며 바닷속을 구경하는 스쿠버 다이빙 같으면야, '밀물 때는 우측 어깨에다 절벽을 붙인다', '썰물 때는 좌측 어깨에다 절벽을 붙이고 물속을 나간다.' 하는 식으로, 이동 방향 정도에만 신경 쓰겠지만, 임무를 완수해야 하는 성 중사 들에겐 체력의 비축(수중으로 F Zone을 왕복하는 일은, 작전의 도입부와 마무리지 본론이 아니었다)이 항상 중요한 문제였다. 바닷속의 물 흐름이 세면 체력 소모는 급격히 늘어날 수밖에 없었다. 4월 모슬포 지역 조석 예보표와 해류도, 해저 지형도를 책상에다 펼쳐 놓고 작전 계획을 짜던 성 중사와 정 하사는 이것저것 상황을 고려하다 "우린 서해안에서도, 한겨울 보름달 뜰 때 다이빙을 해봤잖아." 하며 호기롭게 넘겨 버렸다. 어차피 F Zone으로 들어갈 방법과 날짜는 결정되어 있었고, 너무 이것저것 조건을 따지다 보면 머릿속만 복잡해지는 법이었다. 전반적으로, 그들 입장에선 악조건이라 할 순 없었다. 안전에 대한 점검은 하되, 작전을 위한 어느 정도의 위험 감수는 그들에겐 당연한 일이었다.

성 중사 들이 지금 잠수하고 있는 수심 8미터 아래에는, 바다 위 송악산 꼭대기에서 출발한 벼랑이 해수면 밑으로 수심 18미터 정도 되는 곳까지 급경사를 이루다가, 다시 완경사로 펼쳐진 해저 평원을 이루었다. 여기도 서귀포 앞바다보다는 규모가 작지만 해양생태계 보전지역으로 지정된 곳이었다. 이곳의 올록볼록 튀어나온 바위들에는, 연산호들이 영롱한 자태를 뽐내며 호화로운 색채의 향연을 펼치고 있었다. 수면의 물결이 흔들릴 때마다 해저 바닥에도 동일한 빛의 그림자가 흔들리며, 바다의 빛깔은 시시각각 달라져 갔다. 성 중사는 자신이 스쿠버 훈련을 받던 통영 앞바다를 떠올렸다. 그 바다는 점잖은 바다였다. 이 제주의 바다는 확실히 다채로웠다. 해수어들의 형태나 색채도 남해안하고는 달리 강렬해져 있었다. 그렇다고 남태평양의 일정한 수온을 자랑하는, 화려하다 못해 찬란하기까지 한 경산호초 바다도 아니었고, 여름과 겨울의 수온이 20도씩 이상을 오르내려 생물들에게 적응이란 혹독한 부담을 안겨 주지만, 겉보기에는 점잖은 색채를 보이는 온대의 바다도 아니었다. 성 중사가 본 제주 바다는, 성격 자체의 폭을 극도로 벌려 심한 변화를 보여 주는 재주가 있었다. 국정원 요원으로서 제주에 내려온 이래로 바다를 떠나 보질 못한 운명이었다. 언제나 바다를 지켜보고 살았다. 제주 바다는 수많은 얼굴을 가지고 성 중사에게 다가오곤 했다. 잔잔한 물결이 이는 평화스러운 바다는 자신을 이 세상에 태어나게 한 어머니의 품 같았고, 겨울의 매서운 바람이 휘몰아치는 바다는 생명을 걸어야 했던 전장을 생각나게 했고, 태풍이 몰아쳐 모든 것을 집어삼킬 것 같은 여름의 바다는 삼라만상을 무無로 돌릴 것 같아, 죽음이란 한계를 피해 갈 수 없는 피조물로서의 무력함을 새삼 느끼게 만들었다. 그러나, 바다 표면의 변화들과는 달리, 지금은 또 다른 얼굴로 미소를 지으며, 달라붙는다 싶을 정도로 다가오는 제주 바다였다. 바다의 내부는 교태어린 여인의 속살과도 같았다. 코로 물속에서 숨을 쉴 수 있다면, 진하고 뇌쇄적인 향기가 일어날 것 같은 바다였다. 빛과 그림자의 교차된 놀이가 끊임없이 성 중사의 눈앞을 어지럽히고 있었다. 제주 바다는 한 마디로 왈가닥 여인네모양 변덕스러웠다. 그래서 더욱 강렬하게, 자신이란 존재를 사람들 뇌리에 깊게 새겨놓을 줄 아는, 지배욕이 강한 바다였다.

성 중사 들이 외해外海로 나가면 나갈수록, 연산호 숲은 점점 그 밀도가 떨어져 가며 강렬한 형광빛을 내뿜던 바다 밑은 점차 녹색과 갈색으로 획일화되기 시작했다. 물 오른 미역과 감태, 우뭇가사리의 초원지대가 펼쳐졌다. 그러자 지형이 갑자기 급경사로 깊어지면서, 어두운 계곡은 바닥으로 끝 간 데 없는 그림자를 드리우고 말았다. 어지러울 정도로 나다니던 물고기 떼들도 갑자기 사라졌다. 남은 것은 바닷물과 빛의 푸른 얼룩들, 그리고 몸 전체를 가볍게 죄어 오는 먹먹한 수압뿐이었다.

성 중사는 앞으로 전진하다가 왼쪽 다리에 무언가가 휘감기는 것을 느꼈다. 다리를 천천히 휘저어 보니, 점점 더 감겨 올밖에 다른 도리가 없었다. 낚싯줄에 얽힌 것이다. 넓적다리에 찔리는 듯한 약한 통증 같은 기분이 느껴지기에, 자세히 살펴보니 낚시 바늘이 잠수복을 파고들려는 순간이었다. 낚시꾼이 대어라도 낚은 줄 알고 낚싯줄을 신나게 감기 전에, 진동이 전해지지 않도록 자세를 안정하는 것이 중요했다. 성 중사는 다리를 감은 낚싯줄의 한 끝을 조용히 잡고 정 하사가 가까이 오기를 기다렸다. 정 하사는 다리에 부착한 다이빙 나이프를 꺼내 날에 달린 톱니로 낚싯줄을 조심스럽게 잘라 냈다. 바늘이 넓적다리에서 떨어질 때에 잠수복을 뚫고 상처 날지가 걱정스러웠는데, 수트 표면에 흠집만 나고 이상 없는 것 같았다. 성 중사는 오른손 엄지와 검지로 동그라미를 만들어 정 하사에게 '이젠 됐어. 괜찮아.'라는 수신호를 보냈다. 정 하사는 고개를 끄덕거리며 팔을 들어 오른손을 머리에 갖다 대고 '알았다.'는 표현을 했다. 성 중사는 오른손 엄지는 세우고 검지로 앞을 가리키며, '앞장서라.'는 수신호를 보냈다. 이번에는 정 하사가 먼저 나아가기 시작했다. 꽤 가까운 거리를 두고 거대한 그림자들 몇 개가 유유자적하게 연이어 지나갔다. "구우우우……어……엉", "구우……우웅……웅", "우우우……웅, 어……어어엉." 하는 낮고 깊은 진동음들이 뒤를 이어 들려왔다. 고래들이었다. 울음소리가 풍부한 변화음을 가지는 것이 혹등고래 같았다. 상어를 만나더라도 걱정할 필요는 그다지 없었다. 상어는 인간이 내뿜는 시끄러운 기포 소리를 싫어했다. 성 중사와 정 하사는 계속 나아갔다.

물고기 떼들이 다시 많아지고 있었다. 연산호 군락에 있던 예쁘게 생긴 해수어들과는 달리, 이곳은 정어리나 고등어로 보이는 물고기들이 대규모로 무리지어 해류에 몸을 싣는 중이었다. 고개를 들어 시선을 조금 위로 하니, 물고기 떼 사이로 멀리 아른아른하게 보이는, 빛무리 어우러진 검푸른색 그림자가 해수면을 뒤덮고 있었다. F Zone이었다. 성 중사와 정 하사는 아주 천천히 하강하여, 수심 15미터 깊이에 도달하자 다시 전진하기 시작했다.

바닷속에서 태양빛으로 환하게 빛나는, 직경 3미터에 길이는 10미터도 넘어 보이는 원기둥(광光파이프)들이, F Zone의 폰툰Pontoon 부유체 구조물 밑바닥(해수면 밑으로 물에 잠긴 부분)에서 쭉 뻗어 나와, 대략 사방 30미터에서 50미터씩의 거리를 가지고 불규칙한 격자형으로 대열을 형성하는 중이었다. 이 수많은 원기둥들의 각각의 주변을, 전체적으로 기다란 직육면체 형태를 이루면서 커다란 사각형 구멍이 연속적으로 연결되어 속이 비어 보이는 — 조류를 부착, 자라게 하는 해중림초海中林礁와 물고기들의 번식지와 서식지의 역할을 하는 인공어초人工魚礁, 두 기능을 모두 충족하게 만들어졌다 — 그물망 구조의 콘크리트 구조물이 광범위하게 감싸고 있었다. 이 구조물들에 얼마나 많은 사각형-육면체의 구멍들이 연이어져 입체적으로 연결되어 있는지, 얼핏 보면, 구멍이 숭숭 뚫려 있어 본래의 부피를 알 수 없을 정도가 된, 오래되고 거대한 부식된 스폰지 같아 보일 정도였다. 이 거칠고 우둘두툴한 표면으로 이루어진 콘크리트 입체 구조물엔, 해조류들이 그 뿌리를 내리고, 감기고, 뻗어 나가고 있었다. 어떤 콘크리트 구조물엔 해조류가 이미 많이 정착하고 성장하여, 내부 원기둥에서 뿜어 나오는 태양 광선이 슬쩍슬쩍 배어 나올 정도로만 보이는 경우도 있었고, 어떤 것들은 아직 해조류의 착상이 제대로 이루어지지 않았는지, 콘크리트 구조물 사이로 찬란한 빛을 내뿜는 원기둥이 완전 노출되어 드러나 보였다. 모든 것들이 한 방향으로, 해중림海中林을 완성해 나갈 기세였

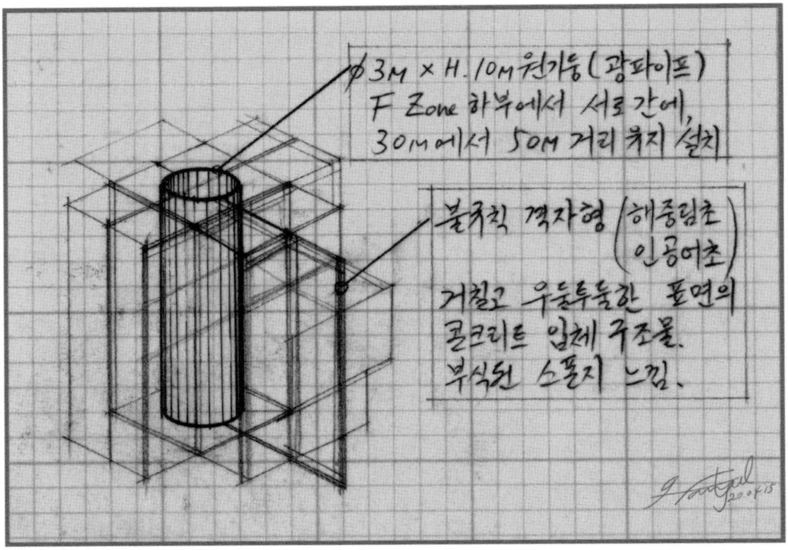

다. 이 바닷속의 숲이 완전히 푸르러 번성하게 되면, 각종 어류들의 먹이 공간과 서식처, 그리고 무엇보다 중요한 번식지의 역할을 하게 될 예정이었다. 벌써부터도, 멸치 정어리 고등어 쥐치들이, 실처럼 붙어 있는 파래, 넓적한 잎파리의 감태, 들풀 같아 보이는 모자반과 나뭇가지 모양으로 자라나는 우뭇가사리 등의 해조류 주위를 떼를 지어 몰려다니고 있었다. 태양빛이 해수면을 뚫고 위에서 아래로 내리쬐는 것이 아니고, 수평으로 물속을 이동해 가는 특수 환경이라 그런지, 가만히 보면 녹조류와 갈조류가 콘크리트 구조물에 한데 엉겨 붙어, '위-아래' 방향이 아닌, 광파이프 하나를 수평 단면으로 잘라 나타날 '원'을 중심부로 생각하면, 그 중심부에서 '방사선-수평' 방향으로 이동해 가며

숲을 만들어 가는 중이었다.

F Zone 부유체 구조물의 갑판 표면에는, 태양동력장치(HSR : Harness The Sun's Ray)로 불리는 조그만 집광반사장치(거울)들이 하루 종일 태양을 추적하여—F Zone의 그 알 수 없는 거대 '누에고치'를 제외한 곳, 즉 부속 시설과 비행장 지역에 주로 설치되었는데, 비행기 활주로를 피하여 대규모로 무리 지어 모여 있었고, 이 각각의 HSR은 컴퓨터로 제어되며 태양의 이동 경로를 따라 회전 이동하였다—각각의 원기둥 상부에 마련된 집광부에 햇빛을 모아서 쏘아 보내 주면, 다시 집광부의 렌즈들은 원기둥 하부로 태양광을 흘려보내는 자연 채광 시스템이 설치되어 있었다. 이 흘려보낸 햇빛은, 투명한 초대형 '광파이프'들을 물속에서 환히 빛나게 했다. 그 광파이프의 내부에는 빛이 물 흐르듯이 타고 흐르게 만든, 즉 미세한 프리즘들의 결로 빛을 이동시키게 만든 필름이 표면 전부에 입혀져 있었다. 섬세하면서도 견고한 철골 테두리가 빛의 원기둥을 구조적으로 버티어 주고 있는 이 제2의 인공 태양은, 햇빛이라고는 한 줌도 비추질 않을 F Zone의 하부를 빛으로 가득 채워 조류들을 자라게 하고 있었고, 이 조류들이 '바다의 숲'을 온전히 이루는 날, 물고기들이 득시글거리는 풍성한 생태계로 F Zone 하부를 바꾸어 놓을 예정이었다.

성 중사는 이 광경을 지켜보며, '도대체, 이 F Zone의 정체가 무엇인가?'라는 생각이 들었다. F Zone의 하부가 생명을 키워 나가는 요람으로 변하고 있었다. 이 F Zone 덕분에, 모슬포 상모리 바다는 더욱더 풍성하게 되어 갈 것은 분명했다. '이 F Zone을 계획한 인간들은 도대체가 무슨 생각을 하고 있는 것인가?'라는, 껌딱지 모양 머릿속에 들러붙는 의혹들이 계속 뇌리를 눌러 댔다. 이 해중림 시설은—성 중사가 F Zone에 있을 때에 들은 말이다—지역 주민들과 사회 단체들의 반발을 사전에 무마하기 위한, 일종의 궁여지책窮餘之策일 것이라 얼핏 듣고 있었다. 그러나 바닷속에서 그 광경을 바라보니, 해중림이 **눈 가리고 아웅** 하는 수준이 아닌 실제로 미래를 내다보는 시설 투자란 느낌까지 생기면서, '사족처럼 붙은 것이 이 정도니, F Zone 자체는 얼마나 집요한 의도 속에 이루어지고 있을 것인가?' 하는, 두려움과 같은 의문마저 들었다. 다른 장애물이 생겨나지 않도록 집착에 가까운 면밀한 사전 조율이 이루어졌을 것이고, 지금도 착착 마련되고 있을 'F Zone'이었다. 반드시 이루어져야 하고, 해내야 할 그 무언가의 목적이, F Zone 안에 도사리고 있었다.

선두에 선 정 하사와 후미의 성 중사는, 이 이색적이면서도 약간의 신비감마저 감도는 광경을 넋놓고 잠시 바라보다가, 다시금 헤엄쳐 나아갔다. 지금 F Zone에 대한 접근 방향은, 유일하게 방파제가 존재하지 않는, 바로 장방형의 네 변 중 내해內海 쪽을 향하는 곳이었고, 이착륙하는 비행기의 측면 방향으로 접근한다고도 할 수 있었다. 바로 활주로가 있는 '비행장 지역' 쪽으로 바다 밑에서 다가서는 중이다. 성 중사와 정 하사가 F Zone에 있을 때에, F Zone 측이 현세중공업, 현세조선, 현세건설 엔지니어들, 파력발전 설비 기술자들 모두(여기엔 두 사람도 포함되어 있다)를 내몬 곳이 바로 이 지역이었다. 지금 두 사람이 접근하는 쪽을 제외한, F Zone의 다른 세 방향에 대한 보안 요원들의 감시는 치열했다. 감시와 순찰의 효율성을 고려한 것인지, '비행장 지역'과 거대 '누에고치 지역' 사이에 가상선을 설정, F Zone이란 인공 섬의 두 구역을 의식적으로 분리해 버리고는, 집요하게 보안 요원들이 '누에고치' 쪽만을 주로 순찰하고 있음을 과거 F Zone에서 생활할 때 성 중사는 살펴볼 수 있었다. 따라서, 성 중사 들이 접근하는 루트, 바로 F Zone의 비행장 쪽이 사실상 제일 감시가 덜한 침투 방향이었다.

그러나 결코, 두 사람은 직선거리로 이동할 수가 없었다. 연신 얼굴과 몸에 펄럭거리고 부딪치는 해초들과 온몸에 달라붙어 간질이기도 하고, 아니면 툭툭 입으로 치고 가기도 하는 물고기 무리 사이를 요리조리 헤쳐 나가야 했다. 얼마 동안인가, 녹색과 갈색의 잎들이 무성한 해초, 그리고 콘크리트 격자망 구조물로 이루어진 미로를 계속 헤매이다 보니, 마지막엔 반인반수半人半獸의 미노타우로스Minotauros가 갑자기 튀어나오든가, 아예 모습을 감추고 목소리로만 유혹하는 세이렌Seiren이라도 드러날 것 같은 불길한 느낌마저 감돌기 시작했다. 성 중사는 속도를 내어 앞에 가고 있는 정 하사를 잡아 세우고는, 할 수 없으니 아래로 깊이 잠수하여 가자는 수신호를 보냈다. 둘은 아래로 천천히 내려갔다. 온몸을 조이는 수압이 점점 강하게 느껴졌다. 다이브 컴퓨터는 수심 22미터가 넘어가고 있다고 액정 화면에 표시했다. 하강을 멈추었다. 다시 수평 방향으로 이동하기 시작했다. 두 사람은 생명이 넘쳐흐르는 바닷속 '미로 정원'을 머리 위로 이고 가면서, 종종 고개를 들어 쳐다보았다. 물고기 떼들이 수많은 태양 주위를 불규칙한 폐곡선을 그리며 뱅뱅 맴돌면서, 자신들의 자취를 드러냈다 감추었다 하는 중이었다. 이윽고, 빛은 완전히 사라지고, 오직 어둠만이 존재하는 '심연'이 그들 앞에 기다리고 있었다. '심연'은, 끝없이 밑으로 추락하지도 않았는데, 그들의 눈앞에 아무 예고 없이 갑자기 나타난 끝이었다.

성 중사와 정 하사는 다이브 라이트(수중 전등)의 불빛을 켜고 사방을 비추어 보았다. 라이트 불빛은 바닷물 속을 1미터에서 2미터 앞도 제대로 투과하지 못했다. 제주 바다의 경우, 가을이면 대략 30미터 앞까지 보일 정도로 물이 맑아지나, 4월의 바다는 그 정도의 투명성을 보이지 못하고 있었다. 게다가, F Zone 하부 해중림을 통과할 때까지만 해도 이렇게까지 시야가 확보되지 않을 줄은 몰랐는데, F Zone의 그 알 수 없는 '대공간大空間 건축물-누에고치'의 밑바닥은 이상할 정도로 부유물이 많은 것이 느껴졌다. 아마도, 일체의 빛이 해수면 밑으로 스며들지를 못하니, 어떠한 생물학적 순환 과정도 이루어지질 못하고 있고, 따라서 모든 유기물들이 분해되지 않고 바닷물 속을 둥둥 떠다니고 있는 결과 때문인가 싶었다. 그렇다고 뚜렷한 해류의 흐름도 느껴지질 않아서, 지금의 F Zone 밑바닥은, 완전한 게조憩潮[1] 때의 바닷속에 들어와 있는 것처럼, 답답하리만큼 물 자체가 보이지 않는 벽들로 격리된 것 같았다. 이 고요를 뚫고, 어디선가 "구우우우우웅." 하는 낮은 진동음이 계속 물을 타고 들리는데, 처음에는 고래가 내뱉는 소리인가 했지만, 소리에 어떠한 상쾌함이나 변화가 느껴지질 않고, 일정한 패

1 **게조(憩潮)** 왕복성 조류에서 밀물과 썰물의 흐름 방향이 바뀔 때, 유속은 제로가 된다. 이때 바다의 조류 상태를 게조憩潮, 또는 휴조休潮, 정조停潮라고도 한다.

턴을 유지하는 것을 보면 틀림없는 기계음이었다.

이곳은 죽어 있는 바다였다. 생물이 번창하는 살아 있는 바다를 벗어나자마자, 바로 죽음의 바다가 펼쳐지는 것도 참으로 이상한 일이었다. 아무리 빛이 없다고 할지언정, 이렇게까지 움직임이 존재하지 않는 침잠된 물의 공간이 바닷속에 별도로 있다는 점이 놀라웠다. 모든 움직임이 정지된 바다는, 바다로 느껴지질 않는 법이다. 성 중사가 알고 있던 바다는 끊임없이 움직이는 존재였다. 지금 성 중사가 있는 바다는 온몸을 옥죄어 오는 먹먹한 수압만이 있을 따름이었다.

성 중사와 정 하사는 수심 22미터에서 다시 천천히 올라가기 시작했다. 수심 12미터에 도달했을 때, 상승을 멈추고 몸안에 쌓인 질소 배출을 위한 감압減壓 정지를 시행했다. 감압 정지 후 다시 1미터 정도를 상승하자 다이브 라이트 불빛에 F Zone의 철제 바닥이 서서히 나타났다. 내부가 비행기 격납고를 연상시키던 F Zone의 하얀 '누에고치' 밑으론, 전부가 그런 것은 아니었지만 상당한 범위로, 지상 8층짜리 건물과 맞먹는 공간의 높이를 가진 비어 있는 '지하'가 존재했다. '지하'를 만들어 낸 지역의 폰툰식 부유체 구조물은 자체 크기와 깊이가 유달리 거대했다. 그 결과, 해수면 밑으로 수심 11미터까지를 F Zone이 모두 점령(수면 위로 14미터가 올라와 실제 폰툰 유니트 두께는 25미터에 달했다)하고 있는 셈이었다. 성 중사 들은 수중 나침반으로 방향을 측정한 후, 동남동東南東 쪽으로 F Zone 부유체 구조물 바닥에 붙어서 이동해 나갔다.

5백 미터를 이동하자, 다시 벽이 나타났다. 자세히, 다이브 라이트 불빛에 의지해 한참을 살펴보니, 완전히 막힌 벽이 아니고, 대단한 굵기의 기둥이란 것을 알 수 있었다. 성 중사 들은 계속 이동하면서 불빛을 비춰 보기도 하고, 손으로 더듬거리기도 하면서 상태를 관찰했다. '다육이네 아침 햇살' 아줌마가 파일로 보내 준 F Zone 전체 평면도에 비추어, 이 거대한 기둥들이 두 열을 이루고, 옆으로 회랑처럼 늘어서 있는 형태를 어렴풋이나마 머릿속에 그려 볼 수 있었다. 성 중사는 F Zone의 폰툰식 부유체 구조물 바닥을 지나 자신들이 F Zone의 외곽 지역으로 점점 다가서고 있음을 깨달았다. 여기에서부터가, F Zone의 3면을 에워싼, 반-잠수식(Semi-Submersible Type) 부유체 해상구조물[2]로 이루어진, 바로 성 중사 들이 파력발전 설비를 설치하느라 그 고생을 했던 방파제가 시작되는 곳이었다.

두 사람은 기둥 사이의 열린 공간으로 빠져나와, 그 상태에서 우회

2 이 F Zone에 쓰인 반-잠수식Semi-Submersible Type 부유체 구조물은, 갑판(Upper Deck)의 밑이 수중에 10m 정도 약간 잠긴 형태였다. 바다에 인접한 쪽으로, 수면 위 30m 높이를 갑판 일부분이 올라가 성벽처럼 죽 늘어섰고, 제주도 지역 원양에서의 어떠한 파랑도 막아 낼 수 있는 방파제의 역할을 하게 되어 있었다. 갑판의 기본적 두께는 25m, 육상陸上을 이루는 갑판의 너비는 500미터에 달했다. 갑판의 방파제 부분만 따지면 총 두께가 40미터이다. 따라서, 갑판 상부에서 방파제 15미터 높이가 한 번 더 올라가 있는 꼴이었다. 방파제의 옆면 일부분에는 33도 각을 이루는 수면 위 높이 2미터의 경사면이 설치되어, 파도가 옆면을 타고 넘어와 밑으로 내려가면서 터빈을 돌리는 월류식 파력발전이 어루어졌다. 수직 기둥(Column)들은 갑판 밑에서 2열을 이루며 바다 속 아래로 뻗어 내려가, 가장 깊이 내려가 있는 하부의 '발(Foot)'에 연결된다. 이 수직 기둥 하나의 크기는 지름이 30미터에 길이가 75미터에 이르렀다. 이 반-잠수식 방파제의 푸트Foot 밑바닥에서부터 갑판(Upper Deck) 일반 상부까지의 총 높이를 더하면 115미터이고, 여기에 방파제 높이를 더하면 총 높이가 130미터에 달한다. 그리고 총연장 길이는 F Zone의 세 변을 감싸는 11.5킬로미터이니, 말할 나위 없이 초대규모인 반-잠수식 부유체 구조물이라 할 수 있다.

전으로 직교直交하며 이동하면서, 일단 기둥이 더는 나타나지 않는 곳을 찾아내려 애썼다. 물이 조금 맑아진 것 같은 기분이 들었다. 햇빛이 투과되는 해수면이 꽤 가까이에 있을지도 모른다는 기대를 어렴풋이 해볼 수 있다는 사정 자체가, 두 사람의 마음을 훨씬 가볍게 만들어 주었다. 완전한 암흑 세계는 면했다고나 할까, 빛이 두 사람이 지금 가는 방향의 좌측 편으로, 비스듬히 옆으로, 상당히 떨어진 위쪽에서 밑으로, 희미하게 스며드는 것 같은 상황을 봐선, 좌측으로 2백에서 3백 미터 정도 떨어진 곳에 F Zone 바닥의 끝선이 있을 것이고, 이에 따라 수면이 나타날 것임을 예상할 수 있었다. 7백 미터 정도를 앞으로 계속 이동하면서 기둥들을 손으로 확인하니, 지금까지 기둥이 늘어서 있던 방향은 끝나고, 90도 각도로 직교하면서, 우측으로 다시 기둥들이 2열을 이루어 늘어선다는 것을 깨닫게 되었다. 성 중사와 정 하사는 오던 길을 되돌아가기 시작했다. 36번째 파력발전기를 찾아내려면, 지금 있는 곳에서 그대로 되새김질하듯이 되돌아가, 2열을 이루고 있는 수직 기둥들의 회랑에서, 바깥쪽 세 번째 수직 기둥을 완전히 지나친 후, 수면 가까이 올라가야 한다는 점을 성 중사와 정 하사는 사전에 숙지하고 있었다. 정확한 침투 경로를 찾기 위해, 지금까지 두 사람은 면밀하게 이동해 온 상황이었다.

성 중사 들은 수중 11미터 깊이에서 다시 수면 가까이로 상승하기 시작했다. 실질적인 반-잠수식 구조물은 여기까지가 마지막이었고, 지금부터는 월류식 파력발전기가 설치된 월류 제어 구조물이, 상층부 갑판(Upper Deck) 위로 높게 솟아 있는 방파제의 전면 부위에, 돌출되어 별도로 붙어 있는 꼴이었다. 두 사람은 수심 5미터에서 잠시 멈추어 3분간의 안전 정지를 행한 후, 수심 3미터 영역까지 상승할 수 있었다. 수면 위 빛이 환히 비춰 내려오는 쪽으로 다시 15미터 정도를 수평 이동했다. "쉭, 푸우우……, 쉭, 푸우우우……우." 소리를 내며 여러 구멍들에서 기포들과 함께 바닷물이 빠져나오는 것이 느껴졌다. 발전기 터빈이 바닷물을 쏟아 내는 소리였다. 성 중사 들은 격렬한 물의 흐름에 휩쓸리지 않으려 조심하면서 전진했다. 다이브 라이트 불빛으로 월류 제어 구조물 밑을 자세히 관찰하니, 심한 각을 이루며 위쪽으로 솟아올라 점점 모여들어 가는 양쪽 면의 꼭대기쯤에—파도가 넘어가는 경사 구조의 텅빈 내부 공간 최상부最上部라고 짐작되었다—가느다란 선 형태를 이루면서 불빛에 반사되어 찰랑거리고 있는 수면水面 밑이 성 중사의 눈에 띄었다. 좁다란 폭의 수면 위로, 공기가 들어찬 빈 공간이 있으리란 점을 깨닫게 했다. 두 사람은 그쪽으로 헤엄쳐 올라갔다. 수면 위로 얼굴을 내밀고 입에 댄 호흡기를 땐 뒤 잠시 숨을 쉬어 보았다. 공기는 숨을 쉴 만했다. 마침내, 1시간 30분의 잠수 끝에 수면 위로 나오게 되었다.

지금은 F Zone 바닥에서 완전히 벗어난 상황이 아니고, 월류 제어 구조물 밑으로 만들어진 틈새 빈 공간에 잠시 얼굴을 내민 것에 불과하긴 했지만, 침투 작전을 펼치기 전에 잠시 숨을 고를 필요가 있었다. 두 사람은 몸에 부착한 공기통(Air Tank), 호흡기, 부력 조절기, 납 벨트 등등, 장비 일체를 떼어 내서 그물망에 집어넣었다. 그물망의 입구를 단단히 동여맨 후 손에서 놓으니, 스쿠버 장비들은 점차로 바다 밑으로 가라앉아 그 자취를 감추어 버렸다.

"이거……, 오리발이라도 남겨야 되지 않아요?"

정 하사가 성 중사에게 물었다. 그가 성 중사를 쳐다보며 말하는 모습이 다이브 라이트 불빛 편에 비추이자, 그 순간 큰 산을 넘었다는 기분이 드는 성 중사였다. 공기 중으로 소리가 전달되니, 입으로 대화를 편히 할 수 있다는 것이 갑자기 신선하게 느껴졌다.

"방법 없어. 침투하려면 거추장스러운 게 있으면 불가능해. 아깝지만 다 버리자고. 돌아갈 땐 여기서 어떻게 해서 구해 보든지, 아니면 오리발 없이 가는 거지, 뭐."

장비 일체를 다 버리고 나니, 입고 있는 잠수복과 얼굴에 물안경, 숨대롱만 남은 두 사람이었다. 이윽고, 성 중사와 정 하사는, 숨을 참으면서 5미터 정도의 거리를 월류 제어 구조물 밑에 찰싹 붙어 빛이 들어오는 방향으로 헤엄쳐 갔다. 오히려 수면 밑 4미터 깊이까지 내려갈 정도로, 경사면과 이에 이어진 2미터 길이의 수직 벽을 손으로 집어보며 아래로 아래로 계속 따라가니 마침내 구조물의 끝부분이 나타났다. 드디어 F Zone의 밑바닥을 완전히 벗어나게 되었다. 성 중사가 고개 들어 위쪽을 바라보자, 태양빛이 환히 투과되는 덕분에, 신축성 풍부한 은빛 그물망을 끊임없이 유려하게 흔들고 있는 듯한 해수면이 눈에 들어왔다.

13시 15분. 폰툰Pontoon 구조물에 이어, 계속적으로 바다 밑을 무단 점령하고 있는 반-잠수식 부유체 구조물의 상층부 갑판(Upper Deck)

바닥면을, 마침내 성 중사와 정 하사는 완전히 탈출하고야 말았다.

성 중사와 정 하사는 서로의 얼굴을 쳐다보며 고개를 끄덕였다. 두 사람은 긴장했다. 이를 악물었다. 파도가 밀려올 때를 맞추어 일시에 월류 제어 구조물의 경사면을 타넘어야 했다. 경사면 자체는 33도 각을 이루었고, 높이가 4미터에 밑변 길이가 6미터에 달하는 직각삼각형의 7.2미터 길이 빗변을 상상하면, 그 규모를 짐작할 수 있었다. 바닷물에 잠긴 부분을 제외한 해수면 위 2내지 3미터 높이의 경사면을 어쨌든 기어 올라가야 했다. 파도와의 타이밍이 중요했고, 순식간에 타고 넘어야 함에도, 잘못 파도에 휩쓸리면 경사면에 설치된 가이드 베인Guide Vane[3]에 부딪쳐 목숨이 위태로울 지경이었다. 두 사람은 잔뜩 긴장하고서 자신들이 바라는 큰 파도가 밀려오기를 기다렸다.

잠시 후, 높이가 7미터는 족히 넘어 보이는 파도가 밀려왔다. 성 중사는 크게 숨을 들이쉬고 밀려오는 파도에 몸을 실었다. 파도는 두 사람을 경사면 위로 밀어 올리기 시작했다. 파도에 실리는 순간 몸이 뒤집히려는 것을 가까스로 바로잡은 성 중사였다. 배를 경사면에 대고 두 팔과 두 다리를 뻗어 자세를 바로잡으면서, 커다란 칼날같이 날카롭게 튀어나온 가이드 베인 쪽에 가까이 다가서지 않도록, 필사적으로 몸을 양옆으로 흔들며 뒤틀었다. 파도는 인정사정없이 성 중사 들을 밀어붙였다. 밀어붙일 때 어쨌든 끝까지 올라가서 경사면을 타넘어야

3 가이드 베인(Guide Vane) 유체 흐름의 변형 부분에서, 박리 등으로 인해 큰 소용돌이가 생기지 않도록, 유도된 통로 안에 설치되는 안내 날개이다.

했다. 두려워서 우물쭈물거렸다간 빠져나가는 파도에 휩쓸려 어떤 상황이 될지 알 수 없었다. 순식간에 밀려 내려가면서 가이드 베인에 부딪치면 끝장이었고, 아니면 휩쓸려 떠내려가다 방파제에 설치된 감시 카메라에 잡힐 수도 있었다. 해상 30미터 높이의 방파제 꼭대기에 설치된 감시 카메라의 각도는, 다행히도 월류 제어 구조물 끝선 바깥에서부터 화면에 담고 있어서 — '다육이네' 아줌마가 알려 준 정보였다 — 성 중사 들이 파도에 떠내려가지만 않으면 화면에 잡히지는 않을 상황이었다. 하긴, 그 경사면을 맨몸으로 타넘으려 하는 정신 나간 작자들이 두 사람 말고 또 어디에 있겠는가! 게다가 월류식 파력발전 시설과 방파제 사이는 배수로 역할을 겸한 바이패스 통로 하나만 연결되어 있었는데, 밸브는 언제나 굳게 잠겨 있어서 — 단 하나, 내부에서 고장 수리를 이유로 일시적으로 여는 일은 가능했다 — F Zone은 세상과 격리된 '섬'으로서 외부의 침입을 허용할 빈틈이라고는 존재하지 않았다. 방파제 위 감시 카메라가 굳이 없어도 침입은 사실상 불가능했다. 수면 위 30미터가 넘는, 게다가 표면에 뚜렷한 요철이 없이 제작되어 맨질맨질할 뿐인 강철 방파제를, 장비도 사용할 수 없는 상황(바닷속으로 잠수해서 여기까지 와야 하는데, 장비 일체를 가지고 올 수 있는 방법이 없다)에서 맨몸으로 기어오르는 짓은 스파이더맨이라면 모를까, 인간의 힘으로 가능한 일이 아니었다. 따라서 F Zone은, 상대편의 눈에 띌 것을 각오하고 하는 노골적인 침략 행위 외에, 은밀한 침투란 생각도 할 수 없는 난공불락의 성이었다.

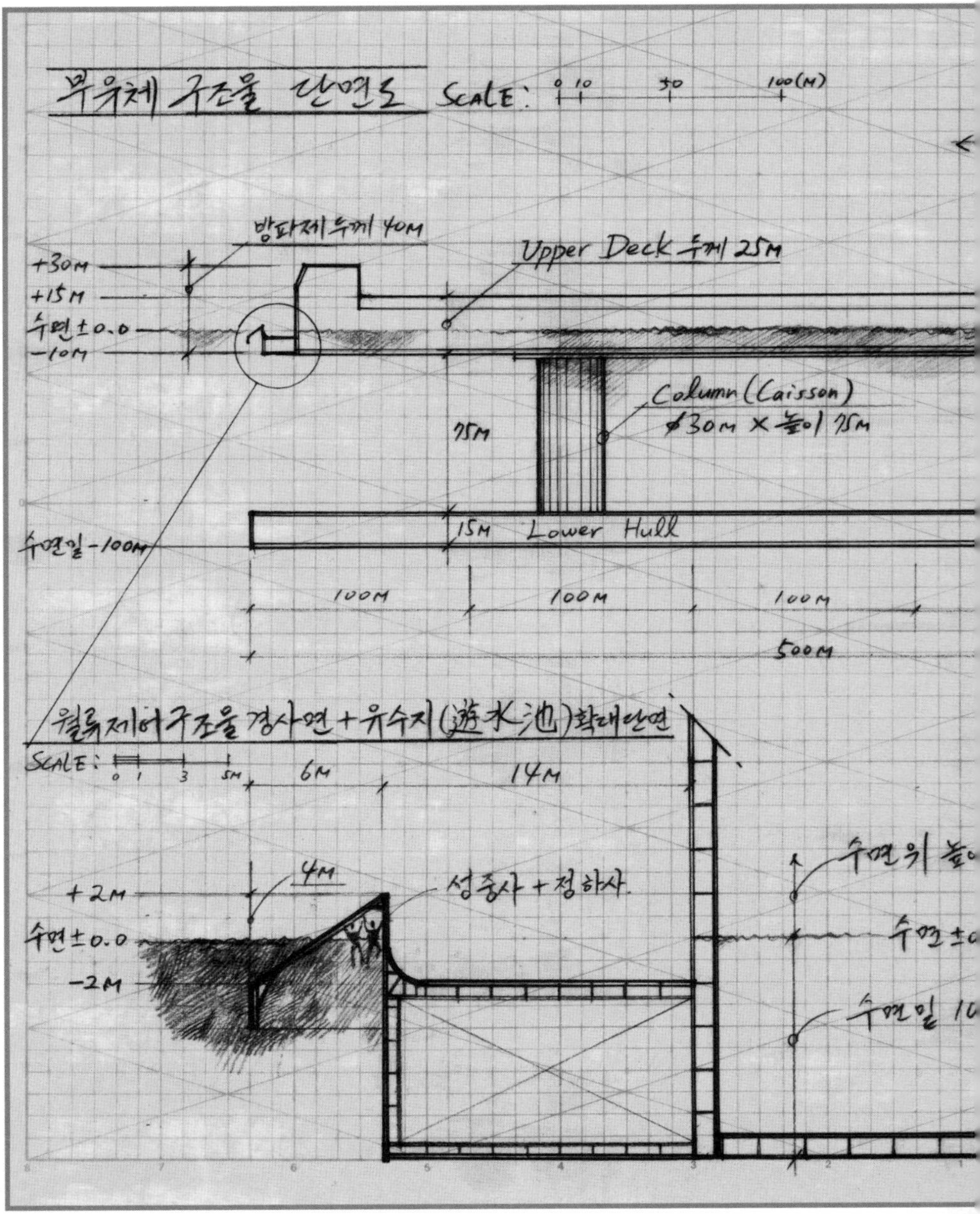
부유체 구조물 단면도
SCALE: 0 10 50 100(M)
방파제 두께 40M
Upper Deck 두께 25M
+30M
+15M
수면±0.0
-10M
75M
Column (Caisson)
ø30M × 높이 75M
15M Lower Hull
수면밑-100M
100M
100M
100M
500M
월류제어 구조물 경사면 + 유수지(遊水池) 확대단면
SCALE: 0 1 3 5M
6M
14M
4M
성중사 + 정하사.
+2M
수면±0.0
-2M
수면위 높
수면±0
수면밑 10

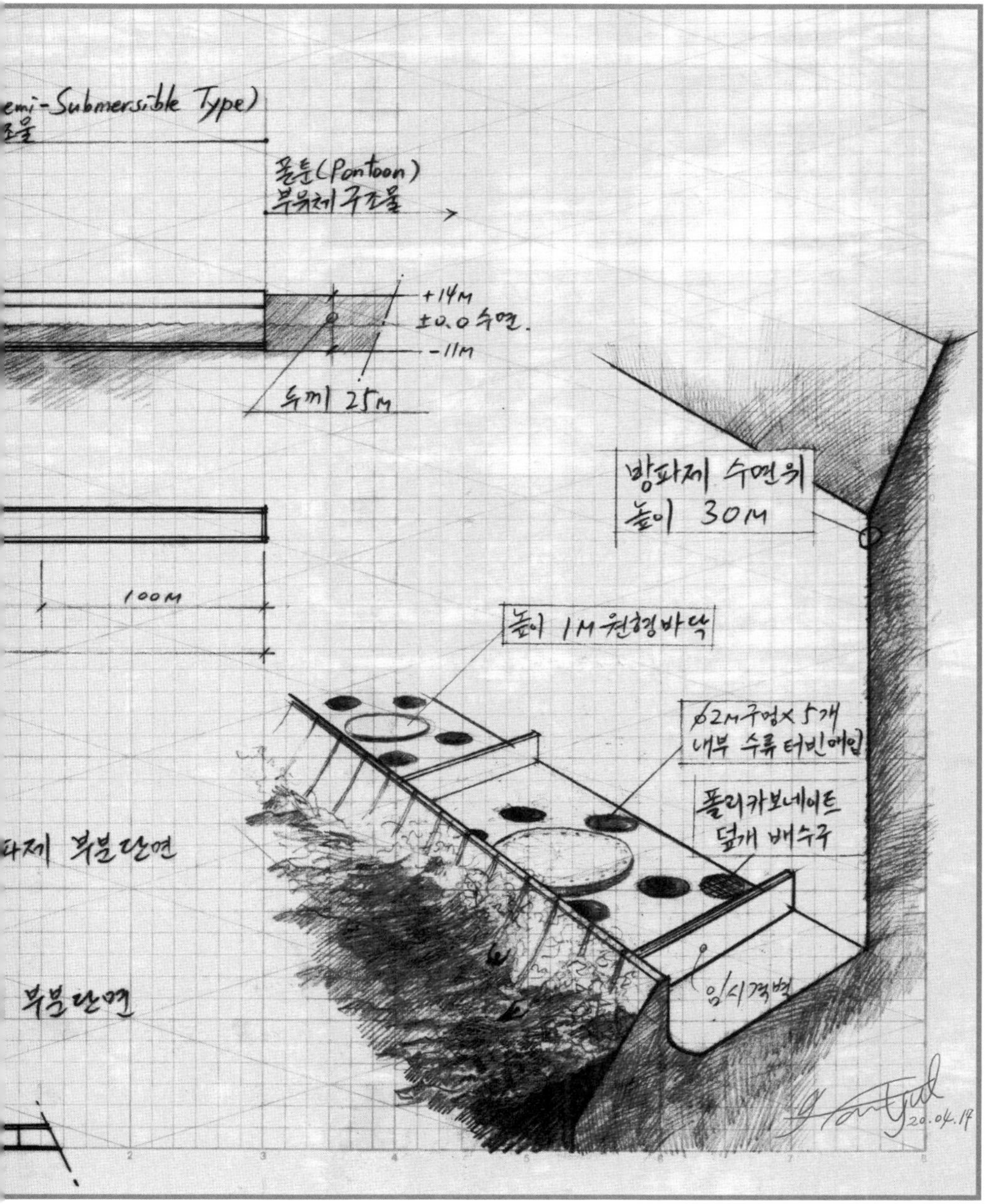
emi-Submersible Type)
조물
폰툰(Pontoon)
부유체구조물
+14M
±0.0 수면
-11M
두께 25M
방파제 수면위
높이 30M
100M
높이 1M 원형바닥
ø2M구멍×5개
내부 수류 터빈예정
폴리카보네이트
덮개 배수구
파제 부분단면
임시격벽
부분단면
20.04.17

두 사람은 경사면 꼭대기까지 순식간에 파도에 밀려 올라갔다. 그리고는 4미터 아래로 다시 바닷물과 같이 굴러떨어졌다. 함께 추락하는 바닷물과 밑에 고여 있던 바닷물이 쿠션이 되어, 그들의 몸이 박살 날 충격에서 일차적으로 보호해 주었다. 성 중사는 정신을 잃지 않으려 눈을 부릅뜨고 입술을 깨물면서 고통과 혼란에서 버텨 냈다. 경사면을 넘은 바닷물은 폭포수처럼 바닥에 떨어져 회오리를 이루며, 직경 1.7미터 남짓한 원형 배수구로 빨려들고 있었다. 성벽(방파제) 앞으로는, 파력발전기 터빈을 돌리기 위해 경사면을 넘은 물을 일시적으로 가두는 역할의 해자(유수지 遊水池)가 있었고, 그 바닥에는, 현재 고장 수리라는 이유 탓에 이웃한 발전기들과 임시 격벽으로 분리되어 있는, 36번 파력발전기가 또한 설치되어 있었다. 직경 2미터짜리 5개 구멍(각각의 수직형 수압철관Penstock 내부에 수류 터빈이 들어 있다)이 해자 바닥에 오각형 별 모양을 이루고 뚫려 있으며, 전체 유수지 바닥 중에서 1미터 높이로 돌출되어 있는 중앙의 원형 바닥은, 바닷물이 경사면을 타고 넘쳐 흘러들어와 고여서 생긴 수면 아래로 슬쩍 보여지고 있었다. 바닷물은 원형 바닥 주위를 감싸며, 일제히 유수지 구석에 있는 배수구로 물보라를 일으키며 흘러들어갔다. 발전을 하는 평소에는, 배수로는 차단되고 원형 바닥의 5개 입수구로 바닷물이 들어가 발전기 터빈을 돌리게 되어 있었지만, 지금은 입수구 모두가 수리를 위해 막혀 버렸다. 성 중사는 유수지 바닥의 데크 플레이트Deck Plate 요철 부위를 두 손으로 잡고, 거센 물 흐름 속에서 휩쓸리지 않으려 애를 썼다. 자신의 몸을 스스로가 컨트롤할 수 있다는 자신이 들자, 그다음엔 정 하사가 걱정스러웠다. 정 하사의 모습이 보이질 않았다.

"창길아!!! 창길아!!! 정 하사!!! 어디 있어!!!"

"성 중사님!!! 나! 여기 있어요!"

마음이 급하니까 '정 하사'와 '성 중사'란 명칭이 입에서 튀어나온 그들이다. 목소리가 나온 쪽으로 물보라를 맞아 가며 성 중사가 힘들게 고개 들어 보니, 정 하사는 유수지 중앙의 원형 바닥 반대편 쪽에 있는 듯했다. 목소리는 쌩쌩한 것이 다친 데는 없는 것 같아 안심한 성 중사이다.

"정 하사. 다친 데 없어?"

"없습니다. 성 중사님은요?"

"나도 괜찮아. 우리 힘든 거 넘었다."

"맞습니다. 잘됐어요."

"좋아. 정 하사. 그쪽에서도 직접 배수구까지 갈 수 있나?"

"가능합니다. 중간에 걸리적거리는 게 있긴 한데, 그래도 갈 수 있겠어요."

"찬찬히, 바닥에 요철들을 잡고 버티면서 배수구까지 가야 돼! 안 그러면 물에 휩쓸려서 위험해."

"알았어요! 준모형!"

잠시 후, 정 하사의 씩 웃는 웃음을 배수구 초입에서 볼 수 있었던 성 중사였다. '밤의 유령 작전' 이후 가장 반가운 웃음을 보았다는 생각이 들었다. 급속하게 빨려 들어가는 거센 물 흐름 속에 파묻혀 버린 두 사람은, 격자 구멍이 뚫린, 배수구 거름망 구실의 두터운 폴리카보네이트Polycarbonate 덮개를 힘들게 들어 옆으로 옮겨 내야 했다. 무거운 덮개는 물벼락이 내리칠 때마다 판이 뒤틀리며 옮기는 두 사람을 뒤흔들어 댔다. 성 중사는 숨이 턱에 차 왔다. 물 흐름은 타고 넘어온 바닷물의 양에 따라 수시로 세졌다, 약해졌다, 변동이 심했다. 약해지기를 기다렸다가 성 중사가 먼저 물벼락을 맞아 가면서, 배수 수압 철관 내부에 달린 발디딤쇠를 밟고 내려가기 시작했다. 뒤따라 정 하사가 내려왔다. 숨을 쉰다는 것은 거의 불가능했다. 바닷물이 1.7미터 구경의 수압 철관에 꽉 채워져, 성 중사 들의 머리 위를 내리누르며 쏟아져 내렸다. 1초라도 빨리 첫 번째 바이패스 밸브(게이트 밸브로 구성되어 있었다)를 통과하는 일이 중요했다. 질식사 할 수는 없지 않은가!

5미터를 순식간에 내려가니, 이미 활짝 열려 있는 바이패스 밸브가 나타났다. 국정원의 F Zone 잠입 요원 2명이, 36번 터빈-발전기 고장을 구실 삼아, 제어실에서 미리 열어 놓은 것이 확실했다. 열린 상태를 확인한 후 재빨리 밸브를 통과하여 2미터를 더 내려가자, 숨이 막혀 오기 시작할 즈음에 'Y' 자 분지分枝에 도달했다. 성 중사는 지금까지 내려오던 식과는 반대로, 기어 올라가야 하는 방향의 수압 철관 속으로 몸을 움찔거리며 필사적으로 들어갔다. 철관의 구경이 1미터 남짓 가늘어져, 그 속에서 움직이다 보니 사방에서 에워쌈을 당한 것 같은 질식감이 목을 졸랐다. 점점 숨이 막혀 왔다. 이젠 어떤 빛조차도 들어오지를 않아, 칠흑 같은 어둠 속에서 다이브 라이트를 켤 엄두조차 내지 못하고, 물속에서 두 손을 반복적으로 휘저을 뿐이었다. 두 번째 바이패스 밸브가 느껴졌다. 열려 있었다. 아득해지는 정신 속에서 '이젠,

더 버티기가 어렵지 않을까?'라는 절망감이 치솟는 걸 억지로 눌러 대며 몸을 움직였다. 밸브 가운데로 간신히 몸을 잡아 빼면서 통과했다. 2미터 정도 더욱 전진하니, 바닷물이 가득 차 있던 상태가 갑자기 사라지면서 수면 위로 얼굴을 내밀 수 있었다. 공기가 느껴졌다. 뒤따라올 정 하사를 위해, 두 손과 두 다리로 철관의 벽을 버팅기며 위로, 위로, 올라갔다. 헉헉 거리면서 숨을 쉬니 '살았구나!' 하는 안도감이 들었다. 잠시 후, 정 하사의 기척이 뒤에서 느껴졌다. 수면 위로 얼굴을 내밀고 숨을 몰아쉬는 것 같았다.

"정 하사!!" 성 중사는 소리쳤다.

"헉,헉, 성 중사님? 나예요. 방금 물속에서 나왔어요. 살았습니다. 헉헉헉." 정 하사는 숨찬 것이 가시지 않았는지, 계속 헉헉거렸다.

"그래. 어휴. 뭐 하나 쉬운 데가 없네. 젠장." 욕이 절로 나오고 있었다.

"그러게 말예요. 에이 씨." 정 하사의 대답이 한숨처럼 어둠 속에서 울려 퍼졌다.

"여기가, 방파제 안쪽 바닥의 배수관 라인이야. 방금 통과한 두 번째 바이패스 밸브가 저 파력발전기 쪽 배수관 라인하고 이쪽 라인하고를 이어 주는 밸브였거든." 성 중사는 지금 상황을 정 하사에게 설명해 주었다.

"아! 그래요? 그럼 계속 가면 F Zone 안입니까?"

"그렇긴 한데……, 배수관 쪽으론 계속 못 가. 가다 보면 '+' 자 분지分枝가 나올 텐데, 그곳에 원웨이One Way 밸브(일방통행 밸브)가 설치되어 있는 쪽이 있을 거야. 그쪽으로 가야 돼. 원웨이 밸브가 제 시간에 열리면, 그때 송풍관으로 들어가는 거야."

송풍관에는, 방파제 갑판(Upper Deck)의 배수관 방향으로만 공기를 불어넣고, 배수관에서 송풍관 쪽으로의 역방향에선 아무것도 통과되지 않는, 원웨이 밸브가 설치되어 있었다. 송풍관에서 내보낸 압축 공기가 방파제 갑판 배수관으로 이동한 후에, 그에 연결된 밸러스트 탱크Ballast Tank 속으로 들어가 물을 빠르게 빼내기도 하고, 또한 배수관 자체의 기능으로 바닷물을 탱크 안으로 주입하기도 하면서 — 잠수함이 부력을 조정하여 뜨고 가라앉는 원리와 같다 — 방파제를 이룬 반-잠수식(Semi-Submersible Type) 부유체 구조물의 전체 밸런스를 유지했다. 이는 컴퓨터 제어를 통해 계속적으로 미묘하게 조정되었는데, 강력한 파랑 에너지를 직접적으로 맞받아치는 반-잠수식 부유체 구조물과 평이한 폰툰Pontoon 부유체 구조물 사이의 뒤틀리거나 잘려져 나가려는 힘들을 잔잔히 가라앉게 만드는 기술이었다. 따라서 송풍관의 원웨이 밸브는 하루에도 수차례 공기를 내뿜기 위해 활짝 열리곤 하였다. 파력발전 통합제어실의 국정원 언더커버들이 시간에 맞춰 밸브가 한 번 열리게 프로그램을 몰래 조정하여도, 주변에 의식적으로 감시태세를 계속 유지하는 엔지니어라도 또 있다면 모를까, 다른 사람들에게 크게 의심 살 일은 없을 터였다.

"언제 열리죠?"

13시 30분에서 40분 사이에 한 번 열리게 만들어 놨다고 하던데, 지금 벌써 28분이다. 빨리 가자!"

"그러죠."

성 중사와 정 하사는 안간힘을 쓰며 좁은 수압 철관의 벽을 타고 올라가기 시작했다. 벽에 발디딤쇠라도 돌출되어 있으면 한결 수월하련만, 여기에는 손에 잡힐 그 무엇은 일체 존재하지 않는 맨질맨질한 강철도관이었다. 경사가 심한 오르막을 두 손과 두 발, 온몸으로 연신 버팅기며 올라가려니 속도는 나지 않고, 시간은 자꾸 흘러가고, 초조해지는 두 사람이다.

"지금 몇 분입니까?" 정 하사가 다급하게 물어보았다.

"32분. 늦었어."

"에이, 벌써 열렸다 닫혔으면 안 되는데……."

"가자! 빨리!"

성 중사는 대화로 소진되는 한 줌의 에너지도 아까운 기분이었다. 그는 여기서 어떻게 하든지 빠져나가야 한다는 생각에 이를 악물고 몸을 계속 움직이고만 있었다.

5미터 정도를 기어 올라가니, '+' 자 형태로 사방에 수압 철관이 연결된 교차로가 나타났다. 교차로의 '+' 자 중심부에 도달하려는 순간, 건너편 속으로 매입되어 막혀 있는 원형 벽에서, "푸우우……우." 하는 소리와 함께 포탄같이 생긴 원추형 물체가 자체의 평평한 밑면을 정면으로 보이게 갑자기 튀어나왔고, 그 옆으로 틈새 구멍이 생겨났다. 원웨이 밸브가 열린 것이다. 그 순간, 성 중사와 정 하사는 온몸에 고압전류라도 흐르는 사람처럼 경련이 일어나면서 필사적으로 전진해야 했다. 밸브가 닫히기 전에 통과해야 했다. 닫히면 이 좁은 철관 속에

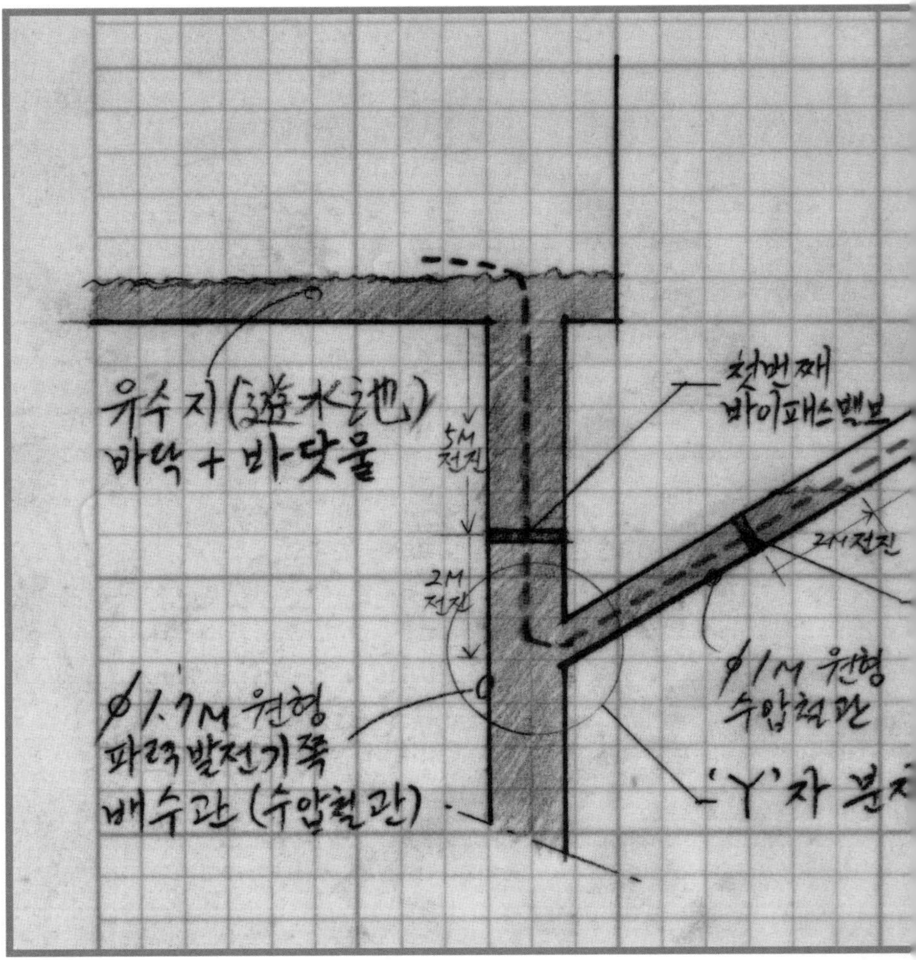

꼼짝없이 갇히게 되는 상황이다.

성 중사가 먼저 원웨이 밸브의 틈새 구멍으로 온몸을 통과했다. 177센티미터의 중키에 몸이 크지 않은 성 중사는 쉽게 통과했지만, 정 하

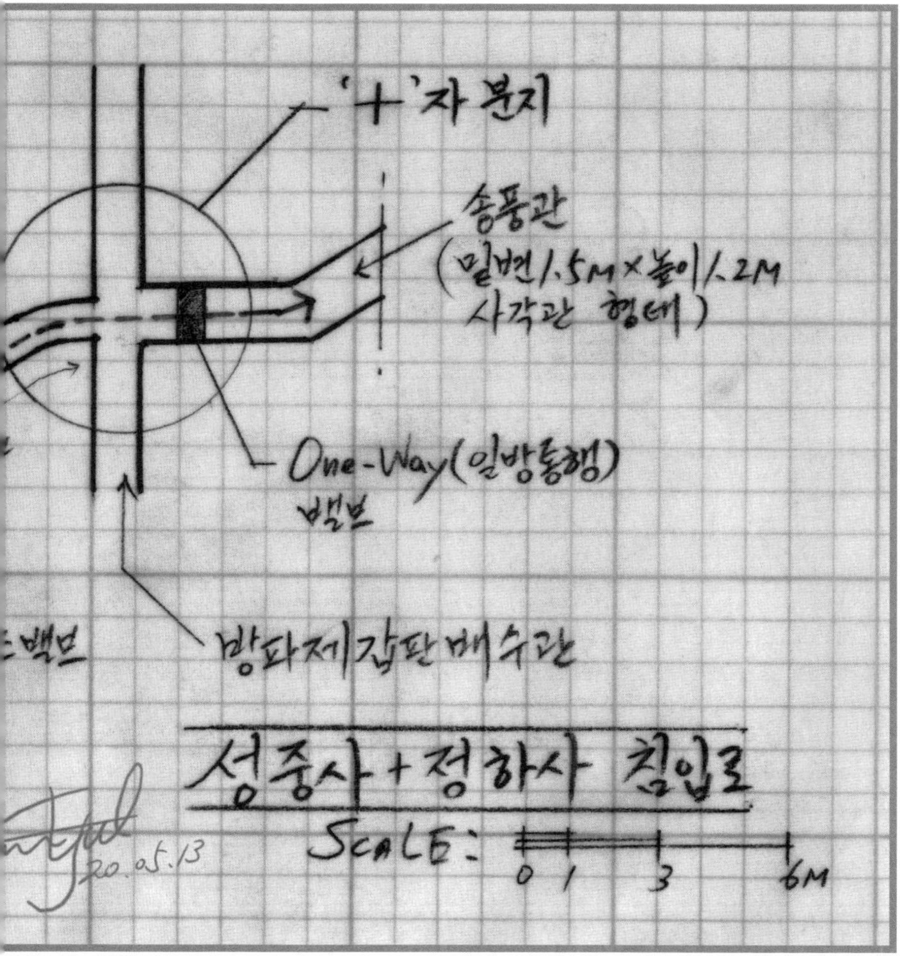

사가 문제였다. 188센티미터의 키에 근골이 늠름한 정 하사는 어깨가 끼어 빠져나오질 못하고야 말았다. 통과하지 못한 채 밸브가 닫힌다면, 그는 참혹한 고통 속에서 비참하게 죽어갈 수밖에 없었다. 뒤를 돌

아보고 정 하사의 상태를 확인한 성 중사는, 단면의 밑변이 1.5미터, 높이가 1.2미터 정도 되는 장방형 송풍관 속에서 황급히 몸을 반대 방향으로 뒤집었다. 직경 1미터짜리 수압 철관이었다면 몸 뒤집는 일도 쉽지 않았을 텐데 그나마 운이 좋았다. 성 중사는 정 하사에게로 황급히 다가가, 그의 오른팔을 붙잡고 잡아당기면서 빠져나오는 것을 도와줄 수 있었다. 성 중사는 필사적으로 정 하사의 팔을 잡아당겼다. 정 하사의 몸이 틈새 사이로 조금씩 조금씩 빠지기 시작했다. 정 하사가 발끝까지 간신히 빠져나온 바로 그 순간, 원웨이 밸브는 "푸우우……우……우." 하는 소리와 함께 완전히 닫혀 버렸다.

"아하아하……아……아, 죽을 뻔했어요……." 정 하사가 한숨을 몰아쉬면서 성 중사의 얼굴을 쳐다보았다.

성 중사는 아무 말도 하지 못하고 정 하사의 얼굴을 마주 볼 수밖에 없었다. 그러면서 순간, 성 중사는 가볍게 고개를 끄덕였다.

"가자!"

목구멍이 꽉 막혀 억지로 내뱉는 성 중사의 목소리였다.

80여 미터 정도를 두 사람은 낮은 포복으로 기어갔다. 좁은 관 속을 계속해서 기어간다는 것이 심리적으로 너무나 힘들어지기 시작했다. 송풍관의 사면 벽이 밀려들어와 자신을 조를 것만 같은 기분이 드는 성 중사였다. 없던 폐쇄 공포증이 이번 작전 후에 정신적 외상으로 생기겠다는 우려마저 들었다. 성 중사는 '밤의 유령 작전' 때가 천국이었다는 생각을 하며 쓴웃음을 지었다.

"형. 난 이번 작전 끝나면 반드시 부대 복귀할 거요."

"그래."

"형. 이게 무슨 짓이요! 쥐새끼모양 기어다니기나 하고!"

"맞아!"

정 하사는 뒤에서 계속 성 하사에게 말을 시키며 지껄여 댔다. 아까 놀라긴 놀란 모양이다. 성 중사는 그가 진정하기를 기다리면서 맞장구를 쳐주었다.

좌측으로 휘어지면서 방향이 바뀌자, 10미터 전방 앞에서 한 불빛이 돌아다니며 어두운 송풍관 내부 여기저기의 모양을 도드라지게 하고 있었다. 가까이 다가가 살피니, 송풍관 출구 루버Louver의 격자살을 뚫고 회중전등의 불빛이 올라오는 중이었다. 누군가가 송풍관 밑에서 살피고 있었다. 성 중사는 루버를 들어올린 후, 송풍관 출구로 다리를 집어넣고 2미터 아래로 가볍게 뛰어내렸다. 뒤따라 정 하사도 내려왔는데, 얼굴을 보니 그렇게 심하게 지쳐 있는 그의 모습은 처음 보는 것 같았다.

"성준모 요원, 정창길 요원. 오시느라 수고하셨소."

평범하기 이를 데 없는 얼굴과 행색을 가진 40대 초반의 남자가 오른손을 내밀며 악수를 청했다. 강철 벽들이 창문 하나 없는 어두운 공간을 둘러싸고 있었다. 성 중사는 남자와 가볍게 악수를 한 뒤 말을 붙였다.

"국정원입니까?"

"그렇소. 이번 공작의 지휘를 맡은 백인권이요."

물이 뚝뚝 떨어지는 잠수복을 입고 있던 두 사람은, 남자가 내미는 가방 속에 얌전히 개켜져 있던 작업복으로 갈아입기 시작했다. 작업복 상의에는 'THE STAGE GATE'란 영문 글씨가 선명하게 가슴팍에 새겨져 있었다.

32

"아무리 봐도, 그림은 살풍경하단 말이야!"

헨리 유는 오직 유리와 철골로만 이루어져 시원하게 바깥 경치가 내다보이는 커튼월Curtain Wall 앞에 서서 혼잣말을 지껄였다. 그의 발밑에 펼쳐지는 경치가 그다지 마음에 들지 않는다는 표시이기도 했다. 멀리 해안선의 불규칙한 검은 선들이 푸른 바다에 선명히 드러나고 있었고, 수평선은 지구가 둥글다는 것을 은근하게 알리는 아주 완만한 곡선으로 하늘과 바다 사이에 부드러운 분할을 보여 주고 있었지만, F Zone은, 선명하고 딱딱한 직선들의 조합일 뿐인 장방형의 인공 대지를 측면 부감으로 위에서 내려다본 결과, 원근 투시가 심하게 먹은 마름모꼴의 생뚱맞음으로 다가오는 중이었다. 세 변에 둘러쳐진 방파제 외에, 어떠한 굴곡이라고는 찾아볼 수 없는 평평하기만 한 인공 대지 위에는, 지금 헨리 유의 시선에서 가장 가까운 비행장 활주로와, 그다음으로 떨어진 중·근경의 단정하게 납작 깍두기 썰어 놓은 여러 용도의 건물군과, 사실상 F Zone의 반이 조금 못 미칠 정도로 면적을 혼자서 독차지하는 바람에, 전체적인 평면 그림의 밸런스가 깨져 보일 정도로 원경 전부를 하얗게 하나로 획일화시킨, 정체불명의 대공간 건축물 '누에고치' 두 곳이, 컴퓨터 보드 위의 칩들 모양 단정하게 자리잡고 있었다. 테마파크의 이벤트 존(Event Zone)으로서 이름을 달아 주기에는 너무나 이미지가 거리 멀게 느껴지고, 꼭 어디 연구소 단지나 첨단 산업 쪽의 공업 지대를 연상하게 하는 모습이었다.

"나무 한 그루도 없으니……, 이거 원……." 헨리 유는 혀를 차며, 고개를 가볍게 흔들었다. 약간 체념이 섞였다 할까? 그런 말과 행동들이었다.

"하하하. 유 사장님 마음에 우리의 F Zone이 영 눈에 차지 않는가 봅니다."

헨리 유가 서 있는 쪽으로 걸어와 그를 옆눈길로 흘깃 내려다보며 말을 거는 남자가 있었다. 희끗희끗한 백발이 관자놀이 주변으로 무성하게 난 진회색 빛깔의 머리칼에, 조용한 차가움이 어린 보라색(Violet) 눈을 날렵한 무테 안경으로 감싸고 있는, 단정한 양복 차림의 40대 중반 남자였다. 보기 드문 눈색깔인 남자의 보라색 눈은 헨리 유의 흥미를 끌었다. 기본적으론 청색에 약간 붉은 기가 돈다는 정도인데, 밝은 곳에서 보면 좀 더 붉어졌다가 어두운 곳에서는 짙은 청회색조로 보이곤 하여 변화가 심한 눈 색깔이었다. 이 변덕스러운 기분이 도는 두 눈을 남자가 무테 안경알로 감추고 있다고 헨리 유는 생각했다. 남자의 전체적인 분위기는, 좋게 말하면 굉장히 안정감이 도는 지적인 신사라고나 할까? 근육의 힘을 내세우며 타인을 압박하는 태도는 바보짓이라고 확신하며 살아온 사람에게서 자연스레 풍겨 나오는, 그러나 타인에게는 왠지 조심스럽게 대해야겠다는 두려움을 불러일으키는, 그런 조용한 분위기가 감돌았다. 나쁘게 말해 보면, 냉정이 지나쳐 피도 눈물도 없어 보일 때가 종종 틀림없이 있을 텐데, 그런 부정적인 면이 부각될 때의 위험성에 대해, 살아오면서 자신을 죽이고 겉으로는 무심한 침착함으로 대처하는 방법을 현명하게 터득했을 얼굴 인상이었다. 자신이 휘두를 수 있는 아래에게는 어떤 식으로 대할지, 그 점은 헨리 유가 보기엔 미지수였다. 펜타곤이 미국 전역을 샅샅이 뒤져 골라 내어 이곳을 책임지라고 보낸 걸 보면, 그에게 그만한 역량이 있을 터였다. 한 마디로 말해서, 냉정한 판단력과 위기 대처 능력이 이 인간 안에 차분히 자리잡고 있을 것임을, 안경알로 진면목을 감춘 흔들림 없는 그의 눈빛이 말해 주고 있었다.

"그래도……, 저길 한번 보세요. 유 사장님."

남자가 가리키는 곳을 헨리 유가 바라보니, 단조로운 직선과는 다른 이색적인 곡선도 F Zone에 아주 없는 것은 아니란 생각이 들었다. 비행장 활주로와 평행을 달리며 제주테마파크를 마주보는 변을 제외한, F Zone 인공 대지의 세 변에서, 바다 쪽으로 부드러운 나뭇가지 모양의 곡선들이 뻗어 나가며, 각 선들의 끝에는 동그란 물체(암초형 월류식 파력발전기)들이 포도알 모양 하나씩 매달린 것이 보였다. 한 변마다 몇 줄기씩 규칙적으로 설치된 것이 아니고, 세 변 모두를 유기적으로 한꺼번에 상대하여, 굵은 줄기들과 그에 딸린 보다 섬세한 나뭇가지들이 뻗어나가고 있었는데, F Zone 주변 바다의 여러 여건들을 고려하여 설치된 느낌이었다.

'내 기분이 저 모양을 어디서 꼭 본 것 같아……. 가만 있자…, 아! 뉴욕에 있을 때, 〈신비의 아스카 평원 사진전〉이라고, 대학 동창 녀석 개인전 가서 본 사진 이미지하고 비슷하네. 그 녀석은 잘 지내나? 요새도 남미에서 헤매나? 팔자 좋은 녀석이었지……. 유사고고학에 골몰한 귀족 녀석.' 헨리 유는 세상을 떠돌며 팔리지도 않는 사진만 찍고 있는 하버드 동창을 떠올리며 잠시 딴생각을 했다. 그의 느낌으론, 자신이 지금 눈여겨 본 것이 페루 나스카 평원에 그려진 초거대 규모의 기하학적 도상들 중 '거미'를 연상하게 했기 때문이었다.

"거미 다리 같네요."

헨리 유의 표현에 약간 의아하다는 표정으로 두 눈썹이 이마 위에 말려 올라간 남자였다.

"거미 다리라? 누구나 나무나 나뭇가지 모양으로 연상하던데……."

"그냥 떠오른 생각입니다."

"혹시 유 사장님. 우리가 뭐, 바다 위에 거미줄이라도 치고 뭔가 걸리기를 기다리고 있다 생각하시는 것 아닙니까? 하하하하."

"하하하. 뭔가 걸려야겠지요. 괜한 돈을 쓰는 일은 이 세상엔 없는 법이니까 말이요. 안 그렇습니까, 미스터 드레이크Drake?"

남자의 웃음소리에 같이 맞장구치듯이 소리 내어 웃으며 농담조로 슬쩍 넘기는 헨리 유였다. 헨리 유에게 **미스터 드레이크**라고 불린 남자는, 소위 '더 스테이지 게이트The Stage Gate'란 회사에서 파견 나온, F Zone의 총관리자(Administrator) 겸 더 스테이지 게이트사의 사장으로서, 풀 네임Full Nane이 에드윈 프랜시스 드레이크Edwin Francis Drake였다.

영국 엘리자베스 1세 시대의 프랜시스 드레이크(Sir Francis Drake) 경[4] 하고 집안으로 따져 어떤 관계가 있는지 헨리 유로서는 모르는 상황이었지만, 그의 풀 네임을 펠드스파홀딩스의 모 회사인 피젼블러드홀딩스에서 수집한 인물 보고서를 보고 처음 알았을 때, 저 침착한 얼굴 표정 뒤에 해적으로서의 약탈 본능이 숨겨져 있는 것이 아닌가 주의 깊게 살펴보았을 정도였다.

헨리 유와 F Zone의 총관리자 두 사람은, 비행장 관제탑의 전망대 유리창 앞에 나란히 서서, 밖의 경치를 바라보며 계속 탐색전을 펼치며 대화를 시도했다. 만나기를 즐겨하는 사이라고 할 수는 없었지만, 그렇다고 서로 간에 안 만날 수도 없는, 그런 인간관계였다. 오늘, 헨리 유는 제주공항에 내리자마자 헬기를 타고 F Zone에 직접 들러야 했다. 이 미스터 드레이크하고 할 말이 있었다.

"미스터 드레이크. 그래, 오늘 날 보자고 한 이유가 뭐요?"

농담조로 날선 표현들을 뭉그러뜨린 뒤, 헨리 유는 다시 공격적인 목소리를 만들며 질문을 던졌다.

"전번에 하신 말씀 있잖아요. 우리한테 지분 파킹Parking을 해달라고 한 것 말이죠. 그 얘기를 곰곰이 생각해 봤고, 그래서 상부에 보고도 했고, 그쪽 얘기도 들었고, 오늘 벌어지고 있는 일에 대해서도 의논도 해야 되겠고, 뭐……, 겸사겸사지요."

4 프랜시스 드레이크 경(Sir Francis Drake) 해적으로서 서인도제도 약탈 원정을 했고, 세계 일주에 성공한 최초의 영국인으로 여왕에게 기사 작위를 받았고, 해군 부제독으로서 당시 스페인 무적 함대 격파의 일등 공신이 되었다. 영국인들에게 넬슨 제독과 더불어 위대한 영웅으로 추앙받고 있다.

"다 F Zone의 미래를 위한 일이요. 내가 튼튼해야지 F Zone도 말썽이 없을 수 있어요. 내가 무너지면 F Zone도 힘들어요." 헨리 유는 약간 거칠다 싶은 정도의 어조를 계속 사용했다.

"그렇죠." 미스터 드레이크는 안경알 너머로 헨리 유를 지긋이 내려다보면서 입가에 조용한 미소를 띄웠다.

"내가 부탁한 것은 지분 파킹만은 아니요. 하나가 더 있었죠?" 드레이크를 쳐다보며 단호한 어조로 마저 다 얘기할 것을 닦달한 헨리 유다.

"예. 뭔가 사건을 만들어 달라고 하셨죠. 잘 숙지하고 있습니다. 소문이 고약하게 나서 투자자들이 아연실색할 만한 그 무언가를 말이죠."

"그래요. 그래서 죄다 지 잘났다고 주도권 다툼을 벌이게 되고……, 아마도, 시행사인 우리를 디폴트시킬려고 하겠지, 건설사들은 지급 보증 회피나 하게 되고, 난 물러나야 될 정도로 SI[5]들이 날 몰아세우게 되고, 그런 게 필요해요. 그게 뭐겠습니까?"

"F Zone의 일시적인 폐쇄와 철수라고 지난번에 말씀하셨지요."

"맞아. F Zone 계획이 여기까지 왔는데, 갑자기 못하게 될지도 모른다는 황당하고 불안한 소식, 그게 필요한 거지. 제주테마파크가 초장부터 삐걱거린다는 분명한 확증." 헨리 유의 목소리는 약간 쉰 듯하게 갈라져 나오고 있었다.

드레이크는 헨리 유의 얼굴을 빤히 내려다보았고, 헨리 유도 드레이

5 SI(Strategic Investors) 전략적 투자자.

크의 얼굴을 뚫어져라 두 눈으로 쳐다보면서, 미동도 하지 않았다.

"그래서, 소문에 넘어간 주주들이 헐값에 지분을 팔면, 우리가 가만히 사들여 재어 놓았다가, 때 되면 유 사장님에게 헐값 그대로 상납하라는 말씀 아니십니까?" 드레이크의 정중한 말씨였다.

"나로서도 할 수 없어서 그러는 거요. 지금 내가 가진 권한이란 것도 따지고 보면 매우 위태로운 거예요. 지분을 떠나 전문 경영인일 뿐이니까. '더 스테이지 게이트The Stage Gate'가 해줄 일은 임시 주총(주주총회)에서 기습적으로 나에게 표를 몰아 주는 거지. 그러면 난 경영 일선에 전보다 더 막강해져서 복귀하게 되고, 평소에는 눈에 띄지 않던 양과 염소들을 잘 구분해서, 염소들은 전부 도살장에 보내 버릴 생각이요." 헨리 유는 짧고 격정적인 말투를 계속 선보이고 있었다.

드레이크는 미소를 지었다. "우리가……, 헨리 유 사장님, 당신에게 그렇게 헌신할 이유가 뭡니까?"

답변이 거침없이 헨리 유의 입에서 나왔다.

"착각하지 말아요. 미스터 드레이크. 여긴 미국 소유의 재산이 아니요. 군사 기지나 대사관저라면 미국의 재산이지만, 이건 한국 정부 소유의 그 무엇에……, 이걸 뭐라고 해야 하나, 대지도 아니고 바다인데 말이야, 어쨌든 우리가 100년 예정으로 바다를 임차해서 사용을 하게 된 거란 말이요. 100년이 지나면 분해해야 하는 인공섬이니까. 사실상, 미-한 간에 여러 얽히고설킨 관계들 때문에, 서로 못 본 척하고 있는 부분이 많아요. 이런 잠재된 갈등 요인들을 그래도 합리적인 명분으로 봉인하고 있는 당사자가, 바로 나의 제주테마파크야."

드레이크의 두 눈을 더욱더 뚫어지게 쳐다보면서, 단호한 어조로 말을 잇는 헨리 유였다.

"제주테마파크가 확고부동해야지, 그 옆에서 연명을 하게 되는 게 F Zone이야! 그걸 항상 머릿속에 새기고 살아야 돼. 미스터 드레이크. 그리고 **제주테마파크는 바로 나야!** 알겠어? 내가 살아 있는 동안, F Zone도 살아 있게 될 거야."

관제탑의 전망대 유리창 앞에서 만나 나란히 서서 말씨름하던 헨리 유와 드레이크는, 이젠 좀 편히 앉아서 대화하자는 드레이크의 제의 때문에, 자판기 커피 한 잔씩을 뽑아 들고 전망대 유리창 쪽에 놓인 6인용 로비 의자에 앉게 되었다. 그들은 의자에 앉아서도 오늘의 근접 전투를 계속 이어 나갔다. 얼핏 보면 사이좋게 나란히 앉아 대화하는 듯이 보이겠으나, 헨리 유와 드레이크 사이에는 두 사람이 양다리를 있는 대로 벌리고 앉을 만한 빈 공간이 존재했다. 서로가 떨어져 앉은 바람에, 목소리를 조금은 높여야 말하는 내용이 편히 상대편에게 전달되고 있었다. 하지만, 외인은 한 사람도 들어오지 못하게 드레이크가 출입을 막아 버렸고, 널따란 전망대를 통째로 사용하면서 밀담 나누기에 아무 문제가 없었다.

"유 사장님. 우린 헨리 유 사장님이 항상 건재하기를 바랍니다. 서로를 위해서 그게 좋은 일이지요. 그리고 유 사장님의 요구를 100퍼센트 수용하기로 했어요. 다만, 뚜렷한 원인이 눈에 띄지 않는 F Zone의 단순한 폐쇄와 철수는, 오히려 역효과라고 생각하고 있습니다. 투자자들 눈치가 보통이 아니잖아요. 사정이 명확하게 눈에 들어오는 게 좋습니다."

"루머나 퍼뜨리는 '작전'을 꾸미자는 소리로 들려요? 잘못 알아들었소. 실제로 일을 벌려야 돼. 일시적인 F Zone의 폐쇄와 철수 행위가 투자자들 눈에 확연히 보여야 해요."

헨리 유는, 드레이크의 말 중에서 교묘하게 '넌 생각이 짧아!'라는 식으로 자신을 비꼬는 부분이 있음을 깨닫고, 즉각 잽 카운터를 날렸다. 드레이크는 헨리 유의 반응을 무시하고 말을 차분하게 이어 나갔다. 그러자, 헨리 유는 뭔 소리가 나오는지 들어나 보자는 얼굴로 추가적인 반응을 보이지 않고 아무 말 없이 앉아 있었다.

"5개월 전, 한국 국정원 요원들로 짐작되는 자들이 우리의 '스테이지 게이트 지역'에 침입한 적이 있어요. 예상은 했던 일이고……, 놀라운 일도 아니지요. 그래서 건설 작업 때문에 와 있던 기존의 한국인 엔지니어들에 대한 철수를 요구했고, 다른 엔지니어들로 교환 근무 해주기를 요청했었지요. 한국 기업들은 별다른 입장 표명 없이 요청을 들어 주었구요."

"그래서요?"

"얼마 전에, F Zone 침입의 의도가 보이는 암호 통신문을 입수했습니다. 인터넷을 통해 이루어지고 있었는데, IP 주소의 쌍방 최종 목적지는 서울과 여기 제주테마파크 두 곳이더군요."

"제주테마파크?"

"예. NSA에서 한참 고생을 한 후 해독하기는 했는데, 완전하진 못

해요. 아마도 철수했던 엔지니어들 중에 섞여서 다시 제주테마파크 건설현장으로 잠입한 것 같습니다. 뭐 어쨌든, 그들이 행동을 개시할 날짜 정도는 알아냈습니다. 4월 20일, 바로 오늘입니다."

"오늘요?"

"예. 그래서 제가 유 사장님에게 오늘 현장에서 꼭 뵙자고 말씀드린 겁니다."

"그래, 그 일과 나랑 무슨 관련이 있다고 날 오늘 부른 겁니까? 내가 스파이 두목이라도 된다고 생각하는 거요?"

"하하하. 아닙니다. 그런 멍청한 오해를 할 정도로 우린 어리석지 않습니다. 기본적으로 F Zone은 한국 기업에서 바다 위에 인공 대지를 만든 겁니다. 그래서 얻은 이익이 크지요. 비용 절감이란 면에서 말이지요. 하지만 한국의 정보 기관들 쪽에 대해선, 보안 체계에 많은 약점을 가지게 되었습니다. 우리도 하느라고 했지만, 어디에 구멍이 있는지 완전히 파악 못하고 있을 수가 있습니다. 한국 국정원 요원은 그래도 괜찮아요. 우리의 동맹국이지 적성국이 아니란 말입니다. 한국 애들도 알고 싶겠지요. 당연한 겁니다. 가만히 있는다고 하면, 그게 더 이상한 겁니다. 우리도 어느 정도 선까지 한국 측에 노출시켜도 될는지를, 사전에 한계를 상정하고 여기에 온 것입니다. 다만, 그 외의 국가들에 정보가 넘어가면 절대로 안 되는 상황입니다. 그래서 인공섬까지 만들고—인공섬을 만든 여러 이유가 있습니다만—분리된 폐쇄적인 환경 속에서 상주하는 인원들의 신원을 완전히 파악하고, 어쨌든 하느라고 하고 있지요. 그래도 구멍이 생깁니다. 역시 예상대로 한국인 엔지니어 쪽에서 구멍이 생기더군요. 그 한국인 친구들이 오늘 이 F Zone에 잠입하겠다고 벼르고 있다고 합니다. 이미 움직이고 있는지도 모르지요……." 드레이크의 말투는, 마치 자신과는 동떨어진 딴세상 얘기라도 하듯이 감정 표현 없이 이어져 나갔다.

"그래, 오늘이란 날짜만 알지 그 외는 아무것도 모른단 말이요?" 약간 퉁명스런 말투로 내뱉은 헨리 유의 질문이었다.

"금일, 12시 50분경부터 F Zone 하부, 바닷속으로 침투하고 있는 형체들이 능동能動 SONAR(음파 탐지기)에 잡혔습니다. F Zone에서도 '스테이지 게이트 지역' 하부에서만 잠시 나타났다 사라졌지요. 해중림海中林 시설이 하부에 설치된 '비행장 지역'과 '스테이지 게이트 지역' 일부는 SONAR도 무용지물입니다. 모든 게 너무 밀집되어 있어요. 해초와 물고기 떼 사이에서 인간을 제대로 식별하기가 어려워요. 골칫거리긴 하지만 우린 참고 넘어갔습니다. 문제는 그다음부터입니다. 우리가 예상한 침투로하고 달라요."

감정 이입이라고는 전혀 없던 드레이크의 말투에서 약간 변화가 생겼다.

"지금 시각이 14시 34분. 분명히……, 이 F Zone 어딘가에 잠입했을 텐데, 우리가 파악 못하고 있습니다. 우리의 예상로는—힘들긴 하겠지만—장비를 써서 해상 30미터 높이의 방파제를 넘으려 애쓸 것으로 보았습니다. 그랬다면, 우리에게 발각되었을 겁니다. 벌써 일처리는 끝나고, 나도 시가나 한대 피우며 유유자적할 수도 있었지요. 그런데, 오리무중이에요. 그렇다면, 지금 F Zone 내부에 또 다른 요원이 미리 존재했고, 다른 경로로 들어오도록 도와주고 있다는 결론이 나옵니다. 그렇다면 가능할 수도 있습니다."

드레이크의 입가에 슬며시 웃음기가 감돌기 시작했다.

"이건 예행 연습입니다. 실전이자 게임이에요. 한국인 요원들이 날뛰면 날뛸수록, 우린 보안 체계의 허점을 스스로 깨달을 수 있고 보강에 들어갈 수가 있어요. 우리의 목표는, 한국을 제외한 다른 국가들에 대한 철통 같은 보안입니다. 내줄 만한 정도까지만, 자신들이 알아서 가져갈 능력이 되면 가져가도록 해준다는 일종의 서비스 정신으로, 한국 정부를 대한다는 것이 사실상 우리의 전략입니다. 한국 애들을 통해 우리는 F Zone의 보안 체계를 발전시킬 수 있으니 실제론 이익입니다."

"어쨌든, 나에게 하고 싶은 무슨 말이 있는데, 계속 한국인 스파이 얘기만 하고 있네. 변죽만 울리지 말고 말을 해봐요, 속시원하게. 때맞춰서 오늘 날 부른 이유가 뭔지."

"유 사장님이 요구하신 일시적인 폐쇄나 철수, 모두가 다 돈입니다. 아시지요? 우린 유 사장님의 생각에 동의는 하나—적극적인 동의라고 생각해도 됩니다—소모적인 심각한 낭비는 가급적 줄여야 합니다."

"내가 말한 게 낭비라고?"

헨리 유가 즉각 반발하자, 드레이크는 그를 달래듯이 한 손을 내저었다.

"펜타곤도 요새 힘들어요. 아시잖아, 우리가 얼마나 비용 절감 문제로 고심하고 있는지. 대체가 가능하고 비용이 절감된다 싶으면 그쪽으로 가야 합니다. 우리도, 향후 생길지 모르는, F Zone에 과다한 투자를 했다는 내부 비난에 대처해야 합니다."

"그래서?"

"오늘, F Zone 어딘가에서 일을 벌이고 있을 한국인 스파이들을 이용하자는 것이지요. 어차피, 좀 더 시간이 경과하면 우리에게 발각되게 되어 있습니다. 최종 침투 장소야 뻔하니까요. 오늘 첫 시험 가동에 들어갑니다. 우리의 '켈라 시스템'이 말이지요."

"그럼 그동안 한 건 뭐요?"

"아! 부분적인 테스트들이었지, 전체적인 시스템을 모두 풀가동한 건 아니었습니다. 정말 내부 첩자가 있긴 있어요. 날짜를 정확하게 짚어 낸 걸 보면 말이지요. 우린 이번 기회에 가능한 한 모든 걸 청소할 예정입니다."

"그럼, 한국인 스파이를 이용한다는 말은?"

"복잡할 게 없는, 간결한 진행 계획입니다. 한참 시운전 중이다가 스파이 잠입이 확인되면 모든 시스템을 정지하고, '스테이지 게이트 지역'의 건물들 어느 한 부분에 위장 연기라도 피워 올리는 거지요. 폭탄이 대량으로 터진 듯한 멋진 음향 효과도 고려하겠습니다. 시스템이 완전 파괴된 분위기를 연출해 주고—방송국에 보낼 동영상 제작도 고려하겠습니다!—막대한 손해가 발생해서, 더 이상의 운영이 어려울 타격을 입었다, 그 정도의 시각 효과? 그래서 F Zone 계획이 아예 전면 취소될 것이라는 소문만이 아닌 실제 기사, 그런 게 필요합니다. 제3국 산업 스파이의 무차별 파괴 공작이 지난밤, 제주테마파크의

F Zone에서 발생, 아직 피해 상황이 완전히 집계되고 있진 않지만 재기가 불가능? 이런 정도의 기사들이 매체를 타고 나가게 해야지요. 생포한 스파이의 얼굴도 좀 비춰 주고 말입니다. 그러면 여론은 우리에게 동정적으로 흐를 테니까, 그동안 우리가 차단하느라 애써 왔던 여러 문제 제기 움직임들이 자연스레 그 힘을 잃게 됩니다. 뭔가 대단하고 멋진 것이 F Zone에 있어서 저 난리가 났구나! 한국에서 처음 시도되는 건데 우리가 보호해야겠다! 한국인들이 가진 애국심을 건드리게 되지요. 침범당하고 파괴당한 제주테마파크로서 노이즈 마케팅에 가깝지만, 홍보 효과는 대단할 겁니다. 아울러, F Zone에 대한 의혹 제기라는 이슈는 더욱더 수면 밑으로 가라앉게 되지요. 우리가 앞으로 행동할 수 있는 운신의 폭이 넓어집니다. 좋지 않습니까? 유 사장님." 드레이크는 말을 끊고 헨리 유의 눈을 주시하며 자신의 말이 얼마나 먹혀들어가고 있나 확인하는 듯했다. 잘난 척한다든가, 똑똑한 척하는 모습이 일체 보이지 않아, 헨리 유로서도 부담스러웠다. 만만한 상대가 아니었다.

"그리고 나선, 유 사장님의 일이 완전히 처리될 때까지 조용하게 우리들은 기다리겠습니다. 해상 수송이나 항공 수송으로 이루어지는 물자 반입들을 전면 취소하고 말이지요. F Zone 위장 파괴 지역에 대해, 위성은 물론 접근 촬영에서도 실제 파괴와 구분이 안 갈 정도로 처리하는 일은, 우리의 전공 분야입니다. 연기도 계속 피워 올리면서, 지금 보유한 인원과 물자로도 충분히 가볍게 위장할 수 있습니다. 한편으론, 스파이들을 생포하고 나서 한국 정부 측에 항의를 하고, 말로만의 유감 표명 대신 정식 협조를 요구해야겠지요. 아마도, 한국 정보 기관 측에선 제3국 스파이의 파괴 활동으로 만들어, 우리보다도 앞장서서 언론 플레이할 수밖에 없을 겁니다. 또한, '작전'용으로 기획된 소문을 우리가 퍼뜨릴 경우 — 이건 '작전'이라 부르기에도 어폐가 있어요. 때맞추어 스파이 활동이 실제로 있었으니까요 — 나중에 들통이 나더라도, 한국 금융감독원의 개입 같은 문제 발생 여지들을 한국 정부 니들이 알아서 자체적으로 막아 달라 요청해야겠지요. 실제로 한국 스파이가 잠입한 때에 맞추어 진행되니, 우리만의 자작극은 아닌 셈이 되는 겁니다. 절반의 진실도, 진실은 진실이거든요. 애초의 원인 제공은 한국 정보 기관 쪽에서 한 겁니다. 한국 측에서 일차적인 책임을 져야 되겠지요."

"이제 보니, 애초부터 일이 벌어질 때까지 기다릴 작정이었구만. 스파이들이 발각되었어도 안 잡고 내버려 둘 요량이었어. 그렇죠?"

헨리 유의 말에 드레이크는 미소를 짓기만 했다. 헨리 유는 고개를 끄덕이긴 했으나, 양미간은 저절로 찌푸려지고 말았다. 드레이크가 말한 내용이 그다지 상쾌한 기분이 들지 않아서였다.

헨리 유는 헬기를 먼저 돌려보내고, 자신은 F Zone과 제주테마파크를 이어 주는 연육교를 통하여 4킬로미터 조금 넘는 거리를 걸어서 돌아가기로 했다. 운동도 할 겸, 머리도 식힐 겸, 오랜만에 제주테마파크 건설현장도 돌아보고 싶어서였다. 연육교는 최근에 완전히 개통되었다. 드레이크는 친절하게도 2인용 전기차를 직접 몰고는, 비행장 활주로를 통과하여 컨테이너 하역장 끄트머리에 붙은 연육교 입구까지 바래다주는 성의를 표시했다. 마지막 마무리까지 깔끔하고 분명하게 하는 친구였다.

연육교 입구에 서 있던 보안 요원의 매서운 눈길을 뒤로 하고, 헨리 유는 바다 위를 걸어가기 시작했다. 1킬로미터 정도 걸었을까? 바람은 조금 세게 느껴졌지만 화창한 맑은 날이었고, 갈매기 떼는 그의 주위를 끼룩거리는 소리를 내면서 하얀 날개를 활짝 펴고 날아다녔고, 바닷물의 짠 내음은 흐린 날처럼 비릿하지 않고 상쾌하게만 느껴졌다. 아직 따가운 기운이 스며들지 않은 제주 하늘의 봄 햇살과 함께, 청량한 기운을 내뿜고 있는 바다는 그의 발밑에서 출렁이고 있었다. 헨리 유는 걸으면서, '내가 언제 이렇게 멋진 바다를 한가운데에 서서 지척으로 만나 본 적이 있나!' 감탄을 하며 주위를 둘러보았다. 폭이 5미터가 못 미치는 연육교는, 시속 40킬로미터 이하의 속도로써, 소형 전기자동차 2대가 동시에 지나칠 정도의 규모로만 제한되어 있었다.

"이것도 매력물이야! 테마파크에 들어온 사람들이 여길 자유로이 왕복할 수 있게만 해줘도 좋을 텐데……, 아쉬워. 정말 아쉬워!"

헨리 유는 바지 주머니에 두 손을 찔러 넣고는 여기저기 쳐다보기도 하고, 발을 쿵쿵 굴러 보기도 하면서, 연육교의 상태를 자세히 관찰하며 혼잣말을 중얼거렸다. 잠시 후, 그는 연육교의 하얀 난간을 두 손으로 어루만지며, 바다를 지켜보다가, 고개를 숙이고 딴생각에 빠져 버렸다.

'회장은 F Zone 때문이라도 과감하게 행동해야 한다고 몇 번이나

말했지.'

헨리 유는, 스티글리츠 회장이 던진 말들을 곱씹어 보면서, 마음속의 어두운 그림자들을 지우려 애를 썼다. 계속 뒤통수를 물고 늘어지는 불안감 같은 것이 그를 괴롭히고 있었다. 반드시 드레이크가 제시한 일처리 방법 때문만도 아니었다. 불안감은 보다 근원적인 곳에 그 원인을 가지고 있었다. 헨리 유는 2주 전에 회장과 만나 나눈 대화를 떠올리며, 쓸데없는 불안감이라고 생각을 정리하면서 자신을 통제하려 애썼다.

"헨리. 그래, 오랜만에 센트럴 파크에 오니까 기분이 어떤가?"

"글쎄요. 난 이렇게 한가한 센트럴 파크는 본 적이 없어서, 처음 보는 곳 같네요. 지금 한국에서 살아서가 아니고, 뉴욕에서 꽤 오래 살았는데도 평일 오전에 여길 와 본 적이 없습니다. 일광욕들 하느라, 잔디 광장에 사람들이 득시글거리는 센트럴 파크는 잘 알지요. 전 그 분위기에 익숙합니다."

"허허허. 그래?"

스티글리츠 회장과 헨리 유는 센트럴 파크의 '호수(The Lake)' 주변을 산책했다. 요즘 들어 회장은, 헨리 유가 뉴욕에 들르면 그를 데리고 여기저기 돌아다니며 이 얘기 저 얘기 하기를 즐기는 버릇이 생겼다. 나이가 들었다는 걸 의식해서인지 오히려 밖으로 나서는 시간이 늘고 사무실에 계속 있는 걸 싫어한다는 비서의 정보도, 업무적인 의견 조율이 순탄하게 이루어지길 바라는 헨리 유를 회장 옆에 졸졸 따라붙게 만드는 요인이었다.

스티글리츠 회장은 센트럴 파크 관리위원회(CPC, Central Park Conservancy)의 중요 후원자였고, 1970년대 말, 센트럴 파크가 흉물스러운 공원으로 황폐화되었을 때, 누구보다 분노하면서 이 공원이 제 모습을 되찾을 수 있도록 뒤에서 움직인 몇몇 독지가들 중 하나였다. 그가 개발한 여러 분야의 프로젝트들 중엔, 뉴욕의 재개발 재건축 사업 분야에도 괄목할 만한 성과물들이 줄줄이 존재했다. 그래서인지는 몰라도, 뉴욕 시청의 관리 조직에 막강한 영향력이 있었고, 시민 단체들에도 많은 연고를 가지고 있어, 양자 사이에 조용한 조절자로 나선 스티글리츠 회장은, 자신의 취미에 맞지 않아 볼 때마다 점점 화가 나던 '흉측한 정원'의 모습을, 오늘날의 '센트럴 파크'로 비교적 순탄하게 재탄생시킬 수 있었다. 그에게 있어 센트럴 파크는, 이익에 매이지 않고 순정을 바친 유일한 경우이자, 언제나 양심을 부드럽게 다독거려 주는 위안거리이기도 했다. 지금도 공원을 걸으면서 세심하게 관리 상태를 눈여겨보고 있는 스티글리츠 회장을 관찰하며, 회장의 센트럴 파크가 자신의 제주테마파크일 것이라고 속으로 생각해 보는 헨리 유였다.

두 사람은 '온실 연못(Conservatory Water)' 쪽으로 걸어가기 시작했다. 스티글리츠 회장이 수변水邊의 노천 카페에서 커피나 한 잔 하자고 했기 때문이었다. 그는 종종 이 노천 카페에서 자신이 살고 있는 어퍼 이스트 사이드Upper East Side의 콧대 높은 어르신들하고 노닥거리는 모양이었다. 4월 초순의 센트럴 파크는 아직 녹음이 완전히 올라오고 있지 않아, 울창한 느낌이 들지 않고 여린 연두색의 옅은 안개가 나뭇가지들 사이에 어리어 있는 듯한, 가볍고 섬세한 모습을 보이고 있었다.

"헨리. 난 말이야. 요때부터 5월 초까지의 센트럴 파크를 최고로 친다네. 가을은 단풍들어 좋다고 하지만, 좀 스산한 느낌이 들고, 겨울은 편안히 걷기엔 너무 추워. 푸르러 번성한 여름은 쳐다보면 좀 부담스럽고."

"나무가 참 그렇더라구요. 이번에 제주테마파크 식재 계획 할 때도 보니까, 조경 디자이너들이 나무를 제일 신경쓰더군요. 테마파크는 숲을 조성할 일이 없으니까, 그래도 괜찮은 편이라고 얘기합니다. 그런데, 일반 퍼블릭 공원은 안 그런 모양이대요. 나무가 너무 없으면 텅비어 보이고 그늘이 없어서 관람객들이 불편해하고, 너무 울창해지면 시야 확보의 문제가 생기고—어둡고 후미진 곳만 찾아 해매는 파괴주의자는 꼭 있으니까요—개방성의 균형점 찾기도 만만치 않더군요. 예상치와 결과치가 잘 맞아떨어져야 할 텐데, 그게 쉽지 않거든요. 세상일이란 게 다 그렇긴 합니다만……."

"맞아. 나무도, 공원을 찾아온 사람도, 모두 생물 아닌가. 살아 있는 것들에 대해선 완전한 예측이 힘들어. 몇 가지 경우의 수를 예상하고, 그중 하나 정도 근사값으로 맞추어 보는 정도지. 언제나, 일반화되지 않는 변이들이 생겨난다네. 나도 숱한 분석가들, 인문사회과학자들을 고용해서 얘기 듣고 있지만, 결국은 그 정도에서 만족하고 사네. 좀 더 정확해지려면, 직관이 필요하더군. 그런데 이 직관이란 놈이 종종 너무 틀려서 문제야. 나도 인간이거든. 허허허허."

두 사람이 걷는 앞쪽으로, 유치원에서 나온 아이들의 종종 걸음질치는 뒷모습이 언뜻 보였다. 스티글리츠 회장은 그 아이들 무리를 보더니 입가에 미소를 짓고는, '온실 연못' 수변을 걷질 않고 아이들이 걸어간 방향, 조그만 광장 쪽으로 들어섰다. 헨리 유도 스티글리츠 회장의 뒤를 따라갔다. 광장 가운데엔 브론즈 조형물이 있었고, 그 조형물 위를 기어 올라가겠다고 아이들은 매달리고, 지들끼리 엉키고, 몰려다니고, 정신없이 놀고 있었다. 보모는 다치는 애라도 나올까 봐 조형물 주변을 서성거리긴 했지만, 아직 유치원 애들이라 몸이 작아, 가장 넓직하고, 커다랗고, 높게 솟은 버섯 식탁 위를 점령하질 못할 기세여서 안심하는 모양이었다.

이 조형물은《이상한 나라의 앨리스(Alice in Wonderland)》라고 불리는 브론즈 조소 작품이었다. 본래 동화 속의 '이상한 다과회(Mad Tea Party)' 장을 주요 모티브로 삼은 것이지만, 앨리스, 도마우스, 삼월 토끼, 모자 장수 외에 체셔 고양이도 위에서 씩 웃고 있고, 꼬마 도마뱀 빌도 한쪽 귀퉁이에 만들어져 있고 해서, '이상한 나라의 앨리스'의 종합 선물 세트 같은 조형물이었다. 헨리 유도 이 조형물을 은근히 좋아해서, 과거 월 스트리트 품팔이 인생으로 살아가며, 너덜너덜해진 정신 상태를 가다듬으러 센트럴 파크에 올 때면 꼭 들여다보는 버릇이 있었는데, 볼 때마다 속으로, 도마우스Dormouse는 존 테니얼John Tenniel의 그 유명한 삽화보다 좀 징그럽게 생기지 않았나 되뇌이곤 했다.

두 사람은 '이상한 나라의 앨리스' 주변에 마련된 벤치에 앉아 노는 아이들을 조용히 바라보았다. 스티글리츠 회장은 눈가에 활짝 웃음을 머금고 아이들을 한동안 바라보더니 말을 시작했다.

"인간이란, 태어날 때부터 저렇게 자빠지면 또 일어나 올려다보고, 팔을 뻗어 손이 닿으면 또 기어오르려 하고, 그래서 제 발밑에 놓이면 자기가 이겼다고 착각하고 사는 존재야. 뭐 하나, 자기 맘대로 되는 일이 없다는 것을 깨닫는 데는 많은 세월이 필요하네. 그런데 주어진 그 세월조차도 생각해 보면 너무 미미해."

아이들을 쳐다보는 스티글리츠 회장의 얼굴에 피로감이 어렸다. 요즘 들어 부쩍 노인의 느낌이 나타나는 회장이었다. 일흔아홉이란 나이가 무색하게 굉장히 정정했었는데, 갑자기 사그러드는 느낌 같은 것이 있었다. 회장은 아이들을 쳐다보며 계속 말을 이어갔다.

"저마다에게 배당된 것은, 무한하고 헤아릴 수 없는 시간의 작은 한 부분에 지나지 않는다. 영원은 그것을 금세 삼켜 버린다. 또한 그대는 보편적 실체의 얼마나 작은 한 부분인가? 또한 그대는 세계 영혼의 얼마나 작은 한 부분인가? 그리고 그대는 대지의 얼마나 작은 한 점 위에서 기어 다니고 있는가? 이 모든 일을 반성하고, 그대의 본성이 인도하는 대로 행하며, 또한 공통적인 본성이 가져오는 모든 것에 대하여 이를 감당하는 것 이외에는, 위대한 자가 없음을 깊이 생각하라."

"마르쿠스 아우렐리우스 황제군요."

"맞아. 명상록 12권 32장일세. 내가 이 말의 참뜻을 깨달은 게, 불과 얼마 전이네. 여기 와서 센트럴 파크 지도를 별 생각 없이 보고 있었지. 그때, 불현듯 드는 생각이 이 뉴욕에 내가 산 지도 60년이 넘었는데, 센트럴 파크를 모두 다 모른다는 거였네. 내가 내 발로 직접 걸으며 내 오감으로 받아들인 센트럴 파크가, 조그만 오솔길 하나하나를 지도를 보며 따져 보니……, 3분의 2가 채 안 되더라고. 내가 센트럴 파크에 대해서는 특별한 애착이 있는 사람이란 사실을 자네도 잘 알 거야. 그런데 애착을 가지고 관심을 기울이던 것에 대해서도 그런 상황이었네. 그러다가, 내 주변에 대해서 제대로 알고 있는 게 뭐가 있나, 갑자기 또 그런 생각이 들더군. 내가 결혼을 두 번 한 걸 자네도 알 거야. 그런데 두 경우 다, 제대로 내가 파악해 본 여자가 없어. 자식들에 대해서도 마찬가지이고……. 나이가 들어 꽤 많은 지혜가 생겼다고 생각했는데, 갑자기 나 자신이 우스워지더구만."

회장은 씁쓸한 표정을 짓더니 옆에 앉은 헨리 유에게 고개를 돌려 그를 물끄러미 바라보았다. '내가 지금 말하는 게 무슨 뜻으로 하는 소리인지 네가 다 이해할까 모르겠다.'는 그런 우려가 얼굴에 어려 있었다. 그러다가 다시 말을 이어 갔다.

"나 자신, 한 번도 실체라는 걸 알지 못하고 사그러져 가는 운명일세. 내가 판단하고 예측했다 자랑스러워한 현실이란 것도, 따지고 보면 앨리스의 '이상한 나라(Wonderland)'인 것이네. 다만, 내가 만들어 놓은 '이상한 나라'는 좀 더 근사하고, 그 힘이 다른 사람들의 '나라'들보다 대단히 강력해서, 다른 '나라'들을 끌어당기고 합병하며 팽창하고 있지. 나의 '이상한 나라' 속에서, 다른 사람들은 저 어린아이들 모양 끊임없이 기어오르려 애쓸 뿐이네."

헨리 유는 약간 기분이 언짢아지기 시작했다. 오늘 따라 현학적인 말장난의 정도가 좀 심해진다고 느꼈기 때문이었다. 그러나 서글픔이 어린 노인의 얼굴을 막상 쳐다보니, 말장난은 아닌 것 같아 별 말 없이 가만있기로 하였다. 스티글리츠 회장은 헨리 유의 얼굴을 물끄러미 계속 바라보고 있었다.

"내가 아까 아우렐리우스 황제의 말을 인용했는데 그중에서 —'이 모든 일을 반성하고, 그대의 본성이 인도하는 대로 행하며, 또한 공통적인 본성이 가져오는 모든 것에 대하여 이를 감당하는 것 이외에는, 위대한 자가 없음을 깊이 생각하라.'— 이 말은 결국 너 자신의 운명에 복종하라는 말일세. 실체를 파악하지 못할 존재이니, 운명에 복종밖에 더 하겠는가. 그러니 인간은 용서받을 수 있는 거네. 인간이 사실상 아무것도 모르니, 책임질 능력도 없고, 따라서 편리하게도……, 용서받을 수가 있어. 그래서 신의 은총이라네. 허허허."

헨리 유는 입 다물고 조용히 있었고, 회장은 계속 말을 이어 나갔다.

"헨리. 자네 말이야. 어쩔 수가 없는 거네. 그 F Zone 때문이라도, 과감하게 행동해야 하네. 과감해야 해. 너무나 큰일 아닌가? 그 제주 테마파크 말이야. 그러니, 자네의 중압감도 대단한 것 알아. 잘못되면 어떡하나 하는 두려움 때문에, 자네가 어차피 해야 할 일을 못 하고 있는 거네. 가령 F Zone에 대해서 가만히 놓아 둔다면, 결국 자네는 F Zone을 통제할 모든 실마리들을 잃어버리게 될 것이야. F Zone에서 자네를 신경이 쓰이고 걸리적거리는 존재로 인식하도록, 그 정도라도 지금 만들어 놔야 되네. 내버려 두면, 그 F Zone은 결국 제주테마파크하고는 아무 상관이 없는 곳이 되어 갈 것이야. 그런 반면에 문제가 발생하면, 모든 화살은 자네에게 돌려질 것이고. 지금부터 길을 들여 놔야 되네. 내가 테마파크가 개장하기 전에 한 번 사건을 만들어야 한다고 자꾸 말하는 것도, 지금이 지나면 언제 다시 기회가 올지 몰라서 하는 얘기네. 사건을 만든다는 것은 내부 단속을 위함도 있지만, F Zone에 헨리, 자네의 존재감을 각인시키는 기회이기도 해. 지금, 과감하게 해치워야 하네."

헨리 유는 스티글리츠 회장의 말을 계속 듣고만 있었다. 옳은 얘기란 생각이 마음속에서 슬며시 고개를 쳐들었다.

"F Zone 때문에 얻은 이득 또한 얼마나 많은가! 감당하는 것 이외에는 위대한 자가 없다는 말을 깊이 생각하게나. 그리고 내가 좋아하는 말 하나를 더 해줌세. '네가 동의하면, 운명은 너를 인도해 주고, 네가 동의하지 않으면, 운명은 너를 강제한다.' 위로의 말이라네. 어차피 자네에겐 해야 될 일이니, 운명에 대해 억울해하지도, 슬퍼하지도 말게나. 따라서 불안해할 필요도 없어. '현명한 자는 자신의 행동에 대해 절대로 후회하지 않으며, 자신이 행한 것을 절대로 변경하지 않으며, 자신이 결단한 것을 절대로 바꾸지 않는다.' 세네카의 잠언일세."

"말씀하시는 뜻……, 잘 알겠습니다."

헨리 유는 회장의 말이 끝나자 그의 얼굴을 쳐다보며 잠깐 고개를 끄덕거리다가, 머리를 약간 숙였다. 잠시 뭔가를 생각하는 듯한 얼굴이 되더니, 양 눈썹을 찡긋 올리며 고개를 들어 '이상한 나라의 앨리스'를 바라보았다. 그곳엔, 어린아이들이 장난치면서 개구쟁이 짓들을 하느라고 여념이 없었다. 헨리 유의 입가엔 슬며시 미소가 어리기 시작했다.

헨리 유는 스티글리츠 회장과의 대화를 회상하다가, 다시 고개를 들고 꼿꼿하게 가슴을 펴고는 두 팔을 크게 흔들며 연육교를 걸어갔다. 바닷바람이 다시 강해지기 시작해서 가끔가다 몹시 세차게 불 때가 생겨났다. 대기의 격렬한 흐름이 몸 전체로 느껴졌다. 그때마다, 바람에 날려갈 정도는 아닌 것이 분명한데도, 중심을 잃지 않으려, 파도가 넘실거리는 바다 위에 가느다랗게 육지와 이어진 연육교의 난간을 한 손으로 붙잡기를 되풀이하는 헨리 유였다.

33

초대형 화물 엘리베이터의 '우웅' 하는 강한 진동음이, 성 중사에게 자신이 F Zone의 '지하'에서 어딘가의 위로 옮겨지고 있음을 짐작하게 했다. 그는 컴컴한 어둠 속에서 주위에 쌓여 있는 상당한 부피의 알 수 없는 물체들 속에 파묻혀 있었다. 정 하사도 다른 트랜스포터Transporter 속에 성 중사와 같은 신세로 실려 있을 것이다. 두 사람은 트랜스포터에 실린 다른 짐짝 모양, 화물 엘리베이터를 타고 위로, 위로, 천천히 올라가고 있었다.

지금에 와선, F Zone 부유체 구조물 위에 거대한 면적을 뒤덮고 있는 '누에고치' 모양의 대공간大空間, 다르게 표현해 본다면 엄청난 크기의 '비행기 격납고', 이 감당키 어려운 규모를 자랑하는 '무엇'의 내부로 잠입하는 길은, 사실상 **사람의 길**로는 불가능하게 되어 버렸고—백인권은 F Zone 전체의 융합보안 관제체제가 성 중사 들이 있던 초기와는 비교도 안 되게 보강되었다고 알려 주었다—생체인식 보안 시스템(Biometrics Security System)으로 이루어진 촘촘한 개인 데이터 조회의 그물망을 피하는 방법은 오직, 성 중사, 정 하사, 두 사람이 **화물로**

위장하는 길이라고 강조하는 백인권이었다. 국정원 요원인 백인권이 F Zone으로 자연스레 들어오게 된 때는, 지난해 12월 하순이었다. 성 중사와 정 하사가 제주테마파크로 쫓겨난 바로 그때—성 중사 들의 행각이 발각돼서 쫓겨난 것인지, 필요 없는 한국측 건설 인력을 제주테마파크로 자연스레 철수시킨 것인지는, 두 사람으로선 확실하게 판단할 수 없었다—대타로 현세중공업에서 F Zone으로 파견된 파력발전설비 엔지니어들 속에 섞여서 들어온 사정이었다. 당시, 성 중사가 주위에게 얘기 듣기론, 새로 파견되어 F Zone으로 들어올 엔지니어 숫자라고는 달랑 세 명이었다. 지금 총 다섯 명으로 이루어진 파력발전통합제어실 인원들 중, 방금 전 백인권이 컴컴한 F Zone 지하 한구석에서 알려 준 정보에 의하면, 자신 외에 국정원 요원으로 한 명의 과학자가 더 있다고 하니, 당시 새로 파견된 엔지니어 세 명 중 무려 두 명이 국정원 요원이었던 셈이다.

'단지 세 명 정원이었는데 두 명이나 국정원 요원으로 채운 걸 보면, 그 사람들도 애를 쓰긴 쓰는군.' 그 정보를 백인권에게 들은 성 중사는, 국정원에서도 나름대론 F Zone의 비밀을 캐내느라 호시탐탐 기회를 노리고 있는 것은 분명하다는 생각이 들었다. 자신이나 정 하사가 잊혀지는 일을 걱정해야 하는 불안한 상황은 아닐 것이란 판단을 해보며, 안도감에 가까운 기분을 잠시 느낄 수 있었다. 그러나, 지금 어디론가 알 수 없는 곳으로 올라가고 있는 화물 엘리베이터의, "쿠……웅, 쿠……웅." 하면서 귀청을 먹먹하게 할 정도의 규칙적인 굉음은, 다시금 불안감이 성 중사의 마음속에 슬며시 고개 들게 하는 틈새를 만들어 냈다. '이 작전이 발각돼서 실패로 끝난다면……, 백인권 팀장이야 계속 언더커버로 여기에 있게 될 테지만, 우리는 어떻게 되나? 정 하사와 나는 국정원 입장에서 도대체 뭐란 말인가?'

백인권이 건네준 '더 스테이지 게이트The Stage Gate'사의 작업복에는 상의 윗부분 앞단추에 초소형 카메라가 장착되었고, 압축 암호화 알고리즘을 사용한 10기가헤르츠(GHz) 주파수 대역의 무선 초소형 송수신기 모듈이 카메라에 연결되어 옷 안에 부착되어 있었다. 송수신기 모듈은 성 중사 들의 위치를 백인권의 노트북 화면에 자동적으로 표시하는 위치 식별기의 기능도 겸했으며, 이 '더 스테이지 게이트'사의 작업복을 입고 성 중사와 정 하사가 F Zone의 어떤 곳을 돌아다니든지, 동영상과 위치 정보가 백인권의 노트북에 실시간으로 저장되고 있는 중이었다. 동영상에 기록된 정보들은 국정원에서 알아서 분석에 들어갈 부분이니, 성 중사 들은, 부착된 카메라 렌즈를 가릴 만한 물건을 가슴에 끌어안고 걸어가는, 머저리 짓만 하지 않으면 될 상황이다.

"한 시간 가까이 '지하창고'를 돌아다녀 봤지만, 저로선 잘 모르겠더군요. 다만……, 어두워서 잘 모르겠습니다만, 제가 미군의 과학화 전투훈련장에서 보았던 것과 동일한 게 아닌가 짚이는 것들이 있더군요. 촉감이나 무게감이 비슷하게 느껴지는 자재더미가 쌓여 있는데 그게 우리가 주시해야 될 점으로 보입니다." 화물 엘리베이터와 같이 상승하고 있는 트랜스포터의 적재칸에서, 성 중사는 나지막한 목소리로 혼자서 중얼거렸다.

"요원이 보내 준 동영상으로 회사에서 분석이 들어갈 것이오." 마음속에 누군가가 들어와 직접 속살거리는 듯한 느낌의, 감정이 배재된 목소리였다. 그 목소리는 연이어 성 중사에게 들려왔다. "얼마 안 있으면 도착할 것이오."

귀 뒤에 붙은 무선 송수화기에서 나는 목소리였다. 공기로 전달되는 일반적인 소리가 아니고 성 중사의 두개골을 진동시켜 전달된 음성이다. 백인권이 나누어 준 골전도(Born Conduction) 초소형 음성 송수화기는 자세히나 들여다보면 뭔가 미심쩍다고 느껴질까, 겉으로 보기엔 '귀 뒤에 멀미 방지 패치가 붙은 건가? 아닌가? 잘 모르겠다.' 정도의 인식이 가능한, 거의 눈에 띄지 않는 피부 색깔과 밀착성을 가지고 있었다.

"알겠습니다."

성 중사는 백인권의 말에 짤막하게 대답했다. 갖은 고생 끝에 F Zone을 침투하여 송풍관을 헤집고 여기까지 온 과정은 대단히 성공적이었지만, 백인권과 첫 대면을 가진 이후론 그의 의견이나 지시를 전적으로 받아들일 수밖에 없는 성 중사 들의 신세였다. 그만큼 백인권의 말들 속엔, 성 중사나 정 하사나, 앞으로의 침투 공작에 대해선 아무것도 아는 바가 없는, 어린아이와도 같은 신세라는 점을 갑자기 깨닫게 하는 그 무엇이 있었다. 백인권의 말들은 '밤의 유령 작전'이 가져다준 프리미엄이라고는 F Zone 어디에도 존재하지 않을 것이란 예감을 만들어 냈고, 결국 그 예감은 지금 백인권에게 '알겠다!'라고 대답하고 있는 성 중사 머릿속에 다시금 새겨지기 시작했다.

"뭐가 있는지 모른다는 말씀이십니까?"

성 중사의 당황한 목소리가 강철 벽으로 둘러싸인 공간, 한 귀퉁이 어둠 속에서 울려 퍼졌다.

"그렇소. 우리로서도 지난 4개월 동안 최대한으로 탐색해 본 결과요." 백인권의 나지막하면서도 아무 감정이 실리지 않은, 그렇다고 무슨 박력이 있는 것도 아닌 약간 맥 빠진 듯한 목소리가 계속 이어졌다. "다만 알아낸 것은 요원들이 침투할 장소에서 무엇인가가 늘어난다고 해야 하나? 우리로서는 그 구역, 그 공간에서 — 부유체식 해상구조물 설계 도면을 보아도 대단히 넓은 지하 세계를 이룬 '지하창고'와도 같은 곳이오 — 어느 날 갑자기, 그 섹터 21부터 30 사이 '지하창고' 부분의 부위 하중이 갑자기 늘어나더군. 폰툰식 부유체 구조물의 섹터 21부터 30까지는 '지하창고'인데, 그 위로, 알 수 없는 바로 그 '켈라Kella'가 있소."

"'켈라Kella'가 뭡니까?"

대화를 듣던 정 하사가 갑자기 튀어나와, 얼굴에 인상을 조금 쓰면서 질문 비슷한 한 마디를 큰 소리로 던졌다. 그 질문에 찔끔 놀란 듯한 백인권은 정 하사를 힐끔 올려다보더니, 다시 차분하게 말을 잇기 시작했다.

"요원들이 F Zone에 있을 때, 탐색전을 펼친 바로 그곳 말이요. 그때 요원들이 멀리서 보니 꼭 '누에고치'같이 생겼다고 표현했었지? 요원들이 보내 온 첩보를 그때도 나는 다 숙지하고 있었소. 어마어마한 면적을 덮은 하얀, 그 알 수 없는 미스터리한 건물을 볼 때마다 난 '누에고치'라기보단 꼭 '비행기 격납고' 같다는 생각이 들더군. 그런데,

'더 스테이지 게이트'사 사람들이 통제실에 건네 준 전력망 데이터를 살펴보다 진짜 이름을 알게 됐소. K, E, L, L, A, '켈라Kella'라고 명명되어 있었소."

"무슨 뜻인가요?" 성 중사는 의미가 궁금해졌다.

"처음엔 전혀 짐작이 안 가더군. 찾아봐도 내가 아는 한 그런 단어는 없었소. 새로 말을 만든 것 같기도 하고……, 굳이 비슷한 단어를 생각한다면 C, E, L, L, A, 'C'로 시작하는 'Cella'인데, 영어식 발음으로 읽으면 '셀러'가 되지만 고전 라틴어식으로 읽으면 '켈라'가 되더군. 그러면 'Kella'나 'Cella'나, 맨앞 철자만 다르지 '켈라'라고 발음은 같으니, 둘이 서로 연관성이 있는 것 아니겠소? 'Cella'의 뜻을 검색해 보니까, 라틴어로 작은 방, 독방, 벌집, 판잣집 등의 뜻이었소. 고대 그리스 - 로마 신전 내부에 위치한 신상神像 안치소를 말하기도 하고. 세포를 뜻하는 'Cell'이 'Cella'에서 나왔더군."

"뜻이 묘하군요. 왜 그런 이름을 붙였을까요?" 성 중사는 군사 작전도 가끔은 아주 시적이고 멋진 명칭을 붙이던 게 생각이 나, 호기심이 일었다.

"나로선 알 바가 아니오." 백인권은 멋대가리라곤 없이 무뚝뚝하게 질문을 받아넘겼다. "그 '켈라Kella'의 지반이라고 할 수 있을까? 그 건물이 바다 위에 견고하게 서 있을 수 있게 밑바닥을 이루고 있는 폰툰식 부유체 구조물 내부로, 바로 창고 같은 속이 텅 빈 대형 공간이 있소. 설계 때부터 '더 스테이지 게이트'사가 부유체 구조물 안에 공간이 만들어지도록 요구한 것이요. 설계 도면을 보니, 그들이 그곳을 '매터모어Mattamore' 바로 '지하창고'라고 이름 지었다는 걸 알 수 있었지. 위-아래로 '지하창고'와 '켈라'를 연결하는 화물 엘리베이터가 10개가 있소이다. '지하창고'는 화물 엘리베이터를 기준으로 섹터 21부터 30까지 공간을 구분해서 설계가 이루어졌소. 섹터 하나의 바닥면도 두 변이 320미터에 850미터에 달하는 굉장한 넓이요. 지상의 '켈라'에 비하면 아무것도 아니긴 하지만 말이야. 한 섹터당 구조를 지지하기 위해, 옆 섹터랑 부분적으로 막혀 있는 격벽들이 있소. 하지만 '지하창고' 내부의 한 섹터에서 다른 섹터로의 이동이 불가능할 정도로 격벽들이 완전히 틀어막고 있는 것은 아니오. 지상의 '켈라'가 2개가 있으니, 각 '켈라'마다 5개씩의 '지하창고' 섹터를 차지하고 있는 셈이지. 그런데……." 백인권은 말을 잠시 끊고 무언가 의아한 점이 있는 듯이 고개를 갸웃거렸다.

"그래서요?" 성 중사는 말을 재촉했다. 궁금하기도 했지만 마음이 초조하여 빨리 그의 말을 다 듣고 싶은 생각에서였다.

"외부에서 어떠한 물자의 반입도 없었던 것을 알고 있었는데—항상 주시하고 있거든—2개월 전부터 갑자기 그 '지하창고'를 이루는 부유체 구조물의 적재 하중이 늘어난 것을 나랑 같이 있는 과학자 양반이 발견하였다오. 통합 제어실에 있으면 알 수 있소. 파랑 에너지를 직접 받아내는 반-잠수식 방파제와 평이한 폰툰식 부유체 구조물 사이엔, 항상 구조적 긴장이 존재하오. 과도한 비틀림이나 전단파괴剪斷破壞를 막기 위해선, 유탄성 거동(Hydroelastic Behavior)으로 일어난 한계 밖의 상호 불균형을 원만히 해소해야 하지. 따라서 해결 방법 중의 하나로, 반-잠수식 부유체 구조물의 부력 조절 시스템이 자동 제어 되고 있소. 여러분이 반-잠수식 방파제 내부로 들어와, 무사히 송풍관에 접근할 수 있었던 것도, 그 시스템 덕분이지. 우리한테는 좋은 기회였다오. 그렇지 않소?"

백인권은 말하다가 무척 멋진 작전이라도 생각해 낸 것인 양, 자랑 섞인 얼굴 표정으로 성 중사 들을 쳐다보았다. 성 중사는 원웨이 밸브 통과 때 정 하사가 몸이 끼어 죽을 뻔한 일이 생각나서 그의 얼굴을 살피니, 아니나 다를까, 표정이 험악해지고 있었다. 백인권도 정 하사의 얼굴 표정에서 심상치 않음을 눈치챘는지, 성 중사 들의 반응을 기다리지 않고 얼른 다시 말을 이어갔다.

"그 작업을 위해, 통제실에선 전체 F Zone에 대한 부위별 분포 하중(Distributed Loard) 변화가 항상 체크되고 있소. 그런데 갑자기, 불규칙하게, 하중이 증가하는 지역이 있더군. 그 '지하창고' 부위들에서만 말이오, 섹터 21부터 30까지. 대단한 증가폭은 아니었소, 이 강철로 된 부유체 구조물의 고정 하중 자체가 워낙 무거우니까. **미묘한 변동폭일 뿐**이라고 치부해 버려도 될 상황이었고, 주의 깊게 살피고 이상한 점을 캐내지 않는다면 그냥 넘어갈 만한 변화들이었지. 그러다 그 적재 하중이 F Zone 지상 상층부 '켈라'로 화물 엘리베이터를 통해 계속적으로 이동하면서 그 아래의 '지하창고'에서는 완전히 그 하중이 사라지게 되고, '켈라' 내부에 적재 하중이 다 모이고 '켈라' 여기저기에 분포되다가 마무리 짓듯이 그곳에서 모두 사라져 버립디다. 물론 그 사이에도 적재 하중의 미묘한 불규칙 변화, 이동이 관찰되지만 크게 묶어서 말한 것이오. 그러다가, 섹터 21부터 30 사이의 '지하창고'들에서 알 수 없는 적재 하중이 또 생겨나고……, 그런 일이 지금까지 몇 번 반복되었소."

"그 적재 하중의 미묘한 변화란 것이 그렇게 큰일입니까?"

성 중사의 질문에 알게 모르게 살짝 미소를 입가에 머금다 마는 백인권이었다.

"글쎄……, 나도 처음에는 그게 뭐가 그리 대단한 변화라고 저러나 그랬는데, 과학자 양반은 굉장히 흥분하더군. 과학이란, 분명한 인풋Input과 그에 따른 분명한 아웃풋Output의 세계라 할 수 있는데, 이 '지하창고'에서 벌어지고 있는 일은 비과학적이란 말밖에 달리 표현할 길이 없다고 하였소. 외부에서 내부로 들어온 물질의 존재가 없는데도, 무언가가 스스로 생겨나서 한 장소에 저장되었다가, 다시 위로 상승하면서 사라져 버린 꼴이라 생각하더군. 말 그대로 적재 하중의 변화를 일으킨 그 무언가가 말이야. '질량 보존의 법칙', '에너지 보존의 법칙'에서 어긋난다나? 그걸 알아내면, F Zone의 비밀을 알아내는 것이라 단언하였소."

"그럼, 그 '지하창고'란 곳부터 먼저 들릅니까? 거긴 어떻게 뚫고 들어갑니까?"

정 하사가 답답한 듯이 인상을 찌푸리면서 백인권에게 채근하듯 질문했다. 정 하사는 '에너지 보존의 법칙' 따위엔 일말의 흥미도 없어 보였다.

"동일하게, 송풍관으로 가야 하오."

“또, 좁은 관을 기어갑니까?” 울화통을 참는 정 하사의 목소리였다.

“발각 안 되려면 방법이 없소. 하지만, 송풍관은 ‘지하창고’까지만 이오. 섹터 21에서 30까지가 어떤 면에서는 제일 보안관제체제가 허술한 곳이오. 등잔 밑이 어둡다고 해야 하나? 외부에서 들어오는 물자 반입이나 F Zone 타지역 인력의 왕래가 차단된 곳이라 그런지, 아니면 보안 요원의 적극적인 감시 체제가 필요 없다고 ‘더 스테이지 게이트’ 사 지휘부에서 여길 만큼 무언가 가장 비밀스러운 곳이라 그런지……, 하여튼, 기묘한 곳이오. (백인권은 하던 말을 잠깐 끊더니 침을 꿀꺽 삼키는지 목젖이 위아래로 움직였다) 이제부터는, 초소형 음성 송수화기로 내가 지휘하겠소. 솔직히 말하면, 이번 공작의 성공 가능성을 어느 정도 예상할 수 있는 정도까지의 정보를 모으는 데에도, 우린 너무 힘들었소. 회사에서는 줄곧 무슨 액션이라도 취하라는 압력을 계속 가하는데 죽겠더구만.” 백인권은 이해해 달라는 듯이 성 중사 들의 얼굴을 차례차례 주시하며 두 사람의 눈치를 살폈다. 무미건조하기만 하던 말투도 달라져, 조금은 감정을 실어 호소하는 듯한 목소리를 의식적으로 만들고 있었다

“일단 ‘지하창고’에 도달한 후, 그곳의 ‘화물’ 속에 섞여서 엘리베이터를 타고 올라갑시다. 그동안 그 ‘켈라’에서 뭔 일이 벌어질 때마다, 동일한 사전 징후들이 포착됐었소. ‘켈라’ 한 곳당 2개월에 걸쳐 두 번의 동일한 작업 패턴을 우린 작성할 수 있었지. ‘켈라’ 한 곳에 대해서만 말하는 것이오. 지상의 ‘켈라’는 모두 두 곳이지만, 각기 별도의 스케줄에 맞추어 관리-운영되는 것 같소. 작업 패턴 하나당 기간이 4주

라는 것을 알 수 있었소. 최초에, 지상 '켈라'에 대한 F Zone 지상에서 곧바로 들어가는 물자 수송 차량, 대규모 작업 인원들의 투입이 관찰되고, 그 시기에 맞추어 '지하창고'에서는 적재 하중이 갑자기 늘어나고—예를 들면 섹터 21부터 25까지 반만 증가하오. 섹터 열 개가 모두 한꺼번에 적재 하중이 증가하는 법은 없소. 지상의 '켈라' 두 곳이 별도 운영되는 듯한 느낌과 관련이 있을 거요—곧이어 F Zone 지상 '켈라'로 적재 하중이 이동하고, 그 후에도 불규칙적인 소규모의 하중 증가가 종종 보이다가, 20일이 지나면 전력 소모치의 급격한 증대를 보이는 시간들의 분포가 매일 불규칙하게 이어지고, 그러다 8일이 지나 28, 9일째에 F Zone 전체의 조명이 어두워질 정도의 한계치까지 밀어붙이는 격렬한 전력 소모. 그때는 정전 사태가 염려스러울 지경이라, 우리들이 있는 파력발전 통합제어실에서 어떤 일인지 알려 달라고 공문까지 보냈지만, 그들은 아무 말도 없더군."

"아! 그런 일이 있었습니까?"

백인권의 말을 듣던 성 중사가 고개를 갸웃하며 흥미를 표시하자, 꽤나 진지하게 대화하는 두 사람을 번갈아 쳐다보던 정 하사는 입가에 슬쩍 실소가 나와 버렸다. 성 중사가 쳐다보자 정 하사는 고개를 좌우로 흔들며, 빨리 이 자리를 뜨자는 뜻의 초조한 빛이 어린 찌푸린 얼굴 표정을 지었다. 아무래도, 답답해서 죽을 지경인 모양이다. 하지만 성 중사는 조금 더 백인권의 말을 들을 필요가 있다는 생각이 들었다.

"그럼, 오늘 벌어질 일을 그 때문에 예상할 수 있었던 것이군요." 성 중사의 질문이다.

"그렇소. 요원들에게 공작 명령이 하달된 4월 12일 전날부터 전력 소모치가 급격히 올라갔는데, 다른 때보다도 그 상승폭이 굉장히 크더군. 게다가 '켈라' 두 곳 중 하나에 들어가는 물자 수송 차량의 숫자도, 그 전의 다른 때보다 배는 더 왕래하는 것을 통제실에 있는 CCTV 영상으로 대충이라도 확인하고 있었고……. 최초에, '지하창고'에서의 적재 하중의 증가량도 그 전보다 최대치였고……, 우린 마음의 준비를 하고 있었지. 오늘밤이나 내일, 그 곳에서 뭔 일이 크게 벌어지긴 할 것 같소."

"켈라 두 곳 중 어디라구요?" 성 중사는 분명한 확인이 필요하다는 뜻을 전달하려 목소리를 높여 갈라지듯이 내었다.

"두 곳의 켈라는 '켈라-A'와 '켈라-B'로 구분하오. 그중 '켈라-B'란 곳이오. 모르겠소. 지하창고에서 화물 엘리베이터로 곧바로 갈 수 있을지……. 반반의 확률이니까. 운이 나빠 '켈라-A'로 간다면……, 무슨 수를 쓰더라도 '켈라-B'로 이동해야 할 것이요. 자! 이제 그럼, 성준모 요원, 정창길 요원, 이동하기로 합시다."

"쿠우……우……웅……웅."

화물 엘리베이터의 육중한 철문이 서서히 위로 올라가기 시작하자, 바닥에서부터 벌어져 커져 가는 틈새 사이로 빛이 밀려 들어왔다. 길이 23미터, 폭 10미터에 달하는 트랜스포터는, 기어가 들어가면서 엔진음을 더욱 무겁게 엘리베이터 바닥에 울리며 천천히 움직여 나갔다. 조금 후, 230평방미터의 넓이를 자랑하는 적재 등판의 네 귀 방향에

서서, 트랜스포터의 움직임에 따라 같이 이동하며, 운전기사에게 계속 수신호를 보내던 신호수들의 고함소리가 점점 더 커져 갔다. 높이는 덩치에 비해 납작하면서 평면적을 사정없이 차지하는 트랜스포터는, 화물 엘리베이터에서 나온 뒤 도처에 흩어져 있을 장애물을 피하느라 절절매고 있는 모양이었다. 성 중사는 트랜스포터가 완전히 정지하기 전에 적재 등판에서 뛰어내려야 한다는 생각이 들었다. 정지하면 4명의 신호수들과 화물 하역 작업에 들어갈 작업자들 눈을 피하기가 더 어려워질 것이란 판단이었다. 자신의 생각을 다른 트랜스포터를 타고 있는 정 하사에게 무선 송수화기로 짤막하게 전달한 뒤, 바로 행동에 들어갔다.

적재 등판에 실린 화물들은 밀폐형인 컨테이너들에 실린 상태가 아니고, 그물망으로 벽체가 이루어진 육면체 대형 화물 용기들에, 마치 스티로폼 조각들이 불규칙하게 쓸어 담기는 모양새로 조각조각 나뉘어 실려 있었다. 성 중사는 덩어리진 불규칙 형태의 화물 사이에 몸을 끼우고 가만히 숨어 있다가 처음으로 사지를 움직여 보았다. 손으로 만져 본 화물의 재질감은, 미국 네바다주에 있던 미군의 특수전과학화 전투훈련장, 즉 USSOSTC(United States Special Operations Systematic Training Center)에서 보았던 탈레반의 동굴 진지 재질감과 놀라울 정도로 유사했다. 성 중사는 웅크리고 있던 몸을 펴곤, 팔다리로 사방을 지지하며 조금씩 조금씩 위로 올라갔다. 무차별적으로 조각이 난 딱딱한 콘크리트 더미 사이를 올라가는 기분이었다. 다만 실제 콘크리트 조각이라면 육중한 무게감으로, 올라가는 성 중사의 동작에 대해 까닥도 하지 않고 지지할 터이지만, 이것들은 달랐다. 스티로폼보다도 훨씬 가벼운 듯, 걸핏하면 위치가 서로 움찔거리고 바뀌는 바람에, 성 중사는 기어오르기가 굉장히 힘들었다. 그는 화물들 사이에서 몸을 빼내려 애를 썼다. 고개를 들어 보니 덩어리진 화물들 틈새 사이로 회색빛 하늘이 보였다. 이윽고, 트랜스포터의 묵직한 이동에 따라, 회색빛 하늘에 시커먼 무지개라도 걸린 듯 검고 굵다란 트러스 골조가 횡단하고 있는 광경이 눈에 연이어 들어왔다. 암회색으로 마감된 천장부였다. 성 중사는 이곳이 완성되기 이전, 작년 12월 말 야밤에 잠입해서 보았던 광경이 기억나면서, 자신이 다시금 그 장대한 '누에고치'(백인권은 '비행기 격납고' 같다고 표현했지만, 성 중사는 볼 때마다 '누에고치' 반 잘라 엎어 놓은 모양이라 생각했다) 바로 '켈라' 안에 들어왔다는 것을 직감적으로 깨달았다.

'시멘트 덩어리'(싣고 있는 화물의 모양이나 느낌이 딱 시멘트 덩어리였다)들 사이를 비집고 올라가, 적재 화물 맨 꼭대기에 몸을 내미는데 성공한 성 중사는, 트랜스포터의 후면부에서 뛰어내릴 작정으로 — 그의 판단으론 후면부가 제일 신호수의 눈길이 가지 않을 부위였다 — 상체를 납작 엎드린 자세로 '시멘트 덩어리'들을 겅중겅중 밟으며 뛰어 건너가기 시작했다. 15미터 정도를 후방으로 이동한 성 중사는, 다시 '시멘트 덩어리'들 사이를 헤집고 그 속으로 들어갔다. 10여 미터 정도의 깊이를 화물들 사이로 파고들어가야 했는데, 화물-'시멘트 덩어리'들 사이의 간격이 커서 그다지 힘들다고 느껴지진 않았다. 성 중사가 적재 등판 위에서 이런 맨손 등반의 위험을 감수하고 있는 사이에도, 트랜스포터는 계속 천천히 이동하는 중이었다.

"금일, 21시를 기해 테스트에 들어갈……."

F Zone 타워(F Zone 관계자들은 해상 부유체 구조물 위에 세워진 납작한 지휘 본부 건물을 항상 '타워'라고 불렀다) 대회의실에선, 부서 책임자들이 모여 오늘 있을 사전 테스트에 대한 상호 브리핑을 시작하려는 찰나였다. 그 순간 출입문이 열리며, 빨강머리에 발그레한 얼굴을 가진 똥똥한 30대 중반의 남자가 들어오더니, 드레이크에게 무언가 귓속말을 건넸다. 드레이크는 얼굴이 굳어지며, 남자와 같이 대회의실을 나와 C-NAIS센터[6](필수관심지역 감시센터)로 이름 붙여진 장소를 향해 황급히 걸어가며 사안에 대해 이야기를 나누었다.

"그래, 결국은 놓쳤단 말 아닌가?" 답답해하는 드레이크의 목소리였다.

"예. 순간 판단도 빠르고……, 무엇보다도 대단히 훈련된 공작원들임은 틀림 없습니다. 감시 카메라 화각에서 순식간에 사라졌습니다. 지형 지물에 대한 감각이 남다른 자들이지요."

"통신 감청은?"

"아직, 잡히지 않고 있습니다. 직접 확산 방식(Direct Sequences Spread Spectrum)과 주파수 도약 방식(Frequency Hopping Spread Spectrum)을 혼합한 하이브리드일 거라 예상되는데, 주파수 대역폭을 대단히 넓게

6 **C-NAIS센터** Critical Named Area of Interest Surveillance Center의 약자이다.

쓰고 있어서 완전히 걸러 내기가 쉽지 않습니다."

"위치 추적은?"

"가간섭 신호 문제(Coherent Source Problem)로 애를 먹고 있습니다. F Zone 안에 우리 모르게 의도적으로 설치된 신호원들이 있습니다. 그것들이 동일 파형으로 계속 간섭을 일으키고 있습니다."

"흐음……. 그래……? 꽤 하는군……. 좋아. 영상 좀 보자."

걸어가던 드레이크는 발걸음을 멈추더니, 남자에게 영상을 요구했다. 드레이크는 복도 한켠에 서서 남자의 손에 들려진 디스플레이 패널을 잠시 들여다보았다. 동영상의 내용은, 감시 카메라들에서 보내온 장면 모두를 편집한 것이었다. 이동 중인 트랜스포터의 적재 등판 위에 잔뜩 쌓여 있는 화물을 다양한 각도에서 부감으로 비추고 있는 여러 장면들이 합쳐져, 모자이크처럼 한 화면으로 정지되어 있었다. 동영상을 플레이하자, 처음 화면엔 화물들 꼭대기만 보이더니, 갑자기 한 사람의 검은 그림자가 화물들 사이에서 솟아나듯 나타났다가, 적재 화물 위를 뛰어가며 트랜스포터 후방으로 이동한 후에, 다시 화물들 사이로 민첩하게 몸을 숨기는 장면이 일차 편집되어 있었다. 잠시 후 다른 동영상이 시작되었다. 이동하고 있는 트랜스포터의 후면에서 사람 머리 그림자 하나가 화물 적재된 맨밑 부위로 느닷없이 삐져나오더니, 후방에 있던 신호수들이 트랜스포터 이동 방향의 측면이나 전방 쪽으로 신경 쓰는 틈을 타서, 몸 그림자 전체가 재빨리 적재 화물에서 탈출했다. 그 자는 트랜스포터가 지나가는 순간을 노려, 뛰어내리자마자 근처에 바로 있던 시멘트 덩어리들의 '무더기-언덕' 뒤로 몸을 순식간에 숨길 수가 있었다. 얼마 안 있다가 한 무리의 작업자들이 그곳을 지나가는 장면이 있고는 동영상에 아무 변화가 안 보이는 점을 보아선, 아마도 침투 요원은 작업자들 무리에 섞여서 종적을 감춘 게 틀림없었다. 다시 새로운 동영상이 시작되었다. 먼저 몸을 숨긴 침투 요원과 한 조를 이루고 있음이 확실해 보이는 다른 공작원의 동영상이었다. 침투 방식은 전과 대동소이했다. 동영상에 잡힌 모습은, 먼저 튼 동영상처럼 모자를 쓴 머리를 항상 아래로 숙이고 있어 얼굴 모습이 제대로 잡히지 않았을 뿐더러, 망원 줌 렌즈로 최대한 끌어당겨 잡힌 모습조차도 어슴푸레한 그림자에 가까웠다.

"이 정도 영상 가지고는 신원 파악이 불가능하겠네." 드레이크의 목소리는 다시 침착해지고 있었다.

"예. 얼굴 인식 프로그램을 돌리기에는 영상들이 불충분합니다."

"영상이 잡힌 시각은?"

"4월 20일, 금일, 16시 23분부터 45분까지의 기록을 모은 겁니다."

"지금이 17시 09분이니까 테스트가 시작되려면 아직 4시간이 남아 있어." 말을 마친 드레이크는 생각에 잠긴 듯한 표정으로, 양복 바지 주머니에 두 손을 찔러 넣고는 미동도 하지 않고 서 있었다.

"비상을 걸고, 본격적인 침입자 색출 작업을 시작하는 게 어떻겠습니까?"

드레이크는 고개를 돌려 물끄러미 말을 한 남자의 얼굴을 바라보았다. "이제 와서 비상을 건다는 게 무슨 의미가 있나? 그렇다면, 왜 감시 카메라에 잡혔을 때 곧바로 처리하지 않았나?" 냉정한 목소리로 질문을 던지는 드레이크였다.

“통신 감청을 성공하지 못해, 예상되는 내부 고발자를 색출할 수가 없었습니다. 이번 기회에 그 내부 고발자를 알아내야 한다는 판단에서 일단 기다리기로 했던 겁니다. 그리고, 침입자들이 작업자 무리에 섞여 있는 바람에, 원만한 분리 작업도 기대할 수가 없었구요.” 남자는 말을 하면서 고개를 좌우로 약간 흔드는데, 난처해하는 표정이 얼굴에 스치고 지나갔다.

“그 이유는 지금도 계속 되는 거야. 안 그래?”

“그렇습니다만…….”

“내부 고발자는 한국인 엔지니어들 속에 숨어 있을 수도 있지만, 우리 자체 내에 있을 수도 있어. 우린 모든 가능성을 타진해 봐야 돼. 정확한 확증 없이 한국인 엔지니어들의 전원 교체만 요구한다고 해서 일이 해결되는 것도 아니야. 게다가 이제부턴 본격적인 시스템 가동에 들어갈 텐데, F Zone의 유지 관리에 숙련된 기술자가 더욱 필요한 시점이잖아. 전기 에너지의 원활한 공급도 얼마나 중요한 문제인지 아나? 그걸 담당하고 있는 친구들이 바로 한국인 엔지니어들이야.”

“그러니……, 보안 관제 쪽에선 한숨들이 터져 나오는 거 아니겠습니까? 우리로선…….” 어딘가 조금 반발감이 묻어 나오는 남자의 목소리였다.

드레이크는 묵살하듯이 그의 말을 잘랐다. “일을 한다는 건, 문제점을 알면서도 안고 간다는 뜻이야. 알아?” 드레이크는 무테 안경알에 감싸인 유리처럼 감정 없이 빛나는 보라색 눈으로 남자를 잠시 쳐다보았다. "녹화된 영상으로 봐선 침입자들이 아직 최종 표적 지점에 도달하진 못한 거야. 아직 침투 중이지."

"최종 표적 지점이라 하면, 오늘밤 처음으로 풀 가동에 들어갈……."

"그래. 지금은 다수의 작업자들 덕분에 위장이 용이하지만, 시간이 지날수록 발각될 확률은 올라가게 되어 있어. 그리고 통신 감청으로 정확한 내부 고발자를 우린 지목할 수 있어야 돼. 좀 더 기다려 볼 필요가 있어. 알았어?"

"예. 알겠습니다."

"생각해 보니, 내가 지금 C-NAIS센터에 갈 필요는 없지. 회의에 다시 참석하는 게 좋겠어. 자넨, 상황을 계속 보고하도록."

"예. 알겠습니다."

짤막하게 알았다고 답변하는 남자의 눈을 찬찬히 응시하던 드레이크는, 가볍게 고개를 끄덕거리면서 남자의 어깨를 한 손으로 다독거렸다. 그러더니 곧바로 발길을 돌려, 오던 길을 다시 되돌아갔다.

"동영상을 보니 '켈라-A' 내부요."

"예. 알고 있습니다."

머리 전체로 미세한 파문이 번져 가며 백인권의 조용한 목소리가 느껴졌다. 성 중사는 별다른 대답을 하지 않고 꼼꼼하게, 하나의 대공간大空間을 살피기 시작했다. 지상고 150미터에 달하는 '누에고치'의 천장은, 성 중사에겐 잊혀질 만하면 눈앞에 나타나는 기적과도 같은 광경이었다. 하지만 이 까마득한 천장도, 끝없이 펼쳐질 듯한 가공의 회색 지평선(바닥도, 벽체도, 천장도 모두 암회색으로 마감되어 있어서 육안으로는 경계 구분이 희미했다. 다만 천장에 부분적으로 돌출된 트러스 구조만이 이곳이 천장임을 분명히 지적하고 있었다) 쪽을 바라보면, 답답하게 내리누르는 듯한 인공의 한계를 느끼게 했다. 건축 면적에 비하면 천장 높이 150미터는 너무나 납작한 공간을 만들어 내고 있었다. 이 '켈라-A'만의 바닥 면적이 2킬로미터×1.5킬로미터, 즉 3백만 평방미터, 90만 7천 5백 평 넓이이며, '켈라 A+B'의 총바닥 면적은 4킬로미터×1.5킬로미터, 6백만 평방미터, 1백 81만 5천 평에 달하는, 상상을 뛰어넘는 규모인 것을 이미 알고 있던 성 중사는, 마음속으로 '이걸 어떻게 세웠을까?'라는 소박한 의문을 가지고서, 그 전처럼 두리번거리며 살필 수밖에 없었다. 그에겐, 바다 위에 세워진 초대형 부유체식 해상구조물-F Zone 자체도 찬탄의 대상이었고, 이 '누에고치' 또한 마음으로 느끼는 경이로운 세계였다. 언더커버의 신세로서, 순간 스멀스멀 기어 올라오는 좌절감을 수시로 삼켜야 했던 생활을 이기게 하는 동력 중 하나가, 그의 앞에 펼쳐지는 새로운 세계들이었다. 제주 테마파크에서 세워지는 그 모든 것들이, 그에게는 놀람이었고, 흘러가고 버려진 지난 2년이 넘는 세월들에 대한 보상이었다.

"성 중사님. 이제 어떻게 하는 게 좋겠습니까?" 정 하사가 옆에서 목소리를 낮추어 조그맣게 질문을 던졌다.

두 사람은 '시멘트 덩어리'가 무작위로 잔뜩 쌓여 이루어진 언덕 비탈의 내부, 우연히 이루어진 조그만 굴 속에 몸을 숨기고 있었다. 성 중사를 부르는 호칭이 '준모형'에서 '밤의 유령 작전' 때와 같이 다시 '성 중사님'으로 바뀐 정 하사였다. 그는 백인권을 만났을 때의 불쾌감을 떨쳐 버리려, 의식적으로 '밤의 유령 작전'을 떠올리는 것 같았다. '켈라-A'에 들어오니, 송풍관을 기어다닐 때보다는 기분이 한결 좋아진 눈치였다. 말할 때에 하얀 이빨을 드러내고 씩 웃는 그의 미소가 다시 돌아오고 있었다.

"일단 휴식을 갖자, 정 하사. 나도 잘 모르겠다. 여기서, 옆에 붙어 있는 '켈라-B'로 다시 이동하라는 얘긴데……." 성 중사는 에너지바 2개를 작업복 안에 입고 있던 주머니 많은 조끼에서 꺼내어, 정 하사에게 하나를 주고 자신도 먹기 시작했다. 두 사람에게 백인권이 지급한 조끼에는 군사용 고칼로리 에너지바 5개와, 물이 들어 있는 얇고 조그만 수통, 보호 장갑, 그리고 LED 헤드랜턴이 주머니들 속에 들어 있었다. 무기로 볼 만한 장비라곤, 육지에서 가져온 다이빙 나이프밖에 없었다. 활동시에, 외교적 분쟁이 일어날 만한 무력은 행사하지 말라는 주의를 백인권에게 재차 들은 두 사람이었다. 일단 체력을 회복하는 일이 급선무였다. 4월 20일 오늘, 10시 30분부터 17시 31분을 가리키고 있는 지금까지, 쉬지 않고 바다 밑 7킬로미터를 헤엄치고, F Zone 방파제의 파력발전기 경사면을 뛰어넘어서, 칠흑같이 어두운 도관들 속을 기어나온 뒤, 이동하는 트랜스포터의 화물더미를 누비는 모험을 감행한 그들이었다. 지금의 휴지 상황을 타개할 새로운 작전 계획을 머릿속에 떠올리려 해도, 일단은 휴식이 필요했다.

성 중사는 '시멘트 덩어리' 사이로 밖을 바라보았다. 동굴을 이루는

'덩어리'들은 불규칙하게 쌓여 있을 뿐이라, 외부의 빛이 여기저기 틈새들 사이로 흘러들어오는 상태였다. 따라서 성 중사 들 입장에선 자신들을 은폐하고, '켈라-A'의 현 상황에 대한 사방 경계와 탐지 활동에 나서기에 썩 나쁘지 않은 곳이었다. '켈라-A'의 내부는, 성 중사의 어림짐작으론 2천 명 이상으로 집계되는 숫자의 작업자들이 달라붙어서, 무언가를 세우고, 붙이고, 깔고, 정신없이 일하고 있었다. 우선, 바닥에 붙여 나가는 '시멘트 덩어리'들을 보면 지형을 만든다는 느낌이 강했다. 각 '시멘트 덩어리' 표면에는 'J-24-007', 'Q-36-135' 식의 검정색 글자로 거칠게 찍힌 넘버링이 되어 있었다. '켈라-A'의 전체 바닥면을 그리드 선으로 나누고 각 격자마다 번호를 매겨, 지형 모형을 만들 듯이 '시멘트 덩어리'들을 순서대로 쌓아 나가고 붙여 나가는 것이 틀림없었다. 물론, 모형이야 축척이 형편없이 작아지지만 여기서는 일대일의 스케일인 것이 달랐다. 일종의 접착제 같아 보이는 물질을 분무기로 붙이는 면에 뿌린 뒤 '덩어리'들을 쌓아 나가면, 굳이 중력의 법칙에 구애받을 필요 없이, 무너질 만한 아슬아슬한 상태 그대로 쉽게 유지되는 것이 보였다. 일하는 방식을 지켜보던 성 중사는 '시멘트 덩어리'가 굉장히 가볍다는 시각적 느낌이 들었다. 작업자들이 자신의 몸보다도 더 큰 '덩어리'들을 맨손으로 번쩍 들어 옮기고 있었다. 사방 15, 20미터가 넘어가는 거대한 '덩어리'들에 대해선, 외골격 강화 수트를 입은 수십 명의 작업자들이, 다른 사람의 도움 없이, 각자 한 번에 하나씩 직접 들어 내어 별도로 작업을 하는 것이 눈에 띄었다.

성 중사는 자신의 자대, 경남 진해 제5전술공수비행단에서 복무할 때가 생각났다. 하루는 방산업체 관계자들이 나타나, CCT 대원들을 상대로 다리와 허리에 부착하는 외골격을 테스트한 적이 있었다. 장시간 행군시에, 다리의 고통은 물론 등에 맨 군장의 무게에서 오는 피로감도 훨씬 줄여 줄 것이라고 설명하였고, 성 중사 들이 사용해 보니 몸이 느끼는 괴로움이 훨씬 덜한 것도 사실이었다. 다만, 불규칙한 험로에서의 사용 가능성 문제가 해결되어야 했고, 외골격 강화 수트에 부착된 배터리의 용량이 앞으로 몇십 배는 더 늘어나야지만, 실전에 투입될 수 있을 것이란 현실이 아쉽게 만들었다. 방산업체 관계자들은 외골격 강화 수트를 '착용형 근력증가 로봇'이라 부르기도 했다. '수트Suit'냐 '로봇Robot'이냐, 장비의 성격을 나타내는 명칭이 아직 한 가지로 정해지지 않았던 사정을 보아도, 개발 초기 단계임을 알 수 있었다.

이 '켈라-A'에서 사용되는 외골격 강화 수트는 성 중사가 과거에 봤던 것보다 훨씬 진보되어 있는 것이 틀림없었다. 이것은 다리와 허리뿐만이 아니라 팔 부위에까지 관절과 골격이 연결되어 있었고, 조작자의 팔다리 끝에서도 한참 더 연장이 되는 장대한 강철 팔다리를 갖추고 있어, 조작자는 강철 거인 속에 매입되어 있는 것처럼 보일 지경이었다. 어찌하든 외골격 강화 수트는, 작업자가 무거운 물체를 들어올려 이동한 후에, 목적한 장소에 내려놓는 일까지를 효율적으로 매우 용이하게 처리해 주고 있었다. 강화 수트를 입고 작업하는 모습을 멀리서 보니, 성 중사는 꼭 남미에 사는 나뭇잎 개미 같아 보인다는 생각이 문득 들었다. 그 개미는 지 몸보다 몇십 배는 더 큰 나뭇잎을 잘라서 굴 속까지 옮긴 뒤, 거기에 조그만 버섯을 키워 먹는다고 했는데,

내무반 TV에서 본 나뭇잎을 입에 물고 나뭇가지 위를 행진하는 개미들의 모습하고, 지금의 강화 수트 작업자의 모습하고가 멀리서 보니 똑같아 보였다.

"정 하사. 저 외골격 말이야. 정 하사도 저런 걸 본 적이 있지?"

"예. 우리 부대도 비슷한 걸 가지고 테스트한 적이 있습니다, 근데, 우린 산악 행군이 많아서, 소용이 없겠더라구요. 저건 내가 본 것보다 훨씬 근사하네요. 그렇지만, 저래 보여도 산악 행군은 힘들 것 같은데……."

정 하사는 외골격 강화 수트란 것에 대해 근본적으로 회의에 찬 견해를 피력하며, 양미간을 찌푸렸다. 기계가 인간이 가진 유연한 상황 적응력을 비슷하게라도 표현하려면, 아직도 요원한 것이 사실이었다.

"저거 말이야. 행군은 힘들어도 이런 데서 작업용으로 쓰기는 괜찮은 것 같아. 공병대 애들이 보면 좋아하겠다."

"'밤의 유령 작전' 때 우리 모의 훈련용으로 세워진 동굴 진지 있잖아요. 그게 아마 저런 식으로 세워진 게 틀림없을 겁니다."

"맞아. 그랬을 거야. 재질이나 무게감도 똑같아. 뭘로 된 걸까? 저거?" 성 중사는 고개를 갸우뚱하며 의문에 잠겼다. "뭘 세우고 있는 걸까?"

지금의 성 중사로선 지금 '켈라-A'에 세워지고 있는 것이 무엇인지 아직 알 수 없었다. 물자가 옮겨지고, 여기저기서 지형을 막 만들어 가는 참이었다. 지형이 다 건설되어야 그다음으로 그 위에 무엇인가가 들어설 모양이었다. '시멘트 덩어리'가 가볍다는 점이, 이 터무니없는 건설 자체를 기껏해 봐야 몇 주라는 시간 이내로, 별다른 중장비 없이 가능하게 하는 요인일 것이다. 전체적으로 보면, 정말 상상을 초월하는 스케일인 것이 분명했다. 하나의 '세계'가 이 안에 들어서고 있었다.

또한, 이번 작업 이전에 세워져 아직 다 치워지지 않은 '시멘트 덩어리'들의 잔해도, 이 거대한 '누에고치' 내부 한편에 남아 있다는 느낌이 들었다. 그곳에선 건설이 아니고, 파괴가 한참 진행되는 중이었다. 전동 톱에 의해 무차별적으로 잘려진 '시멘트 덩어리' 조각들 위에 뿌연 느낌의 액체를 분무해서, 찐득찐득한 젤리 같은 반고형半固形 물질로 만드는 작업이 구석에서 별도로 이루어졌다. 이 젤리 덩어리가 원래의 부피보다 형편없이 줄어드는 것이 멀리서 지켜보는 성 중사에게도 확연히 보이고 있었다. 작업자들이 녹아 내린 젤리 덩어리를 넓적한 삽으로 퍼서 직육면체의 형틀에 집어넣은 뒤, 벽돌 찍듯이 쌓기 좋은 모양으로 뽑아 냈다. 대략, 사방 1미터, 높이 50센티미터 내외의 직육면체 벽돌 만들기 작업이 완료되면, 외골격 강화 수트를 입은 작업자들이 번쩍 들어 올려, '누에고치' 한 켠에 마련된 모종의 계획된 구역으로 옮기고 나서, 벽돌 무더기를 산뜻하게 쌓아 나갔다. 원래의 '시멘트 덩어리'들의 크기보다, 몇백 분의 일 정도의 크기로 예상될 만큼 확실히 줄어든 벽돌 무더기였다. 결국 이 모습은, '켈라-A'에서 그 전에 만들어졌던 '세계'는 허물어지고, 새로운 '세계'가 세워지는 순간임을 보여 주고 있었다. 성 중사가 보기에, 이 새로운 '세계'도 '켈라-A'와 '켈라-B'에서 번갈아 만들어지고 번갈아 파괴되는 것이 분명했다. 결국, 두 가지의 다른 '세계'가, 두 곳의 '켈라'에서, 한쪽이 완성되면 한쪽에선 한창 세워지고 있는 시스템으로, 교차 완성되고 있는 것이다. 백인권에게 들은 바로 추리해 보면, 4주 정도의 간격을 두고 항상 무언가 새로운 그 무엇이 준비되면서, 입장료 30만 달러, 즉 3억 2천만 원을 내고 들어온 ―2년 전, 국정원 안 실장에게 들은 말이 다시금 생각나는 성 중사였다―구경꾼에게 그 무언가를 보여 줄 태세가 완료되는 테마파크 놀이 시설이었다. 따라서 지금 '켈라-B'에는, 이곳 '켈라-A'와는 달리 완성된 한 '세계'가, 성 중사 들을 기다리고 있을 것도 틀림없는 사실이라 여겨졌다.

에너지바를 천천히 먹으며 '켈라-A'를 살피던 두 사람은, 20분 정도가 지나자 이동을 결심하고 자리를 털고 일어났다. 성 중사는 바닥에 굴러다니는 어디서인가 쪼개어져 나온 '시멘트 덩어리' 한 조각을 주워, 작업복 안에 입은 조끼 주머니에 간직했다. 샘플 채취를 해야 된다는 생각이 들어서였다. 저녁 식사 시간이 되기 전에 이동을 해야 했다. 작업자들이 사라지면 움직이는 존재라고는 두 사람뿐이니, 적외선 열화상 카메라로도 쉽게 노출되지 않을까 하는 염려에서였다. 움직임이 사라져 버린 한 장소에, 고립되어 머물고 있는 것이 제일 위험했다. 침투 시엔 언제나 움직이며, 사람들과 섞여 있는 것이 가장 안전함을 잘 알고 있는 성 중사와 정 하사였다.

청회색 색깔의 '더 스테이지 게이트'사 작업복은 모자까지 한 세트로 되어 있어, 눌러쓰고 있으면 얼굴이 잘 눈에 띄지 않아 위장에 편리했다. 작업자들은 인종적으로 다양해서 성 중사 들이 끼어 있어도 어색할 일도 없었다. 서로 간에 지껄여 대는 언어도 다양한 액센트의 영어가 구사 능력의 상당한 차이를 보이며 공존했다. 대충 알아듣고 유창하진 않더라도 대답해 줄 정도만 되면, 의혹에 찬 눈길을 받을 가능성은 거의 없었다. 작업자들 중엔 열댓 명 중에 하나 꼴로 푸른색 작업복을 걸친 자들이 있었는데, 이들이 할당된 그리드별 작업팀의 반장 같아 보였다. 도면 같아 보이는 종이 목록과 디스플레이 패널을 손에 들고 밑의 작업자들에게 고함치고 있었다. 일반 작업자들이 하고 있는 일의 수준은 비교적 단순 노동에 가까운 형태였다. 성 중사와 정 하사는 '시멘트 덩어리' 동굴 속에서 기어 나와, 의도적으로 서로 웃으면서 자연스레 대화하며, 천천히 '켈라-B'가 있을 것으로 짐작되는 방향(내부에서 눈으로 판단하기에는 불가능했는데, 백인권이 자신의 노트북 화면에 나타나는 두 사람의 위치, 카메라의 동영상, 그리고 F Zone 설계 데이터를 비교 분석해서 방향을 계속 지시해 주고 있었다)으로 여유롭게 걸어가기 시작했다. 마음은 초조함에 타들어 가도 걸음걸이는 느긋해야 했다. 일하기 싫어서 뺀질거리고 있는 듯한 느낌이, 노골적은 아니고, 숨기려 하지만 약간 분위기에서 풍겨 나오는 정도로 연출하는 것이 중요했다. 그래야, 다른 장소에서 일하다가 슬쩍 몸 뺀 정도로 보일 테니까. 실제로도 슬쩍슬쩍 일에서 도망 다니는 인간들 몇몇이 동굴 속에 숨어 밖을 관찰할 때에 눈에 띄여, 그들을 흉내내며 최대한 '켈라-B' 쪽으로 접근하자는 계획을 세운 성 중사이다.

"이봐, 이 사람들이……. 쯔쯔쯔. 지금 일하다 말고 어디로 도망가는 거야!" 푸른색 작업복 하나가 눈을 가늘게 뜨며 혀를 차면서, '요것들, 어딜 도망가!'라는 얼굴 표정을 만들고 두 사람에게 다가왔다. "쳐다만 봐도 알아. 지금 농땡이 치는 거지?"

"아니에요. 우리 쪽 작업은 다 끝나서 저쪽 끝으로 이동하라는 명령 듣고 오는 길입니다." 성 중사의 대답이다.

"어느 구역인데?"

성 중사는 동굴 벽 시멘트 덩어리에 써 있던 숫자가 머릿속에 번쩍하며 떠올랐다. 'J-24-007', 이 중 '007'은 '시멘트 덩어리'들의 번호일 것이고, 앞의 'J-24'가 구역의 명칭일 것이란 생각이 들었다. 성 중사는 망설이지 않고 대답하면서 속으론 자신의 운을 걸어 보고 있었다. 가슴 졸아드는 순간이다.

"J-24요."

"그래?" 푸른색 작업복은 눈을 더욱 가늘게 뜨며 희죽거리는 듯한 웃음을 입가에 지었다. 정 하사의 어깨 근육이 팽팽하게 긴장하는 듯한 느낌인 것이, 그의 옷 바깥으로도 표시가 나고 있었다.

"흐흐흐. 내가 지금 확인해 볼까? J-24 조장한테?"

"아니, 됐습니다. 에이. 그러지 마시고……. 계속 일만 하다가 좀 쉴 만한 상황이라 그렇게 됐어요. 미안합니다. 어차피 곧 있으면 저녁 식사 시간인데, 너무 쪼지 마세요. 미안합니다."

푸른색 작업복은 성 중사의 공손한 태도가 마음에 들었는지, 더 추궁하지 않고 곧이어 자신의 권위를 내세웠다.

"알았어. 자네 두 사람 말이야. 저기 가서 밥 먹을 때까지 일이나 거들어."

푸른색 작업복이 가리키는 쪽을 보니 마침 두 사람이 이동하려는 방향이었다. 그곳에선 벽돌 찍기 작업이 한창 벌어지고 있었다. 정 하사의 몸에서 흘러나오던 긴장감에 가깝던 기운이 순간 사라진 것 같았다. 아마도, 푸른색 작업복의 태도가 이상하게 나왔으면 순식간에 적절한 강도의 물리적 처리를 가했을 정 하사였다.

"예. 알겠습니다."

"예."

성 중사와 정 하사, 두 사람은 웃으면서 푸른색 작업복을 바라보았다.

"이번 한 번만이야. 다음에 나한테 걸리면 자네들 벌점이야. 알았어?"

"알았어요."

"그래. 가봐." 푸른색 작업복은 돌아서 등을 보이며 사라졌다.

정 하사가 성 중사에게 조그만 목소리로 말하였다. "성 중사님. 영어 잘 하네요."

"좀 하지, 뭐. CCT 임무가 그러니까. 나도 식은땀 흘렸다. 휴우." 성 중사는 한숨을 잠깐 내쉬고는 한 마디 짤막하니 덧붙였다.

"자. 가자고."

"잘하셨소." 백인권의 목소리가 머릿속에서 울렸다. 성 중사와 정 하사는 그의 말에 대답하지 않고 계속 걸어갔다.

성 중사는 젤리화된 '시멘트 덩어리'들을 부삽으로 퍼 벽돌 형틀 안에 쏟아부면서, 끊임없이 주위를 살폈다. 젤리 작업장들은, 높이 150미터에 달하는 '켈라-A'의 거대한 암회색 네 벽체 중, 그 너머로 '켈라-B'가 틀림없이 존재할 벽체 가까이에 일렬로 쭉 몰려서 자리 잡고 있었다. 그 전에 세워져 있었을 '시멘트 덩어리' 모두가 이곳으로 옮겨져 벽돌로 만들어진 후, 외골격 강화 수트를 입고 있는 작업자들이 나서서 벽체 가까이로 쭉 열을 지어가며 벽돌 무더기를 쌓아 갔다. 벽돌 무더기가 쌓여 나가는 광경은, 마치 부분 부분이 아직 연결되지 않은, 낮은 성벽이 만들어지고 있는 것처럼 성 중사에게 보여졌다. 그에게서 조금 떨어져 있는 정 하사는 일에 재미라도 느끼는 사람 모양 열심히 삽질을 하고 있었다. 성 중사는 정 하사 옆으로 다가가 일을 하는 척하며 슬쩍 말을 걸었다.

"정 하사. 힘 너무 빼지 마라. 적당히 해."

"형. 우리 이러다가, 얘네하고 같이 끼어서 저녁이나 먹고 사라집시다. 우리도 할 만큼 했어요. 그리고 그 '켈라-B'란 곳으로 갈 방법도 없잖아요. 백인권이도 그러잖아요. 알아서 하라고. 확률은 반반이라고. 조용하게, 티내지 않고 그쪽으로 갈 길은 이젠 보이지 않아요."

성 중사가 정 하사의 얼굴을 쳐다보며 좀 의외다 싶은 표정을 지었는지, 정 하사는 성 중사에게 씩 웃으며 조그맣게 말을 덧붙였다. 입은 웃고 있지만 모자 밑에 그늘져 있는 두 눈에는 분노가 담겨 있었다.

"준모형. 이거 뭐……, 확실한 것도 없는, 그런 거예요. 작전 계획이나 확실해야 할 텐데, 이건 아무것도 없어요. 젠장. 국정원에서는 우릴 소모품 삼아 여기에 보낸 거라구요. 돼도 그만, 안 돼도 그만이라구요, 국정원은."

"창길아. 백인권이가 다 듣고 있어."

"들으라 그래요. 뭐어, 씨이……. 겁날 것 하나 없어요, 난."

성 중사는 정 하사의 말을 듣고는, 대화를 계속하는 게 좋지 않다는 생각이 들어 그에게서 떨어져 나왔다. 정 하사는 묵묵히 삽질만 계속했다.

"성준모 요원. 정 요원을 진정시키고, 활로를 개척하시오." 백인권의 말소리가 느껴졌다. 정 하사의 말을 다 들었으면서도 어떠한 감정도 표현되지 않고 있었다. 여전히 무미건조했다.

성 중사는 대답하지 않고 주위만 계속 살폈다.

이상한 점이 보였다. 벽돌더미가 계속 쌓아 올려지고 있어도 높이는 일정하게 유지되었다. '어쩐 일이지?' 성 중사는 벽돌더미의 하단부를 관찰했다. 격자살이 들어가 있는 강철 밑받침이 벽돌더미를 괴고 있었다. 위에 새로운 벽돌 블록이 전체적으로 한 단 올라갈 때면, 맨밑에 있는 벽돌더미 한 단은 전체 더미의 일정한 체적을 유지해야 한다는 명령이나 받은 것처럼 어디론가 사라지는 양 싶었다. 성 중사는 관성에 빠진 듯이 삽질을 하면서도 계속 밑바닥을 살펴보았다.

"이럴 수가……." 성 중사는 이유를 알아냈다.

고체였던 벽돌 블록은 액체로 변하고 있었다. 아이스크림이 녹아내리듯이 강철 격자살 밑으로 흘러내림이 눈에 들어왔다. 변화가 대단히 눈에 띄게 일어나는 것도 아니고, 한 방울, 한 방울, 똑똑 흘러내리는 듯 보여, 눈에 잘 띄지 않았었다. 높이가 늘어날수록 체적은 늘어나고, 따라서 위에서 내리누르는 무게도 늘어날 테니, 일정 무게 이상이 되면 가장 압력을 받은 밑바닥부터 녹아내리는 것 같았다. 흘러내린 액체는 불규칙한 구슬 모양을 수 없이 만들며 바닥면을 굴러갔다. 물보다는 수은에 가까운 특성을 보였다. 바닥은 '켈라-A'의 벽체 쪽으로 일정하게 미묘한 경사면을 이루며, 굴러가는 액체 구슬들을 움푹 패인 한 곳에 모으고 있었다. 성 중사는 눈길을 거두지 않고 액체가 모이는 곳을 주시했다.

액체의 차오르는 높이가 패인 곳 주변의 바닥면과 차이가 없을 정도로 모이자, 갑자기 구멍이 생긴 것같이 액체가 한꺼번에 어디론가의 밑으로 쏟아져 내렸다. 넘쳐흐를 걸 예방하는 듯했다. 쏟아져 내리게 만드는 구멍의 모양은 언뜻 정방형 같아 보였다. 모인 액체가 바닥에서 모두 사라졌다. 곧바로 마개가 닫히듯이 정방형의 구멍은 막혀 버렸고, 다시 그곳에 액체 구슬들이 무리를 지어 데구르르 굴러가며 모이기 시작했다. 성 중사는 즉시 정 하사 곁으로 가서 허리를 꾹 찔렀다. 새로 삽질 할 곳을 찾는 척하며 벽돌더미 쪽으로 이동했다. 슬쩍 뒤를 돌아보니, 정 하사도 쫓아오는 중이었다. 이윽고 두 사람은 벽돌더미 뒤로 숨을 수가 있었다. 다들 일하느라 바빠서인지, 성 중사 들에게 특별히 주의를 기울이는 작업자는 없어 보였다. 오늘 하루 일과가 끝나가면서 저녁밥 먹으러 갈 시간만 기다리는 지금의 작업 상황이 두 사람을 도와주고 있었다.

"그냥 뛰어내릴 순 없어요. 바닥이 어떤 줄 알고?" 정 하사는 성 중사의 말을 듣더니 볼멘소리를 했다.

성 중사는 별다른 말을 하지 않고 '벽돌 더미'에서 금이 가 있는 블록Block 하나를 골라, 삽으로 힘들여 깨고는 덩어리를 조심스레 빼냈다.

젤리화되면서 압축이 된 것이라 무게가 느껴졌다. 성 중사는 '벽돌 조각'을 들고 휘청거렸다. 화강암 덩어리를 들고 있는 느낌이었다. 아마도 이 '시멘트 덩어리'는 압축화를 거친 후, 다시금 위에서 내리누르는 압박이 가해져야지만 액체화가 되는 특성이 있는 것 같았다. 그냥 가벼운 '시멘트 덩어리'일 때는 아무 변화를 일으키지 않고 안정적인 상태를 유지함이 확실해 보였다. 그래야지 이 '켈라-A'와 '켈라-B'에서 벌어지는 모종의 건설 작업을 할 수 있을 테니까.

"알아, 창길아. 백인권이 준 조그만 회중전등 가지고 있지. 이제 곧 있으면 열릴 테니 속을 비춰 봐. 알았지?"

성 중사는 정 하사에게 일러 준 뒤, 다시 모인 액체가 쏟아져 내리기를 기다렸다. 3분 정도의 시간이 흐르자, 갑자기 사방 1.5미터 정도 되는 정방형 구멍이 바닥에 생겨났다. 액체는 쏟아져 내렸다. 정 하사가 회중전등으로 구멍 속을 비추자, 커다란 호수인 양 표면이 출렁이는 바닥이 불빛에 드러났다. 4미터 정도 되는 아래엔 액체가 그득 담겨 있었다. 성 중사는 그 즉시 벽돌 조각을 던졌다. 조각은 액체의 호수에 커다란 파문을 일으키고는 심연에라도 잠기듯 곧바로 모습을 감추었다. 그러다가 다시 떠올라 왔다. 표면 장력이 커서, 액체 표면에 몸이 부딪칠 때는 물보다 충격이 크겠으나, 그다음 쿠션 모양 받아 주는 효과는 괜찮을 것 같아 보였다.

"뛰어내리자. 가능해. 허리 부러질 일은 없겠어. 몸에 닿아도 별 이상은 없을 거야. 이상이 있다면 여기 작업자들이 마스크도 안 하고 일을 할 리가 없잖아. 몸에 나쁜 물질은 아닐 거야."

"알았어요." 정 하사는 인상을 쓰면서 대답했다. 구멍이 닫히고 수은같이 구르며 모이는 액체가 차오르기를 4분 정도 지나자 정방형 구멍이 다시 열렸다. 성 중사와 정 하사는 그 즉시 쏟아지는 액체와 같이 구멍 속으로 뛰어내렸다.

느낌이 좋았다. 부드럽게 몸을 감싸 주었다. 별다른 냄새도 느껴지지 않았고, 몸을 약간 죄어 오는 압박감만 느껴질밖에 다른 건 없었다. 걸쭉한 수프통 속에 빠지면 이런 기분일 것이란 생각이 들었다. 늪처럼 몸을 빨아 당기질 않고, 오히려 밖으로 밀쳐 내려는 듯한 느낌이 들었다. 인간이란 이물질을 싫어하는 의식이 액체 속에 흐르고 있다고 해야 할까? 성 중사는 헤엄치듯 천천히 팔다리를 움직여 머리를 액체 표면 위로 쉽게 내밀 수 있었다. 정 하사 얼굴이 보였다. 두 사람은 서로 마주보고는 미소를 씨익 입가에 지었다.

"성준모오오……, 치이익……, 들리……치이익……, 치이익……. 치익……."

백인권의 목소리가 잡음 속에 섞여서 들리는 듯하다가, 그조차도 뭐가 뭔지 알 수 없는 소리들이 되어 버렸다. 이 지역은 완전히 밀폐되어 있어서, 전자기파가 반사되며 뚫고 나갈 틈이라곤 아예 없는 모양이었다. 따라서 상의 윗단추에 부착된 초소형 카메라로 전송되는 동영상도, 백인권에겐 뭐가 뭔지 알 수 없게 보여지고 있을 것이 틀림없었다. 두 사람은 머릿속으로 계속 울리는 여러 잡음들이 시끄럽게 느껴졌다.

액체가 바닥에 채워져 있는 형태의 어두운 터널이었다. 터널의 천장 높이는 액체 표면에서 시작하여 4에서 5미터에 달했고, 너비는 15미터 정도 되어 보였다. 터널의 총 높이는, 액체의 자체 깊이까지 따져 아마 10미터 정도 되지 않을까 싶은 생각이 들었다. 이 10미터 높이의 터널 공간은, '켈라' 바닥과 부유체식 해상구조물 사이의 빈 공간임이 확실했다. 이 터널은 '켈라' 건물의 일부인 것이고, 또한 그 밑으로는 부유체 구조물이 바다의 거센 파도와 맞서 싸우며 버티고 있는 중이니, 따라서 '켈라' 전체를 따져 봐도, '켈라' 바닥면 밑에는 10미터 높이의 빈 공간이, 지금의 터널은 아니더라도 어떤 식으로든 항상 존재할 것이란 예상을 할 수 있었다. 다만 그 사이 빈 공간이, 그 위의 '켈라', 그리고 그 밑으로 존재하고 있는 '지하창고'(이는 '켈라'와는 상관없이 부유체식 해상구조물에 자체적으로 만들어져 있다)와는 어떤 연관성이 있는 것인지, 성 중사로선 아직 알 길이 없었다. 이로써, 자신들이 전혀 가보지 못한 지역이 '켈라' 안에 아직도 존재한다는 사실을 깨닫는 순간, 알면 알수록 점점 수수께끼만 늘어가는 F Zone이란 생각에, '지금의 침투 공작이 무슨 의미가 있나!'라는 회의가 마음속에 다시 슬며시 고개 쳐드는 것을 내리누를 수가 없는 성 중사였다.

터널의 크기는 너무 어두워 짐작할 수 없다가도, 시간 간격에 맞추어 천장에서 정방형 구멍들이 열리고 빛과 함께 액체들이 쏟아져 내릴 때면, 그 높이와 너비에 대해 어느 정도 되려는지 어림잡을 수가 있었다. 중요한 점은, 열리는 시간이 제각각이기는 했지만, 정방형 구멍들이 터널 천장에 일렬로만 되어 있지를 않고 2열을 이루고 있음이었다. 지금 열리고 있는 구멍들 옆으로, 다시 열을 짓고 있는 막힌 정방형 구멍 입구들이, 언뜻 스치듯이 눈에 들어온 것이다. 즉, 이 터널의 쓰임새는 알 수 없었지만, '켈라-A'에만 해당하는 것이 아니고 '켈라-B'와도 연계되어 같이 쓰이는, 공용共用 공간이란 점은 틀림없는 사실이었다.

성 중사는 마음속으로 쾌재를 불렀다. 자신의 예상과 일치하니 기분이 좋아졌다. 이곳에서 '켈라-B'로 갈 수 있는 통로가 '어딘가에는 존재하지 않을까?'라는 희망 섞인 예상이 마음속에 들기 시작했다. 그 예상은, 출렁이는 액체 표면 위에 걸칠락 말락, 터널 벽면에 가느다랗게 마련되어 있는 캣워크Cat Walk를 보았을 때 확신으로 변했다. 이곳도 사람이 들어와 유지 관리하고 있는 지역인 것이다. 그 나가는 통로의 끝이 지금으로선 어디인지 알 수 없어도 말이다. 더욱이 유리한 점으로, 전자기파가 제대로 통과 못하는 것을 보니, F Zone측에선 이곳에 대한 보안 체계로서 자동화 설비는 전혀 없고 인력으로만 운용할 수밖에 없는 사정에 놓여 있을 것으로 추리할 수 있었다. 순찰할지 모르는 감시 요원에게만 주의를 기울이면 무사히 지나가기가 용이한 지역임이 분명했다.

성 중사와 정 하사는 캣워크 쪽으로 헤엄쳐 가, 액체 속에서 몸을 빼낸 뒤, 캣워크 발판 위에 잠시 누워서 호흡을 조절했다. 여기까지 온 것이 기적같이 느껴졌다. 그러나 아직 갈 길은 많이 남아 있었다. 공기는 산소가 희박하진 않았으나, 어딘가 무겁고 무언가가 섞여 있는 듯이 느껴졌다. 농도가 짙다고 해야 하나? 이렇게 액체가 계속 위에서 쏟아지는데, 터널 속이 액체로 꽉 차지 않는 것이 이상했다. 항상 일정하게 높이를 유지하며 액체가 고여 있다는 점은, 어디론가 흘러서 바다로 일정량이 빠져나가고 있든지, 기체로 증발한 뒤 공기와 섞여 어딘가로 새어나가는 것이라는 생각을 하며 성 중사는 누워 있었다. 액체 속에서 빠져나오자마자, 옷은 뽀송뽀송하니 전혀 젖어 있지 않은 것이 신기했다. 몸을 일으키니, 액체 구슬들이 일제히 아래로 흘러 바닥에 떨어졌다. 머릿속에 울리는 소음이 너무 시끄러워, 골전도 초소형 송수화기를 귀 뒤에서 떼어 작업복 상의 호주머니에 넣은 두 사람은, 캣워크의 어딘가 있을 끝을 향해 걸어가기 시작했다.

"뭐가 좀 나왔나?"

복도를 빠른 걸음으로 걸어가는 드레이크의 옆에서, 보조를 맞추느라 애를 먹고 있던 똥똥한 빨강머리 남자가 재빨리 질문에 답을 했다.

"아닙니다. 작업자들을 저녁 식사하기 전에 모아 생체 인식 스캔을 실시했습니다만, 침입자들을 감별하지 못했습니다."

"어디 딴 데로 샌 걸, 발견 못한 게 아니야?"

"그럴 수는 없습니다. 예상할 수 있는 모든 경로는, 각종 감지 센서로 침입과 탈출을 경보하게 되어 있습니다. 침입자들이 우리 눈을 피해 외부로 나갔다고 볼 순 없습니다. 아직 현장에 있는 것이라 생각되는데……."

"생각되는데……? 그렇다면, 뭐야?"

"혹시나 하는 지역이 있긴 합니다만……, 침입자들이 미리 알고 들어갔다고 하기에는 좀……. 어쩌다 관리 요원만 들어가는 곳이고, 거의 출입도 없고 격리된 특수 구역이라 돼 놔서…….”

남자의 대답에 드레이크의 양미간이 조금 찌푸려졌다.

“그동안 허점이 많았어. 알겠지?”

“…….”

“하여튼, 보안 요원들을 생각나는 모든 곳에 투입해. 사람 풀어. 알았어?”

“예. 알겠습니다.”

“그리고, 21시에 시작할 풀 가동은 회의에서 내가 한 시간 뒤로 미뤘어. 정식으론 22시에 시작이고, 21시에 시작하는 것은 위장일 뿐이야. 가동은 일단 하되, 준비한 위장 작전을 하기 위한 거야. 그 전에 침입자들과 내부 고발자는 색출해야 하지.”

드레이크의 말투에 빨강머리는 짓눌리는 듯한 목소리로 대답했다.

“알겠습니다.”

어둠 속에서, 두 사람의 이동 간에 나는 소리 이외의 어떠한 미세한 소리가, 터널 안에 울리는 것 같았다. 성 중사와 정 하사는 즉시 걸음을 멈추고 정지 동작을 취했다. 캣워크의 바닥, 타공 철판에 부딪치는 발자국 소리들이 사방에서 가느다랗게 들려 왔다. 적들은 어둠 속에서도 자유로울 것이 틀림없었다. 성 중사 들은 야간 투시경 하나 없는 자신들의 신세가 한탄스러웠지만, 그렇다고 그들을 맨몸으로 상대함은 미친 짓인 것도 잘 알고 있었다. 게다가 외교적인 문제가 일어날 만한 물리적인 무력은 행사하지 말라는 국정원의 제한 명령을, 이쪽은 무시할 수 없는 상황이었다. 두 사람은 다시 캣워크에서 액체 표면 위로 조심스레 뛰어들었다. 그들은 캣워크 바로 밑의 액체 속에 잠겨서, 바닥 철판에 얼굴을 갖다 대고는 타공 구멍들 사이로 캣워크 위쪽을 살피며, 상황이 종료되기만을 기다렸다.

발자국 소리가 점점 가까이 다가왔다. 성 중사 들은 액체 속으로 최대한 잠수해야 했다. 보안 요원들이 사용하고 있을 야간 투시경의 적외선 영상에, 자신들의 위치가 체온 때문에 나타날 수 있었다. 액체는 차지도 그렇게 따뜻하지도 않게 느껴졌다. 나쁘지 않은 징조였다. 숨이 턱에 차오를 때까지 기다렸다가, 천천히 위로 상승했다. 액체 위에 얼굴을 내밀고 가쁜 숨을 조심스레 몰아쉴 때, 발자국 소리와 "Secure!" "Clear! Do you copy?" "How thing's going?" 등등, 별 경계심 없이 무전기에 대고 지껄여 대는 목소리들이 점점 더 멀어져 갔다. 성 중사 들은 그래도 몸을 움직이지 않고, 계속 캣워크 밑에 숨어 있었다. 터널 천장에서 액체가 "후드득", "푸우욱" 하며 떨어지는 소리 외에 소리라고는 일절 섞여들지 않는 정적만이 감돈 뒤에도, 한동안을 기다린 후 두 사람은 다시 액체 속을 빠져나왔다.

캣워크는 끝이 나 버렸다. 걸어갈 수 있는 길이 사라진 것이다. 정 하사가 회중전등으로 앞을 비추니, 5미터 정도 떨어진 정면에 벽체가 터널을 막고 있는 낌새가 언뜻 보여졌다. 바닥에는 넘실거리는 액체뿐이었다. 터널이 완전히 막혀 있는 것이 아닌가 걱정이 들었다. 잘못 온 게 아닌가 하는 공포심이 스멀스멀 기어 올라오자, 그 마음에 새삼스레 소스라치게 놀라는 성 중사였다. 이런 종류의 공포는, 총알이 빗발치는 전장에서도 알지 못하던 것이었다. 오늘의 과정 과정이 왠지 끔찍했다는 기분과 결부되어 있었다. 처음부터 다시 시작하기에는 두 사람 모두 지쳤다는 생각이 들었다. 어찌했든, 앞으로 계속 전진할 수 있다는 증거가 필요했다. 성 중사는 갑자기 목이 몹시 마르다는 걸 깨달았다. 아까 에너지바를 먹을 때의 한 모금 이외에는, 바닷속으로 뛰어든 이래로 아무것도 마시지 못한 상태였다. 하지만 나중을 위해서라도, 얼마 되지 않는 물은 반드시 아낄 필요가 있었다.

순간, 천장에서 정방형 구멍이 열리면서 철퍼덕 떨어지는 액체의 소리가 요란하게 터널 속을 울려 댔다. 액체와 함께 천장 구멍에서 쏟아진 빛의 원추형 경계, 퍼져 흐르는 그 끄트머리에, 희미하게 도드라져 있는 강철의 이질적인 윤곽선들이 얼핏 존재감을 드러냈다. 강철판으로 단순히 막힌 터널 끝이라 하기에는 뭔가 어울리지 않는 면모였다. 순간의 빛은 사라지고 다시 암흑만이 두 사람을 에워쌌다. 정 하사도 무언가를 보았는지 회중전등으로 사방을 살피기 시작했다. 그가 회중전등을 휘두르다가 뭐라도 발견했는지, 성 중사에게 가까이 와 보라고 손짓을 했다.

“준모형. 막혀 있는 출입구예요. 이건 아마도 이 안에서 밖으로 통하는 출구가 틀림없을 거예요. 그러나 지금 우리들이 열기엔 불가능합니다.”

회중전등에 비추인 터널의 옆면 벽체 출입구(캣워크 바닥의 마지막과 연결되어 있었다)엔 전자 자물쇠가 달린 잠금 장치가 달려 있었다.

그 외에 침입 경보 센서라도 장착되어 있을지는 성 중사로서도 알 수 없는 노릇이다. 출입문 자체는 아무 특징 없이 제작되어 있어 얼핏 보면 벽일 뿐인 것처럼 느껴졌다.

“형. 여기가 이상합니다.”

정 하사는 막힌 터널의 정면을 이리저리 회중전등으로 비추며, 방금 전 터널 천장에서 새어 들어온 광선에 순간 윤곽을 드러냈던 그 이질적인 선들을 보여 주었다. 15미터 너비의 터널 정면 벽체는, 터널 옆면 벽체들처럼 강철판으로 한번에 밋밋하게 덮여 있질 않았다. 얼핏 보기에 접힌 면을 이루며 튀어나온 모서리가, 정면 벽체의 가운데 부분은 남겨 놓고 양옆 두 군데에 돌출되어, 터널 천장까지 수직선 형태로 드러나 있었다. 그 튀어나온 모서리 선을 따라 터널 천장 쪽으로 회중전등을 비추니, 터널 천장과 정면 벽체 사이에는, 양옆 모서리의 접힌 면 자체 두께 만큼, 1미터 정도 틈이 있다는 걸 알 수 있었다. 정면에서 얼핏 보면 천장까지 완전히 벽체가 막고 있는 듯했지만, 측면으로 자세히 관찰하니 천장 끄트머리가 다 막혀 있질 못하고, 기다란 그림자가 시커멓게 드리워진, 뚫린 장방형의 빈 공간이 천장 꼭대기에서 드러났다. 8미터 남짓 되는 폭을 가진 정면 벽체의 중앙부가 천장을 완전히 막지 못하고, 천장에서 뒤로 후퇴하여 세워져 있는 것이다. 정면 양옆의 3미터 이상 되는 폭을 가진 넓적한 수직 기둥 모양 돌출 벽들이 모서리선을 만들면서, 정면 중앙부를 제외하고, 좌우 양옆으로 천장과 직접 맞닿아 막혀 있을 뿐이었다. 불빛에 보이는 부분들을 전체적으로 조합해서 생각해 보니, 터널의 정면은 거대한 벽감壁龕 모양이라고 할 수 있었다. 양옆 돌출 벽의 수직 모서리를 이루는 측면, 즉 벽감을 이루는 옆면에는, 두꺼운 H형 강철 빔의 측면부 일부와 직경이 30센티미터는 되어 보이는 6각 볼트머리, 너트들이 강철판으로 마감된 표면에서 튀어나와 있었다. 사실상, 그 옆면의 강철판조차도 용접으로 불규칙하게 조각조각 이어 붙여 틀어막기만 한 상황이라, 터널 밑으로 출렁이는 액체가 흘러넘치는 일만 막고 있다고 할까, 액체가 채운 수위보다 3미터 정도 윗부분까지만 마감되어 있었고, 그 위로 마감 없이 노출되어 버린 부분에는, 여러 모양의 두꺼운 빔들이 회중전등의 불빛 속에 슬쩍 모습을 드러내었다.

"준모형. 저 부분으로 기어 올라갈 수는 있겠어요. 근데, 저게 뭐죠?"

"저거 기둥이야. 일부분만 노출된 거야. 이 터널 폭보다도 더 굵은 기둥의 일부분이야. 이 터널의 정면 전체를 기둥 하나가 틀어막고 있는 꼴이지. 좌우로 넓적하게 튀어나온 부분은, 엄청난 굵기를 가진 각진 기둥 하나의 수직 돌출부들 중 두 군데라고. 오목 들어간 벽체를 가운데 두고 따로 떨어져 있는 기둥 두 개가 아니라구."

"그래요? 야아……아. 엄청나네……. 하지만……, 기어오른다고 무슨 뾰족한 수가 있을래나……?"

정 하사가 혼잣말처럼 뇌까리는 말을 듣고, 성 중사는 다시 기운을 냈다. 정 하사 때문이라도 자신이 판단력을 잃어서는 안 된다는 생각이 들어서였다.

"창길아. 저거 말이야. 굵기가 최소한 15미터보다는 확실히 더 굵은, 기둥 하나야. 내가 이 '켈라'를 지을 때 멀리서라도 항상 유심히 보곤 했는데, 이런 기둥들마다, 안에는 엘리베이터 같은 것이 오르내리고, 또 사다리 같은 게 있어서 사람이 기어 올라가는 모습도 보이고 하더라고."

"그러면……?"

"그렇지. 저 기둥 내부로만 들어가면 뭔 수가 나긴 날 거야. 엘리베이터가 있을 테니 밖으로의 통로도 있을 것이고—하지만 지금, 밖으로 나갈 수가 있을는지는 나도 모르겠어. 저 출입문식으로 막혀 있기가 쉬울 테니까—저 기둥 자체가 '켈라-A'와 '켈라-B' 사이 칸막이 벽체를 이루는 기둥일 것 같거든. 그렇다면 '켈라-B'로 갈 수 있는 방법도 있을 테고……."

두 사람은, 백인권이 건네 준 등산용 LED 헤드랜턴을, 작업복 안에 입고 있던 조끼에서 꺼내 모자를 벗고 각자 머리에 둘렀다. 지금까지 사용하지 않은 것은, 간헐적으로 열리는 터널 천장 구멍들에서 새어 나온 '켈라'의 내부 조명 빛 때문에, 이동하는 일이 불가능하진 않았기 때문이었다. 은폐 엄폐를 들킬 수 있는 면은 어쨌든 피하도록 훈련되어 있는 그들이었다. 하지만 지금부터는 달랐다. 이젠 온전한 암흑 세계로 들어가야 했다. 정 하사는 벗은 모자를 액체 표면 위로 던졌다. 액체는 곧바로 모자를 집어 삼켰다. 그 광경을 지켜보던 정 하사의 입가에 옅은 미소가 떠오르는 것이 헤드랜턴의 불빛에 드러났다. 성 중사도 정 하사를 따라 모자를 던져 버렸다. 성 중사와 정 하사는 다시금 액체 속으로 뛰어들어, 정면에 보이는 터널의 벽을 향해 천천히 헤엄쳐 나아갔다.

강철 사각봉을 거칠게 용접하여 만든 사다리는, 헤드랜턴의 불빛에 드러나는 윤곽 정도로는 그 끝이 어딘지를 알 수 없이, 위로, 위로, 계속 이어지고 있었다. 단면을 잘라 보면, 멀리서는 두꺼운 장방형의 프레임으로 보일 이 높이 솟은 기둥은, 단순하게 말해서 속이 빈 사각 파이프 형태라 할 수 있었다. 다만 기둥의 굵기를 따져 보면 장방형 단면의 가장 짧은 한 변이 15미터는 확실하게 넘어가는 바람에, 사각형 파이프라고 묘사한다는 것은 그 규모와 스케일에 대해 상상의 가능성을 닫아 버리는 꼴이랄까, 전혀 표현하지 못한다는 단점이 있었다. 너비와 두께가 50센티미터에서 2미터에 달하는 각종 형강形鋼 빔들이, 가장 작은 단위 요소로서 규칙적으로 얽혀져, 틀을 이루며 교차하는 공간이었다. 그 공간은 성 중사와 정 하사를 장방형 프레임 속에 가두며, 위로 한없이 솟아 올라가는 중이었다. 공간이 솟구치며 올라가 만들어진 세계는, 두 사람에게 채찍질 하듯이 기어 올라갈 것을 또한 요구했다. 손과 발이 연신 닿고 있는 강철 사다리를 통해서 이 기둥이 견디고 있는 압력들을 느낄 수 있었다. 건물 자체의 하중 때문인지, 아니면 매섭게 부딪쳐 오는 제주 바닷바람의 압력 때문인지, 기둥은 살아 있는 유기체 모양 끊임없이 몸을 흔들고 비틀고 진동하면서, “투우웅”, “쿠우우”, “터엉” 하는 소리들로 울부짖어 댔다. 성 중사는 사다리를 타고 올라가면서, 고개를 들어 헤드랜턴의 LED 불빛에 드러난 수직 통로(완전한 ‘수직’은 아니었다. 뒤로 약간 넘어가 있는 ‘급경사 통로’라고 하는 편이 더 정확한 표현일 것이다)를 주시하며, 자신이 알 수 없는 거대 동물의 등뼈나 식도를 타고 올라가고 있다는 기분이 들었다. 아래에서 따라오는 정 하사도 아무 말 없이 묵묵히 사다리를 타고 있을 따름이었다.

1백 미터 정도를 올라갔을 때, 헤드랜턴 불빛에 비친 이 수직 급경사 세계에 얼핏 변화가 눈에 들어오기 시작했다. 기둥에 도리(Purline)가 붙어, 수평을 이루며 양방향으로 뻗어 나갔다는 것을 알 수 있었다. 기둥과 양쪽 도리를 정면에서 볼 수 있다면 십자가형으로 보일 것이다. 왜냐하면, 기둥은 이 양兩-도리와의 십자 교차점을 마지막으로 '켈라'의 천장-지붕을 뚫고—이 지점부터 기둥은 더욱 경사각이 커지는 변화를 보이며, 뒤로 넘어갈 것처럼 기울었다. 지금 '켈라'의 벽체 속, 그중에서도 기둥 내부에 있는 성 중사에게는 보이지 않지만 말이다—대공간 외부에서 하늘로 솟아올랐다. '켈라' 벽체와 곡면부 천장이 맞닿는 지점에서 멈추지 않고, 계속 기울어져 솟아오른 이 기둥과 동일한 형태의 맞은편 기둥은, 현수교에서 케이블이 교량을 잡아당겨 지지하는 것과 유사한 방식으로, 기둥과 기둥 사이 1.5킬로미터, 즉 1천 5백 미터에 달하는 장 스판(長 Span)의 들보를, 양쪽에서 케이블로 버팅기고 있었다. 결국, 하나가 7백 50미터짜리 외팔 들보 두 개가 연이어져, 기둥과 기둥 사이 1.5킬로미터를 잇고 있는 꼴이었다.

기둥과 맞은편 기둥 사이를 연결한 주-케이블(Hanger)은, '켈라'의 지붕 위에서 빨랫줄이 늘어져 있는 모양을 그리고 있었는데, '켈라'의 벽체를 이루느라 횡으로 줄지어 있는 기둥들 꼭대기마다에 매달려—매달려서 탄성을 유지하는 방법을 묘사하자면, 가야금 기러기 다리(雁足) 위에 줄이 걸쳐져 탄력을 만드는 것에 비유할 수 있겠다—가야금의 12줄들처럼 '켈라'의 지붕 위를 연이어 횡단하고 있었다. 그 주-케이블에는 '외팔 들보'라는 '빨래'를 널기 위한 빨래집게 역할의 서스펜더Suspender 케이블이, 요소마다 수직선과 사선이 결합된 트러스 구조 형태로, 천장-지붕을 형성하고 있는 경량 콘크리트 패널을 뚫고 직접 외팔 들보에 연결되었다. 외팔 들보를 거느린 양兩 기둥은, 들보의 무게 때문에 고정 하중이 한쪽으로 쏠려 버려, 여차하면 자빠져 버릴 수 있는 전복 위험이 상존했다. 기둥과 그 옆으로 서 있는 또 하나의 기둥을 도리와 같은 방향으로 연결하는 인방(벽체를 이루는 기둥과 기둥 사이는, 인방들로 연결-보강되어 있었다)들 가지고는, 외팔 들보를 거느린 양兩 기둥들이 혼자서 서서 버틸 만한 지지력을 완전히 만들어 내기엔 턱없이 부족하기만 했다.

해결 방안이, 기둥과 맞은편 기둥 사이 1.5킬로미터의 길이, 즉 외팔 들보 두 개의 길이와 같은 1천 5백 미터 인장引張 케이블의 설치였다. 이 인장 케이블은 '켈라'의 바닥(이 바닥면은 부유체식 해상구조물과는 상관없이 프리캐스트 콘크리트 블록들로 별도 시공되었다)에 매입-설치되었다. 기둥 최상부에서, 가야금 기러기 다리 위에 줄이 걸쳐지듯이 팽팽하게 잡아당겨져서 아래로 내려온 주-케이블 줄은, 다시 '켈라' 하부의 인장 케이블과 연결되어, 모든 케이블들이 사실상 양兩 기둥 위-아래에서 하나로 힘의 흐름을 연결하여, 서로가 서로를 잡아

당기고 있는 모양새였다. 연결된 두 개의 외팔 들보를 지탱하고 있는 기둥 아랫단과 맞은편 기둥 아랫단 사이를, 바닥에서 인장 케이블이 잡아당기는 바람에, 작용하는 힘의 방향이 양兩 기둥들을 바깥쪽으로 넘어지게 하고 있었다. 반면에, 양兩 기둥들 윗부분에서는, 두 개의 외팔 들보를 한 번에 연결한 주케이블이 안쪽으로 기둥이 자빠지도록 잡아당기고 있어, 양兩 기둥들 위-아래의 전복을 유발하는 힘의 방향이, 서로 반대 방향으로 작용하는 평형 상태를 이루었다.

사실상, 기둥과 외팔 들보의 고정 하중이 비대칭으로 한쪽에 쏠리지 않고 균형을 이루었다는 점에서, 대칭적인 이중 캔틸레버 구조의 변형이라 할 수 있는 이 구조체는, 장장 수직 높이 250미터에 가까운 기둥의 중간 휘어짐(좌굴 挫屈)도 예방해야 하고, F Zone이라고 하는 한정적인 섬에 캔틸레버 구조를 위한 큰 규모의 정착 시설 없이, 두 곳의 '켈라'라고 불리는 대공간을 확보해야 하는 이중고도 해결해야 하고, 변화무쌍한 F Zone의 외부 환경에 대응하기 위해 유연성도 강조해야 하는, 일종의 고육지책苦肉之策이라 볼 수 있었다.

'켈라' 상부의 주-케이블과 '켈라' 바닥에 매입된 인장 케이블은, 인장 강도가 2천 4백 메가파스칼(Mpa)에 달하는 지름 5.35밀리미터짜리 강연선鋼撚線 8천 6백 가닥을 촘촘하게 엮어 만든 것이었다. 2천 4백 메가파스칼의 인장 강도란 중형 승용차 24대 정도를 한꺼번에 매달아도 견뎌 낸다고 하는 고강도를 의미하니, 이렇게 가공하리만큼 질기면서도 5밀리미터 남짓 가느다랗기만 한 강연선 하나가, 8천 6백 가닥이 모인, 케이블 선의 총 강도를 짐작할 수 있을 것이다.

벽체와의 교차점에서 시작되는 천장-지붕은 우아하게 곡선을 그리며, 대각선 방향으로 50미터 남짓 상승하다가, 본격적인 천장을 만들면서 평면(약간의 경사도는 무시한 표현이다)으로 대부분을 평평하게 완성하였다. 1.5킬로미터 길이의 들보(연이은 외팔 들보 2개)를 따라 형성된 천장-지붕 자체의 단면을 간략하게 그려 본다면, , 이런 모양이었다.

따라서, 도리와는 위에서 본 평면도 상으로 90도 방향을 이루며, 입면에서 보면 기둥에서 큰 줄기가 뻗어 나오듯이 위쪽으로 휘어지면서 상승의 기분을 간직하고 있는 곡선 보가, 성 중사에게 유독 눈에 띄고 있었는데, 이 보가 바로 1.5킬로미터 장 스판을 이루는 연결된 외팔 들보 두 개의 양쪽 말단부였다. 들보의 형태를 따라 천장의 단면선이 결정되어 '켈라' 전체 지붕을 경량 프리캐스트 콘크리트 패널들로 덮어 씌웠으니, 들보와 천장이 같은 단면선을 만들고 있는 것은 당연한 이치였다.

성 중사는 쉬지 않고 사다리를 타고 올라갔다. 성 중사가 밑에서 양兩-도리와 들보가 기둥에 붙어 뻗어 나가고 있는 광경을 바라보니, 양兩-도리는 기둥에 양팔이 붙어 있는 것으로, 곡선 형태의 들보는 꼭 등에서 목으로 넘어가는 경추 뼈들처럼 보였다. 그는 양-도리 중 하나를 잘 선택하면, 드디어 '켈라-B'로 건너가는 길이 될 것이란 점을 깨닫고 있었다. 성 중사는 왼쪽에 붙은 도리로 꺾어지는 방향이 바로 '켈라-B' 쪽이 틀림없으리라 마음을 정했다.

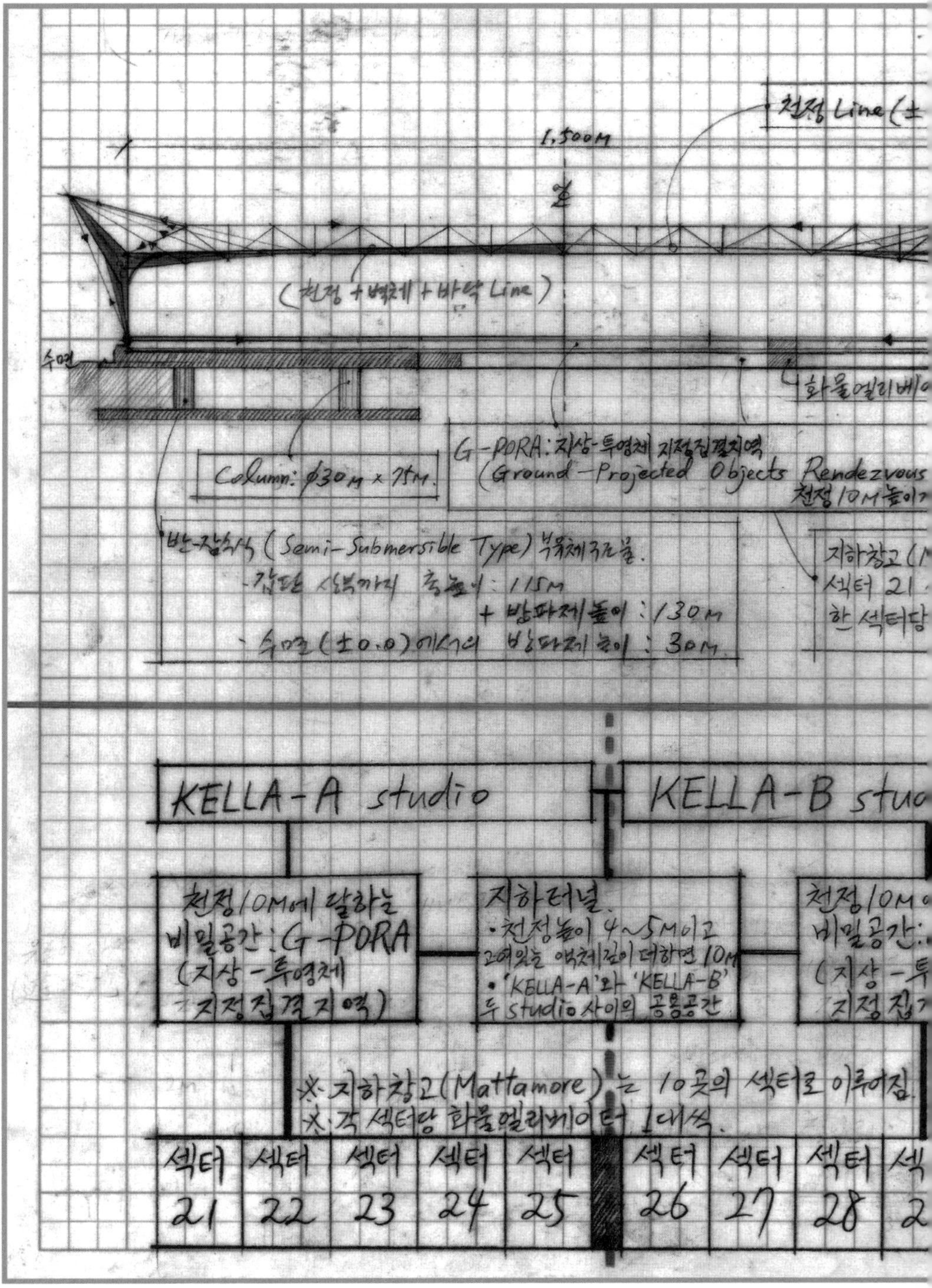
천정 Line (±
1,500M
(천정 + 벽체 + 바닥 Line)
수면
화물엘리베이
G-PORA : 지상-투영체 지정집결지역
(Ground-Projected Objects Rendezvous
천정 10M 높이
Column : φ30M × 75M
반-잠수식 (Semi-Submersible Type) 부유체구조물.
-갑판 상부까지 총높이 : 115M
+ 방파제높이 : 130M
-수면(±0.0)에서의 방파제높이 : 30M
지하창고 (
섹터 21
한 섹터당
KELLA-A studio
KELLA-B stu
천정 10M에 달하는 비밀공간 : G-PORA (지상-투영체 지정집결지역)
지하터널.
·천정높이 4~5M이고 고여있는 액체깊이 더하면 10M
·'KELLA-A'와 'KELLA-B' 두 studio 사이의 공용공간
천정 10M
비밀공간
(지상-투
지정집
※ 지하창고(Mattamore)는 10곳의 섹터로 이루어짐.
※ 각 섹터당 화물엘리베이터 1대씩.
섹터 21
섹터 22
섹터 23
섹터 24
섹터 25
섹터 26
섹터 27
섹터 28
섹 2

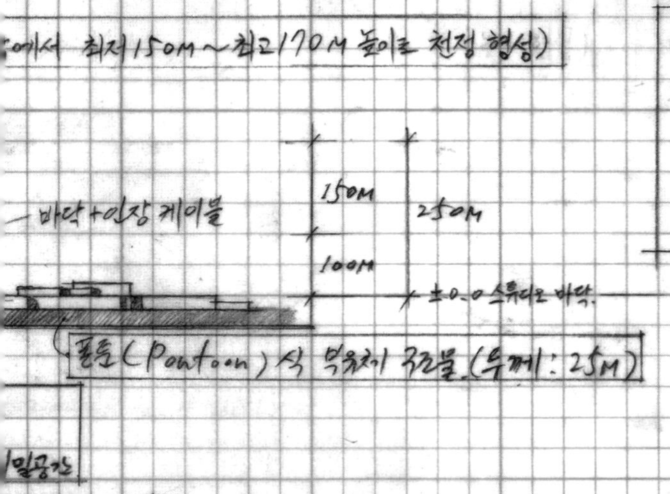

· '켈라' 스튜디오의 기둥과 기둥사이는 인방들로 보강됨.
· 기둥과 기둥 사이 도리길이 : 300M

VLFS/'KELLA' STUDIO 단면도

SCALE: 0 50 100 300M

F Zone
- 비행장 지역
  - 활주로 / 항공기 계류장
  - 컨테이너 하역장
  - 승객대기건물 / 관제탑
  - 창고와 격납고
  - 항만접안시설
- 스테이지 게이트 지역
  - '켈라-A' / '켈라-B'
  - C-NAIS Center + 독립구역
  - 쓰레기 소각장 / 담수처리장
  - 생활폐기물 오수처리시설
  - 유류탱크 / 숙박시설·레스토랑 등

F Zone의 구성 →

← 'KELLA' 스튜디오의 구조개념

"백 팀장님? 백 팀장님? 우리의 위치는? 들립니까?"

성 중사와 정 하사는 다시 골전도 송수화기를 귀 뒤에 붙이고, 백인권과의 통화를 시도했다. 백인권에게선 아무 연락이 오질 않았다. 액체가 고여 있는 터널 내부로 들어갔을 때부터 통신이 끊겼고, 지금 시각은 19시 43분을 가리키고 있으니, 2시간 정도 통신이 두절되었던 것이다. 두 사람은 기둥을 벗어나 양-도리 중에 '켈라-B' 쪽으로 생각되는 좌측 도리 내부에 들어와 있었다. 어림짐작으로 한 변의 길이가 10미터 이상은 되어 보이는 장방형 단면의 도리였는데, 내부에서 보니 장대한 강철 빔들이 얽혀 있는 터널이었다. 도리 내부에는 캣워크Catwalk가 마련되어 있었다. 유지 관리가 필요하지 않은 곳이라면 몰라도, 끊임없이 구조체의 안전을 점검해야 하는 이런 대공간 건축물에선, 모든 골격마다 사람이 걸어다니며 직접 확인할 길을 만들어 주는 캣워크는 필수였다. 두 사람은 캣워크를 발견하곤 예상과 다르지 않아서 약간 편안한 기분이랄까? 둘이 약속이나 한 듯이 자리에 털썩 주저앉아 버렸다. 이번에는 정 하사가 에너지바를 꺼내 성 중사에게 건네었다. 두 사람은 아무 말 없이 에너지바를 씹기만 했다. 에너지바를 먹으면서 탈출로는 어떻게 잡아야 할는지 궁리하려 했으나, 지친 나머지 머리가 잘 돌아가지 않는 성 중사였다. 일단 '켈라-B'에 도달해야 한다는 일차 임무를 완수한 뒤에나 생각을 정리하기로 결심하고, 그는 시무룩하니 앉아 있는 정 하사에게 말을 걸었다.

"창길아. 얼마 안 남았다."

“그래요?” 말을 시키니 하는, 형식적인 대답이었다.

“일단, 천장의 트러스 속에 숨어서 내부를 보자. 아래에서 돌아가는 꼴이나 보자고. 위에서 말이야. 바닥에 내려갈 수 있을지는 모르겠는데…….”

“내려가야지 탈출도 할 거 아니요?” 뜨뜬한 얼굴에 퉁명스런 목소리였다. 성 중사는 그런 정 하사를 보니 웬일인지 웃음이 피식 나왔다.

“임마. 기운 좀 내라.”

“…….” 성 중사의 말에, 씩 하고 웃는 얼굴이 조금은 다시 되돌아오는 정 하사였다.

“내 생각인데, 어쩜 될지도 몰라. 우리 왜 봤잖아? 그 미군 애들 훈련장에서 말이야. 천장 트러스에 조명 기구 잔뜩 단 수평봉들이 군데군데 매달려 있었잖아. 기억나지?”

“예. 기억나요.” 정 하사는 성 중사가 무슨 말을 하려는지 눈치 챈 표정이 되었다. 희망이 약간 생긴다고 할까? 그런 얼굴이었다.

“그게 말이야. 바닥에 내려갈 때가 있더라고. 기억나?”

“예……. 백 미터도 넘게 오르락내리락 하는데, 정말, 시간 꽤나 잡아 먹습디다.”

“맞아. 그런데 내리자마자 곧바로 올리는 게 아니야. 오늘 당장은, 그럴 일이 없겠지만—뭔 일이 벌어질 테니, 아니 지금 벌어지고 있을지도 모르지—그 일이 끝나고 나면, 그때 조명 기구 손볼 게 틀림 없어. 근데, ‘밤의 유령 작전’ 때 봐서 알겠지만, 그 조명 기구들 바닥에 내려놓은 채로 딴 데 가고 막 그러더라고, 미군 애들 말이야. 일할 땐 정신 없거든. 여기도 그럴 거 아니야. 그때 우린 '켈라' 바닥에 내려갈 기회가 생길 수 있어. 줄 타고 내려가야지. 안 들키게. 내 생각이야. 어때?"

"그다음은? 준모형. 작전 계획이 있어요?"

"글쎄다. 아직, 생각이 안 떠오르고 있다. 하하하. 어떻게 해봐야지."

성 중사가 웃고 있는데, 골전도 송수화기로 백인권의 목소리가 갑자기 들렸다.

"성준모 요원 들립니까?"

"예."

"다시 통신이 되고, 동영상도 전송되고 있소. 거기가 어디오? 위치 추적으론 요원들이 이미 '켈라-B' 내부에 들어간 것처럼 나오는데……."

"제대로 오긴 왔네. 여긴 '켈라-B' 꼭대기 어디쯤이에요. 기둥 타고 올라와서, 옆으로 이동 중에 쉬고 있습니다."

"쉬어선 안 되오. 곧 있으면 뭔가 일이 벌어질 거요. 전력 소비량이 계속 늘고 있소. 이 추세대로라면, 한 시간 이내에 '켈라-B'가 가동에 들어갈 것 같소. 빨리 이동하시오."

"알겠습니다."

성질을 돋구는 말이었지만, 성 중사는 꾹 참고 알았다고 대답한 뒤 자리에서 일어났다. 정 하사도 따라 일어났지만 얼굴은 다시 기분이 언짢아 보였다.

"어휴. 내가 이놈의 국정원하고는 정말……. 에후우우. 씨이." 열이

오르는 걸 억지로 참느라 씩씩거리는 정 하사였다. 아무래도, 장기간의 소속감 부재에서 오는 상실감이 커 보였다.

"가자." 성 중사는 정 하사의 어깨를 다독이며 발길을 재촉했다.

3백 미터가 채 안 되는 거리의 캣워크를 걸어가자, 다시 갈림길이 나왔다. 두 사람은 새로이 나타난 또 하나의 새로운 기둥부를 지나 계속 걸었다. 아직도 두 사람은 건축물의 벽체 속에서만 누비고 있는 실정이라—따라서, '켈라-B'의 다른 기둥으로 내려가 보았자, 캣워크는 십중팔구 '켈라-B' 외부와 연결되어 있을 것이고, 이 연결 출입구조차 잠겨 있을 게 틀림없으니, 그런 바보짓은 염두에 두지 않는 성중사이다—'켈라-B' 대공간의 내부를 직접 눈으로 보질 못하고 있었다. 어쨌든 그런 갈림길 몇 개인가를 지나가면서 이 정도면 '켈라-B' 안으로 충분히 들어온 것이란 기분이 들자, 계속 일직선으로 걷질 않고 90도 방향 좌측으로 향하기로 마음먹었다. 이번에는 곡면으로 휘어져 상승하는 강철 빔 터널이었다. 천장 부재인 들보로 나가게 된 것이다. 대형 트러스 구조로 되어 있는 들보는, 주 케이블(Hanger)에서 다시 일직선으로 떨어지는 서스펜더Suspender 케이블에 이중으로 매달려 있어서 그런지, 생각보다 더욱 심하게 흔들렸다. 캣워크의 타공 철판 바닥을 걸을 때마다 지진이 계속 일어나고 있는 땅 위를 걷는 느낌이었다. "쿠우웅", "쿠웅" 하는 바람과 압력과 중력에 저항하는 소리들이, 회피란 용인되지 않고 직면하는 고통에 신음해야 하는 구조체의 운명을 전해 주고 있었다.

70여 미터의 곡선부를 걸은 후, 다시 곧바른 형태의 들보가 이어져 나타났다. 50미터 정도 더 걷자, 헤드랜턴 불빛에 비치는, 들보의 트러스 구조체 그 너머의 모습이 무언가 달라졌다. 구조체의 형강빔 구멍들 사이를 통과한 LED 불빛이 그 전에는, 경량 콘크리트 패널 지붕 천장면에 매달려 설치된 불투명 암회색 유리 섬유막에 막혀 버려, 더 이상 앞으로 직진하지 못했었다. 그런데 이번에는, 갑자기 무한히 그 거리를 확장하듯 빛을 쏘아 보내기 시작했다. 성 중사는 상황을 즉시 깨닫고, 뒤에 따라오는 정 하사에게 지시했다.

"정 하사. 랜턴 불을 꺼라."

다시 어둠만이 두 사람의 주변을 에워쌌다. 조금 더 걸어가니 공기의 흐름이 달라지는 것이 느껴졌다. 두 사람의 밑에서, 또한 옆에서, 대기가 흘러다니는 것이 느껴졌다. 성 중사는 자신의 이마에, 오늘 아침 이후 처음으로, 머리칼이 휘날리며 부딪치고 있다는 걸 깨달았다. 마침내, '켈라-B'의 내부를 내려다볼 수 있는, 노출된 천장 트러스 들보 부위에 두 사람은 도달한 것이다. 장대하게 뻗어 가는 강철 빔들 사이로 성 중사가 아래를 내려다보아도, 아직 보이는 것은 캄캄한 어둠뿐이었다.

제11부

잔향 변조
殘響 變調

34

헨리 유는 황급히 발걸음을 옮겨야 했다. F Zone 헬기 착륙장에 내린 후, 딱딱한 얼굴로 긴장되어 있는 드레이크의 얼굴도 본체만체하고 전기차에 올라탄 헨리 유였다. 2인승에 나란히 타고 가던 드레이크와 헨리 유는, F Zone '타워'(지휘본부 건물)에 도달하도록 서로 아무 말도 하지 않고 주위만 살피며 상대를 못 본 척했다. 비행장 가까이와 멀리서, 그리고 하얗게 빛나는 '누에고치' 쪽 어딘가 여러 곳에서, 검은 연기들이 뭉게뭉게 피어올라 가고 있는 광경이 눈에 뜨이는 순간, 헨리 유는 시선을 다른 쪽으로 돌릴 수가 없었다. 이윽고, 그는 자신에게도 발길을 허용치 않던 '타워' 정문에 전기차가 서자마자 급하게 뛰어내리고는, 오늘은 '어디 날 막아 볼 테면 막아 봐라!'는 표정으로 출입문을 거칠게 열어젖히고 앞장서서 들어가 버렸다. 보초를 서던 보안 요원들도 헨리 유가 '타워'에 밀고 들어오는 것을 일체 제지하지 않았다.

인도 요원의 뒤를 따라 회색빛의 살풍경한 복도를 한참 걸은 뒤, 적색 바탕에 'C-NAIS Center(필수관심지역 감시센터)'란 흰색 고딕체 글씨의 조그마한 팻말이 붙어 있는 출입문 앞에서 일행은 정지하였다. 복도의 크기에 비해, 출입문 자체는 견고해 보이는 점 이외에는 사실상 규모 면에선 초라하여 평범한 느낌을 자아내고 있었다. 인도 요원은 출입문 옆의 보안 기기에 자기 이름을 음성 인식시킨 후, 뒤따르는 망막 검색 작업을 마치고 비밀 번호를 입력했다.

출입문이 열리자, '타워' 안의 또 다른 지역이 드러났다. 헨리 유의 눈에 복도를 따라 출입문들이 줄줄이 있는 것이 보였다. 그중 어느 문도 명칭이 붙어 있지 않았다. 구별 방법이 있을 텐데 그로서는 알 수 없는 노릇이었다. 인도 요원은 출입문들 중 사전에 지정된 목적지 출입문에 다가서자, 문 앞에 서 있던 보안 요원과 동작을 맞추며 일시에 보안 기기에 전자 카드를 밀어 넣었다. 요원 두 사람이 가지고 있던 전자카드 두 장이 함께 작동해야지만 출입문이 열리게 설계되어 있었다.

"다른 곳도 이런 식으로 출입하오? 은폐와 보안이 아주 엄청나구만. 은행 금고 같군."

헨리 유가 옆에 서 있던 드레이크에게 실쭉하니 비꼬는 듯한 어조로 질문하자, 드레이크는 잠깐 양미간을 찌푸리다 냉정하게 받아넘겼다.

"장소마다 다릅니다. 지금 들어가는 곳은 C-NAIS센터 내부에서도 전략 분석실이라 보안이 강화되어 있을 뿐이오."

회의실에 들어서자, 회의 테이블이 놓여 있는 내부의 정면 벽체 전체가 영상으로 빛나고 있었다. 여러 개의 동영상이 일제히 비춰지는 중이었다. F Zone 감시 카메라에서 보내 온 영상들인 것 같았다. 영상들 앞에 서서 양손으로 관심 지역 부분 영상을 연속으로 확대하며 보고 있는 한 건장한 남자의 뒷모습이 보였다. 그는 일행이 들어서니 뒤통수에 눈이라도 달렸는지 곧바로 어깨를 돌리며 뒤를 바라보았다. 헨리 유에겐 우선 2미터에 달해 보이는 남자의 키가 시선을 끌었고, 그 다음으로는 지나치게 억센 근육질 체형 때문에 세련미가 결여되어 어울려 보이지 않는 감색 양복, 그리고 평생을 가슴만 펴고 살았는지 꼿꼿하게 펴져 있는 상체와 굵은 목이 눈에 들어왔다. 남자의 나이는 어림잡아 40대 후반에서 50대 초반 정도로 보였다. 야외 활동을 많이 했는지 갈색으로 피부는 그슬려 있었고, 눈가에 잔주름살이 많아 실제 나이보다 더 들어 보이는지도 모를 일이었다. 코 밑으로 짧고 단정하게 손질되어 있는 노란 콧수염이, 할리우드제 20세기 전쟁 영화에 기름진 자아 비판용으로 가끔 튀어나오는, 스테레오 타입의 영관급領官級 지휘관들을 연상시킨 달까—보통 이들은 옆에 포탄이 떨어져도 절대로 속도가 빨라지는 법 없이 천천히 걸어다니면서, 눈썹 하나 까딱 안 하는 배짱을 보이고, 철모를 안 쓰고 기병대 모자를 주로 애용하며, 빳빳이 고개를 쳐들거나 콧수염을 만지작거리는 동시에, 주먹을 휘두르며 큰소리로 밑의 부하들과 농담을 주고받는다—콧수염은 강인해 보이기만 하는 얼굴 분위기에 어딘가 여유를 섞어 주고 있어 전체적인 인상에 꽤나 괜찮은 효과를 더하고 있었다.

'군인이로군.' 헨리 유는 직감적으로 남자의 정체를 파악하면서, 갑자기 나타난 이 작자는 뭐하는 사람인가 궁금해졌다.

"인사하시죠." 하며 드레이크가 남자를 소개하려 하자, 남자가 먼저 헨리 유에게 손을 내밀며 악수를 청했다.

"난, 이번에 '더 스테이지 게이트The Stage Gate' 본사에서 새롭게 파견

나온 보안 책임자, 알렉산더 스티븐슨입니다." 발음은 딱딱 끊어지면서 분명한 어조의 말투였다. 자신감이 있는 목소리였지만, 얼굴은 경직되고 근심어린 표정을 완전히 숨기지 못하고 있었다. 편치 않은 마음이 표정에 드러나 있는 알렉산더 스티븐슨이었다.

"어제부로, 본사에서 F Zone으로 파견 나왔습니다." 드레이크가 옆에서 거들었다.

"난 헨리 유라고 합니다. 제주테마파크의 부사장입니다." 가볍게 악수를 하면서 스티븐슨과 헨리 유, 두 사람이 인사를 마치자, 일행 모두는 회의 테이블에 착석했다.

"보시죠. 4월 20일 즉 사흘 전, 21시 경부터 촬영된 영상들을 편집한 겁니다." 드레이크의 말이 끝나자마자, 벽체 스크린 전체로 동영상 하나가 크게 확대 투영되기 시작했다.

영상엔 백색의 빛만 번져 있었다. 마치 섬광탄이 터진 직후처럼 사물의 윤곽이 보이지 않을 정도로 말려 있어서, 어디에서 무슨 일이 벌어지고 있는지가 분명치 않았다. 그 상황이 계속 되었다. 화면에 표시된 시각은 21:13:00에서 시작하여 30분이 지나도록 백열된 광선 이외에는 아무 변화가 없음을 보여 주었다. 영상은 30분 정도의 시간 흐름을 2분 정도로 압축하여 순식간에 지나가도록 편집되어 있었다. 헨리 유는 답답했다.

"미스터 드레이크. 뭘 보여 주겠다는 거요? 하얗게 빛나는 화면 이외에는 아무것도 없잖소."

"계속 보시죠." 드레이크는 헨리 유의 말을 막듯이 오른손바닥을 펼치면서 답변했다.

화면 전체가 다시 암흑에 휩싸였다. 동영상 화면에 표시된 시각은 21 : 45 : 34였다.

"우리의 위장 작전이 시작된 시각입니다. 모든 시스템이 다시 정지한 시각이기도 하지요." 드레이크는 양 눈썹을 이마 쪽으로 밀어 올리며 의식적으로 회의 테이블 건너편에서 헨리 유를 주시했다. '너도 위장 작전이 뭔지 정도는 알고 있겠지?'라는 얼굴 표정과 함께. 그 표정을 힐끗 본 헨리 유는 아무 응대도 하지 않았다.

화면 여기저기에서 조명등 같은 느낌의 불빛들이 들어오기 시작했다. 그 불빛 덕분으로 희미하게나마 영상이 찍힌 공간의 모양새를 짐작할 수 있었다. 동영상의 내용으로, 골짜기와 언덕이 연이어 펼쳐진 지표면 형태 같은 것이 아래쪽에 힐끗 보였고, 조명 기구 같은 것들이 매달린 기다랗고 견고해 보이는 수평봉들이 천장 부위에서부터 계속 하강하고 있는 모습이 부감으로 화면 중심에 주로 잡혀 있었다. 그러다 어두운 바닥 한 귀퉁이에서 섬광이 번쩍하고 보이더니, 연기가 자욱하게 피어오르는 동영상이 클로즈업으로 연속 확대되어 이어졌다.

"'켈라-B'의 내부입니다. 22시 30분 경에 예정되었던 본격 가동을 위해 광선을 맞출 필요가 있었고, 동시에 침입자를 가려 낼 만한 약간의 조명도 필요했습니다. 이때, 내부 스피커를 통해 폭파음을 한껏 쏟아 냈지요. '켈라-B'에 침입자들이 이미 들어왔다면 정체를 드러내라는 의도였습니다. '켈라-B' 내부 일부 지역과 외곽에서 동시에 위장용

스모그와 폭파 섬광의 사용이 시작됐습니다. 예상대로, 침입자들이 걸려들었습니다. 모습을 드러냈지요. 보시죠.”

드레이크의 말이 끝나자마자 동영상 화면 한 부분이 순식간에 확대되었다. 하강하고 있는 수평봉의 양끝 부분을 천장 구조물과 연결하여, 수평봉 자체를 ‘켈라’의 천장에 매달리게 만든 주름관식 수직 트러스들에—길이가 낚싯대 늘어나듯이 위에서 아래로 계속 늘어나고 있었다—사람이 매달려 있는 모습이 어두운 그림자 실루엣으로 보였다. 화면에 잡힌 인물은 트러스에 가만히 매달려 ‘켈라-B’의 바닥면에까지 내려간 뒤, 트러스에서 떨어져 나와 주위를 살피면서 위쪽 어딘가를 쳐다보는 듯했다. 순간 침입자의 옆얼굴이 선명하게 드러나는가 싶더니, 다시 백색 빛이 화면을 뒤덮었다. 동영상은 정지 화면으로 바뀌었다. 화면에 표시된 시각은 22 : 08 : 18을 가리키고 있었다.

“무슨 일이요?” 헨리 유가 물어보자 드레이크는 아무 말도 하지 않고 그를 쳐다보며 양미간을 약간 찌푸리기만 할 뿐이었다.

“도대체 저 빛이 뭐요? 다시 재가동을 한 거요?” 헨리 유는 언성을 높이며 추궁했지만 돌아오는 대답은 드레이크의 무표정한 표정이었다.

헨리 유는 알렉산더 스티븐슨 쪽으로 고개를 돌렸다. 알고 있는 것을 얘기해 보라고 할 생각이었는데, 스티븐슨은 화면을 주의 깊게 살펴보느라 정신이 팔려, 헨리 유에게는 관심이 전혀 없는 상황이었다. 그는 답답해서 “휴우!” 하고 긴 한숨을 내쉬었다. 화가 끓어오르는 것을 억지로 참으며, 일단 동영상을 계속 보기로 작정하고 화면에 시선을 고정했다.

다시 동영상이 시작되었다. 화면은 F Zone의 외부를 비추고 있었다. 표시된 시각은 22 : 29 : 07이었다. 중간을 잘라 낸 것이 분명했다. 침입자로 보이는 검은 그림자 하나가 건물들 사이를 뛰어가는 영상이 보여졌다.

"그 사이에 무슨 일이 벌어진 거요?"라고 동영상을 보며 헨리 유가 묻자, 드레이크는 "우리가 놓쳤습니다." 하며 신음하듯이 말을 내뱉더니, 한 마디를 덧붙였다. "우리로서도……, 어쩔 수가 없었던 겁니다."

이윽고, 어둠 속에서 어슴푸레하게 보이는 건물군 사이로 섬광이 하늘 위로 치솟더니, 건물 자체가 폭발로 인해 분해되는 듯한 느낌의 영상이 연이어 화면에 나타났다. 카메라 여러 곳에서 비추어진 동영상들의 편집이었는데, 위장이 아니고 실제 파괴 행위라는 점이 분명히 느껴졌다. 헨리 유는 그 영상들을 보며 기가 막혀 입을 다물 수가 없을 지경이었다.

"이게……, 도대체가 이게 무슨 일이요……?" 헨리 유는 신음하듯이 말꼬리를 길게 끌며 질문했다. 시선을 화면에서 돌리지를 못하고 혼잣말하듯이 한 것이다.

"저건, 우리의 위장 작전이 아닙니다. 침입자가 실제 파괴 공작을 한 것입니다. 하지만 오늘, 유 사장님이 헬기에서 내리자마자 본 연기의 대부분은, 사실상 우리의 위장술로 인한 겁니다. 특히 '켈라-B' 건물에서 나던 연기는 말이죠. 침입자로 인한 실제 화재와 파괴는 대부분 정리되어 가고 있습니다." 드레이크의 답변이다.

"어디요? 저긴?"

“한국 기업에서 건설을 담당했던, 쓰레기 소각장 시설입니다. F Zone은 생활 폐기물의 양도 엄청나거든요. 상주 인원만 지금 5천여 명에 이릅니다. 한국 건설업체가 해상구조물을 만든 것 이외에도, 발전시설, 생활 폐기물 처리시설, 각종 저장시설, 오수처리시설, 담수처리장 등 환경성 플랜트 일체를 일괄로 설계 건설을 했지요. F Zone 프로젝트를 위한 자연스런 일처리 과정이었습니다. 그러한 사정이니, 한국인 엔지니어로 신분을 위장하고 지내온 것이 틀림없을 저 공작원은 아마도, 한국측이 담당했던 F Zone의 시설만큼은 환히 꿰뚫고 있을 겁니다. F Zone 건설 초기에 여기서 생활하면서 세세히 눈여겨본 것이지요.”

“그럼, 스파이가 폭발물을 가지고 여기에 잠입한 거요? F Zone 바깥, 바다로 들어왔다고 하지 않았소, 사흘 전에.” 의혹에 가득한 헨리 유의 목소리였다.

“폭발물을 휴대할 필요도 없어요, 저긴. 저곳은 각종 가스가 가득 차 있는 곳입니다. 영리한 선택입니다. 소각장 폐기물 피트엔 쓰레기가 부패해서 나오는 메탄가스가 잔뜩 들어차 있고, 소각로에 주입되는 연소 가스도 화재와 폭발을 일으키기에는 안성맞춤입니다. 시간에 맞추어 적절하게 불만 댕겨 주면 되지요. 작전 상황으로 보자면, 적 취약부위 선정 및 폭파 파괴, 선제 타격을 통한 적의 대응 목표 교란, 혼란상태의 유도, 따라서 최종 은거지에 도달하기 위한 특수전 제일차 과제의 완수라고 할까요?” 처음으로 헨리 유를 쳐다보면서 입을 뗀 알렉산더 스티븐슨이었다. 헨리 유의 말에 ‘참 어린애 같은 질문이로구나.’

라며 눈가에 미소라도 걸고 있는 것 같은 어투였다. "저자는 평범한 스파이가 아닙니다."

"그러면?" 헨리 유는 스티븐슨의 안정적이라 할 수 있는 기묘한 태도에 신뢰감 같은 기분이 들면서 그의 말을 귀담아 듣기 시작했다.

"고도로 훈련받고, 실전 경험이 풍부한 특수전 부대원이지요. 지금 여기 있는 보안 요원들의 수준으론 감당하기가 어렵습니다. 요원들은 주로 평시 상태의 보안 검색과 기본적인 대테러 훈련을 받았고, 지금 벌어지는 상황은 전시 상황이니, 대처 능력 밖의 일이 되어 버렸습니다."

"전시 상황이요?" 헨리 유는 스티븐슨의 표현에 어이가 없는 마음이 들어 자신도 모르게 되묻고 있었다.

"예. 성격이 다릅니다. 저건 전쟁입니다." 헨리 유의 질문에 고개를 가볍게 까닥거리며 대답하는 알렉산더 스티븐슨이었다.

동영상에 비치는 F Zone 보안 요원들의 행동은 확실히 당황한 모습이 역력했다. 비상 사태 발생으로 사방에 F Zone을 비추며 돌아다니고 있는 타원형의 서치라이트들이, 요원들 각자의 어찌할 바 몰라 우왕좌왕하는 행동들을 영상으로 여과 없이 전달했다. 그들은 건물 사이사이로 멈칫거리면서 이리저리 뛰어다니고 있었다.

화면에 표시된 시각이 23 : 22 : 03으로 되는 순간, F Zone 한편에서 다시 섬광과 불꽃이 치솟았다. 강한 충격파에 영상 자체는 흔들리고 있었다. 불꽃이 치솟은 지역의 감시 카메라에서 보내 온 것으로 동영상이 바뀌는 순간, 헨리 유는 그 파괴의 강도에 기가 질리는 느낌이 들었다. F Zone의 해상 부유체 구조물 상부 일개 지역이 완전히 초토화되어 있었다. 군데군데, 건물의 잔해에 붙어서 타고 있는 불꽃만이, 직전에 어떤 일이 벌어졌는지를 암시하고 있었고, 검게 연기가 피어 올라가는 그곳엔 아무것도 보이지 않았다.

"저긴 지상 유류 탱크입니다. 비행장 가까이에 있지요." 짤막하게 설명하는 드레이크였다.

"인명 피해는?" 헨리 유의 질문이었다.

"다행히도 크진 않아요. 중상자 한 명, 경상자 여덟 명, 모두 생명에 지장 없고 심각한 부상을 입은 친구도 없습니다."

드레이크의 대답에 스티븐슨이 부연 설명하기 시작했다.

"침입자는 유류 탱크 폭파 이전에, 소각장에 불을 지른 뒤 혼란을 틈타 보안 요원들의 무기 창고를 기습했어요. 무관(무기 관리)요원 3명을 때려눕힌 뒤, 총기와 탄약, 폭약과 기폭 장치들을 약탈했습니다. 탈취한 물품들을 가지고 유류 탱크에 폭발물을 세팅한 후, 의도적으로 총기를 난사했습니다. 보안 요원들에게 자신의 위치를 일부러 발각시킨 것입니다. 보안 요원들은 일제히 침입자를 뒤쫓아 갔고, 그 덕분으로 탱크 주변에 있던 요원들이 폭발에 생명을 잃지 않게 되었습니다. 게다가, 후에 조사해 보니 F Zone 하부에 마련된 유류 주-저장 탱크에 폭발의 영향이 가지 않도록, 지상 유류 탱크와 하부 주-저장 탱크 사이의 배관 내부 기름을 비운 후, 게이트 밸브 4곳과 바이패스 밸브 2곳 모두를 잠그고 폭파했더군요. 아마도, F Zone의 부유체 해상구조물 내부에 마련된 주-저장 탱크가 폭발했으면, F Zone 전부는 아니겠지만 상당한 면적이 바닷속으로 침몰했을 겁니다."

“피해 규모를 조절한 겁니까? 침입자가?” 헨리 유는 한편으론 다행이라고 가슴을 쓸어내리면서 질문을 계속했다.

“그렇습니다. 적은 냉정하게 자신의 작전을 수행했고, 전쟁의 목표를 분명히 이루려는 의도를 가지고 있습니다. 자기가 할 수 있는 한 최선을 다해, 자신의 국가에 가급적 누가 되지 않는 방향으로 피해를 제한한 겁니다. 혼자서 벌이는 전쟁이지요.” 스티븐슨의 대답이었다.

“자신의 국가라면? 한국 정부를 말하는 겁니까?” 헨리 유의 질문은 계속되었다.

“그렇지요. 이번 일은 한국측 정보 기관들의 의도와는 별개로 벌어진 사태일 겁니다. 그들도 지금 매우 당황하고 있습니다.”

계속 대답을 하고 있는 스티븐슨의 얼굴에 기묘하게도 감회어린 듯한 표정이 떠오르고 있는 것을 헨리 유는 놓치지 않고 바라보았다. ‘묘한 표정이네. 무슨 일이지?’ 헨리 유는 이 알렉산더 스티븐슨이라는 인물에 호기심이 일어 그의 얼굴을 물끄러미 지켜보다가 다시 동영상을 주시했다.

화면에 비춰지는 F Zone은 완전히 아비규환이었다. F Zone에 상주하던 모든 사람들은 일제히 건물 바깥으로 튀어나와 살 곳을 찾아 헤매는 듯하였다. 보안 요원들은 이제 침입자 색출에 신경 쓰기보단, 공포에 질린 사람들의 질서 회복에 매달려야 되는 상황에 놓이게 되었다. 혼잡한 무리들 중 일부가 F Zone과 육지, 즉 제주테마파크를 연결하는 연육교 쪽으로 이동하기 시작했다. 보안 요원들은 그들을 막으려 하였지만, 이미 평상심을 잃은 군중은 그들을 밀쳐 내더니 연육교를 타고 육지로 나아갔다. 그 모습이 화면에 나오자 드레이크는 고개를 숙이며 왼손으로 얼굴을 쓰다듬으면서 "하아……아." 하고 한숨을 내쉬었다. 그렇게 냉정하던 드레이크도 저 장면만큼은 참을 수가 없는 모양이다. 영상은 잠시 정지 화면이 되더니, 다른 영상으로 전환되었다. 시각은 23 : 47 : 34로, 방금 전 마지막 화면의 시각 앞으로 당겨져서, 화면에 표시되고 있었다.

화면에 나타난 장소가 외부에서 건물 내부로 전환되었음을, 설비들과 계기판들의 연속적으로 반짝이는 불빛 덕분에 알 수 있었다. 한국인으로 보이는 자들 몇몇이 의자에 앉아 제각각 자신들 앞의 계기판과 모니터 화면을 주시하다가도, 밖의 사태가 걱정스러운지 자리에서 일어나 서성이기도 하고, 외부에서 들어온 다른 동료에게 묻기도 하는 모습들이었다. 그때였다. 갑자기 소총을 두 손에 든 한 사람이 방으로 뛰어들어왔다. '더 스테이지 게이트'사의 작업복을 입고 있었으며, '켈라-B'에서와는 달리, 어디서 주웠는지 모자를 깊숙이 눌러쓰고 있어서 얼굴이 잘 보이지 않았다. 그 자의 명령에 따라, 한국인들은 모두 일제히 두 손을 머리 위에 붙이고 이동한 뒤, 방 한쪽에 몰리어 무릎을 꿇고 앉게 되었다. 그들 중 하나가 자리에서 일어나려 하는 모습이 보이자 즉시 위협 사격이 가해졌고, 그 뒤론 두 손을 머리 위에 올린 채로 모두 미동도 하지 않고 바닥에 앉아 있을 뿐이었다. 그 자는 출입문을 걸어 잠그고 내부 설비들을 옮겨 방어막을 문 앞에 쌓더니, 몸 동작 방향을 돌려 감시 카메라를 향해 다가오는 듯 정면 아래쪽으로 모습이 점점 커지다가, 잠시 후 영상은 암흑으로 변했다. 그 순간, 소리가 갑자기 들리기 시작했다. 침입자는 감시 카메라를 파괴한 대신, 소리가 전달되도록 방에 있는 음향 설비를 조작한 것 같았다. 방 내부에 무엇이라도 설치하는 듯 계속 소음이 들렸다. 아마도 폭파 장치를 세팅하는 듯했다. 그 후엔 영어로 말하는 "나가! 잠잠히! 일체 소음을 내지 말고 나가라! 방을 나가서도 복도에서 뛰거나 큰 소리를 내는 시엔 곧바로 사살하겠다!"라는 고함소리가 갑자기 들렸고, 한국인들이 움직이는 작은 소음들, 그들이 나가느라 문이 잠시 열렸다 다시 닫히는 소음 등이 연이어 들렸다. 소리로서 통제실에 있던 한국인들을 인질 상태에서 풀어 준 것을 알 수 있었다. 영상이 사라지고 소리만 들리게 된 최초부터 합계 20분 정도가 지나자, 다시 그 자의 말소리가 들렸다. 이번에는 말할 대상을 분명히 정하고 자신의 의사 전달을 하기 위한 것이었다. 단호하고 조용한 목소리에 한국어 악센트가 강한 영어를 구사하고 있었다. "내 말을 들으라. 나의 요구 사항들이 관철되지 않을 경우, 이미 내가 설치해 놓은 폭발물들로 인해, 이 통합 제어실과, 여기와 파력발전 설비를 직접 연결하는 중추 회로들은, 모두 파괴될 것이다. 따라서, F Zone의 에너지 공급은 영구적으로, 완전히, 끊기게 된다. 내 말을 명심하도록!" 한참 그 자가 지껄이고 있는데, 소리가 갑자기 끊기더니 어차피 암흑 상태이던 영상도 사라지고 말았다.

"저자가 뭔 소리를 지껄이는지 끝까지 듣기나 합시다."

헨리 유가 드레이크를 쳐다보며 다그치듯이 말을 하자, 드레이크는 천천히 고개를 내저으며 물끄러미 헨리 유를 쳐다보면서 대답을 하였다.

“내거는 조건은 하나였습니다. 물과 식량에 대한 요구 조건이야 별도로 쳐야 되는 부분이고……, 사실상 요구 조건은 하나입니다. 바로 당신을 만나게 해달라는 것. ‘헨리 유 부사장을 만나게 해달라. 할 얘기가 있다.’가 전부였습니다.”

“날 보게 해달라고?” 헨리 유는 어안이 벙벙해서 잠시 말을 끊고 생각에 잠겨 버렸다. 그 모습을 드레이크는 유심히 관찰하고 있었는데, 뭔가 헨리 유에 대해서 의심하는 부분이 있음을 나타내는 표정도 태도와 함께 맞물리며 은연 중에 드러나 있었다. 헨리 유는 드레이크의 그 표정을 보자마자 낌새를 채고는 얼굴을 붉히면서 즉시 쏘아붙였다.

“날 의심하는 거요? 난 저자가 누군지 감도 오지 않소! 내가 미쳤다고 이 일을!”

헨리 유가 말을 마치기 전에 드레이크는 두 손을 절레절레 흔들면서 아니라는 뜻을 몸짓으로 표명했고, 두 사람 사이의 알력 관계를 관찰하던 알렉산더 스티븐슨은 입가에 가볍게 미소를 짓더니 자신의 의견 한마디를 던져, 더 이상 분위기가 험악해지는 것을 막으려 했다.

“난 저 침입자가 누군지 알고 있습니다. ‘켈라-B’ 내부에서 마지막에 찍힌 옆모습에 대해 얼굴 인식 프로그램으로 분석했더니, 한 40여 명에 달하는 예상 얼굴이 결과치로 나오더군요. DIA에서 분석한 것입니다.”

“DIA? 아! 국방부 정보국(Defence Intelligence Agency) 말하는 겁니까?” 헨리 유가 아는 척을 했다.

“예. 펜타곤 내부 기관 중 하나입니다.” 편안한 어조의 답변이다.

알렉산더 스티븐슨은 ‘펜타곤’이란 단어를 오늘 처음 만난 헨리 유에게 아무렇지도 않게 내뱉었다. '본사'라든지 '더 스테이지 게이트'란 뻔한 위장 명칭을 사용하지 않는 그의 태도를 순간 헨리 유는 헤아려 보았다. 이 지경이 된 이 마당에, 헨리 유를 오늘 처음 보았다고 해서, 경계한답시고 그에게 안색 가리고 숨기는 게 있어 보일 필요가 뭐가 있겠나, 생각하고 있는 모양이었다.

"그중에서 내가 알고 있는 인물이 하나 있었지요. 이름은 준모 성. 대한민국 공군 CCT 대원, 계급은 중사. 지금으로부터 30개월 전, 미-한 합동 작전 '오퍼레이션 나이트 고스트(밤의 유령 작전)'의 참가 대원이었고, 혁혁한 전공을 세운 자입니다. 나는 그 작전의 총책임자로서, 공중강습작전 부대장(Air Assault Task Force Commander)이었습니다. 그는 한때, 나의 부하였고, 나는 그를 압니다. 내가 온 것을 성 중사는 지금 모르고 있으나, 내가 유 사장님과 같이 자기를 만나려 한다는 것을 알면, 결코 그는 거부하지 않을 겁니다. 나도 같이 들어가도록 하겠습니다."

35

"폭격 맞았어! 웃흣흐흐흐……흐."

배종삼은 뭐가 그렇게 신이 나는지, 바다 쪽을 바라보며 킬킬거리고 웃어 댔다. 배종삼, 이안 파커와 그와 같이 있는 사운드 디자이너 1명은, 수혁이 운전하는 지프 랭글러에 한꺼번에 실려서 제주테마파크 공사 현장을 이리저리 누빈 뒤, 해안가 방파제에 내려 상모리 바다, 즉 가파도와 송악산 사이 수평선 즈음하여 아련히 보이는 F Zone을 쳐다보고 있는 중이다. F Zone 위에 '누에고치'는 오늘도 하얗게 햇빛을 반사하며 그 위용을 뽐내고 있었지만, 검은 연기들이 여러 곳에서 가느다랗게 줄기를 뿜으며 하늘로 올라가는 점이 평소와는 다른 모습이었다. 아니나 다를까, 배종삼 말대로 폭격 맞은 느낌인 것은 부인할 수 없는 사실이었다. 배종삼은 수혁을 회사에서 보자마자 제주테마파크 건설 현장에 들를 일이 있는지 물어보았고, 오늘 갈 일이 있다고 그가 대답하자, 신이 나 하면서 옆에 끼어 현장에 같이 왔다. 배종삼은 지난 이틀 동안 수혁이 제주테마파크 건설 현장에 갈 일이 있는지를 하루에도 몇 번씩 묻곤 했다. 자주 물어본 이유는 다름 아닌, 갑자기 유명해진 F Zone의 모습을 직접 보고 싶은 소박한 마음에서 비롯된 궁금증이었다.

“사흘 전 그때가 말이야, 내가 여기 온 이후로 가장 짜릿한 밤이었지 아마. 핫하하.” 이안 파커도 덩달아 배종삼을 거들었다. 그도 F Zone을 쳐다보면서 꽤나 상기된 기분을 느끼는 모양이었다. “밤 열 시가 훨씬 넘었을 때였을 거야. 난 스튜디오에서 밤샘 작업이나 할까 하고 커피 타서 마시려고 하는데, 밖에서 ‘쾅’ 하는 소리가 들리더군. 유리창이 좀 흔들렸던 것 같아. 난 지진이 난 줄 알았다, 처음엔. 하지만 땅이 흔들린 건 아니었어. LA 살 때, 몇 번 지진을 경험해서 잘 알거든. 한밤중에 발파 작업이 있나 그런 생각도 해봤지만 말이 안 되잖아. 요샌 그런 작업은 없거든. 이상해서 스튜디오 밖으로 나와 메인 스트리트를 걷고 있는데, 해안 쪽으로 건물들 너머 보이는 검은 하늘에 붉은 빛 같은 게 흔들리고 있더라고. 야아! 난 그때 뭔 일 난 걸 알았다! 흐흐흐.” 말하면서 점점 신이 나는 이안이었다. 이맛살을 찌푸리며 인상을 쓰면서 얼굴이 상기되어 갔다.

“해안 쪽으로 뛰어갔지. 임시 주차장에 가니까 사람들이 다 나와 웅성거리면서 바다 쪽을 쳐다보고 있더군. 난 계속 해안을 향해서 달렸지. 난 호기심이 일면 가만 못 있거든. 내가 좀 집념이 있잖니. 여기 방파제까지 와서 바다를 보니 저 F Zone에서 뭔 일 난 게 훤히 보이더라. 불이 났더라고. 지켜보다 돌아갈까 했는데 그때였어. 바다 끝에서 갑자기 불꽃이 하늘 끝까지 치솟으면서 ‘콰앙’ ‘콰콰쾅’ ‘콰앙’ 하는 소리가 연속으로 들리고, 저 F Zone 전체가 연기에 휩싸이는 게 보이는 거야. 야아! 장관이더라! 진짜! 바다하고 하늘이 그 한밤중에 시뻘겋게 물드는데…….” 양손을 들고는 손가락 모두를 굽히고 힘을 주면서 “콰앙!” 소리를 입으로 크게 내는데, 음악하는 친구답게 아주 실감나게 묘사하는 이안이었다.

“난 직접 봤잖아, 그 순간을. 하하하. 부럽지? 흐흐흐흐.”

“야! 씨이! 나도 봤어야 하는데.” 이안의 말을 듣고 부러워하는 배종삼의 푸념이었다.

“아! 참! 왜, 난 스튜디오에만 계속 있었지! 진짜 아깝다!” 같이 온 사운드 디자이너도 이안의 말을 들으며 자신이 구경 못한 걸 애석해했다.

수혁은 이안하고 배종삼이하고 사운드 디자이너하고, 지들끼리 좋아라 떠들어 대는 모습을 옆에 서서 과히 개운치 않은 기분으로 지켜보고만 있었다. 오늘, 항상 진행되던 ‘롤러코스터 회오리바람’의 테스트도 중지되어 제주테마파크의 해안선은 썰렁한 분위기만 감돌았다. ‘롤러코스터 회오리바람’뿐만이 아니고, 이벤트 존 ‘태풍의 눈을 벗어난 순간’ 전체의 놀이 기구들이 오늘 올 스톱 상태였다. 어떠한 작업도 진행되지 않았다. 제주테마파크 전체가, 4월 20일 그날 밤 이후 오늘 이 순간까지, 모든 것들이 진행을 멈추고 있었다. 건설 현장의 분위기가 너무 어수선해서—작업자들은 상당히 불안해했고, 그런 집중이 결여된 상태에서 혹시 인사 사고라도 난다면, 더 좋지 않은 상황으로 빠져들 것이 현장 분위기에서 뻔히 보이고 있었다— 이두영 현장소장은 직접 헨리 유에게 일시적 작업 중단을 요구했고, 헨리 유도 아무 말 없이 요구를 받아들였다. 이두영 소장은 수혁에게도 “저기서 뭐가 터졌으면, 여기서도 뭔가가 폭발할 수 있다."고 하며 경찰 폭발물 제거반의 협조를 구해야겠다고 했지만, 수혁은 그것만은 결사적으로 막아야겠다는 생각이 들어, 그에게 조금만 참아 보자고 매달리듯이 애원하고야 말았다. 소장에겐 자신의 여러 해외 건설현장 사고 경험들이 뇌리에 박힌 못들로 되어 있는 모양이었다. 하지만 수혁 생각엔, 이 상황에서 경찰까지 제주테마파크를 마구 들쑤시고 다닌다면, 그 뒤의 사태는 아무도 책임질 수 없는 완전한 악몽이 될 것으로 여겨졌으니, 수혁이나 이두영 소장이나 갑갑한 것은 매한가지인 상황이 며칠째 계속되고 있었다. 수혁은 자신의 위치가 자꾸 무언가를 덮어야 하는 쪽으로 흐른다는 것을 깨닫고, 무엇이 정의인지, 무엇이 옳은 행동인지, 삶이 나를 헷갈리게 하는구나, 속으로 한탄할 수밖에 없었다. 가령 제주테마파크에 정말 폭탄이라도 터져 인명 피해가 발생한다면, 경찰의 사전조사를 막았던 수혁은 심각한 상황을 알면서도 은폐한 파렴치범으로 일단 구치소는 들어가게 될 꼴이었다.

"근데, 한 2, 30분 정도 지났나? 그다음 벌어진 일이 또 황당하더라고. 저 연육교 있잖아! 저기 멀리서부터 사람들이 무리를 지어 뛰어오는데, 그게 보여! F Zone 화염이 뒤에서 불타오르니까 백Back은 환하고 — 뻘건 게 아주 좋았어! — 시커먼 실루엣들이 개미처럼 꼬물거리면서 이쪽으로 오더군. 와아! 진짜 그 꼴들이 볼만 하더라!" 이안은 F Zone과 연결된 좁다란 연육교를 가리키며 계속 주위에게 지껄여 댔다. "저 연육교가 그다지 튼튼하게는 안 생겼잖아. 난 저러다 연육교 끊어지겠다는 생각이 다 들더라고. 저게 사람들이 한꺼번에 그 위에서 뛰니까 상판이 출렁거리더라고. 참, 나! 정말! 그러니까, 점점 모습들이 이쪽으로 가까워 오는데, 그 위에 있는 사람들 얼굴이 희미한 달빛에도 느껴져. 이래저래 공포로 질려 있는 게."

"그래서? 어떻게 됐냐? 연육교 끊어졌냐?" 배종삼은 말할 수 없이 흥미가 느껴진다는 표정을 지으며, 이안에게 계속할 것을 재촉했다.

"끊어지진 않았지, 뭐어. 그런데 그 사람들이 여기로 계속 넘어오는데, 2천 명도 더 넘어왔지, 그날 밤. 여기하고 저 임시 주차장에 모여서 웅성거리는데, 그 F Zone 인간들 때문에, 여기 일하는 사람들 밤새도록 진땀 꽤나 뺐다. 난 미국에 온 것 같더라고. 사방에서 영어가 들리는데 기분 묘하데. 이두영 소장 말이야. 통역할 줄 아는 사람이 모자라다고 부탁해서 나도 애 좀 썼지. (이안 파커는 제주에서 2년 넘게 살다 보니 한국어를 훌륭하다고 할 순 없지만, 대충이라도 구사할 수 있었다. 하윤정을 위시하여 이런저런 이유로 계속 한국인들과 접촉할 수밖에 없었던 상황들이 만들어 준 선물인지, 작곡가로서 음감音感이 발달해서 그런지, 언어에 재능이 있었다) 나도 메가폰을 부여잡고 '줄을 서라', '담요가 지급될 테니 기다려라', '잠은 여기서 모여 잘 수 있다', 계속 이래라저래라 그 F Zone 인간들에게 외쳐야 했다. 나중에 경찰차들도 여기 몰려 왔거든. 경찰하고 그 사람들하고 얘기하는데, 그 통역도 내가 했어. 근데, 그 F Zone 인간들 느닷없이 이쪽으로 건너와선, 경찰에겐 아무것도 알리지 않으려고 죽을 애를 쓰더군. 웃기는 노릇이지. 그날 밤새도록 나 이리저리 교통 정리하느라고 정신 하나도 없었다. 이 테마파크가 난민 수용소가 됐다니까. 나 정말 애썼다! 니들은 몰랐겠지만."

"그래. 정말 애썼다. 나도 얘기 들었다." 수혁은 옆에 서서 무리 중에 혼자서만 조용히 있기도 뭐해, 이안에게 칭찬 겸 말을 걸었다.

"그래. 근데, 수혁. 넌 왜 계속 혼자서 인상을 쓰고 있냐?" 이안의 질문에 배종삼이 옆에서 대신 답을 말해 주었다.

"앤, 고민이 많아. 우리하고 다르잖니. 책임자거든. 건설관리팀장인데 우리하고 다르지."

"야아! 그렇구나. 어깨에 짐이 많지." 수혁을 쳐다보며 놀리는 듯한 웃음을 얼굴에 가득 지은 이안은, 곧바로 배종삼에게 고개를 돌려 한마디를 더 첨가했다. "우리 수혁 앞에선 말을 가려 해야겠다. 지금 상황을 이렇게 즐거워하는 것도 회사에 큰 죄를 짓는 거야. 얘가 헨리 유하고도 친하잖아. 조심해야 돼."

"야아! 니들 정말 그럴래? 왜 갑자기 날 가지고 그래?" 수혁이 짐짓 화를 내며 소리치자 다들 크게 웃어 댔고, 그도 덩달아 웃고 말았지만, 속마음엔 정말로 걱정이 도사리고 있었다.

"알아? 한 팀장? 지금 대거 지분을 투자사들이 내놓고 있는걸?"

경영관리팀 신 부장은 (주)제주테마파크 건물 복도에서 수혁을 보자마자 잡아끌며 비상 계단 쪽으로 데려갔다. 그곳은 애연가 직원들이 사무실에서 나와 한 대 피우는 구역으로, 조용해서 밀담 나누기에도 꽤 괜찮았다. 비상 계단에 걸터앉아 담배에 불을 붙이며, 신 부장은 중요한 정보를 알려 준다는 진지한 표정으로 수혁에게 말을 걸었다.

"그게 무슨 말씀이세요?" 수혁은 신 부장 말이 잘 이해되질 않았다.

"제주테마파크 비상장 주식들이 대거 헐값으로 장외시장場外市場에 쏟아져 나왔어. 브로커들이 관계하고 있는데, 얘기 들어보니 상황이 좋지 않더라고. 이번 F Zone 사태 때문에 그래. 투자사들이 제주테마파크에 대해 완전히 부정적으로 보게 되었지 뭐야. 이거 뭐 아직 시작도 안 했는데, 가라앉을지도 몰라, 제주테마파크가." 말하는 신 부장의 얼굴은 근심 어려 있다기보단, 강 건너 불구경하는 사람의 즐거움이 어딘가 어려 있었다.

"아니, 거의 다 짓고 개장만 기다리는데, 뭐가 가라앉아요?" 수혁은 신 부장 말에 내심 스트레스를 받으며 약간 목청이 커지고 말았다.

수혁의 그 당황한 모습을 지켜보는 신 부장은, 무슨 쾌감이라도 느끼는지 계속 즐겁게 지껄여 댔다. "그렇지 않아. 개장해서 매출과 수익이 발생하기 전까진 테마파크는 계속 돈만 잡아먹는 블랙홀이라고! 개장해서도 몇 년 동안 한참 버텨 내야 돼! 아무튼, 가장 중요한 점! 버티기만 하고 있을 뿐 돈이 돌고 있질 않은데, 투자사들 중 몇몇이 벌써부터, 자기 지분을 손해 보더라도 헐값에 팔고 손 떼려고 한다는 소문이나 봐! 자연히 시행사 신용은 추락하게 되는 것이고, 자본금은 확 줄게 되고, 그때부터 시공사는 시행사 부도를 우려하면서, 덤터기 쓰기 싫으니까 지급 보증 회피할 궁리나 슬슬 하게 되고, 은행에서도 나쁜 소문 도니까 시행사한테 돈 안 빌려 주기 시작하고, 그러다가 우발 채무 현실화되면, 결국 시행사는 디폴트(채무 불이행)! 나자빠지는 거야! 안 그래? 물론 우리야, 시공사 쪽에다 보증받은 거 거의 없다시피 한 회사니까, 탄탄하긴 해. 물론, 내가 말하는 건 최악의 경우고, 따져 보면 그렇게까지 되진 않을 거야, 제주테마파크는.” 정말 망할 수도 있다는 건지, 아니면 그래도 괜찮다는 건지, 말꼬리를 이상하게 흐리는 신 부장이었다.

2년 전, 해양연구원의 서정진 박사를 만나 보러 갈 때, 신 부장의 부정적인 말 때문에 할 필요도 없는 맘고생을 했던 것이 생각나, 수혁은 정신 바짝 차리려 애를 썼다.

“그럼, 지분을 내놓은 투자사들이 그렇게 여러 군데입니까?”

“어. 그래. 국내, 국외할 거 없이 여러 곳이야. 그런데 지금 도망가려는 투자사들마다 다들 그 F Zone이란 곳에 매력을 느끼고 들어왔었다지? 듣기론, 그게 뭐 굉장한 건가 봐. 우린 다 모르고 있었지만 말이야. 윗선에선 대충 눈치 챌 정도의 정보들은 왔다 갔다 했던 모양이더라고. 그런데 F Zone이 그 지경이 됐으니 절망감 들겠지.”

“그래요? 지금 그렇게 상황이 심각합니까? 그 F Zone이요?” 수혁은 신 부장의 말에 F Zone에 대한 의혹이 머릿속에 뭉게구름처럼 피어오르면서, 장래에 대한 불안감이 가슴을 가득 채우는 것을 느껴야 했다. ‘여기까지 왔는데, 이게 무슨 소리야! 젠장! 도대체 그 F Zone에서 무슨 일이 있었던 거지? 그렇게 큰일이 났었던 건가?’

“얘기 듣기론, 심각한 파괴를 당했대. 외부에서 간첩들이 대거 들어와 중요 시설들을 전부 파괴한 모양이야. 복구가 어떨지 모르겠다는 그런 얘기가 돌아. 그날 밤에, F Zone에서 일하던 작업자들이 전부 제주테마파크로 건너왔었다고 하더라고. 살겠다고 말이야. 참 어이가 없는 노릇이지. 우리한테 코빼기도 안 내밀던 것들이, 목숨 위태로우니까 갑자기 아는 척하고 매달린 꼴이지. 안 그래?" 신 부장은 수혁을 쳐다보면서 동의를 구하는 표정을 짓더니 담배 연기를 한 번 내뿜고는, 무슨 일이 생각났는지 자기 혼자 실소를 금치 못하고 있었다. "걔네들 곧바로 F Zone으로 돌아간 것도 아니야. 사고 난 다음날, 바로 어제까지도 테마파크 현장에 계속 있다가 오늘 아침에야 복귀했다고 하더라고. 나 원, 정말 어이가 없어서. 피난 다니고 있는 거야, 걔네들. 그런데 그 F Zone에서 일하는 애들을 보니까, 거의 모두가 완전히 단순 노무직 같더래. 그렇게 수준 있어 보이질 않았다는 거야. 제주테마파크 작업자들과 비교하면 정말 한참 밑이더라고 말하던데? 왜, 우리 작업자들은 다 기술자 아니야?" 신 부장은 입가에 깨소금 맛이라는 미소를 지으며 말을 마쳤다.

"뭘요. 철근 철사로 엮는 일 같은 것만 하는 단순 노무직도 많죠. 외국인 노동자들은 거의 전부가 단순 노무직이에요. 아마 F Zone에서 도망나온 경우도 단순 노무직인가 보죠, 뭐어. 안 그렇겠어요?"

"그렇겠네……. 마찬가지로구만. 어쨌든, 돌아가는 꼴을 보면 그 F Zone이란 게 뭐 그리 대단한 거겠어. 안 그래, 한 팀장?" 신 부장은 F Zone을 생각하면 언짢은 일이라도 있었는지, 말투에 감정을 실어가며 F Zone 깎아내리기에 동참하라는 압력을 계속 넣었다. 하지만 수혁에게서 별다른 호응이 일어나지 않자 슷제 째려보며 다시 입을 열었다.

"그런데, 한 팀장. 한 팀장은 아직 현장 안 가봤어?" 신 부장의 끝내는 말투는 완전히 시비조였다.

"아니요. 어제 잠깐 가보긴 했는데, 이 소장하고 급한 일처리들을 할 수밖에 없었어요. 그 사람들에 대해서 관심을 기울일 만한 상황이 아니었습니다. 제주테마파크 문제가 산적했는데요." 수혁은 신 부장과는 달리 F Zone 작업자들의 정체성 따위엔 전혀 관심이 가질 않았다. 그만큼 그에게 있어 제주테마파크의 미래란, 자기 인생의 간절한 염원 그 자체가 되어 있었다. 수혁은 갑갑해서 경련이라도 하듯 급히 되물었다. "그럼, 이제 어떻게 되는 거예요? 뭐라도 해서 사태를 해결해야 할 거 아닙니까?"

수혁의 몹시 초조해 보이는 얼굴을 바라보던 신 부장은, 그제야 마음이 안 좋아지는지 말투가 좀 부드러워졌다. "유 사장이 임시 주총을 소집하려고 해. 금주 내에 열리게 될 거야. 상황이 급하니까, 빨리 열어야지."

"주총 열어서 어떤 처리를 하려는 거지요?"

"뭐, 처리랄 게 따로 있나. 우린 끄떡없다고, 안심하라고, 계속 설득해야지 뭐."

수혁은 신 부장과 얘기하던 게 생각나 한숨을 내쉬었지만, 그의 얼굴 표정을 읽으며 F Zone 사태의 심각성을 제대로 생각해 보려는 인간은, 지금 방파제를 같이 거닐면서 바다를 쳐다보고 있는 무리 중엔 없었다. 이안이나 배종삼이가 안다고 무슨 도움이 되는 것도 아니고, 안다 한들 분위기만 우울해질 뿐인데, 수혁은 괜한 쓸데없는 소리를 그들에게 하고 싶지 않았다. 수혁 일행은 F Zone을 쳐다보며 방파제를 한동안 걷다가 임시 주차장으로 돌아갔다. 때는 오후 5시 정도였고, 햇살은 점차 각도를 누이면서 따뜻한 황금색으로 변해 가고 있었다. 다들 오늘 할 일은 더 이상 없었고, 수혁조차도 제주테마파크 건설이 개점 휴업 상태라 현장에 더 머무를 필요성이 전무했다. 다들 "저녁을 같이 먹으면서 술이나 한 잔 할까?" 아니면 "당구나 볼링이나?" 하고 있는데, 저쪽에서 '한 팀장'을 부르는 소리가 들렸다. 수혁이 고개를 돌려 보니, 이두영 소장이 현장 사무실 2층 난간에 서서 소리 질러 그를 부르고 있었다. 수혁은 무슨 급한 일인가 싶어 그쪽으로 달려갔고, 나머지 일행도 그의 뒤를 좇아가게 되었다. 수혁이 가까이 가서 이두영 소장을 올려다보며 무슨 일인가를 묻자, 소장은 안으로 빨리 들어오라는 손짓을 했다. 수혁은 뭔 일이 또 터졌나 싶어 불안감을 누르며 사무실 2층 소장실에 올라갔더니, 이 소장은 가슴팍에 팔짱을 낀 채 긴장한 얼굴로 TV 앞에 서서 보고 있었다.

"한 팀장. 이거 좀 봐라. 터졌다."

"예에?"

TV 화면에 KBC 오후 5시 뉴스 속보가 뜨고 있었다. 제주 지방 방송국이 아니었다. 일단 자극적인 앵커의 시끄러운 멘트가 계속되었고, 화면 밑에는 '4월 20일, 22시에서 24시 사이, 제주테마파크에 심각한 폭발음과 함께 외부인 테러에 의한 대량 파괴 발생. 테마파크 관계자, 피해 상황을 테러 발생 직후에 파악했지만 현장 은폐. 3일째, 사건에 대한 해명과 해결 조치 전무全無'란 자막이 우에서 좌로 반복적으로 흘러갔다. TV 화면에는 헬기를 출동시켜 잡은 영상[7]이 계속 나가고 있었는데, 바로 F Zone 상공에서 잡은 장면들이었다. 위에서 보니, 바다에 떠 있는 F Zone은 테마파크적인, 즉 즐거움과 오락이란 감정이 배어 나올 만한 요소는 전혀 있질 않았고, 의도된 목적 하에 무언가를 생산하기 위한, 자연성은 완전히 배재된 인공적 환경의 산업 시설과, 육지와 절연하고 스스로를 자급 자족하기 위한, 비행장과 항만 시설과 에너지 수급 시설들의 거대한 집합체란 느낌이, 카메라 렌즈에 강렬하게 잡히고 있었다. 그 격리된 집합체에서 군데군데 검은 연기가 피어올랐고, 그 장대한 하얀색 '누에고치'조차도 한쪽이 허물어져 있었으며, 그곳에선 엄청난 양의 연기와 함께, 아직까지도 내부에 불꽃이 타고 있는 모습이 클로즈업 화면에 드러났다. 배종삼의 비유대로, 공중 낙하된 포탄들에 폭격 맞은 참담한 모습의 F Zone이었다. 여성 앵커는 "산업 스파이들의 대규모 침입과 파괴 활동이 있었다."란 멘트를 강조해서 계속적으로 때리고 있었고, 그 산업 스파이들의 국적은 "사건 수사를 담당하고 있는 국가정보원과 검찰 관계자의 말을 인용하면, 아직 조사 중이긴 하지만, 제주테마파크 합작 기업들의 국적 중 대부분을 차지하는 한국과 미국이 아닌, 제3국이 분명한 상황이며, 조만간에 모든 진실이 밝혀질 것."으로 요약 반복되었다. 그리고, "제주테마파크의 중요 놀이 시설인 F Zone은, 해상에 건설된 것으로서 최첨단의 과학 기술이 집약되어 있습니다. 그 이유로 그동안 많은 산업 스파

---

7 드론에 의한 항공 촬영은 국내에선 2014년 연합뉴스에서 처음 시도된다. 2014년이 뉴스용 영상 제작의 드론 활용 시작 연도이다. 예능 쪽은 이보다 조금 빠르다. 본 사건의 시점은 2013년 4월달이다. 이때는 뉴스 영상에 드론 항공 촬영이 사용되지 않는다.

이들의 탐지 대상이 되어 왔습니다. 이에 맞서 제주테마파크는 완벽한 보안 체제로 테마파크 개장 전까지 기밀을 유지하려 하였지만, 마침내 무참한 테러 공격을 당하고 말았습니다. 테마파크라는 평화로운 놀이 시설에, 테러와 파괴라는 무차별적인 폭력이 가해졌으니, 이게 무슨 날벼락 같은 일입니까."라는 분노 어린 여성 앵커의 목소리로 뉴스 속보는 마무리되었다. 오후 5시 뉴스가 끝나자, 저녁 9시 뉴스 광고도 짤막하니 화면에 돌리는데 내용을 보니, F Zone 소식이 보다 심도 있게 취급될 예정이었다.

"어때? 이거 너무 안 좋은 거 아냐?"

이두영 소장이 고개를 돌리면서 심각한 얼굴로 묻는데, 수혁은 뉴스에 시선을 너무 집중하는 바람에 머리가 뜨거웠던 지경이라, 잠시 생각의 필라멘트가 끊어져 버린 멍한 감각에 무기력하게 휘둘리고 있었다. 뭐라 답변할 수가 없었다.

"예에……, 글쎄요……."

막상 말이 입 바깥으로 새어 나가고 나니, 머릿속의 과열되었던 압력이 바람 빠진 풍선처럼 조금 가라앉는 느낌이 들었다. 그다음으론, 뭔가 야릇한 느낌이 서서히 가슴속에서 직감적으로 떠오르기 시작했다. 수혁에게 그 느낌은, 지금까지 며칠 동안 느껴야 했던 가혹한 불안감을 조금씩 희석시키는 안도감 쪽에 더 닮아 있었다.

36

어두움이 짙게 깔린 파력발전 통합제어실 내부엔 다양한 색깔의 점멸등들만이 차가운 기하학적 배열들을 이루며 반짝거렸다. 그 점멸등들이 그리는 불안정한 도형들을 배경으로, 한 남자가 그림자처럼 애써 자신의 특징들을 감추려, 모자를 깊이 눌러쓰고는 미동도 하지 않고 한가운데에 서 있었다. 헨리 유와 알렉산더 스티븐슨은 두 손을 어깨 위로 가볍게 들어 올린 채 통제실 내부로 진입했다.

4월 20일의 밤을 드레이크에게 끔찍한 악몽으로 느껴지게 만든 이 침입자는, 알렉산더 스티븐슨이 헨리 유와 동행한다는 것을 사전에 알고 있었다. 미리 통제실에 드레이크가 방송을 했고, 침입자는 잠시 생각하더니 허락한다는 의사를 분명한 음성으로 나타냈다. 그 후, 통제실에서 들리는 어떠한 작은 소리조차 F Zone '타워'에서 아무것도 감지하지 못하도록, 침입자는 모든 회선을 끊어 버렸다. 헨리 유는 침입자를 어둠 속에서도 관찰하고 있었다. 키는 그렇게 크지 않은 중키였고—그는 남자를 볼 때 키부터 살피는 버릇이 있었다—적당한 크기의 근육질 몸은 군살 없이 탄탄해서, 지구력과 순발력 양쪽이 겸비되어 있을 만한 체격이었다. 손에 총기를 들고 있진 않았지만 몸 어디엔가 휴대하고 있을지는 모를 일이었다. 막상 통제실 내부로 들어와 보니, 침입자는 스티븐슨 쪽으로 시선을 집중하는 것이 느껴졌고—헨리 유를 만나게 해달라고 했으면서도 말이다—스티븐슨도 대단한 긴장감 속에 침입자를 주시하며 천천히 발걸음을 옮기는 행동이, 헨리 유에게 현 상태론 그들과 외따로 떨어져 있는 듯한 느낌마저 들게 만들었다. 침입자가 호랑이의 용맹을 투사하고 있다면, 스티븐슨은 사자의 위엄을 과시하고 있었다. 헨리 유는 자신이 먼저 나설 필요 없이, 이 호랑이와 사자 사이에서 뒤로 물러나 있기로 마음먹었다. 침입자와 스티븐슨 두 사람을 감싼 공간에는, 한동안 긴장 가운데 침묵만이 흐르다가 먼저 정적을 깬 쪽은 스티븐슨이었다.

"이봐, 준. 오랜만이야." 스티븐슨은 목소리에 친밀감을 넣어 말을 걸었다. '준'이라고 하는 걸 보니, 과거에 '준모'란 이름을 '준'이라고 줄여서 불렀던 모양이다. 스티븐슨이 말을 걸자 침입자는 고개를 약간 숙이면서 곧바로 대답했다.

"예. 대령님. 오랜만에 뵙습니다." 차분하고 조용한 목소리였다.

"자네를 이렇게 다시 보게 될 줄은 꿈에도 생각하지 못했네."

"예. 저도 그렇습니다."

"이 친구야. 이번에 사고를 쳐도 아주 초대형으로 쳤어. 하하하. 내가 영상으로, 자네가 단독으로 한 침투 작전을 보니 감회가 새롭더구만. 제대로 했어. 핫하하하." 스티븐슨이 웃으면서 농담조로 말을 하자, 모자 밑으로 침입자의 입가에도 살짝 미소가 돌더니, 두 사람 사이에 흐르던 긴장감이 조금씩 사라지기 시작했다.

“죄송하게 됐습니다. 저도 어쩔 수가 없었습니다. 사람은 많이 안 다쳤지요?”

“그래. 괜찮아. 그런데, 언제까지 내가 이렇게 두 손 들고 서 있어야 되나? 밖에는 아무도 없어. 내가 약속한 거야. 우리 편안하게 이야기나 해보세.” 조용하게 타이르듯이 하는 말투였다.

스티븐슨의 말에 침입자는 잠시 망설이는 듯하더니, 수긍한다는 표시로 고개를 위 아래 약하게 흔들었다. 곧바로 자세를 풀고 헨리 유와 스티븐슨에게 다가왔다. 두 사람의 머리 부위와 신체 각 부위를 가볍게 두드려 검사하던 침입자는, 어떠한 녹화 녹취 장비도 설치되지 않았고 무기도 소지하지 않은 것을 확인한 후, 두 사람에게 따라오라는 말을 건네며 손짓을 하였다. “저쪽으로 가시지요.”

두 사람에게 통제실 한 귀퉁이, 소파가 있는 쪽을 가리키면서, 등을 보이며 앞장서서 안내하는 침입자였다. 헨리 유는 긴장된 상황이 갑자기 풀리는 것을 보고, 뒤따라가며 신기하다는 느낌을 받았다. 그가 살아온 세상에서는, 이렇게 뒤끝 없이 일이 진행되어 가는 경우가 없었다. 헨리 유는 이 독특한 면담이 앞으로 어떻게 전개될까 거의 호기심에 가까운 감정을 갑자기 느꼈다. 스티븐슨의 얼굴을 쳐다보니, ‘휴우’ 하고 한숨을 내쉬는 듯한 표정이었다. 그도 내심은 몹시 긴장했던 것이 틀림없어 보였다.

헨리 유는 살기가 등등한 얼굴을 상상했었다. 그러나 모자를 벗고 소파에 앉아 있는 침입자의 얼굴은 살기 등등은커녕, 온화한 느낌이 돈다고 해도 과언이 아닐 만큼 침착해 보였다. 지금 상황에서 어찌할 수 없이 경직된 모습을 감안하고 보면, 단정하고 깨끗하게 생긴 얼굴이란 생각이 들었다. 자신이 면접을 보면 틀림없이 부하 직원으로 채용시켰을, 그런 느낌의 용모를 가진 30대 초반 정도의 남자였다. 이마와 눈썹, 그리고 콧날이 반듯하고, 눈빛도 탁한 데가 없고, 몸 전체에서 흘러나오는 태도도 간결하고, 혈기나 허세와도 같은 쓸데없는 군더더기는 다 빠진 듯한 안정감이 있었다. 나이에 비해, 모든 것에 대해 대단히 단련이 많이 되어 보이는 젊은 친구였다.

"준, 3일째 MRE만 먹고 있으니, 이젠 끔찍하지?" 침입자 앞으로 소파에 앉아 있던 스티븐슨은, 부드러운 목소리로 계속 긴장을 풀어 보려는 듯 농담을 섞어 가며 말을 붙였다. 침입자는 통제실을 점거한 뒤, 미군의 야전용 전투식량(Meal, Ready-to-Eat, Individual) 12개들이 한 박스를 절대로 뜯지 말고 5박스 모두 통째로 가져올 것을 요구했었다. 향정신성 약물이나 독극물의 주입을 우려한 처사인 것 같았다.

"괜찮습니다. 먹을 만합니다." 침입자는 조금 계면쩍은 얼굴이 되면서 대답했다.

"내가 김 대령에게 얘기해서 이왕 여기 오는 거 한국군 전투식량을 가져 오라고 부탁할까? 그게 더 입맛에 맞을 거 아니야? 하하하." 스티븐슨은 말하곤 웃었다.

"김인식 대령님에게 연락하셨습니까?" 침입자는 스티븐슨의 말을 듣더니 놀라는 얼굴이 되었다.

"그래. 내가 연락했어. 지금 여기로 오고 있네."

"예……." 대답의 꼬리가 약간 늘어지면서 뭔가 생각하는 눈치가 되는 침입자였다.

"김 대령도 자네 걱정 많이 해. 나한테 말하길, 자네를 여기 F Zone으로 오게 만든 게 자기라면서 후회하더군."

"그렇게……, 말씀하시던가요?" 생각에 계속 잠겨 있는 목소리다.

"그래. 이봐, 준. 뭘 숨겨야지 국가에 누가 안 될 것이고, 뭘 얘기하지 않아야지 자신 때문에 피해 입는 사람이 생기지 않을까, 그런 것 신경 쓰지 말게. 이젠 다들 알고 있어. 그냥 그동안 있었던 일을 속시원히 나한테 다 얘기해 봐."

경직된 마음을 풀어 주려는 스티븐슨 대령의 부드러운 설득은 계속되었고, 그에 따라 침입자의 태도도 점차 편안해지는 낌새를 보였다. 침입자는 상체를 조금 앞으로 숙이고 양 무릎에 양손을 올려, 숙인 상체의 무게를 팔로 지탱하면서 목과 어깨를 둔중하게 괴롭히는 경직과 긴장감에서 놓여나고자 했다. 머리의 무게가 너무 무거운 듯이, 얼굴을 가슴에 파묻힐 정도로 아래로 깊이 숙이며 "아하아아아!" 하고 긴 한숨을 쉬었다. 그리고 다시 얼굴을 드는데, 그곳엔 극심한 피로와 마음의 고통이 새겨져 있었다. 그 표정을 본 헨리 유는 자신도 뭔가 말을 건네고 싶다는 생각이 들었다.

"난, 헨리 유란 사람이요. 성준모 중사죠? 날 보고싶다고 했다면서요?"

헨리 유의 목소리에 침입자는 "예, 그렇습니다."라고 간결히 대답하더니, 잠시 눈을 내리깔고 아래만 쳐다보다 결심한 듯이 말을 하기 시작했다.

성준모는, 지난 2년 동안, 자신과 정창길 하사 둘이서 F Zone과 제주 테마파크에 국정원 파견 요원으로 잠입해 겪었던 일들을 간략히 설명했다. 그리고 사흘 전 4월 20일 바다를 횡단하여 F Zone에 침투한 후, '켈라-B'에 도달하기까지 과정을 비교적 상세히 묘사하고, 같이 온 정창길 하사와 자신은, 배수관 바이패스 밸브와 원웨이 밸브 통과 과정에서 운이 좋아서 살아난 것이지, 솔직하게 말해서 매우 위험한 상황이었다는 말을 덧붙였다. 전반적으로 모든 침투 경로가 대단히 모험적이었다고 평가하면서, 정교한 사전 검증을 할 수가 없었던 작전 상황이었다고 부연 설명하기도 했다. 이때, 성준모는 잠깐 웃었는데, 모르니까 했지, 알고서는 두 번째 침투하라고 하면 못할 것 같다고 표현하였다. 스티븐슨은 4월 20일이라는 날짜를 결정하고, 침투 경로에 대한 정보를 건네준 F Zone의 내부 고발자가 누구냐고 질문을 던졌다. 성준모는 잠시 망설이더니, F Zone에서 근무하는 한 사람이 국정원 요원이라고 말했다. 다시 스티븐슨이 누구냐고 물어보자, 자신은 대답할 수 없다고 했고, 재차 한 사람뿐이냐고 물어보자, 자신이 아는 사람은 한 명뿐이라고 답변했다. 이때, 스티븐슨의 입가에 옅은 미소가 잠깐 나타나는 것을 헨리 유는 보았지만, 대령은 성준모에게 더 이상 추궁하지 않고 넘어가고 있었다. 스티븐슨 대령도, 이 자리가 성준모가 통합 제어실을 점령하고 F Zone 지휘부에 일방적으로 통보해서 만든, 사실은 대령 본인이 위험한 상황에 빠질 수 있는 자리라는 점을 유념하는 듯했다. 아직 성준모는 투항한 자가 아니었다. 언제든 파괴자로 돌변할 수 있었다. 헨리 유는 '정창길 하사'라는 사람은 지금 어디에 있는 것이냐는 의문이 들었지만, 스티븐슨과 성준모의 대화 속에 굳이 자기가 끼어들려고 노력하진 않았다. 성준모가 자신을 부른 이유가 궁금하긴 했지만, 아직까지는 그들만의 리그였다.

"그런데, 정 하사는 도대체 어떻게 된 거야?"

스티븐슨이 질문하자, 성준모는 오히려 스티븐슨에게 묻고 싶은 것이 있다는 얼굴이 되었다.

"대령님. 그건 제가 묻고 싶은 겁니다. 정말 아무것도 모르십니까?"

"내가 아는 게 뭐가 있나. 영상으로 봐도 하얀 빛만 있을 뿐, 뭐가 어떻게 된 건지 전혀 모르겠던데."

"F Zone 지휘부 쪽에서 뭐라고 말 안 하던가요?"

"별다른 말 없었네."

"그러면, 여기 '켈라'라는 곳에 대규모로 세워지는 시멘트 덩어리들의 그 이상한 인공 세계와, 미군의 특수전과학화전투훈련장에 있던 모의 훈련용 동굴 진지, 바로 그와 똑같은 시멘트 덩어리 집합체가, 서로 연관성이 있다는 것은 부인 못하시겠지요? 저희들이 가서 훈련했던 그 동굴 진지 말입니다. 그러니, 과학화전투훈련장의 동굴 진지가, 어떻게 북 와지리스탄의 현지 동굴 진지를 그대로 옮겨온 것처럼 똑같을 수가 있었는지에 대해, 저에게 알려 주실 수가 있겠습니까? 그 시멘트 덩어리 같은 것들이 도대체 어떻게 만들어지는 겁니까?"

성준모의 말에 스티븐슨은 아주 난처한 얼굴 표정이 되었다.

"그 점에 대해선 더 말을 할 수 없다네. 극비 사항이야. 내가 말할 수 있는 것은, 우리의 USSOSTC(United States Special Operations Systematic Training Center)와 여기 F Zone에 있는 것과는 서로 담당하는 기관도 다르고, 상호 교류나 정보 교환도 없었고, 완전히 별개의 프로젝트라는, 그 정도일세."

스티븐슨의 말이 끝나자, 성준모는 그의 얼굴을 아무 말 없이 쳐다보고만 있었고, 스티븐슨도 딴전만 피우면서 더 이상의 대화를 이끌려하질 않았다. 헨리 유는 이젠 그들이 대화를 서로 진전하기가 힘든 처지란 생각이 들었다. 어차피 지금 상황에선, 서로가 속한 국가들 때문에 서로가 넘지 않아야 할 선이 분명히 존재하고 있었다. 헨리 유는, 제주테마파크의 이벤트 존(Event Zone) 중 하나로 불리어지긴 하는 이 F Zone이란 곳에, 자신은 모르는 복잡한 과거의 사연들이 이리저리 얽혀 있을 것이란 점을 생각하기 시작했다. 우선, 저 성준모가 얘기하는 '와지리스탄'은 어디이며 — 그는 아무리 생각해 봐도 '북 와지리스탄'이란 지명이 어디를 말하는지 머릿속에 떠오르지 않았다 — '특수전과학화전투훈련장'이란 곳에서 성준모가 훈련했던 것은 틀림없는 일 같은데, 그러면 그가 혁혁한 전공을 세웠다고 스티븐슨이 말한 그 '오퍼레이션 나이트 고스트'와 '북 와지리스탄', 그리고 '특수전과학화전투훈련장' 사이에 군사 작전상의 어떤 연관성이 있는지 우선 궁금해졌다. 그 연관성이 틀림없이 내포하고 있을 군사적 가치는 또 얼마나 대단한 값을 매길 수 있는 것이길래, 나아가, 그 연관성의 유사-최종

판이라 할 수 있는 이 F Zone의 가치는 또 어떠한 면으로 존재하길래, 펜타곤은 왜 저렇게 필사적이며, 어째서 국정원은, 당시 작전에 참여했던 유능한 특수부대원을 여기 F Zone의 언더커버로서, 요원 적응 훈련까지 합하면 무려 2년 6개월에 달하는 기간을 저런 식으로 썩게 만들고 앉아 있는지, 생각하면 생각할수록 머릿속에서 계산이 마무리되질 않았다.

다만 성준모가 저렇게 궁금해하고, 스티븐슨은 실상을 말하기 난처해하는, '켈라' 내부에 대규모로 세워진 그 '시멘트 덩어리' 인공 환경과 '특수전과학화전투훈련장'의 모의 훈련용 동굴 진지가 '재료' 면으로 왜 유사하며, 그 '재료'란 것이 어떻게 만들어졌냐는 의문에 대해선, 헨리 유는 어렴풋이나마 그 이유와 답을 짐작할 수 있었다. 사실상, 스티글리츠 회장이 펜타곤으로부터 입수한 정보로써 헨리 유가 넘겨받아 알고 있는 것들은, '켈라' 내부에 조성되는 놀이 시설의 건설 '재료'가 무엇인지와, 그 '재료'가 미 특수부대들의 모의 훈련용 전시 상황 연출에 이미 쓰이고 있다는 정도였다. 하지만 무엇보다도, 정창길 하사가 4월 20일 밤, 그 '켈라' 속에서 무슨 일을 겪은 것인지와 지금 어디에 있는지는, 헨리 유로서도 전혀 상황을 짐작조차 할 수 없었다. 생각하면 생각할수록 알 수 없는 것투성이의 F Zone과 '켈라'였다. 자신이 모르는 것이 너무 많다는 점을 깨닫자, 그다음에는 걱정들이 생겨나기 시작했다. '내가 전심 전력 정성들여 가꾸어 온 나의 제주테마파크일진대, 그중에 놀이 시설 하나의 자격밖에 가지고 있지 못한 주제에도 불구하고, 이렇게 바다 위에 끔찍할 정도로 덩치를 키워 놓은 F

Zone이란 것에 대해서, 어쩌면 나는 **아무것도 모르고 앉아 있는 허수아비**일지 모른다.'는 불안감이었다. 헨리 유는 자신이 나설 때가 왔음을 깨달았다. 그로서도 이번 기회를 빌미로 스티븐슨 대령에게서든, 저 꼴 보기 싫은 드레이크에게서든, 아니면 무슨 일을 겪었는지 다는 모르겠으나 극심한 정신적 소모에 지쳐 보이는 성준모에게서든, 알아낼 것은 최대한으로 알아내야 하는 입장이었다. 어쩌면, 성준모나 자신이나 비슷한 상황일 수 있었다. 오히려 성준모가 알고 있는 것과 자신이 알고 있는 것을 합치면, F Zone이란 곳에 대해 의외의 소득이 있을지도 모를 일이었다.

"내가 옆에서 보니, 두 분은 그래도 서로 최선을 다해서 말을 해주는 것이고, 서로 소속이 있으니, 속시원히 말 못하는 부분이 있다는 것도 당연한 일이고, 그러네요. 자! 이제부턴, 원래 성 중사님이 날 불러서 하고 싶었던 얘기를 하면 될 시간이네. 성 중사님. 날 왜 불렀죠? 난 사실 그게 궁금해."

성준모는 헨리 유의 말에 곧바로 대답하질 않고 명상이라도 하듯 눈을 잠시 감았다. 그러더니, 고개를 돌려 시선을 헨리 유 쪽으로 고정하고 다시 말을 하기 시작했다. 이제부터 말하는 사연은, 얘기하기가 굉장히 고통스러운 기분이 드는 모양이었다. 어차피 지치고 경직된 성준모의 얼굴이긴 했지만 더욱더 굳어져 가고 있었다.

"제가 원래 유 부사장님을 뵈려고 했던 이유는, 믿을 수 있는 사람이 없어서였습니다. 누구한테 이 말을 해야 될지 한참 궁리했습니다. 결론이 유 부사장님이었습니다."

"왜 마땅히 말할 사람이 없었죠?"

"그럼, 제가 누구를 지목할 수 있단 말입니까? 국정원 사람을 만나게 해달라고 F Zone 지휘부에 말합니까? 그러면 제가 한국 정부의 국정원 요원임을 스스로 밝히는 꼴인데요. 그건 안 되지요. 오늘 스티븐슨 대령님을 만나고, 말씀하시는 걸 들으니까, 그 정도까지는 제가 밝혀도 아무 상관없는 일이 이미 되어 있더군요. 그래서 제가 국정원 요원이라는 점을 말할 수 있는 겁니다."

"그렇군." 헨리 유는 그의 입장이 이해가 갔다. "그러면 왜 납니까? 왜 난 믿을 수가 있다고 생각했고, 또 이 난리를 일으킨 다음에 날 불러야 했죠?"

"그렇다고, 가만있을 수는 없었으니까요. 사실을 알아내고 정 하사를 구해야 한다는 건 저의 의무입니다. 정 하사를 두고 제가 어떻게 여길 그냥 떠날 수가 있겠습니까. 그렇지 않습니까?" 말하는 성준모의 얼굴이 정 하사 얘기가 나오자 더욱 침통해졌다.

헨리 유는 그 정 하사의 일이 점점 더 궁금해지기 시작했다. '도대체가 무슨 일이 있었지? 그런데 지금 이 친구도 시원하게 얘길 잘 안 해.' 어쨌든, 헨리 유는 말이 터지기를 기다리기로 하고 계속 맞장구를 치며 분위기를 띄웠다. "그러네……. 맞아."

"제가 겪은 일을 부사장님이 알면 어쩌면 기겁을 하실 것이라고 생각했습니다. 왜냐하면, 여긴 어쨌든 테마파크잖아요. 사람 노는 곳인데, 사고가 나면 안 되잖아요. 그렇지 않습니까? 생각해 보니 이 일을 은폐하지 않을 확실한 사람은, 부사장님이 유일했습니다."

헨리 유는 성준모의 말을 들으면 들을수록 의혹만 늘어갔다. '내가 기겁을 할 일이라니……, 이건 또 무슨 말이지?' 어쨌든, 상황을 알아야겠기에 초조한 마음과는 달리 침착한 안색으로 계속 대화를 유도할 수밖에 없었다.

"그래서……, 날 불렀어요?"

"그렇습니다. 그렇다고 이 F Zone을 탈출해서 밤에 부사장님을 찾아갈 수도 없었습니다. 분명히 F Zone 지휘부는 우리들이 '켈라-B'에 잠입한 것을 나중에 눈치채고 있었어요. 보안 요원들 쫙 깔리구요. 우리가 침입하는 것을 알고 기다렸다가, 때가 되니 우리를 이용한 위장 전술을 펼치는 게 아닌가, 그런 느낌이 있었습니다. 저 혼자 '켈라-B'를 탈출해서 밖에 나와 보니, 아무 파괴 활동이 없었는데, 연기가 이미 사방에서 올라가고 있더군요. 그때 완전히 깨달았습니다. 우릴 이용해서 대외적인 위장 작전을 하는구나, 무슨 이유에서인진 알 순 없지만 일부러 파괴당한 것처럼 말이지요. 그리고 내가 생포되면, 선전술에 이용당할 게 분명하고……. 함정을 판 것 같더군요. 그렇지요? 대령님?" 성준모의 질문에 스티븐슨은 맞다는 뜻으로 고개를 끄덕거렸다. 헨리 유는 성준모의 이 말에 뜨끔한 기분이 들었다.

"F Zone 침입도 얼마나 힘들었는데, 혼자서 하는 은밀한 탈출이란 생각할 수도 없었습니다. 어차피 노출되고 이용당할 바엔, 파괴와 교란, 그리고 표적 지역의 점거 쪽을 선택한 겁니다. 선제 타격 작전을 감행하는 것이, 차라리 목표 달성의 가능성이 있다고 판단한 거지요. 부사장님에게 제가 겪은 상황을 알리려면 말입니다. 제가 가장 말하기 좋고, 사실을 그래도 확인하려고 노력할 것이고……, 정 하사의 신변도 분명히 알아봐 줄 수 있는 사람은, 부사장님밖에 없을 것이라 전 예상했던 겁니다. (그다음 말을 하려 하자, 갑자기 속상해하는 얼굴이 되는 성준모였다) 으……음, 이 F Zone에 현재 있는 '더 스테이지 게이트' 인력들은 틀림없이 사실을 은폐할 테니까요. 그건 국정원도 마찬가지였을 겁니다. 제가 말해 보았자 노골적으로 사실을 캘 수 있는 입장도 못 되니, 아마 파견 요원 하나 사라진 케이스로 정리되었을 겁니다." 이 말을 하는 성준모의 얼굴은 몹시 고독해 보였다. 지난 2년 동안, 자신의 본분과는 상관없이 이곳에서 언더커버로서 살아야 했던 세월이, 그를 대단히 힘들게 했다는 것을 알게 해주는 표정이었다. "부사장님이 제주테마파크의 실질적인 실력자라고……, 파력발전 엔지니어로 일하면서 그런 말을 많이 들었습니다. 그래서 부사장님을 반드시 만나야겠다고 생각했습니다."

"그럼, 무슨 사고가 생겼고……, 그 정 하사가 어떤 식으로 관계된 건지 한 번 말해 보시오." 헨리 유는 계속 부드럽게 질문을 했다.

"저도 잘 모르겠습니다. 하도 이상해서……." 말끝을 흐린 성준모는, 갑자기 고개를 돌려 헨리 유의 눈을 정시하며 그의 생각을 살피는 듯했다. 그는 헨리 유도 완전히 신뢰하진 못하는 것 같았다. 한통속일 수도 있다고 생각하는 듯했다. 성준모의 그 복잡한 표정을 보고, "뭐라구요? 도대체 무슨 소리요?"라고 간단히 되물으려다가, 헨리 유는 작전을 바꾸었다.

"자. 뭐……, 어쨌든 날 부른 이유는 대충 알겠으니까……, 처음부터 천천히, 하고 싶은 얘기나 편안하게 한 번 해봅시다."

"예. 그러겠습니다."

헨리 유의 담백한 표현에 알았다고 고개를 끄덕이던 성준모는, 목소리를 조금 낮추어 말을 하기 시작했다. 성준모의 말을 스티븐슨도 잔뜩 긴장해서 듣고 있었다. 헨리 유가 스티븐슨의 눈치를 보아하니, 드레이크가 정 하사의 신상에 대해 그에게조차 아무 말을 하지 않은 게 틀림없었다. 그때 순간적으로, 어쩌면 그 잘난 척하는 드레이크조차도, 속으로는 '이게 어쩐 일이지?' 하고 고민하고 있을지 모른다는 생각이 퍼뜩 든 헨리 유였다. '그게 사실이라면, 이 일은 정말 최악으로 흘러가는 건데……. 무슨 일이 일어났는데, 그걸 만든 사람들조차 구체적인 상황도, 원인도, 아무것도 모르고 앉아 있다?'

"'켈라-B' 천장에서 보니, 내부에서 느닷없이 연기가 피어올라 오더군요. 폭탄이 터진 것 같은 효과음이 나구요. 섬광도 보았습니다. 함정이 아닐까 그런 의심이 처음 들더군요. 하지만 내려가야 했죠. 어쩔 수가 없었습니다." 성준모는 헨리 유의 눈을 다시 보며, 그의 진심을 살피는 듯했다. 어쩔 수가 없었다고만 하지, 왜 내려가야 했는지에 대해선, 아직도 구체적인 언급을 자재하는 성준모였다.

"그래서요?" 헨리 유는 참을성 있게 다음 말을 기다렸다. 성준모가 이 정도로 주의하는 것은 당연하다는 생각을 하면서.

"바닥에 제가 먼저 닿았습니다. 정 하사는 아직 내려오는 조명 기구……?"

"그걸 투영면 형성 배튼(Build-up Batten of a Projected Surface)이라

하더군. 여기 와서 알게 됐네. 줄여서 BBPS라고 부르지." 스티븐슨이 성준모에게 정식 명칭을 가르쳐 주면서 자신은 원래 몰랐다는 뜻을 내비치는 게, 헨리 유에겐 좀 의아하게 느껴졌다. 스티븐슨은 헨리 유의 시선을 의식하곤 부연 설명을 하나 더 붙였다. "USSOSTC에 있던 비슷한 건, 그냥 조명 배튼으로 쓰일 뿐이야." 짤막한 한마디를 마치곤 굳게 입을 다무는 스티븐슨이었다. 헨리 유는 대령의 반응에 흥미가 당겨 그의 표정을 유심히 살펴보았다.

"아! 예……. 그렇게 부릅니까?" 배튼의 명칭과 부연 설명을 듣고 고개를 끄덕거리는 성준모의 표정이, 짐작 가는 게 무언가 있는 듯해 보였다.

"딱히 탈출로가 마땅치 않았을 거야. 그 BBPS를 타는 것 이외에는 말이네." 스티븐슨은 당시 성 중사 들의 행동 원인에 대해 자신의 추리를 언급하면서 성준모의 눈치를 살폈다.

"예. 내려올 때를 놓치면, 언제 또 그 BBPS가 움직일지 저희로선 알 수가 없었습니다. 그때 상황이, 먼저 빛이 환하게 밝아졌다가, 다시 꺼지고, 그 BBPS는 움직이기 시작하고, 어둡기만 한 상태에서 사람들은 바닥에 보이지 않았고……, 계속 무언가를 시험하고 있는 것 같았습니다. 시기를 놓치지 않는 게 중요했습니다. 내려갔던 BBPS가 곧바로 올라와 버리면, 우린 언제 또 내려갈 수가 있을는지 전혀 감도 잡을 수 없는 상황이었으니까요. USSOSTC에 있던 조명 배튼하곤 생긴 것도 달랐고, 따라서 사용법이 다를 수 있다는 생각을 그때도 했습니다." 성준모의 대답이었다. 두 사람의 대화를 들은 헨리 유는, 성 중사 들이 함정일지도 모른다고 의심하면서도 '켈라-B' 바닥으로 내려간 이유를 짐작할 수 있었다. 성준모는 다시 상황을 설명하기 시작했다.

"정창길 하사는 아직 그 BBPS에 매달려 내려오는 중이었죠. 그 땐, 천장에 안전등이 군데군데 들어온 것 이외에는 어두웠지요. 그런데……,"

"그런데요?" 헨리 유는 성준모의 다음 말을 기다리며 채근하듯이 장단을 맞추었다.

"갑자기 환해졌어요. 어디서 나오는 빛인지가 불명료했는데, 갑자기 '켈라-B'가 전체적으로 환해지더군요. 안구가 타들어 가는 듯한 느낌이랄까? 뜨거운 기운 같은 것이 눈으로 타고 들어와서 전신에 흐르는 것 같았습니다. 태어나 그런 경험은 처음이었습니다. 뜨거운 빛 때문에 숨이 막히는 것 같기도 하고, 가슴이 답답해질 정도의 열기가 느껴지고, 마치 내가 가만히 미동도 하지 않고 있으려면, 조바심이 나고, 몸은 진저리가 나면서 괴로워지는 듯한 그런 느낌……, 견디기가 힘든 그런 상황이었습니다. 내가 켈라-B, 거기 서 있는 것, 그 자체에 두려움이 들었습니다."

'이건, 무슨 소리야?' 헨리 유는 속으론 성준모의 말이 잘 이해가 되지 않았지만, 계속 참고 들어보기로 하였다.

"그래서요?" 헨리 유는 목소리를 낮추며 천천히 맞장구를 쳐 주었다. 성준모가 입을 막고 아무 말도 하지 않는 것보단, 이 상태로 계속 지껄이게 내버려 두는 게 더 낫다는 생각에서였다. 스티븐슨도 의아한 눈길로 성준모를 쳐다보기만 하지 별 말을 꺼내지 않는 걸 보면, 헨리 유와 비슷한 마음인 것 같았다.

"눈을 뜨고 앞을 바라봐도 물체들이 잘 식별이 되지 않았어요. 너무 강한 빛 때문에 말입니다." 성준모는 얼굴을 두 손으로 감싸안고 비비면서 말을 계속했다. 다시 생각해 내는 것이 그에겐 몹시 피곤한 일임에 틀림없었다. "눈이 부셔서 고개를 쳐들지 못했지요. 바닥을 보고 있었던 것 같았는데……, 거기에……, 정 하사가 매달려 있더군요……. 그러다 사라졌습니다."

성준모의 설명은 점점 말꼬리가 늘어지다가 정 하사가 사라졌다는 말로 간단히 끝나 버렸다. 무언가를 끊임없이 생각하고 있는 듯한 눈치였다. 자신이 말할 표현의 한계를 내심 셈하고 있는 것이 분명했다.

'무슨 소린지 전혀 모르겠구만. 아직 다 얘기 안 하고 있어. 지금, 이 회견에서 다 까발리면 차후의 협상은 어떻게 될 것이냐의 문제겠지. 생각보다 조심성이 많은 친구로구만. 그러면……, 할 수 없지.' 헨리 유는 성 중사에게 큰소릴 내기로 마음먹었다.

"성 중사님. 지금 중요한 것은 나한테 그 정창길 하사가 어떻게 되었는지를 다 말해 주는 거야. (헨리 유는 갑자기 한국어로 말을 하기 시작했다. 그것도 하대를 하며, 자신이 책임질 줄 아는 손윗사람이란 점이 분명히 태도에 나타나도록 목소리에 힘을 주었다) F Zone에 대한 실체는, 여길 나오면 알 수 있게 될 기회가 있을 거야. 지금 다 알려고 하지 말게. 알았나? 난 약속하네. 나도 지금 다 몰라. 그래서 알아내야 될 입장이야. 그럴러면, 자네가 아는 것은 다 나에게 얘기해야 돼. 난, 자네가 여기서 나가도 제주테마파크에 다시 오게 해줄 자신이 있어. 옷만 벗을 정도일 거야. 지금 전체적인 상황이 자네에게 그리 불리한 게 아니야. 내 말이 무슨 뜻인지 잘 생각하게." 헨리 유는 한국어로 시작하여 한국어로 말을 끝냈다. 헨리 유로서도 모든 계산이 끝난 상태였다. 자신의 말엔 책임지는 사람으로 보이게끔 확신어린 표정을 지었다. 그의 말이 성준모에게 끼친 심리적인 영향력은 강력했다. 성준모의 눈빛에 무언가 희망과도 같은 탄력이 다시 회복되는 듯했다. 성준모의 얼굴이 변하고 있었다.

"유 부사장님. 말씀 고맙습니다." 성준모는 한국어로 대답하며 헨리 유를 쳐다보았는데, 그의 얼굴엔 만난 지 처음으로 경계의 빛이 누그러짐이 느껴졌다. 헨리 유는 성준모의 눈을 응시하며 고개를 끄덕거려 주었다.

스티븐슨은 헨리 유와 성준모가 한국어로 대화하는 것이 심기 불편하다는 뜻을 얼굴에 역력하게 표시하며 한 마디 했다.

"이건 반칙이야. 준! 유 사장님! 나도 알아듣게 해주길 부탁합니다."

"아! 일부러 그랬어요. 미스터 성에게 기운 좀 내라고, 친근하게 말해보느라 한국어로 한 겁니다. 하하하하." 헨리 유는 크게 웃으며 스티븐슨의 기분을 풀어 준 뒤, 다시 영어로 성준모에게 말을 건넸다. "자! 한번 자세히 말해 보라고. 속시원하게……."

"그러죠." 헨리 유의 말에 수긍한다는 표시로 크게 고개를 끄덕거리는 성준모였다. 잠시, 머리를 약간 숙여 아래쪽 한 곳을 두 눈으로 응시하며 골똘하게 회상에 빠지다가, 의외로 그는 담담하게 말을 이어갔다.

"그 강렬한 빛 속에서 희미하게 볼 수밖에 없었지만……, 아예 모를 상황은 아니었습니다. '켈라-B'가 또 나타났던 것 같아요. 그것도 뒤집혀서 말이죠. 위-아래가 바뀌어서 말입니다. '켈라-B' 바닥에서 아래로 깊이 떨어지며, '켈라-B'의 천장이 보였습니다. '켈라-B' 바닥 전체가 거울이라고 상상하면 그 느낌이 비슷할 겁니다. 그런데 거울에 비친 모습이 아니에요. 진짜 '켈라-B' 안에 모든 것이 뒤집혀서 또 하나 '켈라-B'가 바닥 너머 저편으로 있었어요."

"그게 도대체 무슨 말인가? 뒤집혀서 또 하나가 있다니!" 스티븐슨은 어이가 없다는 듯이 한 마디를 불쑥 내뱉었지만, 어투에 힐난조는 없었다. 그 자신도 생각을 가다듬느라고 뱉어 본 말 한 마디에 불과했다. 헨리 유도 당혹스런 느낌이 가슴에 차올랐지만, 성준모가 어떤 식으로라도 계속 말로 표현하기를 기다리는 수밖에 없었다. '이상한 일이군. 정말 이상해……. 너무 얘기가 비현실적이야.'

"제가 겪은 걸 그대로 말하는 겁니다. 정말 아무것도 모르시는 겁니까? 어떤 일이 벌어진 건지?" 성준모는 약간의 의아함과 의심을 표현하며 스티븐슨을 쳐다보더니, 고개를 좌우로 흔들며 자신도 아는 게 없음을 표현하는 대령의 태도를 보고, 이내 자신도 고개를 외로 꼬며 침울하게 생각에 잠기고 말았다.

"떠오르는 대로 다 얘기해 봐요." 헨리 유는 성준모에게 계속 말할 것을 주문했다.

"그러겠습니다. (웅크리고 앉은 경계 자세를 풀더니, 소파 등받이에 상체를 기대며 자신의 기억을 더듬느라 천장을 초점 없이 쳐다보는 성준모였다. 조용한 목소리로 약간 느릿느릿 말을 이어갔다) 나에게, 바닥 저편으로 또 하나의 내가 있는 게 보였습니다. 정말 이상하더라구요, 그 상황이. 굉장히 강렬한 광선 속에 있어 모든 게 정확하게 판별하기 어려웠지만, 또 하나의 내가 '켈라-B' 바닥 저편에 있었습니다. 틀림없어요, 그건. 또 다른 나는, 내 발밑에서, 거울 속 분신처럼 신발 밑창을 같이 마주 대고 머리를 아래로 거꾸로 서 있다가, 따로 움직이기 시작하는 게 느껴졌습니다. 거울처럼 뒤집힌 세계에서, 더 깊이 아래쪽으로 들어가 보이는 '켈라-B'의 천장 쪽을 향해, 또 다른 내가 고개를 들어 소리치고, 그 BBPS에 매달려 내려오던 정 하사에게 손짓을 하는 게 보였습니다. 난 그때 공포에 질렸습니다. 겁이 났어요, 그때."

성준모는 얘기하던 입을 다물고, 뭐에 홀린 듯한 표정으로 멍하니 통제실 천장을 바라보았다. 헨리 유와 스티븐슨 두 사람도 아무 소리 않고 성준모의 입만 쳐다보고 있었다.

"두 개의 세계가 땅바닥을 경계선으로 위-아래 대칭으로 있는 것 같더군요. '켈라-B'의 바닥면을 경계로 서로 반대로 붙어 있는 두 세계입니다. 천장은 서로 반대 방향으로, 즉 지금 내가 서 있는 쪽 세계는 위로 가면 천장이 있는데, 뒤집힌 반대편 세계는 아래로 깊이 들어가면 갈수록, 결국 밑바닥 끝에 가서 천장이 있는 것이지요. 데칼코마니 아시지요? (성준모의 입가에 희미한 미소가 생겼다) 스케치북 종이에 그림 물감 풀어 놓고 접으면, 대칭되는 두 개의 똑같은 그림이 나타나잖아요. 난 어릴 때 그 데칼코마니 그림 만들기를 좋아했는데, 지금 말하다 보니 그 생각이 납니다. 두 세계가 데칼코마니처럼 '켈라-B' 바닥면을 기준으로 위-아래로 붙어 있는 상황이었습니다. 그러다 또 달라졌어요."

"어떻게?" 헨리 유는 이야기 자체가 가지는 힘에 매료되어 자신도 모르게 성준모의 말에 맞장구를 쳤다.

"아래쪽 세계에선 '켈라-B'의 천장이 사라지고……, 그 빛 속에서 분명하진 않았지만……, 하늘이 보였습니다. 밑바닥 깊숙이……, 푸른 하늘에 하얀 구름이 생겼어요. 그런데 '켈라-B' 천장 구조물이 다 사라지니까, 따라서 BBPS에 매달려 있던 정 하사도 아래쪽 세계에서 안 보였습니다. 아래쪽 세계의 내가 그 하늘을 쳐다보며 어쩔 줄을 몰라 하는 게, 이쪽 세계에 있는 나에게 느껴지더군요. 정 하사에 대한 걱정, 어디로 사라진 것인가 하는 애타는 마음, 찾아야 한다는 생각, 그런 것들 말입니다." 사라진 정창길 하사를 생각하니 몹시 마음이 좋지 않은지, 성준모는 두 눈을 감더니 잠시 말하기를 멈추었다.

"BBPS에 매달려 있던 정 하사가 사라지기 전에 뭐라고 소리쳤어요. '형. 이상해. 나 좀 살려 줘. 이상해.' 그랬던 것이 기억납니다. 그 말이 아래쪽 세계에서 울려 퍼진 거였는지, 아니면 내가 있는 곳 위쪽 천장에서 정 하사가 소리친 것인지 나도 잘 모르겠습니다. 그냥 머릿속 어디 한 곳에서 울린 것 같아요. 살려 달라고 말입니다. (헨리 유가 성준모를 관찰하니, 말을 하면서 점점 그의 눈시울이 촉촉하게 젖어 간다는 느낌이 들었다) 정 하사가 아래쪽 세계에서 사라진 것을 본 순간, 저는 고개를 들어 정 하사가 실제로 있는 '켈라-B'의 천장을 바라보았습니다. 그 순간 빛이 사라졌어요. 순식간에 말입니다. 아래쪽 세계도 따라서 사라지고 어둠만이 다시 남았는데, 아무리 살펴봐도 내려오던

BBPS에 정 하사가 없더군요. 내가 있는 이쪽 세계에서도 사라진 것입니다. 난 너무 놀랐고 이게 무슨 일인가 싶어 그 자리에서 움직이질 못하고 있다가, 정신을 차리려고 무진장 애를 썼습니다. 정 하사가 사라진 그대로, 내가 어떻게 해주지도 못하고, 그냥 F Zone에서 철수할 수는 없는 겁니다. 그때 결심했습니다. 이 사실을 알려야겠다고 말입니다. 내가 나서지 않으면, 그냥 묻힐 게 틀림없으니까요. 정 하사가 어떻게 된 것인지 사실 파악을 하고, 구출해야 한다고 결심했습니다. 그래서 난 움직였고, 그래서 유 부사장님을 뵙게 해달라고 한 겁니다."

말을 마친 성준모의 얼굴에는, 자신이 지금까지 한 행동에 일말의 후회도 없음을 분명히 하는 굳은 결의가 보였다. 정 하사를 구해 내야 한다는 강렬한 의지가, 다른 장애물 같은 복잡한 상황들에 매이지 않는 힘이 된 게 분명했다.

'아아! 이게 무슨 일이냐! 사람이 그냥 사라져 버리다니…….' 헨리 유는 성준모의 말이 끝나자, '이거 정말 큰일났다!'는 느낌밖에 다른 생각이 들지 않았다. 이 F Zone에 기대서 지금까지 일을 벌린 부분도 얼마인데 — 몇몇 주요 투자자는 분명히 F Zone에 대한 정보 때문에 제주테마파크에 참여한 것이 분명했다. 세계 최고 부유층을 상대하는 1인당 객단가客單價 3억 2천만 원, 30만 달러짜리 매력물이라는 게 너무도 매혹적인 사업 여건이었고, 그 사람들을 상대로 펼칠 여러 사업 형태에 투자자들이 내심 기대하는 바가 큰 것도 사실이었다 — 이렇게 황당한 방식으로 사람이 증발해 버리는 일이 생겼으니, 가장 기본적인 놀이 기구의 조건 즉 안정성에선, F Zone은 완전히 빵점짜리가 돼 버린 꼴이었다. 헨리 유는 순간 등골에서 차디찬 식은땀이 흐르는 게 느껴졌다. 그는 말을 잊고 가만히 앉아 있을 수밖에 없었다. 좌중에 흐르던 침묵을 먼저 깬 것은 스티븐슨이었다.

"흐으…… 음, 이거 참……, 이게 무슨 꿈같은 얘긴가! 어쨌거나 자네가 하는 말이니, 사실임은 틀림없겠지. (스티븐슨은 어이가 없는지 고개를 절레절레 흔들었다) 하긴 이 F Zone에서 계획되는 일 자체가 정말 웃기는 일이긴 하네! 난 원래 썩 이 일을 좋아하지 않았어. 잘은 모르네만, 처음 얘기 들었을 때 왠지 인간의 영역이 아니란 생각이 들었거든. 젠장." 찌푸린 얼굴로 마음에 안 맞던 화나는 일이라도 생각났는지, 끝에 가서 욕설 비슷하게 한 마디 내뱉고는, 상기된 톤으로 빠르게 말을 이어가는 스티븐슨이었다. "내가 당장 얘기하겠어. 저 눈치만 살살 보고 있는 드레이크뿐만이 아니고, 펜타곤에도 내가 직접 사실 보고를 해서 원인을 규명하도록 하겠네. 이건 묻혀서는 절대로 안 되는 일일세. 중대한 결함이야. 사라진 정 하사 문제도 반드시 해결이 돼야 하네." 스티븐슨은 한 대 후려칠 그 누구라도 생각난 건지 험악하게 인상을 쓰다가, 다시 근심이 도는 얼굴이 되면서 어깨에 들어간 힘이 빠지기 시작했다. "준. 알려 줘서 고맙네."

"스티븐슨 대령님. 이젠 정보를 공개해야 될 시점입니다. 나한테까지도 드레이크는 아무것도 얘기 안 하려고만 합니다. 이젠 그래선 안 돼요. 최소한 제주테마파크 주요 관계자 몇몇만이라도 사실 파악이 가능해야 합니다. 앞으로 나는 세부적인 면까지도 완전히 파악을 다 해야겠고……! 도대체가 중요 놀이 시설 중 하나인 이곳에서 사람이 사라진 일이 발생했습니다. 이런 일이 생긴지도 모르고 테마파크 그냥 오픈해 버리면 어떡할 뻔했습니까? 이 일 그냥 흘러가면 나중에 감당할 수 없는 큰일이 생깁니다. 여기 F Zone에 오는 사람들은 다 영향력이 큰 사람들이에요. 그 사람들 신변에 무슨 일이 생겨 봐요. 그 일을 누가 책임질 수 있습니까? 펜타곤이요? 드레이크요? 누가 책임질 겁니까! 안 그래요? 마지막에 남는 건 결국 납니다!" 점점 고함치듯 말한 헨리 유였다.

"그렇지요." 스티븐슨은 수긍의 답변을 짤막하게 했다.

"이젠, 나도 내 사람을 F Zone에 투입하겠어요. 그래서 내가 직접 얘기 들어야 되겠습니다. 안 되겠어요. 나도 살려면 방법 없습니다."

헨리 유의 선언하듯 하는 말에 양미간을 찌푸린 스티븐슨이긴 했지만, 별다른 반발은 보이지 않았다.

"그리고 자네 말이야, 미스터 성. 얘기해 줘서 고맙네. 자네 아니었으면 정말 큰일날 뻔했어! 하여튼, 모든 일은 잘 해결될 거야. 자넨 여기에 다시 오게 될 것이네. 걱정하지 말게나." 헨리 유는 성준모의 눈에 자신의 두 눈을 맞부딪치며 감사를 표하였다. 그때 헨리 유의 눈에 비친 성준모의 표정이란, 50대 중반으로 접어드는 이 조그만 남자가 두 주먹을 꽉 쥐면서 어쨌거나 다시금 투지를 불사르는 모습을 관찰하며, 속으로 자신의 미래가 어찌 돌아갈 건가 점치고 있는 듯한 분위기였다.

37

“미스터 한. 모슬포항에 가서 술이나 한 잔 할까?”

“예. 그러시죠. 사장님.”

테마파크 건설 현장을 둘러본 후 같이 타고 온 모하비에 오르자, 어딘가 근심 같은 것이 어려 있는 표정으로 차창밖을 말없이 쳐다보던 헨리 유는, 운전대에 앉은 수혁에게 느닷없이 술 한 잔 하자는 제의를 했다. 수혁은 헨리 유가 술 먹자고 말하는데 그의 표정이 심상치 않아 속으로 부담감을 느끼면서도, 싫다고 하기도 뭐하고 해서 두말 않고 모슬포항으로 모하비를 몰았다. 속으로는, ‘제기, 또 뭔 소리를 하려고 저 양반이 저렇게 분위기를 잡나.’라는 불안감에 시달리면서 말이다.

제주테마파크 건설현장이 다시 돌아가기 시작하고 2주가 지났다. 지난번 F Zone에서 그 난리가 나고 벌써 한 달이 훽 지나가 버리는 바람에, 5월 말에 가까워지는 제주의 날씨는 서울이라면 한여름이라 해도 좋을 만큼 더운 기운이 훅훅 느껴지기 시작했다. 오늘 아침, 헨리 유는 (주)제주테마파크 사내社內 복도에서 수혁과 마주치자, 테마파크 건설 현장에 갈 일이 있냐고 그에게 물어봤었고, 오후에 가봐야 한다고 수혁이 대답하자 같이 가자고 약속한 뒤, 사장님과 같이 갈 경우 심복 부하가 의례히 하게 되어 있는 임무, 즉 자신의 모하비 운전대를 계속 수혁에게 잡게 하고 있는 상황이다. 헨리 유는 요새 들어와서는 숫제 서울에 거의 올라가지 않고 있었다. 간혹 가다 급히 서울에 다녀오는 수가 있었는데—그 외, 특이하게도 뭐가 그리 서두를 일인지, 대략 36시간 만에 뉴욕을 다녀온 경우가 한 번 있었다—그런 경우도 제주테마파크와 관련된 일 처리 때문이란 것이 분명했다. 펠드스파홀딩스에 관계된 업무는 이메일과 전화 통화로 처리하면서, 제주테마파크에 부쩍 신경을 곤두세우는 모습을 보였다. 그도 그럴 수밖에 없는 것이, 지난 한 달은 헨리 유에겐 악몽 같았을 시간임에 틀림없으니, 요즘 들어와 조금은 진정 기미가 보이는 제주테마파크에 쉽사리 발을 못 빼는 그의 심정을 충분히 이해할 수 있는 수혁이었다.

그로선 다는 알 수 없었지만, 한 마디로 느낌을 말해 본다면 옆에서 지켜본 헨리 유가 '참 용타!'는 것이었다. F Zone 사건이 터지고 열흘이 지난 뒤 임시 주총이 열렸을 때, 헨리 유는 F Zone의 그 한심한 상황이 벌어지도록 무대책으로 지금까지 일관한 죄로, 갖은 비난의 화살을 온몸에 맞으며 맷집 좋게 견뎌야 하는 신세였다. 간단히 말해 (주)제주테마파크의 부사장직을 내놓아야 할 상황이었던 것이다. 적어도 처음에는 헨리 유에게 미래가 없어 보였다. 따라서 제주테마파크의 미래도 암울한 상황으로 머릿속에 그려지는 수혁이었다. 그런데 이게 또 어떻게 돌아가는 건지, 임시 주총의 마무리에선 헨리 유는 다시금 부활하여 과거보다 더욱더 큰 권세를 부리며 투자자들에게 군림하게 됐으니, 수혁에게는 신기하게만 느껴졌다.

헐값으로 장외시장場外市場에 마구 흘러나온 (주)제주테마파크의 비상장 주식들을, 듣도 보도 못한 회사 하나가 브로커들을 통해 기다렸다는 듯이 모조리 다 매입한 일이, 상황 반전의 실마리를 제공했다. 신 부장은 그 정보를 입수하자마자, 회사 비상구 계단에 앉아 신이 나서 수혁에게 전달했는데, 그는 무언가 감이 있었는지 임시 주총이 재밌을 것이라고 한 마디 넌지시 던지는 일 또한 잊지 않았었다. 그 회사의 매입량은 제주테마파크 전체 지분의 11퍼센트에 달하는 막대한 양이었고, 따라서 그 행적이 수상하기가 말할 필요도 없었으며, 회사 이름 또한 급히 먹고 체한 인상이라도 표현하고 싶었는지, 'Increasing Impression(끓어오르는 감동)'이란 풀 네임에, 약자는 'Double I'(수혁에겐 원래 한 쌍의 눈이 겹으로 증식했으니 결국 '네 개의 눈(Double Eyes)'이 되었거나 '중복된 자아'란 뜻이 숨어 있는 것으로 생각되었다)로 쓰는, 알쏭달쏭한 느낌이었다. 수혁은 회사명을 알게 된 순간 그 아리송한 느낌을 비교해도 'The Stage Gate' 못지 않다는 생각이 슬쩍 머릿속에서 감돌았다. 어쨌든, 어디서 굴러먹다 왔는지 알 수 없는 이 기괴한 회사가, 헨리 유에 대한 절대 충성에 가까운 지지 의사를 임시 주총에서 갑자기 밝히는 바람에 모든 전세는 갑자기 역전되어, 참석했던 투자자들은 상황 돌아가는 꼴이 심상치 않음을 깨닫고 헨리 유의 얼굴을 다시금 쳐다보게 되었다. '더블 아이Double I' 컴퍼니와 '더블 아이' 못지않게 헨리 유의 맹목적 추종자들인 '더 스테이지 게이트'사와 제주개발공사, 그리고 헨리 유의 펠드스파홀딩스, 그 모 회사인 피젼블러드홀딩스의 지분을 다 합하면, 전체 지분의 43퍼센트가 넘어간다는 사실을 주주들이 갑자기 깨달은 것이다. 즉, 제주테마파크의 미래가, 이번 F Zone 사태에도 불구하고, 헨리 유의 통제하에 계속적으로 놓일 처지란 사실은 조금도 변하지 않을 것이며, 따라서 모든 일은 계속된다는 예상 말이다. 비난도 갑자기 사라지고, 헨리 유에 대한 믿음을 표명하는 분위기로 주총이 갑자기 급반전되더니, 마지막에 가선 결국 특별결의로 재신임을 획득한 정도가 아니라, 투자자들이 눈치를 보며 그 앞에선 설설 기어다녀야 할, 진정한 권력자의 얼굴로 변해 가는 (주)제주테마파크의 부사장이었다. 적어도 임시 주총의 승리자는 헨리 유였다. 주총을 끝내고 일주일이 지나자마자, 그는 자신을 멸시 천대하던 투자자 그룹 중에서 시범 케이스로, 분란의 핵심이자 가장 아니꼽게 굴던 은행과 건설사 하나씩을 직접 손보기 시작했다. 이들은 장외시장場外市場에다 비상장 주식을 매각한 뒤에 아예 도망가 버린 경우가 아니었고, 단지 헨리 유를 몰아낸 후 자신들의 허수아비를 새로이 부사장으로 앉히려고 했을 뿐인데도 — 하긴 헨리 유 입장에선 더 기분 나쁠 수도 있겠다 — 처리는 가혹했다. 예정되어 있던 나머지 MOU 계약들을 모두 파기해 버리고 다른 데, 즉 궁지에 몰렸던 그 상황에서도 자신에게 마지막까지 우호적이던 쪽에 몰아 줘 버림으로써 — 테마파크 자체가 아니고, 리조트 건설 건이라든지, 호텔 건이라든지, 영양가가 풍부한 진짜 알짜배기들은 이제야 시작될 시점이다 — 그 시범 케이스 둘은 피눈물을 흘리며 무대에서 퇴장할 수밖에 없었다. 헨리 유는 만천하에 과시한 것이다. 이제야 자신의 시대가 도래했음을 말이다. 어느 누구에게든지라도, 헨리 유의 비위를 건드려서 좋을 게 없을 것이라는 점을 갑자기 깨닫게 해준, 새아침이 밝았음을 알리는 종소리는, 결국 저 4월 20일 밤에 느닷없이 터져 나온 F Zone의 폭발음이었다.

이런 상황이었으니, 헨리 유의 얼굴이 환히 밝아져도 이상한 일이 아닐 텐데, 도대체가 도통 펴지질 않아 그 또한 수혁은 의아했다. 그래서 이번엔 언론 때문에 그런가 생각해 봐도 반드시 그럴 것도 아니었다. 임시 주총이 끝나자, 헨리 유는 언론에 대해 힘 좀 쓸 것을, F Zone 사건 이후 매일 아침 이루어지던 비상대책회의 시간마다, 매체담당 신속대응팀뿐만이 아니고 회의에 참석한 간부급들 모두에게 소리 질렀고, 그 자신 또한 여기저기 연락하고 뛰어다니는 일을 쉬지 않고 하고 있었다. 그래서인지, 운이 좋아서인지, 아니면 다른 그 무엇이 있어서인지, 언론 상황은 급격히 좋아지게 되었다. 시작이 괜찮았다. F Zone이 억울하게 폭격 맞은 것은 틀림없는 사실이었다. 외부 제3국의 스파이가 침투하여 파괴 행위를 했다는 것이, 한국 내 여론의 동향이 동정적으로 흐르는 데에 가장 큰 역할을 했다. 누가 봐도, 한국의 바다에 건설된 F Zone이 침략당하고 파괴당한 피해였다. 이는 한국인들 공통의 내면적 상처를 건드렸고, 따라서 파괴 행위에 대한 공론화된 분노 쪽으로 여론이 큰 줄기를 타는 바람에, 제주테마파크와 F Zone 사이의 관계에 대한 정치적 의혹 제기(의혹 제기가 있다 해도, 이 또한 수혁이 보기엔 정의로운 사실 파악 같은 것과는 상관없고, 정치권 각자의 이해타산적 움직임이라 할 수 있다)는 애초부터 수면 밑으로 잦아들 수밖에 없었다.

국정원과 검찰 쪽에서 조사에 나섰다는 보도가 계속 나가면서, F Zone 상공에서 찍힌 폭격 맞은 듯 연기가 여기저기서 모락모락 올라가는 동영상이, 뉴스 시간과 신문 지상, 그리고 인터넷을 계속 점령하다가, 사고 발생하고 일주일 지난 뒤엔 기사들의 힘이 약간 빠지게 되었다. 임시 주총이 끝나고 3, 4일 정도 시간이 흐르자, F Zone이 복구를 시작했다는 뉴스 동영상이 TV에 짤막하니 나가면서, 실제로 제주테마파크 건설 현장도 기다렸다는 듯이 시기를 맞추어 다시 가동하였고, '검찰 수사 진행이 현 상태 오리무중'이란 기사가 슬쩍슬쩍 인터넷에 자취를 드러냈다 사라졌다를 반복하며 달아오른 양상을 미적지근하게 만들었다. 다른 한편으론, 세간의 관심을 한몸에 받는 모 유명 인사의 난잡한 사생활과 학력 위조 스캔들이 때마침 매체들에서 한꺼번에 터지는 바람에, 제주테마파크와 F Zone에 대한 기사들은, 그 난리 났던 초기 반향과는 달리, 한 달이 지나가는 현 시점은 얼마 간 김이 샌 상태를 유지하고 있었다.

나쁘지 않았다. 언론과 세간의 여론 동향은 이대로 흘러가면 저절로 수그러들 것으로 예상되었고, 어떤 면에선 F Zone 자체가 주위의 시선과 여론으로부터 앞으로 더욱 자유로워질 지경을 넓히는 수순이라 할 수도 있었다. 이번 일로 제주테마파크가 개장도 하기 전에 금액으로 환산할 수 없을 정도의 광고 효과를 톡톡히 봤다는 것은, 서로가 말을 꺼낼 필요도 없는 뻔한 사실이었다. 제주테마파크는 최소한 한국에서만큼은 이번 F Zone 사건으로 아주 유명해져 버렸다.

이래저래 헨리 유 얼굴이 풀릴 만도 한 지금의 시점인데, 여전히 그는 인상을 쓰고 있었다. 수혁은 그의 태도가 의아했다. 도대체 왜 저렇게 긴장하고 있는지 진짜 이유가 궁금했다. 원래부터 매사에 전전긍긍하는 소심한 사람이었다면 그럴 수도 있지 하겠는데, 헨리 유는 수혁이 알기론, 2년 전 상모리 주민 시위 때처럼 테마파크의 존망이 위태로운 풍전등화의 사태가 아니라면, 최소한 겉으로는 배짱 있는 척이라도 할 줄 아는 보스 기질의 사내였다. 파괴된 부분을 복구할 비용 문제 때문이라고 보기에는, 그동안 돈 문제에 관한 한 그가 보여 준 민활한 일처리 솜씨를 생각하면, 저렇게 혼자서 끙끙대고 있을 사람이 아니었다. 그런데 저러고 있는 것을 보면, 무언가가 뒤로 되게 안 돌아가고 있는 그 무엇이 있다는 생각을 아니할 수가 없었다. 그런 헨리 유의 불가사의한 긴장과 수심이 F Zone에서 일어난 폭발로부터 비롯되기 시작했다는 점을 새삼 깨닫는 순간, 상모리 바다 위에 F Zone이 세워진다는 사정을 처음 알던 때처럼, 수혁은 다시금 F Zone이 보이는 바다를 노려보게 되었다.

모슬포 항구, 저녁노을에 발갛게 한편이 물들어 가는 푸른 바닷물은 방파제에 부딪치며 넘실거리는데, 그 사이를 뚫고 고깃배들은 밤바다로 나가거나 항구로 들어오거나, 엔진 소리를 통통거리며 가끔가다는 '부우' 하는 부드러운 경적 소리를 내고 있었고, 띄엄띄엄 부두에 닻을 내린 하얀 어선 사이로 갈매기들은 하염없이 끼룩거리고 날아다녔다. 헨리 유는 모하비를 모슬포항의 끝자락까지 들어가도록 한 뒤, '포구식당'이라고 허름한 간판이 매어져 있는 부둣가 목로주점 앞에 세우라고 수혁에게 말하였다. 차에서 내려 보니 주위에 사람도 별로 없고, 배도 지나다니지 않고, 조용한 항구 모퉁이였다. 낮에는 덥다는 느낌이었는데, 저녁이 되자 바닷가라 그런지 시원했다.

"이 집, 가문돔[8]찜 맛있게 잘하네. 내가 저번에 한 번 먹어 본 적 있어."

헨리 유는 언제 여기 온 적이라도 있는지 망설이지 않고 '포구 식당' 안을 그의 다리가 표현할 수 있는 최대치로 성큼성큼 걸어 들어갔다. 헨리 유를 보자 '포구 식당' 주인장과 아주머니가 반갑게 인사했다.

"사장님. 지난번처럼 밖에서 드실랍니까? 오늘도, 바람도 없고 날씨가 쾌청하네요."

"예. 그래 주세요. 메뉴도 지난번처럼 똑같이 부탁합니다. 두 사람이니까 가문돔은 큰 놈으로요."

헨리 유가 그러자고 동의하자, 주인장은 부둣가에 하얀 테이블과 의자를 가져다 놓고 파라솔을 세웠다. 두 사람이 야외에 자리를 펴고 앉아 바다 쪽을 쳐다보며 이런저런 얘기를 하고 한 30분 정도 시간을 보냈을까, 주인장과 아주머니가 푸짐하게 한 상 차려 내왔다. 몸통만 족히 한 자 반은 됨직한 가문돔 한 녀석이 통째로 찜요리가 되어 커다란 입을 벌리고 대야만 한 양푼 접시에 누워 있었고, 연이어 전복찜과 소라 소금구이도 한 접시씩 테이블에 올라왔다. 수혁은 요리들을 보자 군침이 입안에 돌았다. 그의 얼굴 표정을 보고 헨리 유가 빙긋이 웃음을 입가에 만들었다.

---

8 가문돔 제주 방언으로 다 큰 감성돔을 말한다.

"내가 회를 좀 안 좋아해. 그래서 바닷가 잘 안 오는데, 저번에 골머리가 아파서 혼자서 차 몰고 여기저기 돌아다니다가 여기서 한 잔 걸친 적이 있네. 그래서 알게 됐어. 맛있어. 먹어 보게."

'아니, 이 양반이 혼자서 요새 술 먹고 돌아다니나? 오늘, 이거 왠지 심상치 않은데…….' 수혁은 먹으라고 권하는 헨리 유의 얘기 속에 포함된 색다른 정보들을 분석하며, 우선 뭔 소리가 나오더라도 마음 편히 하고 놀라지 않겠다고 마음먹었다. '나 짜른다는 얘기만 아니면 다 된다.'

"자! 한 잔 드세." 수혁의 소주잔에 참이슬을 찰찰 따르며 한 잔 권하는 헨리 유였다. 같이 잔을 들고 쭉 들이켜는데 눈치를 보니까, 그의 얼굴이 여전히 밝게 개어 있지 못한 상태였다. 알게 모르게 어두운 구석이 있어 보였다. 목구멍에서 단번에 넘어간 소주는 은근히 온몸의 이완을 가져다주며, 수혁과 헨리 유 모두를 마음 편치 않게 괴롭히던 긴장감을 희석시키고 있었다. 수혁은 매운 양념으로 조리한 가문돔찜에서 자기 몫으로 살을 크게 발라 덜어 내고는 한 입 잘라 천천히 먹었다. 촉촉하게 씹히는 느낌에 담백하면서 개운한 맛이었다. 이어서 먹기 좋게 썰어 놓은 조갯살을 계란 노른자만 입혀서 껍질에 담아 쪄 낸 전복찜을 먹었다. 여러 맛들이 한꺼번에 터져 나오며 입안에 꽉 차는 느낌이 있었다. 시원한 모시조개국을 한 숟갈 떠먹고는 다시 소주 한 잔을 단숨에 들이켰다. 헨리 유는 배가 고팠는지 요리들을 먹느라고 정신없어 보였다. '한 잔 드시죠.'라고 예절상 권할까 하다가 그 생각도 그만두고 수혁은 맘 편히 먹기 시작했다.

심각히 할 얘기는 회사에서 너무 많이 하고 살아, 여기까지 와서 또 하기가 싫었고, 그래서 세상 돌아가는 것에 대한 잡담도 나누다가, 헨리 유의 물고기(아로와나)는 잘 지내냐는 안부도 물으면서 먹고 마시고 하다 보니, 시각은 오후 9시가 가까워 왔다. 술기운도 기분 좋게 오르고 헨리 유의 얼굴도 처음보단 많이 풀려 있었다.

"사장님. 저한테 하실 말씀이 있으면 하세요."

수혁은 말 뱅뱅 돌리기도 싫고 해서 느닷없이 직선적으로 내뱉었다. 그러자 헨리 유는 수혁의 얼굴을 물끄러미 바라보더니 피식 웃음을 머금고 고개를 저어 댔다.

"왜, 이 헨리 유란 작자가 개인적으로 불러 대면, 꼭 덤터기 쓰는 안 좋은 일이 생기나 보지? 하하하. 미스터 한 머릿속에 내 이미지가 영 꽝인 것 같아. 사장이 밥 사고 술 사고 하는 게 이상한 일이 되면 안 되는데. 이거 참……. 쯧쯔쯔." 헨리 유는 혀를 차며 딴전을 피면서 자신의 처신을 잠시 문제 삼더니, 다시 수혁의 눈을 정면으로 응시하며 말을 이어갔다. "사실 말이야. 내가 이 얘기를 자네에게 할까 말까 계속 생각 중이었어. 자넨, 제주테마파크에 꼭 필요한 사람이니까. 하지만 잠시 떠나 있게 될 수가 있어. 그걸 생각하면 자네 업무의 공백은 누가 메꿀 것이며, 정말 자네 외엔 대안이 없는 것인가 고민스럽기도 하고 그러네. 그리고……, 자네에게 위험한 일이 될 수도 있고, 그래서 말이야." 그는 말을 끊고 또 뭔가를 생각하는 눈치가 되었다.

"무슨 일입니까?" 수혁은 헨리 유의 말이 종잡을 수가 없어 걱정스러운 어조로 되물었다.

"그래. 이왕 말이 나왔으니 차근차근 얘기해 보지……." 헨리 유는 그간의 경과를 쭉 얘기하기 시작했다. 자신이 아는 것은 다 말해 주는 것 같았다. F Zone을 만드는 '더 스테이지 게이트'사의 배후가 어디라는 말부터 시작해서, 왜 제주테마파크에 F Zone을 만들 수밖에 없었나, F Zone의 시설은 뭘 하는 것인가, 지난번에 F Zone에서 일어난 일의 실상은 무엇이었나 등등을 쭉 나열하는데, 수혁은 너무 놀라서 입을 다물 수가 없을 지경이었다.

"……계획했던 대로 위장 연기 좀 피워 올리려고 했더니, 한국 국정원 요원이 대형 사고를 쳐 버렸어. 하지만, 그 성준모란 친구가 아니었으면, 난 F Zone에서 뭔 일이 벌어지고 있는지 전혀 몰랐을 거네. 따라서……, 어쩌면 말이야! 제주테마파크 개장하고 F Zone에 30만 달러씩 내고 입장한 전 세계 부호 중에 몇몇을, 공중으로 증발시켜 버리는 일이 발생할 수 있었던 거야! 이런 말도 안 되는 상황을 그 친구가 나에게 알려 준 거네! 난 지금 F Zone 생각만 해도 기분이 아찔해져!" 헨리 유는 말을 마치고 눈을 감으며 고개를 절레절레 흔들더니 오른손으로 자신의 이마를 만지작거렸다.

'아니, 그러면 이번에 이 난리가 난 게 다 사전에 계획된 대로 흘러간 결과였고, 예기치 못한 변수 때문에 일이 더 커진 것에 불과했다? 제주테마파크 비상장 주식들이 시장에 쏟아져 나오게 된 것도, 사실은 유 사장 맘 먹은 대로 진행된 결과고……. 정말! 사업이란 게 뭔지……. 이 헨리 유란 사람은 도대체 무슨 생각을 갖고 사는 사람일까?' 수혁은 기묘한 배신감 같은 게 느껴졌다. F Zone이란 것에 대해 제대로 된 정보가 지금까지 하나도 주어지지 않았고, 따라서 제주테마파크의 가장 내밀한 비밀은 건드려 볼 기회조차 자신에겐 전혀 없었다. 그렇게 외곽이나 맴돌아야 하는 저열한 처지면서도, 제 멋에 겨워 이리 뛰고 저리 뛰고 하며 맹목적인 헌신을 바쳐 왔던 것이다. 씁쓸한 느낌이었다. '내가 기획한 제주테마파크라는 게 도대체가 얼마만한 의미가 있는 일일까? 별 것도 아닌 걸 가지고 이 고생을 해왔나? 젠장, 어차피 이래도 좋고 저래도 좋은 일이었구만. F Zone에 비하면 말이다.'

헨리 유는 수혁의 표정을 살피더니 혼자하고 있는 생각을 눈치 챈 것 같았다. 눈매가 매서워지면서 느닷없이 한 마디를 첨가했다.

"하여튼, 자네를 보면 옛말이 생각나. 듣기 좋게 꾸미는 말과 보기 좋게 꾸미는 낯빛에는 인仁이 드물다고 말이네. 자네한텐 교언영색巧言令色이란 건 없어. 따라서 그런 점에선 내부에 인이 충만하다고 판단해도 되겠지. 속이 다 들여다보이니, 내가 자넬 믿는 것 같아."

"예?"

"어쨌든 좋아! 난 어쩔 수가 없어서 F Zone을 선택한 거였네. 제주도란 섬에 대규모 테마파크를 세우기 위한 투자 유치를 끌어 내려면, 입지 분석과 수요 예측만 가지고는 말이 먹히질 않아. 제대로 잘 만들어 보여 줘도 투자자란 인간들은 딴소리만 하거든. 짜릿한 그 무언가가 필요했네. 나로선 방법이 없었어." 말을 마친 헨리 유가 입을 얼마나 세게 다물었는지, 턱선이 얼굴 아래쪽에서 심하게 튀어나오며, 이빨이 딱하고 부딪치는 소리가 수혁에게까지 들릴 지경이었다. "그리고……, 자네가 내 입장이 되어 보면 이해할 수 있을 거야……. 그 F Zone에 대한 얘기를 내가 함부로 떠들 수가 없다네. 너무 여기저기 얽혀 있어. 이건 단순히 테마파크 하나 만드는 문제가 아니네. 정치적인 면도, 산업적인 면도, 한미간 정부 입장도, 하여튼 다 열거하기가 싫을 정도로 복잡하게 얽혀 있어. 게다가 아직 나도 다 몰라. 그 F Zone의 실체를 말이야. 알겠나, 미스터 한? 얼마나 웃기는 상황인지 아나? 나도 마음 졸이고 살아왔다네! 그 F Zone이란 것 때문에 말이야! 괜히 일을 만들었다고 후회한 것도 여러 번이야. 결국, 지금도 또 골치 썩이고 후회하고 있지." 헨리 유는 말을 마치더니, 자신의 잔에 반쯤 남아 있던 소주를 단숨에 다 마셔 버렸다.

수혁은 아무 말도 하지 않고 헨리 유만 쳐다보았다. 그의 말을 듣자 마음속에 배신감은 조금 사라지며 다른 심란한 생각들이 가득 채워지기 시작했다. '뭐……, 어차피 그 F Zone이라는 게 괴물일 줄 알았지만, 이건 생각보다 정말 심각하군. 사람이 죽은 건지 사라진 건지 그것도 알 수 없게 공중분해 돼 버리는 테마파크 놀이 시설이라……. 참! 나 원 정말! 그건 그렇고 이젠 어쩐다?'

"사장님. 상황을 알았으니, 어쨌든 해결은 해야 할 것 아닙니까?"

수혁이 불쑥 말을 뱉자, 약간 고개를 숙이고 생각에 잠겨 있던 헨리 유는 이마에 주름살을 만들며 두 눈으로 수혁을 바라보는데, 거기엔 상관으로서 위엄을 과시하기 위한 투사는 전혀 없이 조용한 호소 같은 감정이 담겨 있었다.

"이게 또 쉽지가 않네. 내가 이번에 F Zone 사고를 만들려 하고 제주테마파크가 위험 상황에 빠진 것처럼 연출하고 했던 것은, 테마파크에 대한 나의 경영권을 재확립하려는 데에도 목적이 있지만, 진짜 이유는 다른 데에 있네. F Zone에 대한 통제권을 가지려고 했던 거야. 걔네들 내 말 안 들어. 그래서 날 의식하도록 만들려 했었지. 일정 부분 성공한 면도 있다네. 하지만 지금도 수월치가 않아."

"네에. 그래서……?"

"F Zone에 앉아 있는 그 친구들이 지금 해결한다고 말로 떠들기는 하는데, 가만히 보면 명확치가 않아. 걔네들도 혼란 상태인 건 확실해. 옆에서 지켜볼 사람이 필요해. 내가 정말 믿을 수 있는 사람으로 말이야. 솔직히 말해 난 자넬 생각하고 있는데, 자넨 어떤가? 지금만큼은 편안히 얘기하라고. 회사 내에서 자네 위치도 있고, 나도 사실 자넬 그 F Zone에 처박아 놓고 싶진 않으니까. 나도 잘 모르겠어."

"제가 F Zone에 가서 할 일은 뭐가 있나요?"

"뭐든지. 우선 F Zone에서 하는 일에 대한 브리핑을 받게 되겠지. 이번 사건 때문에 '더 스테이지 게이트 컴퍼니'—펜타곤 패거리이긴 하지만 그렇게 불러 주자고—그 친구들도 나한테 약점 잡혀 내 요구를 들어주게 됐으니 얻은 것도 있어. 자넨 전체적인 상황을 파악한 후에, F Zone의 '켈라'라는 곳에서 일어나는 일들을 나에게 보고해야 돼. 그 '켈라'에서 30만 달러짜리 입장객이 멋진 어드벤처를 즐길 예정이거든. 뭐……, 지금은 그 어드벤처라는 게 사람이 사라져 버리는 상황이라서 문제이긴 하네만……. 진짜로 돌아가는 꼴을 보고 사태 파악을 하란 말이지. 걔네들은 어떻게 하든지 나한테 숨기려고만 하니, 사실 그대로를 파악해서 내게 알려 줘야 되네. 그래야지 나도 어떠한 식으로든 준비를 할 게 아닌가? 정 안 되겠으면 폐쇄를 시키든지……, 뭐 아니면…….” 말꼬리를 흐리는 헨리 유였다.

“일종의 견학이로군요? 스파이 역할을 종종 하면서 말이죠.”

“그렇게 생각하면 맘이 편하긴 할 거네…….”

헨리 유는 말을 끝낸 후 허탈한 얼굴로 피식 웃는데, 이상하게 친밀감이 느껴져 수혁도 덩달아 웃고 말았다.

“하하하. F Zone이라……. 뭐, 무관심한 건 아닙니다만…….”

“자넨 지금 어때? 자네가 제주테마파크에서 빠져도 일이 돌아가겠어?”

“배종삼 차장이 있으니까, 건설 쪽으로 지금 마무리되어 가는 거야 문제될 건 없다고 생각하는데, 그다음이 문제죠, 뭐. 지금부터는 각 존들의 프로그램 구성 작업들을 봐줘야 하는데……. 어떨지 모르겠네요. 내버려 두면 꼭 말썽은 생깁니다.”

“그렇지. 하드웨어야 완료 시점이니까 그렇다 하더라도 소프트웨어 쪽은 정말 문제겠구만. 지금 한창 만들고 있는 거니까. 휴우.” 헨리 유는 한숨을 내쉬었다.

“예. 그렇습니다.”

헨리 유는 인상을 찌푸리며 혼자서 생각에 잠시 잠기더니 자신의 판단을 말하기 시작했다.

“두세 달이면 어떻게든 판가름 안 나겠나? 그사이는 마크 페린에게 잘 좀 보살피라고 압력을 넣고 하면서 버텨 봐야지. 두세 달이면 될 거야. 정 안 되겠으면 파크 오픈 날짜를 늦춰야지. 내년 3월이 목표였으니까, 5월 정도로 늦추게 돼도 괜찮지 않을까? 자네가 F Zone에서 일을 해결하고 복귀하면 다시 시작한다는 각오로 말이네."

"그런 방법도 가능하지요."

"그리고, F Zone에 있으면서 꼭 해결해야 될 여기 일이 있으면……. 아냐……. 아니네. 그러긴 힘들 거야. 우선 그 친구들이 그걸 허락하지 않을 거네. 보안 사항에 위배된다고 하면서 말이지."

"그렇게 삼엄합니까?"

"그럼. 이건 최고 기밀 사항이네. 걔네들도 목숨 걸고 하는 식이야. 들인 돈이 얼만가?" 말을 한 뒤, 갑자기 시무룩해지는 헨리 유였다. "나도 F Zone이 해결 안 나면 사실상 끝장나는 꼴이네. 그래서 자네에게 부탁하는 거야. 제주테마파크에 대해 가장 잘 이해하고 있고, 판단력이 있고, F Zone 친구들에게 요구할 걸 할 수 있는 똑똑한 친구, 그리고 무엇보다도 내가 신뢰할 수 있는 사람이 필요하거든. 아무나 F Zone에 박아 놓는다고 해결될 거라고 생각이 되질 않네. 또한……." 헨리 유는 말꼬리를 흐렸다.

"또한? 뭔지 말씀하시지요."

"어쩌면, 위험할 수도 있어. 사람 목숨이 걸린 문제가 돼 버렸잖은가? 테스트에 참가해야 될지도 몰라. 직접 체험하는 것 외에는 그게 어떤 건지 알 수가 없지 않은가?"

수혁은 헨리 유가 자신의 생명을 요구하고 있다는 생각이 들었다. '오늘 이 말이 하고 싶어서 이 양반이 지금까지 뜸을 들였군.' 자신이 헨리 유를 만난 이래로, 이렇게 말하는 데 망설이는 모습을 본 적이 없다는 걸 갑자기 깨달았다.

"한 번……, 해볼 텐가?" 헨리 유는 정면으로 수혁의 눈을 주시하며, 속생각에 혼자 골몰한 그에게 조용히 목소리를 낮추어 질문을 던졌다.

"글쎄요……." 수혁은 잠시 고개를 들어 허공을 쳐다보며 확답을 피했다. 헨리 유는 그런 수혁의 모습을 가만히 지켜보기만 하였다. '그렇게 사장이 비양심적인 건 아니야. 어쨌든 위험 요소는 미리 다 얘기하고 있질 않은가.' 수혁은 좋게 생각하려고 애를 썼다. '여기서 내가 회피할 수가 있을까? 사장이 저렇게까지 얘기하는데 모른 척할 수도 없고……. 어쨌거나 골머리 아프구나.' 하며 수혁은 상념에 잠겨 있다가 가슴속에서 슬며시 호기심 비슷한 감정이 솟아오르는 걸 느꼈다. 'F Zone 가보고 싶기도 해! 그게 뭔지 너는 알고 싶어 바다를 쳐다보곤 했잖아!' 갑자기 미란의 모습이 머릿속에 아련히 서글프게 떠올랐다. 가슴속에 미란에 대한 그리움이 꽉 들어차며 짓눌린 듯한 우울한 기분이 수혁을 사로잡았다. 그러자, 미란을 떠올린 이유를 속으로 파악하기도 전에 곧바로 그를 몰아간 다음의 감정은, 지금의 반복적인 이 생활에서 벗어나고 싶다는 욕망이었다. '여기서의 일이 이젠 지루해! 뻔하잖아! 모든 게! 어차피 굴러가게 되어 있을 뿐인데…….'

수혁은 단숨에 말을 뱉어 버렸다.

"가겠습니다. 제가."

"고맙네. 미스터 한." 헨리 유는 고개를 끄덕거리며 '이젠 됐다.'는 안심하는 듯한 표정을 지었다.

수혁은 헨리 유가 자신에게 고맙다는 말을 한 게 처음이란 생각이 들었다. '내가 안 간다는 말을 했으면 어땠을라나?'

"자네 혼자 거기서 모든 걸 감내하라고 하진 않아! 동료가 있을 것이네." 헨리 유는 말을 꺼내 놓고 갑자기 생색이라도 갑자기 낸 것처럼 멋쩍게 느껴지는지 입술을 굳게 다물었다.

"누군데요?"

"성준모 중사. 이번에 사고 친 친구. 대한민국 공군 CCT 대원. 특수부대원이지."

"아아! 그 친구요?"

"그래. 이번에 옷 벗게 됐어. 사고 친 거에 비하면 엄청난 선처지. 하긴 선처해 줄 만해. 그동안 국가를 위해 세운 공훈들도 그렇고……. 아무도 그 친구에게 잘못했다고 말할 수 없네. 내가 봐도 합리적인 동시에 용감하게 사고쳤더라고. 그게 참 맘에 들더군. 나도 국방부에 말을 넣고 힘 좀 썼네. 난 그 친구를 여기 제주테마파크에 데려오려고 해."

"보안 책임자로 말입니까?" 수혁은 데려온다는 이유가 감이 잡혔다.

"맞네. 꼭 필요한 친구야. 어차피 마땅한 인물을 고르던 찬데, 잘됐어. 그 친구가 F Zone과 여기서 2년도 넘게 언더커버로 있었잖아. 여기 사정 훤해. 게다가 그 공군 CCT 대원이란 게 안 해본 훈련이 없는 소수정예 군인들이야. 문무文武도 겸해야 하고 고난이도 테스트 과정들을 거쳐야 만들어지더라고. 실전 경험도 풍부하고 말이네. 게다가 국정원 요원 일도 했잖아. 보안 책임자로 그 이상 가는 적임자가 없네."

"그렇겠네요."

"그래. 그래서 일단 F Zone에 자네와 같이 있다가 해결되면 제주테마파크에서 보안 관계 일을 시작하게 해야지. 그 친구도 원해, F Zone에 다시 가길. 실종된 그 정창길 하사란 친구를 반드시 찾겠다고 하더라고. 동료애지."

"같이 계속 있었으니 동료애가 생길 만도 하겠습니다."

"F Zone에 잠입하기 전부터 같이 있었어. '오퍼레이션 나이트 고스트'라는 작전에도 같이 참여했었나 봐. 한-미 합동으로 북 와지리스탄이란 지역의 탈레반 축출 작전이 있었네. 그 작전 때부터 3년여의 세월 동안 생사고락을 같이 했으니 — 깊은 동료애? 아니 전우애라고 표현하는 게 더 어울리겠군 — 생각해 보면 당연한 거지. 그래도 그렇게까지 전우 구하겠다고 지 몸 안 사리고 사고 친 걸 보면 참 순진한 친구야. 나같이 닳고 닳은 사람 입장에서 보면, 뭐라고 해야 하나, 정말 신선하네! 정말 그래. 하하하. 참! 그 덕분에 나도 F Zone의 문제점을 알게 됐으니……, 세상 일이란 게 참 묘해."

말을 하면서 헨리 유는 입가에 미소를 계속 머금는데, 그 성준모란 친구에 대해 상당한 호감을 표시하고 있었다. 수혁도 그런 친구하고 F Zone에 같이 있게 된다고 생각하니 나쁠 것 없겠다는 생각이 들었다. '사람 됨됨이는 괜찮은 모양이군. 눈알 굴리면서 잔대가리만 돌리는 놈들보다야 훨씬 낫겠구만. 그나마 다행이다.'

"잘됐네요. 저도 좋습니다."

"그렇지?" 무게감을 가지고 진지하게 되묻는 헨리 유의 얼굴엔 순간, '그래도 내가 니 생각 많이 한다.'는 식의 군주로서의 위엄이 어렸다.

"예. 그렇습니다." 수혁은 얼른 긍정의 답변을 내놓으며 고개를 끄덕거렸다.

"그 F Zone에 가면 말이야. 알렉산더 스티븐슨 대령이란 사람을 만나게 될 거야. 그 친구하고 좀 친해 봐. '오퍼레이션 나이트 고스트'의 총책임자였고, 그래서 성준모 중사하고도 잘 알던 사이더군. 이번 일 터지니까 펜타곤에서 급히 파견시켰는데, 그 친구 덕분에 성준모 문제도 수월히 풀린 부분이 많아. 한때 자기하고 작전 같이 한 부하에 대해 의리 같은 게 있더군. 사람이 생긴 것도 그렇고, 그냥 남자야. 카우보이야. 도움이 될 거네. 알았나?"

"알겠습니다." 수혁은 갑자기 자기 주변에 군인들만 득시글거리게 됐다는 생각이 들었다. '정말 일이 묘하게 돌아간다! 저놈의 F Zone이란 게 뭔지……, 내 인생 이거 어떻게 돼 가는 거야?'

"그리고 F Zone의 총관리자로 에드윈 드레이크란 놈이 있네. 뱀같이 냉정하고 교활한 놈이야. 그놈이 하는 말은 곧이 곧대로 믿어서는 절대로 안 되네. 그렇지만 표면적인 관계는 우호적으로 해야 돼. 적 만들면 안 돼."

"예에……."

"나도 그놈하고 잘 지내 보려고 했지만, 마음 먹은 대로 되진 않더군. 하지만 자넨 잘해야 돼. 알았나? 나는 그럴 필요도 있지만, 자넨 어쨌든 거기 가면 약자야. 자길 지킬 필요가 있네."

"알겠습니다." 수혁은 헨리 유의 말을 긴장하며 들어야 했다. 걱정스러워서 하는 충고임에는 틀림없었다.

“서두르면 안 돼. 절대로 원투 스트레이트를 먼저 날리지 말라고. 항상 빙빙 돌면서 로프에 기대 있다가, 지쳐 간다 싶으면 때를 봐서 카운터 펀치를 먹이란 말이야. 알았어?”

“예.”

헨리 유는 물끄러미 수혁을 지켜보았다. 거기엔 군주로서의 냉정과 인생 스승으로서의 배려가 복잡하게 얽혀 있는 표정이 있었다. 두 사람 사이에는 잠시 침묵이 흘렀다.

“이제, 돌아갈까? 주인장에게 부탁해서 대리 운전 기사를 부르자.” 헨리 유는 불쑥 말을 꺼냈다. 돌아갈 때도 된 것이 밤 10시가 넘어가고 있었다.

“전, 여기 좀 더 있다 가고 싶습니다. 좀 걷고 싶어요. 나중에 버스 타고 돌아가지요.” 수혁은 생각을 정리하고 싶었다. 지금 헨리 유하고 떨어져 있고 싶은 게 솔직한 마음이었다.

“알았어. 그렇게 하라고.” 헨리 유는 별다른 의의擬議를 달지 않고 승낙하더니, 모하비로 가서 서류 봉투 하나를 들고 왔다.

“집에 가면 꼭 읽어 보게나. F Zone에 관한 기록일세. 나도 이 문서 전체를 최근에야 다 읽어 볼 수 있었다네.” 헨리 유는 말을 끊고 잠시 수혁의 두 눈을 응시하더니 압력을 가하는 목소리로 한 마디 덧붙였다.

“다른 사람 눈에 뜨이거나 분실하면 절대로 안 되네!”

수혁이 받아 들고 보니 누렇고 평범한 서류 봉투에 불과했고, 무게도 그다지 묵직하지 않아 그 속에 무슨 내용의 서류가 들어 있을지는 감도 잡히지 않았다.

38

전체가 환해졌다. 3백만 평방미터를 자랑하는 '켈라-A'의 내부가, 하늘의 별처럼 빛나고 있는 조명 불빛들로 인해 대낮처럼 환해졌다. 어둡기만 하던 '켈라-A'가 환해지자, 한 세계가 그곳에 세워져 있었다. 어딘가 인간적이지 않은, 그걸 넘어선 상태라고 묘사해도 전혀 어색하지 않은, 그런 광경이었다. 밤 10시가 넘어가는 시각이라, 두 곳의 '켈라'에서 일하는 작업자들은 한 명도 보이지 않았다.

"여기가 어디요?"

"페루의 쿠즈코Cuzco, 삭사이우아만Saqsaywaman 성채입니다."

인간이 쌓아 올렸다고는 도저히 믿기지 않는 크기의 거석巨石들이, 밑에서 지금 쳐다보며 대화하고 있는 두 사람에게 경외감을 불러일으키며, '켈라-A' 내부에서 자신들의 존재감을 장대하게 드러내는 중이었다. 공중에서 내려다보면, 지그재그 모양의 톱니 같은 선을 이루며 마치 맹수의 연속된 송곳니와 같은 느낌으로 쌓여진 성채였다. 한 성벽이 완성되면 뒤로 후퇴하여 또 한 성벽이 그 위에 올라가는 형식으로, 완만한 경사를 전체적으로 이루면서 삼단三段으로 차곡차곡 포개어져 있었다. '켈라-A' 건물의 제로Zero 높이 바닥에서 120미터 올라온 지점에 두 사람은 서 있었고, 이 120미터 높이에서 새롭게 시작되는 성벽들의 연속된 결합 총 높이는, 두 사람이 서 있는 지점에서 얼핏 올려다보면, '켈라-A' 저편으로, 150미터 높이의 천장에 '아슬아슬하게 닿지 않을까?' 하는 걱정스러운 느낌마저 만들고 있어, 경외감에 짓눌린 그들의 마음에 왜곡된 착시 현상의 불안감마저 안겨 주는 참이었다.

"한 달 동안 완성한 거요?"

"그렇지요. 이 성채뿐만이 아니고, 성채 정상의 태양의 신전, 물의 신전, 성채 전체를 아우르는 경사진 구릉지 지형과 그 밑으로 펼쳐지는 고원 지대의 평야와 도시 일부 지역, 성채 내부의 비밀 통로와 밀실들, 그리고……, 성채 밑으로 오시레이온Osireion까지 같이 들어서 있지요."

"오시레이온은 또 뭡니까?"

"그것도 거석 문명의 또 다른 본보기라 할 수 있는 겁니다. 오시레이온은 이집트 고대 유적입니다. '켈라-A'에서 벌어지는 첫 번째 모험 참가자가 거석 문명 애호가라 그렇게 됐습니다. 이 제주테마파크 투자자 중 한 사람이지요. 실버먼 글로우브Silverman Globe의 버트런드 러스킨Bertrand Ruskin 회장이라고, 한마디로 말해서 그 세계의 실력자입니다. 자기 가족들 데리고 같이 구경하겠다고 하면서 1일 입장료 50만 달러를 냈습니다. 이틀 예정이니 100만 달러지요. 제1호 참가자이고 본격적으로 오픈하기 전 리허설에 해당할 뿐이라, 우리들도 조금 할인해 줬지요. 계산대로라면 정확히 하루에 55만 달러여야 하는데 말이죠."

'55만 달러'란 단어에 약간의 애석한 감정을 섞으며 답변하고 있는 드레이크의 얼굴을, 스티븐슨 대령은 액수의 크기에 놀랐는지 조금은 충격먹은 듯한 멍한 표정을 지으며 우두커니 바라보고 있었다. 드레이크는 스티븐슨 대령의 표정을 힐끗 쳐다본 뒤 어깨를 약간 으쓱하며 다시 말을 이어갔다.

"러스킨 회장만 하더라도, 이번 모험 한 번으로 끝낼 생각은 아닌 게 분명합니다. 아직 어떤 것인지 구경도 못해 봤으면서, 다음 번엔 스톤 헨지와 괴베클리 테페를 같이 경험할 수 있냐고 언질을 보내 온 정도예요. 이번 '켈라-A' 모험에 대한 한 달 예약분이 벌써부터 밀려 들어오고 있습니다. 아직까진 비공개 원칙이 철저히 지켜지고 있고, 뒤로 알음알음 알아서 부호들이 청탁하다시피 하는 상황인데도 그래요. 앞으로 신청자들의 요구를 오픈해서 받기 시작하면, 향후 몇 년 동안의 스케줄 정도는 쉽게 소화되리라 생각합니다. 이 정도면, 우리의 사업성이 어떨지 감이 오지 않습니까?"

드레이크는 자랑과 자신감을 슬쩍 내비치며 말을 끝냈다. 그러나 스티븐슨 대령은 드레이크의 분위기에 쉽게 휩쓸리지를 않고서, 걱정스러운 낯빛으로 삭사이우아만 성채를 바라보다가 한 마디 툭 던졌다.

"글쎄요. 사업성은 그렇다 해도……, 어쨌든, '켈라-B' 문제는 어떻게 해결할 거요?"

대령의 말에 흘낏 그의 얼굴을 쳐다보다 외면하듯이 고개를 돌리며, 성채 아래 언덕을 내려가는 드레이크였다. 그런 모습을 보면서 스티븐슨 대령은 눈살을 찌푸렸다. 그는 드레이크의 뒤를 좇아갔다.

"뭐라고 말을 해봐요. 미스터 드레이크."

스티븐슨 대령의 한 마디에, 걸어가다 곧바로 뒤를 돌아보면서 대령을 노려보다시피 하며 소리치는 드레이크였다.

"당연히! 당연히 해결해야겠지요!! 스티븐슨 대령!! 우리가 여기에 얼마를 퍼부었는지 당신은 압니까? 천문학적인 액수예요! 이 인공섬을 짓는데만 140억 달러가 날라갔다구요! 알겠습니까? 140억 달러란 막대한 금액이요. 140억 달러짜리 인공섬 위에, '켈라' 시스템에 필요한 시설들을 짓느라 들어간 비용은 더 이상 말하기도 싫을 정도요! 그런데, 해결 안 하고 그냥 넘어갈 수 있을 것 같습니까? 지금 저 '켈라-B'에 세워져 있는 것이야말로, 우리를 여기 제주도 앞바다에까지 몰아세운, 바로 그놈이란 말입니다. 저게 해결이 나야 해요! 지금 사업성이 어떻고 하는 얘기들은, 솔직히 말해 다 윈도우 드레싱(빛 좋은 개살구) 같은 말들이오! 그저 인건비하고 유지 비용 뽑아 먹을려고 하는 거요. 사실은 '켈라-B'가 해결이 나 줘야 여기 온 목적이 이뤄지는 겁니다. 그런데, 또 말썽이 생겼어요! 그런 상황입니다. 알겠습니까? 스티븐슨 대령! 지금 상황을 이해하겠습니까? 내 입장이 어떤지 감이 와요?"

"……." 대령은 드레이크의 태도에 짙게 눈살을 찌푸릴 뿐, 묵묵부답默默不答으로 잠자코 서 있기만 했다. 한 번 쏟아진 말, 주워 담을 필요는 전혀 없다는 확신 속에 사는 양, 드레이크는 거침없이 계속 쏟아 냈다.

"사람이 사라졌다? 그게 문제인 줄 압니까? 그건 문제가 아니요! 문제는 우리가 아무리 별 난리를 다 쳐봐도 원인을 잘 모른다는 겁니다! 테마파크 그랜드 오픈Grand Open 시점, 그러니까 앞으로 9개월 후 정도까지의 시간이면 연구를 어느 정도 마무리지을 수 있을 것이라 처음엔 예상했는데, 지금 돌아가는 상황을 봐선 어떨지 모르겠습니다. 그런 상황이요! 알겠습니까?" 드레이크는 말을 마친 뒤, 고개를 돌리고 다시 언덕을 내려갔다. 스티븐슨 대령은 그의 뒤를 쫓아가며 말을 걸었다.

"그때까지 해결 안 나면 어떻게 하려고 마음먹고 있는 거요?"

"일단 보류하고 때를 기다려야지요. 일단 '켈라' 두 곳을 연거푸 돌리는 게 중요하니까요. 시스템을 안착시킬려면 말이지요. 그때까진 테마파크 놀이 시설로 조용히 살아가야지요." 드레이크는 앞만 바라보면서 대령을 쳐다볼 생각도 안 하고 대답할 뿐이었다.

"그런 후엔?" 대령은 집요할 정도로 따라 붙으며 계속 질문을 던졌다.

"연구를 다시 시작하는 겁니다." 무심한 드레이크의 답변이다.

"'켈라-B'에서 벌어진 일이 또 일어나면……, 그땐 무슨 수로 사태를 진정시킬 거요? 그때 공중에서 증발할 인물은, 세계적인 부호나 명망 있는 자들일 텐데……, 정말 한심한 얘기로구만."

스티븐슨 대령의 비꼬는 듯한 말이 끝나자 효과가 있었는지, 가던 발걸음을 멈춘 드레이크는 양복 바지주머니에 두 손을 찔러 넣은 뒤 대령의 얼굴을 주시하며 답변했다.

"지난번에 일어난 한국인 스파이 증발 사건은, 지금 '켈라-B'에 세워 놓은 것 때문에 벌어진 국한된 사고로 보고 있습니다. '다른 장소'였다면, 그런 일은 생기지 않았을 거라 여겨집니다. 아시겠어요?"

"자신 있소? 테마파크 놀이 시설로 100퍼센트 안전할 거라고?" 스티븐슨 대령의 어이없어 하는 얼굴 표정과 때를 같이 하여 나온 그의 질문이었다.

"……." 드레이크는 아무 말도 하지 않고 대령을 노려보고만 있었다. 대령도 드레이크의 눈을 정시하며 내려다보면서 계속 말을 하였다.

"어쨌든, 곧 있으면 성준모 중사와 헨리 유 사장이 개인적으로 보내는 사람, 두 명이 여기 F Zone으로 올 거요. 여기에 머물면서 계속 참관하기로 되었소. 알죠?"

"압니다."

"정보 공개를 어느 정도 할 거요? 그 사람들에게."

대령의 말이 끝나자, 그를 쳐다보던 드레이크의 얼굴에는 묘한 미소가 어리기 시작했다. 마치 '이 순진한 친구 같으니…….'라고 속으로 혀를 차며 한심해하는 듯한 웃음이랄까? 그런 실소를 입가에 걸고 있었다. 그러나 드레이크는 곧바로 미소를 지우며, 재빨리 정중한 표정으로 돌아와서 진실한 눈빛으로 간결히 대답했다.

"정보 공개? 해야지요, 당연히. 지금 상황에선 말입니다."

두 사람은 5백 미터가 넘는 거리를 서로 간에 아무 말도 하지 않고 걸어간 뒤, 세워져 있던 2인용 소형 전기차에 올라탔다. 전기차가 서 있는 곳은, 삭사이우아만 성채 전체를 머리 위에 이고 있는 비탈진 언덕 지형이 사라지고, '켈라-A'의 평탄한 맨바닥이 드러난 지역이었다. 전기차로 이동하여 '켈라-A' 내부를 벗어나 지휘 본부 건물 '타워'에 이르기까지, 두 사람 사이엔 전혀 대화가 오고 가지 않았다.

드레이크는 스티븐슨 대령과 복도에서 헤어진 뒤, 혼자서 복도 끝에 마련된 밀실로 들어갔다. 삼중의 출입 보안체제를 생체 인식 정보들과 보안 카드로 해제하는 성가신 작업을 마치자, 그는 불도 켜지 않고 어두운 방안에 한동안 앉아 있게 되었다. 완전한 고요가 이 순간 필요하다고 생각했는지, 드레이크는 미동도 하지 않고 의자에 앉아 있기만 했다. 20여 분 정도 자리에 앉아 있다가 천천히 일어난 드레이크는, 어둠 속에서 허공의 한 곳을 노려보았다. 노려본 방향으로 걸어가 밀실 벽체 한 곳을 만지작거리자, 벽체 전체에 감시 카메라에서 보내 온 영상들이 투영되기 시작했다. F Zone 각 지역에서 보내 온 여러 영상들이었다. 그중 몇몇 영상을 골라 오른손으로 가볍게 건드리고 양손으로 영상의 크기를 조절하니 다시 영상이 확대되며 4개의 영상으로 전체 스크린의 내용이 조합되었다. 모두 '켈라-A'와 '켈라-B' 내부를 찍은 영상들이었다. 작업이 이루어지지 않고 있는 '켈라'의 현재 상태로서, 조명은 꺼져 있어 어둡기만 하고 아무것도 보이지 않는 동영상을, 드레이크는 물끄러미 한동안 바라볼밖에 다른 행동은 하지 않았다.

감시 카메라의 거친 동영상 화질 덕분에 생겨난 주사선의 잔상 패턴들이, 희미한 빛의 얼룩을 밀실 전체에 퍼트리고 있었다. 이윽고, 드레이크는 그 얼룩들의 희미한 빛에 의지하여, 방안 한가운데에 위치하고 있던 원형 테이블을 들어 거칠게 옆으로 밀어 버리곤, 자세를 낮추어 엎드리고 앉아, 테이블을 치우자 밀실 바닥에 나타난 전자 자물쇠의 키판을 오른손 검지로 두들겼다. 그다음의 상황은, 소형 금고의 잠금 도어가 바닥 표면에 누워서 붙어 있다가, 순간 열렸다 해야 할 것이다.

원형의 두꺼운 철판이 미끄러지듯이 옆으로 움직였고, 이어서 밀실 바닥엔 원통형으로 움푹 패인 곳이 드러났다. 드레이크는 조금 머뭇거리다 오른손을 집어넣고는, 마치 어항에라도 손을 넣은 듯 휘저어 댔다. 잠시 후, 오른손엔 액체라도 묻었는지 기름 방울 같은 것이 뚝뚝 떨어지는 상태 그대로 주먹을 꽉 움켜지고, 무엇인가를 놓칠세라 두려워하듯이 앉은 자세 그대로 미동도 하지 않는 드레이크였다. 한동안 가만히 앉아 있다가 그는 그 자세 그대로 자리에서 일어나, 희미하게 빛 무리를 실내에 투영하고 있는 '켈라-A'와 '켈라-B' 동영상의 거칠게 물결치는 잔상 패턴에 의지하여, 오른손에 쥔 물체를 눈으로 확인하려 했다. 너무 어두워 확인이 잘 되지 않는 듯 고개를 잠깐 갸웃하더니, 밀실의 조명을 밝힐 생각은 하지 않고, 벽체에 다가가 동영상의 메뉴를 왼손으로 터치-조작하였다. 바뀐 장면은 4월 20일 밤에 '켈라-B'에서 일어났던 성준모의 사건 상황 기록이었다. 어두운 암흑만 보이던 동영상이 밝은 빛의 출몰로 갑자기 하얗게 백열하며 말려들어가자, 어두웠던 밀실 전체도 덩달아 환하게 밝아졌고, 드레이크의 오른손에 쥐어진 조그만 물체의 표면 역시, 붉게 타오르는 듯한 미묘한 반짝임이 시작되었다. 드레이크는 안경을 벗더니, 오른손을 들어 물체를 자신의 눈앞으로 가져왔다. 빨갛게 타오르는 빛을 반사하는 물체를 정신없이 쳐다보는 드레이크의 보라색 눈도, 덩달아 붉은 기가 더해졌다.

드레이크는 손에 쥔 물체와 백색의 빛으로 뒤덮인 '켈라-B'의 영상 기록을 연이어 바라보았다. 그는 갑자기 신음하듯이 한 마디를 내뱉었다.

"넌, 도대체 뭐냐!"

39

모습포항에서부터 줄곧 버스에 실려 온 수혁이다. 버스에 내린 후 걸어서 숙소인 오피스텔에 도착할 때가 밤 12시가 넘어가는 시점이었다. 하루의 일과(저녁을 먹으며 헨리 유하고 나눈 대화 내용이 그를 파김치로 만들었다)를 생각하니 피곤하다는 느낌이 몸 전신으로 젖어 오고 있었다. 오피스텔 현관문을 열자, 곧바로 침대에 가서 쓰러지고 싶은 생각이 굴뚝 같았지만, 손에 든 누런 종이 봉투를 새삼 의식하는 순간 읽고 자야 한다는 압박감에 사로잡혀 버렸다. 수혁은 단단히 테이프로 밀봉되어 있는 봉투를 개봉하고, 속에 든 서류를 꺼내 거실 소파에 드러누워 첫 장부터 살펴보았다.

서류는 영문으로 되어 있는 복사본이었는데, 흘낏 보자마자 눈에 이색적으로 들어오는 면모들이 있었다. 우선, 알파벳 대문자들로 이루어진 축약어(Abbreviation, Acronyms)로, 인명人名의 직책職責이나 여러 단어가 연결된 개념들을 나타낸 경우가 많아, 내용 파악이 아주 힘들겠다는 것이 처음 본 느낌이었다. 게다가 서류 묶음을 뒤로 휘리릭 넘기며 대충 훑으니, 검은색 마킹Marking으로 문장을 지웠거나 문단 자체

ULTRA - TOP SECRET / EYES ONLY

Information Paper

MEMORANDUM FOR OPLANOTW THE STAGE GATE

SUBJECT : OPLANOTW 'THE STAGE GATE' ;

- OPLAN 'F Zone' ;

- OPLAN 'KELLA' ;

FM : SECDEF Robert M. Gates.

TO : Chairman of P.B. Holdings, Isaac E. Stiglitz.

U L T R A T O P S E C R E T F I L E / DoD HR3245

This report, composed of duplicate files, is comprised of an Executive Summary and individually described Reports. These duplicate files in this report should be compelled to designate access authority for specifically restricted to only two men, the Secretary of Defence(SECDEF), essential informant and the chairman of P.B. Holdings, the information recipient.

-It should be compelled only under the Secure Access Control System(SACS)-1.
-It should be compelled through EYES ONLY control.

WARNING

ULTRA TOP SECRET-EYES ONLY document containing compartmental information essential to the national security of the United States within the meaning of the espionage laws on U.S. Code Title 18, Sections 793 and 794. It is strictly for EYES ONLY control. It is strictly forbidden to be handled by anyone other than those who are authorized with the Security Clearance of SACS-1. Any examination or use without any authorized permission is strictly prohibited and punished by U.S. Code.

Attachment: **CJT428358CS**
As stated **21 NOV 08**

. . . .

ULTRA - TOP SECRET / EYES ONLY

(본 흑백 삽화의 컬러원도가 책 앞머리의 면지 컬러 삽화들 중 하나로 있습니다)

U-TS

ULTRA-TOP SECRET
ULTRA-TOP SECRET
EYES ONLY

SPECIAL

NATIONAL INTELLIGENCE ESTIMATE

NUMBER 24 - 7 - 69

MEMORANDUM FOR OPLANOTW THE STAGE GATE

Submitted by the

THE SECRETARY OF DEFENSE

The Following organization participated in the preparation of this estimate : the Department of Defense(DoD)-Affiliated Organization, the Intelligence Agency of U.S. Department of State, The Joint Staff, Future Resources Forecasting Center(FRFC), FRFC -Affiliated Human Activity Mechanics Institute(HAMI), and Aerospace Environmental Support Center(AESC).

Concurred In by the

INTELLIGENCE ADVISORY COMMITTEE

There was a concurrence among the Special Assistants and the Assistant Chiefs of Staff of the following organizations on October 2, 2008 ; Defense Advanced Research Projects Agency(DARPA), Defence Contract Management Agency(DCMA), Defence Finance And Accounting Service(DFAS), Defence Intelligence Agency(DIA), Defence Security Service (DSS), National Security Agency(NSA) and North American Aerospace Defence Command (NORAD) under the command of DoD, Economics, Energy & Environment, Arms Control & International Security under the command of Department of States.

ULTRA-TOP SECRET

U-TS

ULTRA-TOP SECRET EYES ONLY

ULTRA-TOP SECRET

SACS-1 DISSEMINATION NOTICE

1. This estimate was disseminated by DoD. This copy version of the original is for the information and use of the recipient indicated on the front cover and of people under the jurisdiction on a need to know basis. Single exception with regards to access will be officials who have obtained permission as a designated recipient from the Secretary of Defense(SECDEF). Other than personnel stated above, dissemination and use of this document is strongly prohibited.

2. Dissemination using the Secret Internet Protocol Router Network Distribution (SIPDIS) is strongly prohibited in any case. Face to face delivery of the document to agents who require information from departments under the judicial power, or to designated recipients should only take place in the presence of the DoD official stated in the previous chapter.

3. Recipient of this document should make note this document is for EYES ONLY. Making photocopies, carrying it out of premise, disclosure and use without permission, and any similar actions of these kinds are strongly prohibited.

4. The possibility of exposure of this estimate after one year should be taken into consideration. At the end of the year, copies of this estimate should be returned to DoD and immediately destroyed.

warning

This document contains classified information affecting the National Security of United States within the meaning of the espionage laws U.S. Code Title 18, Sections 793 and 794. The law prohibits its transmission or the revelation of its contents in any manner to an unauthorized person, as well as its use in any manner prejudicial to the safety or interest of the United States or for the benefit of any foreign government to the detriment of the United States. It is to be seen only by personnel especially indoctrinated and authorized to receive SACS-1 information. Its security must be maintained in accordance with SACS-1 regulations.

DISTRIBUTION

The President
The Secretary of States
The Director of National Intelligence
The Director of Central Intelligence Agency

ULTRA-TOP SECRET

를 날려 버린 부분이, 군데군데에 시커멓게 보기 싫은 자국을 만들고 있었다. 보안 유지를 위한 처리 방법이다. 서류 용지의 첫 장만은 노란색 용지였고 원본을 복사 인쇄한 것이 아닌, 워드로 작성된 문서 파일 자체를 프린터로 출력한 것이었다. 복사면의 상태에 따라 농담이 불규칙하게 변화하는 복사본 특유의 거친 맛 없이, 모든 면이 균일하게 밝은 노란색 바탕에 글자들이 까맣게 일정한 톤으로 인쇄되어 있었고, 용지의 특정 자리를 강조하고 있는 경고 섞인 빨간색 글자도 적게나마 섞여 있어 이색적이었다. 첫 장 이외에 나머지 문서들은 복사 인쇄한 것들이었다. 검정 글자들이 트릿하게 복사 인쇄되어 있는 종이의 최상단부 오른쪽 빈 곳으로, 원본 종이에 펀칭기로 구멍을 뚫어 모양을 만든 것이 틀림없어 보이는 조그마한 글자가 보였다. 이 글자들은 모든 복사 문서마다 동일한 위치에 있었는데, 복사 상태가 약간의 음영이 문자 획 바로 옆에 붙어 나가 입체감(복사기의 빛이 뚫린 구멍들로 만들어진 글자들을 통과할 때, 글자의 획들과 함께 복제되는 실제의 종이 두께)을 만들며 자연스레 나타난 것이, 원본 서류 종이 평면에 인쇄되어 있는 글자를 복사한 것이 아니란 점을 분명히 보여 주었다. 펀칭기로 만든 구멍들의 모양은, 세 가지 알파벳 대문자의 조합으로 이루어져 있었다. 'U-TS'였다. 그리고 종이 상단부 중심에는, 원본은 어떤 색깔일지 알 수 없지만 검정은 아닌 것이 틀림없는 커다란 글자들이—복사 상태가 까맣게 보이는 일반 글자들과는 달리 좀 흐릿했다—서류 넘길 때마다 동일하게 보였다. 서류를 한 장씩 넘기면서 스탬프 잉크로 찍은 것이 틀림없을 이 글자들의 조합은, 'ULTRA-TOP

SECRET'(초-일급비밀)와 'EYES ONLY'였다. 'EYES ONLY'. 아마도, 원본에 대한 복사 금지 조치를 말하거나, 복사본일 경우 눈으로 본 다음에 폐기하라고 압력을 넣는 경고인 것이 분명했다. 나아가, 어떤 상황이든지 눈으로 본 자는 침묵을 지켜야 한다고 강제하는 것일 수도 있고……. 그리고 펀칭기로 구멍을 뚫어 만든 글자 'U-TS'는, 'ULTRA-TOP SECRET'의 약자로서 보안 등급의 간략 표시라는 추정을 가능하게 했다. 서류의 첫인상이 고약했다. 알리고 싶지 않은 것을 마지못해 말한다는 느낌이 종이 자체에서 솔솔 피어오르고 있었다.

어쨌든, 수혁은 읽기 시작했다.

앞 표지

■ **안내문**

● 전쟁이 아닌 작전 계획(OPLANOTW)[9] '더 스테이지 게이트(THE STAGE GATE)'를 위한 제안

● 주제 : 전쟁이 아닌 작전 계획(OPLANOTW) '더 스테이지 게이트(THE STAGE GATE)'

- 작전 계획(OPLAN)[10] 'F Zone'
- 작전 계획(OPLAN) 'KELLA'

9 **OPLANOTW** Operation Plan Other Than War
10 **OPLAN** Operation Plan

● 발송인 : 국방장관(SECDEF)[11] 로버트 M. 게이츠

● 수취인 : 피젼블러드홀딩스 회장 아이작 E. 스티글리츠

● 초일급 비밀 문서 / 국방부(DoD)[12] HR3245

● 복제 파일들로 구성된 이 리포트는, 임원용 요약과 개인적으로 기술된 리포트들로 조직되어 있다. 본 리포트를 구성한 복제 자료들의 정보 접근 권한은, 정보 전달자 국방장관(SECDEF)과 정보 수여자 피젼블러드홀딩스 회장 2인으로 강제한다.

● 보안접근통제시스템-1(SACS-1)[13]의 통제하에서만 조정되어야 한다.

● EYES ONLY 통제를 통하여 조정되어야 한다.

● 경고 : 이 ULTRA TOP SECRET - EYES ONLY 문서는, 미합중국의 국가 보안 사항으로 구별되는 핵심적인 정보를 담고 있으며, 이에 따라 미합중국법 표제 18, 793조, 794조 항목에 의한 간첩취제법(The Espionage Law)에 적용됨. 이 자료는 눈으로 보는 행위만 허용됨. SACS-1의 기밀 문서 취급인가 규정을 소유한 자 이외의 취급을 엄중히 금함. 허가 없이 이를 검토하거나 사용하는 것은 엄격히 금지되며 미합중국법에 의해 처벌됨.

● CJT428358CS / 21 NOV 08

---

11 **SECDEF** Secretary of Defence

12 **DoD** The Department of Defence

13 **SACS-1** Secure Access Control System-1

1 페이지

■ 특별국가정보평가서(Special National Intelligence Estimate) / NUMBER 24-7-69

● 전쟁이 아닌 작전 계획(OPLANOTW) '더 스테이지 게이트(THE STAGE GATE)'를 위한 제안

● 제출자. 국방장관 : 이 평가서의 준비를 위해 다음과 같은 기관들의 참여가 있었다; 국방부(DoD) 산하 기관들과 국무부의 정보 기관들, 이에 따른 합동 참모들의 참여가 있었고, 또한 미래자원예측센터(FRFC)[14]와 그 산하 인간행동역학연구소(HAMI)[15], 항공우주환경지원센터(AESC)[16]의 참여로 이루어졌다.

● 동의자. 정보자문위원회(Intelligence Advisory Committee) : 2008년 10월 2일, 국방부(DoD) 예하 국방고등연구계획국(DARPA)[17], 국방경영계약국(DCMA)[18], 국방금융회계기관(DFAS)[19], 국방정보국(DIA)[20], 국방보안기관(DSS)[21], 국가안전보장국(NSA)[22], 북미항공우주방위사령부(NORAD)[23]

---

14 FRFC Future Resources Forecasting Center
15 HAMI Human Activity Mechanics Institute
16 AESI Aerospace Environmental Support Center
17 DARPA Defense Advenced Research Projects Agency
18 DCMA Defence Contract Management Agency
19 DFAS Defence Finance and Accounting Service
20 DIA Defence Intelligence Agency
21 DSS Defence Security Service
22 NSA National Security Agency
23 NORAD North American Aerospace Defense Command

의 특별보좌관(Special Assistant)과 국무부 예하 경제 · 자원 · 환경 참모부장, 그리고 군비 통제 · 국제안보 참모부장(The Assistant Chief of Staff)의 의견 일치를 보았다.

2 페이지

■ 보안접근통제시스템-1(SACS-1) 배포 공지 사항

1. 본 평가서는 국방부(DoD)에 의해 배포되었다. 원본에 대한 복사본은, 앞표지에 명시된 수취인과, 반드시 필요한 때 필수불가결한 내용만 제공하는 방식(On a need to know basis)의 정보 공여가 필요한 사법권 통제하에 있는 인사에 대한, 안내와 이용을 목적으로 한다. 국방장관(SECDEF)의 허가를 받은 정식으로 지명된 수취인의 이용에 대해선 유일한 예외 사항으로 허가한다. 그 외 어떠한 경우를 막론하고, 본 문서에 대한 배포 및 이용은 완전 금지된다.

2. 비화秘話 인터넷망 분배(SIPDIS)[24] 방식의 배포는 어떠한 경우를 막론하고 전면 금지한다. 사법권 관할 내에 존재하는 정부 부처 소속의 정보를 요구하는 요원과 정식으로 지명된 수취인에 대한 본 문서의 인편 전달은, 언제나 앞 장에 명기된 국방부(DoD)의 각 기관 담당자 중 1인의 입회하에 이루어져야 한다.

3. 이 문서를 수취한 자는 눈으로 보는 행위만 허용되며, 복사나 외부

24 SIPDIS Secret Internet Protocol Router Network Distribution

반출, 허가받지 않은 내용 발설 및 사용과 이와 유사한 어떠한 행위도 금지된다.

4. 1년이 초과하게 되면, 본 평가서의 내용이 외부에 알려질 가능성을 염두에 두어야 한다. 1년의 마지막 때엔, 본 평가의 복사본들은 운송했던 국방부(DoD) 기관에 회수되어야 하며, 그 즉시 파쇄되어야 한다.

● 경고 : 본 문서는, 미합중국 국가 안보에 중대한 영향을 미치는 기밀 정보를 담고 있으며, 따라서 미합중국법 표제 18, 793조, 794조 항목에 의한 간첩취제법(The Espionage Law)에 적용된다. 어떠한 방식이든지, 무자격 소지자에 의한 본 문서 내용의 폭로나 전달을 법으로 금지한다. 나아가, 미합중국에 위해를 끼칠 외국 정부를 위한 모든 형식의 본 문서 사용, 미합중국의 안전과 국익에 위배될 본 문서에 대한 어떠한 방식의 이용 행위도 법으로 금지한다. 보안접근통제시스템-1(SACS-1) 내의 정보를 접할 수 있는 방법은, 오직 고도로 훈련된 권한부여 조직원들에 의해서만 인도되어질 수 있다. 본 문서에 대한 안보는 보안접근통제시스템-1(SACS-1)의 규정들에 의해 보존된다.

● 배분 : 대통령 / 국무장관 / 국가정보국장 / CIA국장

3 페이지

■ 목차

● 문제점 · 범위 · 서문 · 결론

● 논의

1. 과거의 시도들 : 프로젝트 레인보우 / 프로젝트 엔텔레키 / 폰 노이만의 딜레마 / 프로젝트 에어 브릿지

2. 가능성과 한계 : 형태 복제 / 재료의 획일화 / 시공간 빌리기 / 무절제한 배달-혼란한 결과물 / 순수한 시간 여행을 허용치 않는 허수-복소수 차원계

3. 분석되지 않는 변이 : 불충분한 데이터 / 특성화된 장소 / 특이 구조의 변이체 / 완료되지 않는 분석

4. 전쟁이 아닌 작전 계획 '더 스테이지 게이트(THE STAGE GATE)' : 한국의 해역 / 작전 계획 'F ZONE' / 작전 계획 'KELLA' / 전쟁이 아닌 작전 계획 '더 스테이지 게이트(THE STAGE GATE)' / 예상되는 변이 분석 / 완전한 시스템의 구축

5. 기대되는 가능성 : 전全 지구적 규모의 재탄생과 위상 재정립

4 페이지

■ **문제점**

● 제 아무리 지속적이고 불변하는 것일지라도 현실은 단순한 환상에 불과하다 — *알베르트 아인슈타인Albert Einstein*

● 우리는 우리가 지각하는 것이, 자연 그 자체가 아니라, 우리가 질문하는 방식에 의해 노출된 자연의 단면이라는 점을 반드시 기억해야 한다 — *베르너 칼 하이젠베르크Werner Karl Heisenberg*

■ **범위**

● 허수-복소수 차원(Imaginary-Complex Number Dimension)내의 복제를 통한 물질들의 재규정화(Redeterminalization) / 본 평가서는, 물질 복제 연구에 대한 직접적인 지원을 목적으로, 매우 특수하고 제한된 서술 형식을 사용하여 지나친 정보 공개를 억제하는 동시에, 거론된 소수에게 연구의 개괄적 이해를 제공하기 위하여 만들어졌다. 따라서, 기술적 사용과 응용이 가능한 구체적인 예증과 수식에 대해 우리는 언급을 자제하였으며, 전쟁이 아닌 작전 계획(OPLANOTW) '더 스테이지 게이트(THE STAGE GATE)'의 실현 문제에 대해서, 도면화의 가능성을 예상할 수 있는 어떠한 형식의 프리젠테이션도 사용할 수 없었음을 사전에 말하고자 한다.

■ 서문

● 1943년, '프로젝트 레인보우'를 통하여 비교적 원시적 형태의 전자기장 발생을 통한 물질의 순간 이동과 복제를 최초로 실험한 이래, 다양한 방식의 프로젝트를 우리는 수행하여 왔다. 최근까지의 여러 실험들의 결과, 허수-복소수 차원(Imaginary-Complex Number Dimension)에서의 물질의 순간 이동과 복제는, 물질 자체에 내재한 에너지의 급격한 소멸과 동반하여 질량의 감소로 이루어지는 '재규정화(Redeterminalization)'[25]

25 **재규정화(Redeterminalization)** 새로운 조어造語가 사용되었는데, 본 문서를 기술한 연구진들이 자신들 실험결과의 개념을 세우기 위해, 새로 만들어 낸 단어로 생각된다. Redetermine(다시 결정하다)+al(접미사)+ization(~화)='재규정화'로 번역해 보았다. 조어 자체의 스타일이 리처드 파인만Richard Feynman의 '재규격화(Renormalization)'을 생각나게 한다. Redeterminalization 안에는 'terminal(단자, 단말기)'이라는 뜻도 숨겨져 있는 것 같아 흥미롭다. 이 분야 쪽으로는 문외한으로서 '즐거운 독자讀者'의 자격밖에 없는 필자의 짧은 단견일 수 있겠지만, '재규정화(Redeterminalization)'된 물질이 투영 현상(Projected

의 결과로만 나타났으며, 순수한 의미에서의 물질 복제는 아직까지 성공하지 못하고 있다. '재규정화(Redeterminalization)'된 물질은 원原-대상(Origin-Objects)과 동일한 형태(Shapes)를 그대로 유지하지만, 구조적으로 강조하는 면이 달라짐으로써 실험의 의미는 본 목적을 상실하고 완전히 바뀌게 된다.

'양자적 얽힘(Quantum Entanglement)'과 '양자신호교환(Quantum Flirts)'이, 실험 대상으로 규정된 공간 차원의 시간단면뭉치(A Sheaf of Time Slices) 전체에 걸쳐, 포괄적인 허수-복소수 차원에서 일부 '배어나와' 실수화하는 것이 관찰된다. 즉 관찰자의 시공간 3차원에 한정되어 관찰 대상 일부가 시각화하며 공감각화하는 것이다. 이 '투영 현상(Projected Phenomenon)'이 '재규정화(Redeterminalization)'란 상황과 연관성이 있음은 분명하나, 아직까지는 완전하고 명확한 이론적 해석이 주어지지 못하고 있음은 주목할 만하다. 일반상대성 이론의 공변성共變性 원리와 양자장量子場 이론 사이의 충돌에 대한 통합적 해결은 아직까지 완전치 못하며, 솔직한 표현으로, 특히 '양자적 얽힘(Quantum Entanglement)에 대한 무지'는, 우리의 실험들에 대한 우리의 태도를 현상에 대한 임상적 관찰로서만 머무르게 하고 있다.

우리의 명확하면서도 원대한 목표는, '물질의 복제를 통한 재창조'라는 단순한 명제로 다시 환원되며, 또한 환원되어야 한다. 현 상태의 결론을 내릴 수 없는 이슈들로 빚어지는 지지부진한 연구의 전개 상황은 반드시

Phenomenon)에 대한 terminal(단자, 단말기)의 역할을 한다는 뜻도 암호같이 내포되어 이 조어가 만들어진 것이 아닌지, 조심스레 말해 보고 싶다.

타개되어야 하며, 이를 위하여서는, 한 케이스에서만 돌출되는 '변이체'에 대해 보다 심층적이고 적극적인 탐색이 필요한 시점이다. 이 탐색이 실현될 수 있다면, 우리는, 우리 안에 내재한 공포로부터 비롯되는 모든 불합리성을 극복할, 새로운 기술적 근거를 얻게 되리라 예상한다. 우리는, 우리 자신이, 우리가 처한 모든 문제들을 일거에 처리할 돌파구를 여는 최초의 유한적 존재-세대가 되기를 희망한다. 이 기원을 담아, 우리는 이 평가서를 작성하였다.

표지부터 시작하여 2페이지에 이르기까지, 문서 앞부분 석 장이 알 수 없는 축약어와 보안 경구로 점철되는 협박성 문구로 가득 채워지다가, 3페이지에 들어서자 문서의 내용이 서서히 펼쳐지기 시작하는데, '재규정화(Redeterminalization)'라는 사전에도 없는 기다란 단어가 시각의 소화 불량을 일으키고, '시간단면뭉치(A Sheaf of Time Slices)'니, '양자적 얽힘(Quantum Entanglement)'이니 하는, 생소하기가 꼭 아침 해가 서쪽에서 튀어나올 것 같은 소리들로 결합된 문장을 읽어 내느라 초장부터 애를 먹는 느낌이었다. 소파에 누워 있다가 일어나, 쭈구리고 앉아 스마트폰을 손에 들고 영어 단어를 일일이 입력해 브리태니커와 위키피디아로 검색하면서, 대충이라도 무슨 뜻인지를 유추해 내느라고 진땀을 뺐다. 도대체가 뭔 소릴 하고 있는지 이해가 잘 되질 않았다. 아무튼 읽는 것이 지루하기는커녕 눈은 점점 말똥말똥해지면서 긴장감마저 들기 시작했다. 그만큼 문자로 이루어진 말들이, 일단 언뜻 보기에 자극적이었고, 그다음 이해하느라 되새김질하며 속으로 읽고 있노라면, 수혁 자신이 일상과 분리되어 가는 듯한 희한한 느낌을 자아내고 있었다. 하지만, 서문(Foreword)란의 끝부분, '우리가 처한 모든 문제들을 일거에 처리할 돌파구를 여는 최초의 유한적 존재-세대가 되기를 희망한다.'는 구절을 읽는 순간, 긴장감에서 불안감으로 내면의 상태가 야릇하게 바뀌어 버렸다. 우리가 처한 모든 문제를 일거에 처리할 돌파구라! 어째, 꼭 사막에서 신기루를 보고 있다는 감각이 복사본 종이 표면 위를 맴도는 것 같았다.

5 페이지

■ **결론**

● 한국의 남쪽 해역에 'F Zone'을 건설하고, 전쟁이 아닌 작전 계획(OPLANOTW) '더 스테이지 게이트(THE STAGE GATE)'를 실행하는 일이야말로, 그동안의 연구를 매듭짓기 위한 최선의 방책임을 우리는 믿어 의심치 않는다.

1. 작전 계획(OPLAN) 'F Zone'을 실행하기 위한 자재와 인력의 동원이 현 지구상에서 가장 용이한 지역으로서 우리는 동북 아시아를 주시할 필요가 있다. 동북 아시아 지역 전체에 산재한 제철, 제강, 조선, 환경 플랜트, 건설 등의 중공업 역량을 활용함은 최선의 비용절감 기대효과를 가져올 것이다.

2. 작전 계획(OPLAN) 'F Zone'에 대한 군사-안보적인 면을 고려할 때, 'F Zone'의 해상 입지 예상 지역들은, 한국의 미군 기지들에서 투사되는

지상군 무력과 일본의 미군 기지들에서 투사되는 해-공군 무력이 교차하고 있는 안전 지대에 속한다. 이에, 유사시 전면 공세로 이루어질 수 있는 적대적 긴급 상황에 대해, 군사적 대응 능력의 극대화를 우리는 도모할 수 있다.

3. 아프가니스탄 전쟁의 중장기 국면 전환용으로 이루어지고 있는 현 상태의 특수전 운용 계획 중, 한국군 특수부대의 참여가 예상되고 있는 작전이 이미 수립되고 있는 상황이며, 그 작전의 성공을 위하여 특수전과 학화전투훈련장(USSOSTC)의 훈련 필요성이 제기되고 있는 바, 한국 정부를 대상으로 'KELLA System'에 대한 완전한 정보 봉쇄는 현실적 가능성이 점차 옅어지고 있는 동시에, 완전한 정보 봉쇄 그 자체가 무의미하다는 분석이 나오고 있는 실정이다. 더하여, 전쟁이 아닌 작전 계획(OPLANOTW) '더 스테이지 게이트(THE STAGE GATE)'는, 작전의 완성까지 앞으로 5년 이상이 소요될 것으로 여겨지며, 그 장기간이란 악조건 때문에, 'F Zone' 해상 입지 예상 지역의 통치권 행사 주체로서 어떠한 국가 정부가 정해지든지, 경우를 막론하고 그들에 대한 완전한 정보 통제는 불가능하리라 우리는 예상한다. 상기 상황들을 종합하여 고려해 보면, 한반도의 남쪽 해역에 'F Zone'을 건설함이 여러 모로 자연스런 일처리 방식이 될 것임을 예측할 수 있다. 한국 정부에 대한 우리의 대처는, 정보 접근성에 대한 유연한 상황 통제 쪽으로 방향을 설정하여야 하며, 한국 정부의 자발적 협력을 끌어낼 수 있는 정보 공개의 적절한 수위를 사전에 마련할 필요가 있다는 것이 우리의 지적 사항이다.

4. 무엇보다도, 한국에 'F Zone'을 건설하고 전쟁이 아닌 작전 계획

(OPLANOTW) '더 스테이지 게이트(THE STAGE GATE)'를 실행하는 일은, 우리의 당면한 목표를 이루기 위한 '정당한 당위성의 길(The Road with Fair Duty)'이라밖에 달리 표현할 수가 없다. 우리의 분석되지 않는 돌출된 '변이체'는, 한국의 특정 지역을 대상으로 한 실험의 결과였다. 재반복된 실험에서 동일한 '변이체'는 연속해서 관찰되었지만, 해석을 위한 분석 데이터를 제대로 추출할 수가 없었다. 이 '변이체'야말로, '물질의 복제'라는 우리의 일차적 목표에 접근할 수 있는 미세하지만 유일한 임상적 결과라 보여지므로, 적절한 연구를 통한 탐색 작업은 반드시 계속적으로 이루어져야 한다. 데이터의 추출과 연구의 진전을 위해, KELLA가 들어서는 지역의 주위 환경에 대한 고립성 증대, 원原-시공간에 대한 '재규정화(Redeterminalization)'된 재현 공간의 일치(Match)되는 비율 증가가, 현 답보 상태에서 반드시 필요한 조건들이다. 두 조건의 만족을 위해서도, 한국의 남쪽 해역에서 이루어질 전쟁이 아닌 작전 계획(OPLANOTW) '더 스테이지 게이트(THE STAGE GATE)'는, 우리에겐 필수불가결한 실천 사항이 되고 있다.

결론부(Conclusions)를 읽으면서, 왜 F Zone이 제주도 해상에 인공섬으로 세워졌는지 그 이유가 어느 정도 선명하게 머릿속에 그려졌다. 문서의 '우리'는 대략 5년 전부터, 이미 모든 계획을 마련하고 차근차근 일을 진행시켜 온 것이다. 읽고 있자니, '우리'가 간절히 원하는 것이 무엇일까, 여기 제주도까지 와서 왜 저렇게 일을 벌이나, 새삼 생각하지 않을 수가 없는 수혁이었다. 그 '우리'의 F Zone과 헨리 유의 제주테마파크가 결합하여 — 일 시작할 처음엔, 서로 좋아서 들러붙자고 합의했던 꼴인 게 틀림없었다 — 이 한수혁을 여기까지 휘몰아쳐 온 것이다. 지금은, 그 말썽 많은 F Zone이 바다 너머에서 그를 끌어 잡아당기고 있는 형편이고……. 4번 항의 문장들은 완전히 이해되지 않았다. 특히 '우리의 분석되지 않는 돌출된 변이체'가 뭔지 궁금했다. **변이체**라……, SF 호러 영화에나 감초 모양 자주 등장할 말 같은 게, 첫인상이 과히 기분 좋은 어감은 아니었다. 불과 몇 시간 전에 있었던, F Zone에서 사람이 사라졌다는 헨리 유의 고백과 그곳에 가서 테스트에 참가해야 한다는 그의 요구가 새삼스레 되씹어지기 시작했다. '데이터의 추출과 연구의 진전을 위해, KELLA가 들어서는 지역의 주위 환경에 대한 고립성 증대, 원原-시공간에 대해 '재규정화'된 재현 공간의 매치(Match)되는 비율 증가'라는 것은 또 무슨 뜻인지, 수혁은 궁금했다.

6 페이지

■ 논의

● 논의에 쓰여진 각종 사실들은, 국방고등연구계획국(DARPA), 국방정보국(DIA), 국방보안기관(DSS), 국가안전보장국(NSA)에서 보관하고 있는 일급 보안(Top Secret) 등급 이상의 연구 논문과 서적, 각종 문서와 기록들의 내용을 발췌-축약한 것임을 미리 밝힌다.

1. 과거의 시도들

프로젝트 레인보우(Project Rainbow) : 세간에는, 1943년 10월 28일 펜실베니아주 필라델피아 해상에서 경구축함(USS Eldridge DE 173)의 스텔스 능력 확보 실험을 하던 중, 공간 이동이란 뜻하지 않은 결과가 도출되었고, 이 예상 밖의 결과를 낳은 당시 실험의 명칭이 '프로젝트 레인보우'라고 흔히 알려져 있다. 이 일화는 OSS[26]에서 유포한 1차 기만欺瞞 정보에 변형과 첨삭이 가해지며 세간에 퍼져 나간 결과물에 불과하다. OSS는, 당시 전시 상황하에서 동명同名으로 진행되고 있는 '프로젝트 레인보우'와 그와 연계되어 있던 '맨해튼 프로젝트'[27]의 실험 결과가 적국이었던 독일 스파이에게 탐지당할 가능성에 대해 매우 우려하였으며, 이에 음모론의 의도적 유포를 통한 인지부조화(認知不調和, Cognitive Dissonance) 공작을 실행한 것이었다. 이와 같은 공작 활동은 후에 CIA에 의해 지속적으로 계승되어, 50년대 중반 이후 냉전 체제하에서 일련의 물질 복제 실험

---

26 OSS(Office of Strategic Service) 전략 사무국. 1942년, 루즈벨트 대통령에 의해 설립된다. 제2차 세계대전이란 전시 상황에서, 미국 여러 곳에 분산 배치되어 효율성이 떨어지던 당시 정보수집기관들을 하나의 조직으로 통합하기 위해, 대통령 직속으로 만들어진다. 1945년 종전과 함께 일단 해체되지만, 1947년에 다시 CIA로 부활한다.

27 맨해튼 프로젝트(Manhattan Project) 제2차 세계대전 중에 미국이 주도한 핵폭탄 개발 프로그램이다. 민관 합동으로 진행된 프로젝트의 본부 사무실이 뉴욕 맨해튼에 위치했던 이유로, 당시 조직 구성과 총기획을 담당하던 군인들 사이에서 계획명이 '맨해튼 지구(Manhatten District)'라 불리기 시작했고, 후에 '맨해튼 프로젝트'로 공식명을 대신하는 암호명이 된다. 전체 프로젝트를 총괄하는 공식명은 '대체 자원 개발(Development of Substitute Materials)'이었다. 맨해튼 계획은 1939년에 극소수로 출발하였지만, 1945년에는 고용 인구 13만 명에 당시 사용 예산 20억 달러(2019년 기준 2백88억 달러로 추산됨)로 성장하였다. 연구 개발과 제조는 미국, 영국, 캐나다 등에 있는 30곳 이상의 지역에 분산되어 진행되었고, 대부분 기밀 지역들이었다.

들에 대한 소비에트 연방으로의 정보 유출을 교란, 차단하는 효과를 거두게 된다.

진실된 '프로젝트 레인보우'는, 1942년에 시작된 '맨해튼 프로젝트'의 부수적인 연구 결과에 주목, 별도 시행된 실험이다. 테네시주 오크릿지Oak Ridge에서 실행된 '맨해튼 프로젝트'의 서브 기획 '프로젝트 X'[28]의 진행으로, 우라늄238과 우라늄235를 분리하기 위한 전자기적 동위원소 분리설비(The Electromagnetic Isotope Separation Process)[문서 주석1) Y-12 플랜트[29]가 완공된 것이 1943년 2월이었다. 그해 8월, 질량 분석기(Mass Spectrometer)와 입자 가속기(Cyclotron)를 혼합한 형식의 캘루트론(Calutron) 46기基는, 연속으로 결합되어 거대한 타원형 트랙을 형성함으로 Y-12 플랜트 내부를 가득 채우게 된다. 이것은, 일명 '자이언트 알파-1(Giant Alpha-1)'이라 불리는 최초의 동위원소 분리 시설이 되었지만, 가동되자 곧바로, 트랙 내부에서 '원인을 알 수 없는 이물질'이 생성되기 시작했고, '자이언트 알파-1'은 그 이유로 정상적인 동작을 멈추어야만 했다. 이 실패는 현장의 연구진을 매우 당혹케 만들었을 뿐 아니라, 캘루트론의 전자석 가속장치(Magnetic Coils) 제작에 1만 5천 톤의 '은'[30]을 퍼부

28 **프로젝트 X** 테네시주 오크릿지Oak Ridge에 2억 3천 평방미터에 달하는 농지와 목초지를 징발하여, 1943년부터 인공 도시를 건설하기 시작한다. 총인구 7만 5천 명을 수용할 수 있는 규모였고, 여기에 핵물질 처리에 관련된 기술자와 노동자들을 상주시켰다. 인근에 Y-12, K-25, K-27 플랜트가 들어서, 우라늄235의 분리 작업을 진행했다. '프로젝트 X'란 '맨해튼 프로젝트' 중에서 오크릿지 인공 비밀 도시와 Y-12 플랜트와 같은 우라늄235 동위원소 분리 시설, 그리고 X-10 플로토늄 농축 플랜트 계획을 총칭하는 말이다.

29 **Y-12 플랜트** 총 9개의 핵심 시설로 되어 있고, 한 건물이 평균 92미터×152미터의 바닥 넓이를 자랑한다. 이 건물 안에 캘루트론과 같은 핵처리 시설이 들어갔다.

을 것을 허락했던 당시 정부 관계자들에게 정신적 공황 상태를 불러온다. Y-12 플랜트에 황급히 나타난 재무부 고위 공무원들 중 한 명이, 연구진을 보자마자 목이 메여 고함쳤던 장렬한 한 마디는, "이 새끼들아! 돈값을 해!"였다.

'자이언트 알파-1'이 가동되자 타원형 트랙의 내부를 형성하는 46기基의 캘루트론 진공 탱크(Vacuum Tanks)들에 강력한 전자기장이 생겨났고, 따라서 그 '이물질'들의 발생은, 캘루트론 가속장치 제작에 쓰인 '은'의 당대뿐 아니라 그 이후에도 전례가 없는 막대한 양, 그리고 그와 결합된 전자기장의 세기와 관련이 있을 것이란 가설이, 당시 연구진의 변명 같은 입장이 되었다. '이물질'의 분석에 들어가자, 그 '이물질' 덩어리가 원소 분리 예정이었던 정제 우라늄과 캘루트론 자체의 일부분적인 형태 복제 편린들에, 그 외 어디서 옮겨진 것인지 시대와 장소를 알 수 없는 공업 생산품의 파편 같은 형태들, 그리고 돌과 같은 자연물의 형태 등이 합해져 한 덩어리로 뭉쳐 있는 푸석푸석한 물질임을 알아낸다. 연구진이 뭉친 덩어리를 낱개로 떼어 가며 조사하니, 덩어리는 이것저것이 한 군데로 붙어 있는, 형태만 그대로 복제되고 성질이나 재료는 시멘트 덩어리같이 알 수 없는 재료로 통일되어 있는 '잡동사니'라는 것을 알 수 있었다.

30 구리는 당시 전시 상황이라 전량이 총알과 폭탄 제조에 투입되었고, 따라서 전자석 코일(Magnetic Coils) 제작에 쓰일 대체 재료가 필요했다. 은(Silver)이 구리를 대체할 훌륭한 대체 재료라는 해결책이 도출되어, 미합중국 국고를 열어 1만 4천 7백 톤의 은을 징발, 전자석 코일 재료로 사용한다.

1) 당시에는, 우라늄238과 235의 원심 분리를 가능케 할 회전 속도의 모터를 만들 기술이 없었다. 따라서 1942년 11월, 군사정책위원회(Military Policy Committee)는 원심 분리 방식을 포기하였다. 전자기적 방법을 사용한 동위원소 분리 기술은 캘리포니아 대학교 방사선 연구소(University of California Radiation Laboratory)의 Ernest O. Lawrence가 개발하였으며, '캘리포니아 대학 입자가속기'를 의미하는 Calutron(CALifornia University cycloTRON)으로 불렸다. 전자기적 공정은, 자기장 안에서 원자를 회전시킬 때 작은 질량 차이로 인해 동위원소들이 약간 다른 원 궤도를 돌게 되는 점을 이용한 것이다. 이 공정은 과학적으로도 정밀하지 않았고, 산업적으로 보아서도 효율이 나빴고, 설비의 설치나 운영에 들어가는 인력과 자원을 타 방식에 비해 더 많이 소비하는데도, 위험 요소가 적다는 이유로 급히 추진되었다. 독일보다 먼저 핵폭탄을 개발해야 한다는 절체절명(絶體絶命)의 명제는, 제조 과정을 사전에 테스트해 볼 시간적 여유를 빼앗아 버렸고, 맨해튼 프로젝트는 연구와 실험, 방대한 설비 시공을 동시에 진행해 나가야 했다. 결국 Y-12 플랜트에서 이루어지던 전자기적 동위원소 분리 작업은 중간에 중단되고, K-25 플랜트를 황급히 새로 지어 기체확산방식(Gaseous Diffusion)으로 우라늄235의 분리 작업이 진행되었다.

7 페이지

'잡동사니'를 들여다보던 당시 연구진 중 한 사람 존 폰 노이만[31]은, '은'

31 존 폰 노이만(John von Neumann) 1903~1957. 헝가리 출신 미국인이다. 수학자이자 경제학자이고, 물리학자이자 공학자이기도 하다. 양자역학, 집합론, 위상수학, 컴퓨터 과학, 수치해석, 경제학, 통계학 등, 여러 분야에 걸쳐 탁월한 학문적 업적을 남겼으며, 맨해튼 프로젝트에 Top Mathematician으로 참여하여 핵폭탄 설계의 중요한 이론적 토대를 만들었다. 누군가가 오펜하이머에게 아인슈타인이 가장 뛰어난 천재였냐고 물어보니, 다음과 같이 대답했다고 한다. "확실히 답변하기가 곤란하다. 폰 노이만이 있기 때문에."

이란 재료로 만들어진 가속장치 전자석 코일에 대해, 코일의 형태뿐만이 아니고, 가령 코일의 성질 그 자체까지도 완전하게 복제될 수 있다면 어떠한 일이 될 것인가를 생각하기 시작한다. 완전한 물질 복제 가능성을 군사정책위원회(Millitary Policy Committee)에 제안한 폰 노이만은, 43년 9월 '맨해튼 프로젝트'의 서브 기획으로서 '프로젝트 레인보우'의 총책임자가 된다. 44년부터 실제적인 농축 우라늄235의 생산은 K-25, S-50 플랜트에서 이루어지고, 기존의 Y-12 플랜트는 '프로젝트 레인보우' 만을 위한 시설[문서 주석2)]로 쓰여진다.

폰 노이만은 '프로젝트 레인보우'의 실험 결과에 대해 처음에는 은의 물질 복제 가능성에만 초점을 맞추다가 점차 그 폭을 넓혀 가기 시작한다. 양자역학의 초기 이론 형성에도 깊이 관여했던 그는, '잡동사니'를 이루는 여러 형태들의 층(Layer)들을 하나씩 제거하며 관찰하다가, 이 '잡동사니'가 무수한 '현재들의 중첩'이란 것을 깨닫는다. 시공간도時空間圖의 좌표 위치 변이에 대해선 확신하기 어려우나, Y-12 플랜트의 3차원 현재 시공간을 중심으로 과거-미래에 속하는 시공간에 연계된 물질들이 이동하면서 불완전 복제된 것으로 추정할 수 있었다. 그러나 확고한 이론적 틀도 없이 현상에 대한 관찰만으로는 원인 규명이 어려웠다.

무엇보다도 '잡동사니'에 뭉쳐 있는 여러 형태들에 대한 선명한 3차원 데이터를 추출할 필요가 있었고, 따라서 입체에 대해 수리적으로 정확하게 분석할 수 있는 연산 기계가 필요했다. 폰 노이만은 '프로젝트 레인보우'를 위하여 기존의 ENIAC과는 다른 새로운 연산 자동 기계(컴퓨터) 개발 계획을 세우지만 당시에는 별다른 결실을 거두지 못한다. 이론적 근거도 미약하고, 데이터를 해석할 수단도 미비한 상태에서 반복되는 실험은, 46기基의 캘루트론 진공 탱크들 각각에 제멋대로 내부에 계속 채워지는 회색 빛의 '잡동사니'들을 들어 내어, 연신 기구들을 써서 파헤치기만 하는 상황이었던 것 같다. 당시 폰 노이만 밑에서 일했던 버클리 출신 연구원 하나가 오펜하이머[32]에게 보낸 전문을 보면, 다음과 같은 불평으로 가득 채워져 있다.

"노이만 박사는 하루 종일 미친 사람처럼 '잡동사니'들의 형태를 들여다보고, 혼자서 중얼거리면서 Y-12 안을 서성거립니다. 우리들 모두에게 뭉친 형태 하나하나를 낱개로 떼어 분류할 것을 요구하는데, 솔직히 말해서, 이 일은 일급 5달러 받는 노동자도 할 수 있는 일입니다. 하지만 우리들은 불평 한 마디 못하고 꼼짝없이 작업하고 있습니다. 노이만 박사는 사람이 아닌지 밤새도록 잠을 안 자고 일하면서 — 정말로 잠을 안 잡니다. 어떻게 버티는지 그것도 수수께끼입니다 — 쉴 새 없이 혼자서 지껄이다가, 우리들에게 와선 느닷없이 욕을 퍼붓고, 그러고는 곧바로 미안하다고 하면서 자기 딴엔 분위기를 풀려는지, 입에 담기가 민망할 정도의 야한 농담을 해댑니다. 지루하고 재미없는 농담들은 아닙니다. 저번에는 농담을 한참 하다가, 전달 사항이 있어서 찾아온 여사무원의 스커트를 우리들 앞에서 장난이랍시고 손으로 들추더군요. 악의는 없었고, 천진난만하다고 해야 하나, 치기 어리다고 해야 하나, 그런 표정을 짓고서 말입니다.

32 오펜하이머(John Robert Oppenheimer) 1904~1967. 미국의 이론 물리학자. 제2차 세계대전 중에 로스 알라모스Los Alamos 연구 소장이 되어, 여러 학자들과 함께 원자폭탄을 만들기 위한 맨해튼 프로젝트를 주도하였다.

평소에도 몸매가 좋아서 유난히 눈길을 끌던 아가씨였는데, 그날따라 좀 튀는 차림이라 그 양반이 궁금했었나 봅니다. 스커트 속이 훤히 드러났지요. 여자는 화가 나서 현장에서 항의했고 좀 시끌시끌했습니다. 그렇게 정신없게 굴다 보면 머리가 멍해질 만도 할 텐데, 박사 속엔 여러 종류의 인간들이 한꺼번에 들어가 있다가 때에 맞춰 하나씩 튀어나오는지 아주 진지하고 올곧은 표정으로 돌변해서는, 곧바로 Y-12 안에 산더미처럼 쌓여 있는 '잡동사니' 형태들의 분류 작업에 또 들어갑니다. 분류하는 것을 보면 이해할 수가 없습니다. 분류 기준을 우리로선 종잡을 수가 없어요. 그러나 노이만 박사는 산처럼 쌓여 있는 그 많은 '잡동사니' 조각 하나하나를 머릿속에 수만 장의 사진들이라도 집어넣어 놓았는지 기적같이 모두 다 외우고 있더군요. 우리는 이해하지 못할 자신만의 기준에 따라 항상 지시를 내리는데, 하나라도 잘못 옮긴 게 있으면 당장 욕지거리가 쏟아져 나옵니다. 저도 '바보 자식'이란 욕을 귀가 멍멍해지도록 먹고 있습니다. 하지만 그 양반을 미워할 수는 없더군요. 어딘가 어린애 같은 면이 있어서, 반감을 누그러뜨리는 데에도 탁월한 재주가 있는 편입니다. 하여튼, 노이만 박사는 그 '잡동사니'들을 보면서 손에 들고 있는 노트에 수도 없이 수학 공식들과 풀이들을 써 나갑니다. 그리고 무슨 생각을 하는지 천장을 멍하니 쳐다보다 중얼거리다 합니다. 우린 이해하질 못할 딴 세상으로 혼자서 가 버리더군요. 확실히, 가까이서 본 노이만 박사는 인간이 아닌 게 틀림없습니다. 그런 외계인이 이렇게 일이 안 풀리니 초조하겠지요. 교수님. 저를 로스 알라모스에 데려가실 수는 없겠는지요. 노이만 박사에게 별 보탬도 되지 못하면서, 여기서 이렇게 썩느니……."

1년이 가까이 되도록 폰 노이만이 '은'을 만들어 낼 기미가 보이지 않자, 44년 7월, 오펜하이머는 그를 로스 알라모스에 데려간다. 새로 시작되는 내폭형 플로토늄 핵폭탄의 설계 때문이었는데, 폰 노이만은 그동안의 미진했던 성과를 단숨에 뒤집어 버리는 천재를 발휘한다. 계속적으로 반복 실패하고 있던 핵폭탄 설계 문제에 대해, 새로운 내파 비율(Implosion Rate) 계산 방정식을 고안함으로 해결의 실마리를 던진 것이다.

2) 사실상 '프로젝트 레인보우'는, 국고에 보관된 '은'의 징발을 허락했던 재무부 관료들의 지지를 등에 업고 급작스럽게 진행된 것으로 보인다. 폰 노이만이 '프로젝트 레인보우'의 기안서를 올리자마자 아무리 급박한 전시 체체라 하더라도 1주 만에 진행 허락이 떨어진 점이나, Y-12 플랜트 시설이 우라늄235의 분리 작업용으로는 효용성이 없다는 점이 판명되었는데도 내부 비난이 전혀 없었던 것을 생각할 때, '프로젝트 레인보우'는 그 시작이 담당자들의 책임 면피용 프로젝트였다는 추리를 가능하게 한다.

8 페이지

프로젝트 엔텔레키(Project Entelechy)[문서 주석3)] : 제2차 세계대전이 끝나고 46년 '맨해튼 프로젝트'가 종료되자, 폰 노이만은 수소폭탄 개발 계획에 곧바로 참여하며 국방부(DoD)와의 인연을 계속 이어간다. 아울러 '프로젝트 레인보우' 이후 줄곧 관심을 가져온 컴퓨터 개발의 새로운 논리 이론 연구도 병행한다. 48년에 강연한 '자동 기계(Automaton)의 일반 이론과 논리'에서, 폰 노이만은 이미 프로그램 내장 방식 컴퓨터의 아이디어와 '기계에 의해 복제된 기계', 즉 자동 기계(Automaton)에 대한 정의를 말하고 있다. 이 새로운 아이디어들은, '프로젝트 레인보우'의 실패가 불러온 긍정적인 결과였다. 그는 자신의 자존심을 몹시 상하게 한 '프로젝트 레인보우'를 이을 새로운 프로젝트를 남몰래 생각하고 있었고, '복제'란 명제에 대한 분명한 해석과 새로운 컴퓨터의 활용을, 차기 프로젝트의 성공을 여는 열쇠들로 여겼던 것이다.

53년 5월, 폐쇄되어 있던 오크릿지의 Y-12 플랜트에서, 폰 노이만은 '프로젝트 엔텔레키'를 위한 시설 개선 작업을 국방부(DoD)와의 협약하에 비밀리에 시작한다. '프로젝트 엔텔레키'는 자신의 세속적 욕망을 실현시켜 줄 '은'의 복제 성공을 위한 재실험인 동시에, '프로젝트 레인보우' 때에 해결하지 못한 '잡동사니'들의 발생 원인을 규명하기 위한 것이었다. 폰 노이만은 그 '잡동사니'가 무엇인지 알아내는 일이야말로, 부족함에서 발생하는 인류의 구제받기 어려운 제문제들을 일거에 해결할 역사적 전환점이 되리라 예상했던 것 같다. 그가 당시 국방장관 찰스 E. 윌슨Charles E. Wilson에게 한 말은 다음과 같았다. "내가 수소폭탄 개발을 지지하는 것은 세계 평화를 원하기 때문입니다. 또한 '프로젝트 엔텔레키'에 골몰하는 이유도 세계 평화를 원하기 때문입니다. '프로젝트 엔텔레키'는 결핍이란 것을 모르는 세상을 만들어 줄 것입니다."

Y-12 플랜트 안에 있던 기존의 시설은 완전히 개보수 된다. 캘루트론 46기基가 서로 간에 붙어 나가며 생겨났던 중간 격벽은 사라지고 하나의 공간으로 통합되어, '자이언트 알파-1'은 바닥이 80미터×150미터, 높이가 25미터에 달하는 하나의 폐쇄 공간으로 변했고, 그 공간의 속이 빈 사방 이중 벽체 속에는, 1만 5천 톤의 은으로 만들어진 전자석 가속장치

(Magnetic Coils) 92기基가 울타리를 치듯이 매입되어 숨어 있었다. 폰 노이만은 이 새로운 '자이언트 알파-1'을 간략하게 '빅 자이언트'라고 부른다.

'빅 자이언트'가 가동되자 실험의 결과는 놀라웠다. 이전의 46기 캘루트론 속에서는 서로 간에 어떠한 연관성도 보이지 않고 제멋대로 놀아나듯이 생기던 '잡동사니'가, 이번엔 얼핏 보기에도 연관성과 패턴을 형성하며 나타나는 듯했다. '빅 자이언트'의 내부를 완전히 채우며 나타난 이 막대한 양의 '잡동사니'를 본 연구진은, 보다 면밀하게 해석할 작업 공간의 필요성을 제기하였다. 이 요청으로, Y-12 플랜트 주위에 Y-12와 비슷한 크기의 대공간 철골조 조립 건물 두 채가 신속하게 지어졌다. 또한 폰 노이만은 콘크리트 건물을 Y-12 플랜트 바로 옆으로 새로 지은 뒤, 자신이 새로 개발한 MANIAC1 해석 적분 컴퓨터의 동일 복제품을 건물 내부 전체에 걸쳐 설치하고, 패턴에 대한 분석에 들어간다. 그는 당시 개발 완료 단계에 이른 공군의 SAGE[33] 시스템 중 정보 처리 식별 프로그램만을 가져와 MANIAC1의 복제 컴퓨터에 이식하고, 원시적인 CAD-CAM 작업과 3D 스캔이 수행 가능한 환경을 마련하는 데에 성공한다. 이 준비가 모두 끝난 것이 54년 3월이었다.

이제 Y-12 플랜트 일대에선, 연구원이 산더미처럼 쌓여 있는 '잡동사니' 중, 파편[문서 주석4)] 하나를 집어서 형태를 따라 일일이 포인터로 대충 찍어가

33 SAGE(Semi-Automatic Ground Environment) 반자동식 방공 관제 조직이란 뜻이며 '세이지'라고 부른다. 북미방공사령부(NORAD)에서 적 폭격기를 발견-추적-요격하기 위해 개발된, 자동화된 제어 시스템이다. 1954년부터 실용화되었다. 이를 위해 'Wirlwind'라 불리는 프로그램 내장형 컴퓨터가 새로 개발되었고, 출력 장치로 사상 최초의 모니터가 채택되었다.

며 데이터를 입력하면, MANIAC1 복제 컴퓨터가 연산 처리를 수행, 연관성이 높은 연결면을 가지고 있는 이미 데이터 입력된 다른 잡동사니들을 지적하고, 그런 다음엔 그 잡동사니들의 그룹Group을 현장에서 연구원들이 직접 맞추어 본 뒤, 동일한 방식으로 다시 또 다른 연결 패턴을 찾아보는, 마치 요가 수행자의 고행과도 같은 작업이 계속되었다.

3) 엔텔레키(Entelechy) : 아리스토텔레스는 개별적인 사물의 실체, 본성은 항상 '어떤 것을 위해 생겨났다'는 목적론적 관점에서 표현하며, 목표와 목적을 자체 안에 가지고 현실태(現實態 Energeia)로 나타나 있는, 한 가지의 존재자의 본질을 엔텔레케이아(Entelecheia)라고 말한다. 결국 그가 여기서 말하는 목적이란, 실체, 형상 및 이데아 이외에는 어떤 것도 의미하지 않는다. 형이상학적 이념 그 자체로 내재하는 목적성이 불러온 당연한 귀결이란, 결국 플라톤과 아리스토텔레스가 마지막에 가선 서로가 한자리에서 만나고 있는 상황을 만들어 버린다. 19세기 독일의 실험발생학자인 한스 드리쉬(Hans Driesch)는, 성게의 배(胚)가 두 개로 분열한 뒤 각각의 세포 집단에서 완전한 성게가 탄생하는 것을 보고 잘못 해석하여, 생명력은 스스로 나타나는 신성한 것이라는 생기론(Vitalism)을 주장하였다. 그는 생명력이란 '자체적인 목적을 가진 비기계적인 작동원인'이라고 하며, 이를 '엔텔레히(Entelechie)'라고 이름 붙여, 철학 용어였던 '엔텔레케이아(Entelecheia)'를 과학의 영역으로 가져온다. 프로젝트의 명칭으로, 창발성(創發性 Emergent Property), 즉 '불시에 상호작용에 의해 나타난 기능적 특성'이란 자동 발생적 면모를, 기묘하게도 목적론(目的論 Teleology)과 결합시키며 '엔텔레키'란 용어를 사용한 폰 노이만은, 프로젝트가 시작하기 이전부터, 실험결과가 실험자의 의도와는 상관없이 스스로를 드러내며, 알 수 없는 본연의 목적을 나타낼 것임을, 무의식 중에 직관적으로 깨닫고 있었음이 틀림없다.

4) 컴퓨터의 성능도 시원찮은 데다가, 당시는 파편들의 크기를 조절할 수가 없어 매우 자잘한 형태들로 복제되는 바람에, 맞춤 작업은 몇 갑절로 힘들 수밖에 없었다.

9 페이지

6개월을 꼬박 작업하니, 지난至難한 입체 퍼즐 놀이의 결과로 '잡동사니'의 실체가 드러났다. Y-12 플랜트 내부와 '빅 자이언트'의 설비들이 일관성 있게 복제된 것이라는 사실을 알 수 있었다. 복제된 것의 정체와 공간적 범위를 알 수 있다는 점은 큰 수확이었다. 형태는 분명히 복제되어 있었으나, 굉장히 가볍고 시각적으로 표면이 푸석푸석한 느낌의, 그러나 보기하곤 달리 강도는 상당하여 쌓아 나가도 주저앉거나 무너지지 않는 동시에, 예리한 충격에는 비교적 약해서 쉽게 절단되는 특성이 있었고 덕분에 작업자가 다루기가 쉬운, 회색조가 도는 알 수 없는 물질로 통일되는 점은 '프로젝트 레인보우' 때와 동일했다. 즉, 형태 복제만 되지 물질 자체가 복제되진 않는 것이다. 따라서 완전한 복제로 볼 수 없었다. 게다가 '빅 자이언트'의 전자석 가속장치 중 '은'으로 만들어진 마그네틱 코일 부분만은 별도로 분리되어 형태 복제가 중복되어 있었다. 재질은 시멘트 덩어리 느낌의 '잡동사니' 그대로였다. 그것도 하나씩이 아니고 어떤 코일 부분은 여러 개의 동일한 형태 복제가 보였다. '은'의 완전한 복제는 일단 실패가 확실했다. 나타난 현상은, '은'의 복제에 안달이 나 있는 연구진들의 속마음을 비웃기라도 하는 것 같았다. 폰 노이만은 매우 실망하게 된다.

또한, '잡동사니' 중에는 Y-12 플랜트나 '빅 자이언트'와는 관계없는 '다른 것'이 상당량 끼어 있었다. '다른 것'의 파편들을 주워 모아 별도로 결합해 보니 황당한 상황이었다. 이것은 마그네틱 코일 같은, '빅 자이언트'

의 부분적인 부속품 형태가 아니었다. 그 자체로, 표면에 드러나지 않는 무언가를 내부에 끌어안고 있었다. 얼핏 보면, 그 '잡동사니' 덩어리는 밑변들이 대략 50미터에 150미터, 높이가 24미터에 달하는 거대하고 단조로우며 속이 꽉 찬 직육면체 상자(Box) 형태였다. 이상한 점은 그 직육면체의 표면에도 있었다. 예를 들어, 잘 지어진 저택의 내부 벽체 표면 위에 석고를 발라 본을 떠낸다면, 몰딩 선이라든지 원목 패널 등, 내부 장식들의 형태가 요철이 바뀌어 음각으로 패여 있는 흔적이 그 본에 찍혀 나올 것이다. 그런데 그 직육면체의 '잡동사니' 조각들을 가까이서 들여다보면, 일부 조각들 표면에 그런 자국들이 있었다. 그리고 표면 곳곳으로 내부에 빈 공간이 있을 것임을 암시하는 틈새들과 구멍들이 있어, 그곳에 정말로 주형물-충전재를 부어 넣은 뒤, 거푸집 역할의 '잡동사니'를 깨부수면 무언가가 나타날 것임을 명확히 보여주고 있었다.

에폭시 수지(Epoxy Resins)를 충전재로 부어 넣은 뒤, 경화되기를 기다려 '잡동사니' 거푸집을 깨부수고 대략 드러난 형태를 얼기설기 맞추어 보니, 연구진들은 어리둥절하기만 했다. 드러난 것은 하나의 '방'이었다. '방'의 벽과 내부는 책장으로 가득 차 있어, 인테리어와 설비의 느낌이 굉장히 고급스런, 중후한 느낌의 서재임을 알려 주었다. 서재는 19세기 유럽 신고전주의 양식, 특히 1800년대에서 1830년대 사이에 특히 유행하는 영국 리전시 스타일(Regency Style) 실내 장식을 연상시키는 분위기였다. 서재의 크기에 대해선, 스케일이 확대되어 있음을 책장에 꽂힌 책으로 보이는 형태들의 크기 덕분으로 명확하게 유추類推할 수 있었다. 즉 모서리 길이가 일반 책의 2배 크기에 달하는 커다란 책들이, 책장에 장대하게 꽂혀 있는 형태가, 온 방안에 가득 차 있는 상황이었다. 각 변의 길이로 2배, 체적으로 따져선 8배 확대 복제된 것으로 여겨지는 이 거대한 방의 바닥 크기가, 50미터에 150미터 정도이니, 어디 있는 것인지는 모르지만 실제 있을 것으로 여겨지는 방의 크기도 바닥 25미터×75미터, 천장 높이 12미터를 넘어가는 도서관급 규모의 서재임을 알려 주었다. 결국 '잡동사니'로 복제된 것은, 장소와 시점을 명확히 알 수 없는 어떤 대저택의 서재 안에 차 있던 공기-기체였다.

폰 노이만은 '잡동사니' 거푸집을 통해 드러난 '서재'를 보고 경악을 금치 못했다. 그 '서재'는 바로, 1910년대, 자기자신이 어린 시절을 보낸 헝가리 부다페스트의 고향집 서재였던 것이다. 다만 거울 상像으로 좌-우가 바뀌어 있었고, 자기자신이 실제로 책을 읽던 서재보다 2차원의 면적으로 4배, 3차원의 체적으로 따져선 8배 정도 커다랗게 공간이 확대[문서 주석5)] 되어 있었으며, 서재 자체를 이루는 벽이며 책장 등이 직접 형태 복제가 이루어지질 못하고, 그 서재 안에 차 있던 공기만이, 어느 찰나를 찍어 낸 듯, 유동적이거나 모호한 기체다운 특징은 사라진 채 견고한 형태를 유지하며 복제되었다는 기묘한 사실들이었다. 그리고 사실상 폰 노이만을 매우 괴롭혔던 실험 결과로는, 물질이라 불리기도 뭐한 느낌의 공기조차도, 실제의 물질성은 전혀 복제되질 못하고, 시멘트 덩어리 감각의 '잡동사니'로 불완전 복제된다는 점을 들 수 있었다.

폰 노이만은, 부다페스트에 있던 자신의 어린 시절 집이 아직 남아 있는지에 대한, 조사 작업을 국방부(DoD)에 의뢰한다. 조사 결과, 그의 어린 시절 집은 제2차 세계대전 공습으로 완전히 전소되어 사라져 버린 형편이었다. 바로 나타난 '거실'은, 바로 지금을 가리키는 '현재'와는 아무 상관이 없었던 것이다.

이제 폰 노이만은, 이 현상이, 자신도 계속해서 생각해 왔던 문제인 양자 세계에서의 EPR 패러독스에 대한, 1951년에 데이비드 봄David Bohm이 제안한 'EPR 봄 실험디자인(Einstein-Podolsky-Rosen, Bohm Experiment Design)'의 우회적이자 실제적인 실현으로서만 해석됨은 중요한 논점을 흐리는 일이 될 것이며, 따라서 양자적 얽힘(Quantum Entanglement)이란 문제에만 단순히 국한되지 않는다는 점을 깨닫기 시작한다. '물질 복제'와 '원격 이동'의 가능성뿐만이 아니고, 보다 다른 면을 암시할 수도 있음을 어렴풋이 머릿속에 그리기 시작한 순간, 그는 약간의 두려움을 느낀 것 같다. 당시 어머니에게 보낸 편지에서, 컴퓨터적인 단순성과 격의 없는 친근함, 파티광(Party 狂)의 떠들썩함과 자유분방함에, 현실적이고 세속적 인간이 더해진 독특한 품성의 소유자, 폰 노이만답지 않은 묘한 언급을, 그는 느닷없이 하고 있다.

"어머니. 아마도 신은 존재할 거예요. 그래야, 세상이 좀 더 쉽게 설명이 되거든요."

5) '서재' 안을 처음 들어갔을 때의 소감을 폰 노이만은 연구 일지에 다음과 같이 적고 있다.

'서재'의 물리적인 크기는 내가 어린 시절을 보낸 부다페스트의 집 서재보다 각 변의 길이가 2배, 따라서 체적으로 8배 정도 큰 것이 분명하다. 하지만, 내가 일곱 살 어린 시절로 되돌아가 그때의 기억을 선명하게 떠올리니, 일곱 살짜리 어린아이가 보고 느낀 서재의 크기는, 바로 성인인 내 눈앞에 오늘 서 있는 '서재'의 크기와 동일했다는 점을, 나는 지금 깨닫고 있다. 즉 일곱 살이었던 과거의 나와 현재의 내가 심리적으로 동일하게 크기를 느끼도록, 현재의 '서재'는 친절하게도 스스로 크기가 2차원으로 4배, 3차원으로 8배 정도 커져서 내 눈앞에 나타난 것이다. 물론 정확히 말해 본다면, 서재 자체가 아니고, 그 안에 있던 공기란 기체의 부피가 8배 커져 복제된 것으로 유추할 수 있다. 현재에 나타난 '서재'를 보고 있으면, 책들이 주는 지식의 기쁨보다 책들에 둘러싸여 있는 그 분위기, 그 위압감에 눌려 있어야 했던 일곱 살짜리 꼬마가 생각이 난다. 일곱 살 때의 나는 주위의 어른들이 물어보는 모든 것에 정답을 말해야 하는 천재 소년이었다. 지금도 난 사람들이 내게 질문을 던지면 언제나 명확한 답변을 해주어야 하는 사람이다. 그런 내 모습을 부모님은 매우 자랑스러워 하셨지만, 난 한 번도 진실된 즐거움을 느껴보지 못했다. 난 책을 읽어야 했기에 읽었고, 외워야 했기에 외웠다.

수혁은 '논의(Discussion)' 부분을 읽기 시작하면서, 읽는다는 행위 그 자체에 마음을 서서히 빼앗겨 갔다. 우선, '논의'의 내용은 여기저기서 발췌-축약한 것이라고 6페이지 첫머리에서 밝힌 대로, 문체도 그 전까지의 딱딱한 협박조에서 조금은 탈피하여 약간의 유머러스함까지도 가끔가다는 풍겨 주는 점이 고마웠고, 따라서 읽기에 편했다. (다만 문서 편집은 6페이지부터 갑자기 달라져, 한 페이지 구성이 좌-우 두 단으로 바뀌었고, 글자 크기도 9포인트 이하로 작아진 것이 페이지당 글자 수는 획기적으로 늘어나 있었다. 종이를 아끼고자 함인지, 읽는 사람 편히 못 읽게 하고 싶은 심술인지, 그건 수혁으로선 알 수 없었다) 아마도, 문외한들을 위해서 약간의 서비스 정신을 펜타곤이 발휘한 것 같았다. 게다가 얘기가 재미있었다. 폰 노이만이란 인물이 나오면서는 생생함이 배로 되는 느낌이 있었다. 핵폭탄 개발에 참여했고, 기계가 스스로 자기를 복제하는 무한 복제 이론의 창안자, 컴퓨터 개발자로, 천재 과학자들의 일화 모음집 정도에서 본 적이 있었던 것 같은데, 이 문서는 후세 사람이 결코 알 수 없는 폰 노이만의 숨겨진 이야기를 슬쩍 들려 주고 있었으며, 따라서 그의 인간적인 면모에 매우 흥미가 생겼다. 제2차 세계대전 당시의 핵폭탄 개발에 대한 상황 묘사들은, 완전히 이해하긴 어려웠지만 읽어나가면 나갈수록, 이 문서가 얼마나 직접 알리고 싶지 않은 걸 억지로 참아 가며 서술해 나갈 것인지를 이해할 수 있는, 무게감 어린 시작이 되고 있었다. 그러나 수혁에게는 무엇보다도, 이 문서가 이제부턴 'F Zone'이 뭐 하는 곳인지를 말하려 하는 듯이 느껴졌다. 그래서 문서의 뒷면을 슬쩍 들추니, 예의 검은색 마킹 자국들이 '그래도 할 수 없어. 이제부턴 제대로 안 가르쳐 줄 수밖에!'란 식으로 곳곳에 시커멓게 내용을 지우고 있는 것이 보였다. 다시 기분이 언짢아지긴 했지만, 이제는 완전히 잠을 잊어버리고 새벽 3시가 넘어가도록 몰두하며 읽기를 계속했다.

10 페이지

폰 노이만의 딜레마 : 54년 11월, '은'의 복제란 극히 현실적이며 구체적인 실험 목적을 잠시 뒷전으로 보내 버린 폰 노이만은, 자신 앞에 느닷없이 나타난 어린 시절의 '서재'에 대한 제2차 실험에 들어간다. 당시의 '서재'를 이루는 모든 것들 중에서, 지구상의 물리적 이치로서 항상 내부 빈 공간을 가득 채웠을 공기-기체만이 고체로 특성이 변환되어 복제되었다는 풍자 섞인 듯한 생뚱맞음이 아닌, 자신의 마음에 맞는 보다 근사한 결과물을 기대한 폰 노이만이었다. 그는 스스로의 기억 속에 자연스레 각인되어 있는, 바로 '서재'라는 공간을 구획해 낸 벽체로 이루어진 인위적이자 인간적인 경계들이, 자신의 어린 시절, 즉 과거로부터 온전히 복제되어 현재의 자기 눈 앞에 곧바로 나타나기를 강렬히 희망하였다.

어떠한 사고 실험(Gedankenexperiment)의 과정 끝에, 폰 노이만 자신이 2차 실험을 행할 확신을 얻었는지에 대해선, 오늘날 남아 있는 기록으론 확실한 것은 알 수 없다. 다만, 첫 번째 '서재' 안을 혼자서 서성이며 며칠 밤을 지새우다가, "유레카!"를 외치며 욕조를 뛰쳐나간 아르키메데스처럼 안에서 느닷없이 잔뜩 흥분한 채 달려 나오며, 연구원들에게 "맞아! 이거야! 이렇게 한번 해보자!"라고 폰 노이만이 소리 질렀다는 일화가 전해진다. 문제 해결을 위한 방법론으로, 심사숙고의 장고를 거듭하기보다는 순간적인 번뜩임에 강한 그다운 면모였다. 이로써 폰 노이만의 새로운 실험은 시작되었고, 제2차 실험의 결과로 '프로젝트 엔텔레키'의 중요한 전기를 마련하게 된다.

줄이 바뀌어 새로 시작된 상당히 긴 문단 하나가, 검정 마킹 자국으로 완전히 시커멓게 지워져 있었다. 수혁은 그 내용에 대해 궁금증이 치밀어 올랐지만 그로선 어찌할 수 없는 노릇이었다. 지워진 문단이 중요한 정보를 담고 있었을 것이란 점은 불을 보듯 뻔했다. 그리고는, 내용이 매끄럽게 연결되지 않는 상태에서 새로운 문단이 갑자기 시작되고 있었다.

연구원들이 말리는 상황에서 폰 노이만은 고집을 피우며 내부로 들어갔던 모양이다. “내가 놀던 서재니까 내가 들어가야지!”가 그의 간결한 주장이었다. ‘잡동사니’ 거푸집을 통해 찍어 낸 에폭시 수지로 된 첫 번째 ‘서재’가 아니고, 강렬한 빛에 휩싸인 채로, ‘잡동사니’ 그 자체로 이루어져 자신 앞에 진실된 축척으로 새롭게 나타난 두 번째 ‘서재’ 내부로 사라진 그는, 세 시간이 넘도록 안에서 나올 기미를 보여 주지 않아 연구원들을 초조하게 만들었다. 92기의 전자석 가속장치(Magnetic Coils)들은 ‘빅 자이언트’ 벽체 내부에 매입되어 있다가 벽체에서 떼어 내어져, 첫 번째 ‘서재’를 둘러싸고 설치된 뒤에 재가동되고 있었다. 그 전자석 가속장치(Magnetic Coils)들의 영향 때문에, 형태가 정착되지 않아 마치 시멘트로 이루어진 굵다란 그물망 느낌의 ‘잡동사니’들은, 계속적으로 첫 번째 ‘서재’ 바깥 쪽에서 표면막 여러 층위를 연이어 형성하듯이 덧붙어 생겨났고, 결국엔 폰 노이만이 들어간 두 번째 ‘서재’의 출입문-통로를 막아 버리더니, 안에서 새어 나오던 빛조차 ‘잡동사니’들의 표면층을 전혀 투과하지 못하는 상태로 되고 말았다. 밖에서 바라볼 때 두 번째 ‘서재’는, 첫 번째 ‘서재’를 주골격으로 삼아 덧붙여 형성된 누에고치 속에 들어 있는, 번데기 신세가 된 것 같아 보였다. 연구원들은 두 번째 ‘서재’ 내부의 상태를 어림잡아 짐작이라도 할 수 있는 모든 표상들이 사라지자 두려움에 휩싸였고, 결국 수석 연구원의 지시로 92기의 전자석 가속장치 가동을 중단할 수밖에 없었다.

11 페이지

겹겹이, 마치 파이 껍질처럼 눌어붙은 '잡동사니-누에고치'의 표면에, 절단기로 구멍을 뚫어 사람이 통과할 수 있는 동굴-통로를 확보하는 데에도, 하루란 시간이 소비되었다. '잡동사니-누에고치' 표면층의 맨 마지막 층위, 바로 첫 번째 '서재'에 구멍을 뚫는 순간, 그 지층의 아랫부분-내부에선 강렬한 백색 광채가 새어 나왔으며, 새어 나오는 순간 그 즉시로, 빛이 사라져 버리는 것 또한 연구진은 목도해야만 했다. 이제는, 폰 노이만의 신상 문제에 대해 걱정을 아니할 수 없게 된 연구원들이었다. 극도의 긴장 속에, 완전히 빛이 꺼져 버린 암흑의 공간-두 번째 '서재' 속으로 들어가야 했던 연구원들은, '서재'의 대부분이 형체를 잃고 녹아내린 끝에 바닥에 흘러 다니는 것을 발견했다. '잡동사니'들에 동굴을 파서 애써 두 번째 '서재'로 접근하니 '서재'의 형태는 그만 사라져 버렸고, 연구원들은, 자신들의 처지가, 마치 두텁고 단단한 빵껍질이 표면을 둘러싸고 흘러넘치는 것을 막고 있는, 걸쭉한 하드롤스프(빵스프) 속에 빠져 버린 꼴이라고 탄식할 수밖에 없는 상황이었다. 이 액체화된 '잡동사니'-두 번째 '서재'는 연구원들의 무릎 이상을 차올라, 신발과 의복에 강력한 표면장력 효과로 덩어리째 들러붙으면서, 마치 수은과도 같은 특성을 보이며 무리를 짓고 굴러다녀 모두를 긴장시켰지만, 그들은 어찌했든 폰 노이만을 찾아내야 했다. 캄캄한 내부에서 희미한 회중전등 빛에 의지하며, 상체를 구부린 채 두 손으로 녹아내린 '잡동사니'-두 번째 '서재' 속을 연신 휘젓던 연구원들은, 이윽고 폰 노이만을 발견할 수 있었다.

폰 노이만은 두 손과 두 팔로 무릎을 끌어안고 얼굴을 가슴에 파묻은 자세로 바닥에 앉아, 액체화된 '잡동사니'-두 번째 '서재'의 호수 속에 거의 전신이 잠긴 채로 정신을 잃고 발견되었다. 그는 깨어나서도 3~4일간은 아무 말도 하지 못했고, 마치 정신이 외부로 나가 버린 사람 같은 느낌을 주변에 전달했다. 육체는 생존을 위한 기본적인 작동만이 가능했으며, 일종의 식물인간 상태의 폰 노이만이었다.

한편으로, 수은과도 같은 상태로 액체화된 '잡동사니'-두 번째 '서재'는 점차 기화되듯이 그 부피가 줄기 시작했고, 72시간이 지나자 완전히 현장에서 자취를 감추어 버린다. 기묘하게도 두 번째 '서재'가 사라지면 사라질수록, 폰 노이만의 자아-정신은 물을 용기에 부으면 부을수록 그 수위가 차오르듯이 점차로 그의 내부에서 채워져 나가, '서재'의 흔적이 완전히 이 세계에서 사라지던 순간, 폰 노이만은 본연의 자신으로 되돌아오게 된다.

영혼이 되돌아온 폰 노이만은, 주위에 서서 걱정스레 자신을 쳐다보던 사람들에게 다음과 같은 최초의 한 마디를 명료한 목소리로 뇌까렸다고 한다. "모든 것을 들여다볼 필요가 있을까? 인간에게 불필요한 짓이다." 이런 이해 불가능한 혼잣말을 내뱉은 폰 노이만은, 절차상의 요식 행위로 마련되었던 국방부(DoD) 사고조사위원회(AIB)[34]와의 회견에서, 더 이상의 심도 있는 자세한 언급을 자제하며, 자신이 겪은 현상에 대해 간결한 말솜씨로 재차 요약했는데 다음과 같았다.

34 AIB Accident Investigation Board

"이는 3차원이냐, 4차원이냐, 하는 시공간의 물리적 개념으로 규정할 수 있는 현상이 아니다. 굳이, '그 세계를 규정하는 차원'이란 것을 표현해야 한다는 수학적 사고를 도입해 본다면, 허수-복소수 차원계[문서 주석6)]라 말해 볼 수 있다. 분명한 점은, '그 세계 안'에서 — 생각해 보면 '안과 밖'으로 분리하는 인간적 개념조차가 비합리적인 것이긴 하지만 — 우리가 제한당하고 있는 이 4차원 시공간과는 완전히 다른, 독립적인 방향들로 움직일 수 있는 자유가 나에게 비약적으로 늘어났었다는 것이다."

폰 노이만은 실험 현상에 대한 언어적 묘사가 불가능하다는 이유를 들어 자신의 경험을 AIB에 자세히 진술하지 않았으며, 국방과학 관련 연구에 관해서는 어느 누구보다도 심대한 공로와 영향력을 인정받아 온 폰 노이만이기에, AIB 또한 별다른 취조 없이 그의 의견을 존중하는 선에서 조사 활동을 마무리 짓고 보고서를 작성한다. 그 후, 폰 노이만은 92기의 전자석 가속장치에 들어간 1만 5천 톤의 은에 대해선 일언반구一言半句조차 어떠한 방식으로도 내뱉지 않는다. 그리고 본인이 주도했고, 동시에 자신의 유일한 미해결 연구 과제이기도 한 '프로젝트 엔텔레키'를 뇌리 속에서 완전히 지워 버린 양 행동하며, 이와 같은 태도는, 핵무기 개발 중 노출된 방사능의 피해로, 1957년 54세의 나이에 골수암에 걸려 죽음을 맞이할 때까지 일관되게 지속된다. 그러나 '프로젝트 엔텔레키' 이후 표면적으로 드러난 태도는 변함이 없었다 하더라도, 그의 내부에선 심리적으로 많은 변화가 있었다는 점은 사실인 것 같다. 그 전보다도 더욱, 생명과 인간에 대해 능동적 정신 활동이란 면은 배재한 채 오직 기계론적인 틀 안에서 해석하려 애쓴 인공생명과 인공지능의 역설적인 연구라든지, 그러면서도 양자계에서 파동 함수의 붕괴를 가져오는 것은 인간 의식의 역할이라고 강조하여, 후에 ESP(초능력)와 양자역학을 연결, 공리公理적 타당성이 발을 딛고 설 실지實地를 잃고는 스스로가 급격하게 비약해 버리는 신과학新科學-의사과학擬似科學의 이론적 발원지가 된, 알다가도 모를 기묘한 이중성, 그리고 "과학자가 세계를 다 책임질 필요는 없다."는 단순 논리에서 벗어나, "내가 세상을 너무 간단하게 생각했다."는 후회 비슷한 한 마디를 가족들에게 던지곤 하며 생각에 잠길 때가 많아졌다는 등의 일화들은, '프로젝트 엔텔레키'가 그에게 또 다른 정신적 외상으로 남았다는 추측을 가능하게 한다.

반면에, 사람들을 대하는 삶의 태도에서는 보다 긍정적인 변화를 보인다. '프로젝트 엔텔레키' 이후, 폰 노이만은 더 이상 억지로 타인이 묻는 것들에 정답을 모두 말하려 하지 않았다. 그가 죽기 1년 전인 1956년 2월, 프린스턴 대학에서 열렸던 '컴퓨터와 뇌'란 주제의 강연 중 벌어진 일화는 말년의 변화를 보여 준다. 청중들 중에서, "인간을 어찌 자기복제 기계장치로만 설명할 수 있느냐."는 이해 부족의 단순함과 다소의 힐난조가 포함된 질문이 튀어나왔을 때, 폰 노이만은 편안한 얼굴로, 그를 평소에 아는 사람이 들으면 놀라움에 입을 다물지 못할 만한 답변을 한다.

"나는 생명이 논리에 근거한다고 믿기 때문입니다. 그러나 인간이란 생물학적 유기체는 인간이 상상해 낼 수 있는 그 어떤 구조체보다 훨씬 더 복잡하고 이해하기 어려울 것이란 점에 또한 동의합니다. 그 영역으로 들어가면, 나는 내가 아무것도 아는 바가 없다는 점을 스스로 인정하게 됩니다."

6) 허수-복소수 차원계(Imaginary-Complex Number Dimension World) : 이 기다랗게 단어들이 결합되어 있는 어휘가 가진 포괄적인 뜻을 완전히 표현할 순 없지만, '복소차원(Complex Dimension)'으로 간결히 표기해 보거나, '초함수 차원(Hyperfunction Dimension)'이란 어휘로의 치환(置換)을 생각할 수 있다. 폰 노이만이 말한 '허수-복소수 차원계'란, '실차원(實次元)을 포함한 광범위한 미지의 영역'이란 뜻으로 표현된 것이다. 허수란 실제세계의 수(실수)가 아닌 상상의 수를 말한다. 제곱을 했을 때 음수가 되는 수를 만들기 위해 나온 수를 의미하는데, 예를 들어 허수 i의 제곱(i×i)은 -1이고 -1은 실수이지만, i 자체는 실수가 될 수 없다. 따라서 허구적 또는 공상의 숫자로 불리우며, 상상 속에서만 존재한다. 폰 노이만이 허수를 말했을 때, 그는 상상의 영역, 바로 '상상계'를 지적하고 있다. 복소수는 실수와 허수의 조합이다. 실수와 허수 모두를 포함하는 가장 복잡한 수인 동시에 다른 모든 수를 포함한다. 일반적으로 a+ib라고 표기하며, 여기에서 a와 b는 실수이다. 다시 말해서 a와 ib는 각각 복소수의 실수 부분과 허수 부분이다. 폰 노이만의 '허수-복소수 차원계'는, 허수 부분을 이미 포함하고 있는 '복소수 차원'이란 단어에 '허수'를 다시 앞머리에 붙임으로써, '실제 세계를 선험적 인식 바깥에서 초월적으로 광범위하게 감싸고 있는 허구적, 상상의 세계'란 뜻을 재차 강조한다. '프로젝트 엔텔레키'의 실험 결과로 생겨난, '허수-복소수 차원계'라는 처음으로 조합 사용된 비교적 모호한 속성의 어휘를 통해, 폰 노이만은 자신이 지금까지 인간이 경험하지 못한 미지의 영역에 들어갔었고, 그 실체화된 '상상계'를 스스로가 어떠한 방식으로든지 감각-경험화 했었음을 우리에게 증거하고 있다.

"이거 참, 읽으면 읽을수록 얘기가 점점 괴상해지는구만!"

수혁은 혼자서 웃으면서, 혼잣말하면서, 종이 뭉치를 들척이며 읽고 있던 곳의 뒤편을 넘겨 보았다. 폰 노이만의 일화가 더는 나오지 않는 것 같았다. 또 다른, 새로운 이야기가 시작되고 있었다. 생소한 영어 단어 천지인 글을 일일이 검색해 가며 읽자니, 시간은 화살을 쏜 듯이 흘러가 새벽 4시였다. 그러나 손에서 서류를 놓을 수가 없었다. 이제는 거의 기쁨마저 느껴질 지경이었다. 마음이 변해서, 자신이 F Zone으로 가겠다고 헨리 유에게 선언한 것이 하나도 후회스럽지도 억울하지도 않게 돼 버렸다. 물론 순간에 그치는 마음의 긍정적인 변화일 수도 있겠지만. 온몸이 부들부들 떨리는 듯한 흥분이 느껴졌다. 무언가 정말 기묘하면서도 이상하면서도 색다른, 진정한 모험이라 할 만한 그 무엇이 자신을 기다리고 있다는 느낌이 들었다. 일상의 이 지긋지긋한 권태로움과 우울에서 벗어나 완전한 몰입을 가져다줄 수 있는 그 무엇이, 바로 F Zone에 있을 수 있다는 예측, 그 직관에 가까운 생각이 수혁을 달아오르게 했다. 두려움도 그의 흥분을 가라앉히긴 커녕, 그 기운을 북돋우고 있는 실정이다. 밤을 완전히 새는 것을 주저하게 만드는, 아침의 출근을 걱정하는 일말의 거리낌도 마음속에 다 사라지는 것을 느끼며 수혁은 다시 읽기 시작했다.

12 페이지

프로젝트 에어 브릿지(Project Air Bridge) : 1984년, 전략방위구상기구(SDIO)[35]가 국방부(DoD) 내에 설립되고, 1987년, SDIO는 국방조달위원회(DAB)[36]에 자신들의 계획서를 제출한다. 그 계획서의 극비 별첨 자료집

35 **SDIO** Strategic Defense Initiative Organization
36 **DAB** Defence Acquisition Board

에서, 당시 SDIO의 자문 위원이었던 에드워드 텔러Edward Teller[37]는 일종의 방어적인 입장으로, 과도한 전략방위구상(SDI)[38] 예산소요豫算所要를 문제 삼을 것이 뻔한 DAB의 공격에 대비하기 위해, 과거 30년 전, 폰 노이만이 주도했던 '프로젝트 엔텔레키' 실험에 다시 주목한다. '맨해튼 프로젝트'에 참여했으며 수소폭탄 개발에 결정적 역할을 했던 에드워드 텔러는, 헝가리 부다페스트의 유복한 유태인 가문 출신으로서 자신과 출생 성분이 같은 뿐더러, 1943년부터 그가 몸담고 있던 로스 알라모스 기지에 군사 고문으로 자주 왕래하는 다섯 살 위인 폰 노이만에 대해선, 동류同流 의식이라 할 수 있는 친근감을 가지고 있었다. 따라서 제2차 세계대전 후에 본격적으로 시작된 수소폭탄 개발에 있어서도 텔러는 폰 노이만의 의견을 신중하게 경청하곤 했다. 이런 폰 노이만과의 교류를 통하여, '프로젝트 엔텔레키'의 과정 전말을 제법 소상히 알고 있던 텔러는, 그 실험을 끝으로 묻혀 버린 미지의 가능성들에 대해, 세월이 지나서도 생각을 멈추지 않고 속으로 발전시키고 있었다.

---

37 **에드워드 텔러(Edward Teller)** 1908~2003. 헝가리 태생의 미국 핵물리학자로 맨해튼 프로젝트에 참여했으며 수소폭탄 개발을 주도하여 '수소폭탄의 아버지'라 불리운다. 과학자들 중에 가장 정치에 영향을 끼친 인물로 평가되며, 레이건 행정부 시절 SDI, 바로 스타워즈 계획이 입안되는 데 결정적인 역할을 한다. 대표적인 매파(Hawkish) 과학자였으며, 당대 유명 과학자들과의 경쟁의식, 성과에 대한 집착, 어려서 겪었던 공산주의에 대한 공포 등이 그를 강경파로서의 성격을 가지게 했다.

38 **SDI(Strategic Defense Initiative)** 전략방위구상이란 미국을 보호하기 위해 적국의 핵미사일을 우주공간에서 요격하고자 하는 군사 전략이다. 1983년, 레이건 행정부 때 처음 SDI 계획이 수립되었으며, SDI는 일명 '스타워즈' 계획으로도 불린다. 클린턴 행정부 때는 전역미사일방어체제(TMD)와 국가미사일방어체제(NMD)로 구분, 전환되었다. 조지 W. 부시 행정부는 TMD와 NMD를 통합, 확대한 미사일방어체제(MD)의 추진을 2001년에 발표한다. MD계획은 현재까지 지속적으로 연구 개발이 진행 중이다.

텔러는 SDI 계획서의 별첨 자료집에서 '프로젝트 엔텔레키'에 사용되었던 '빅 자이언트'의 구조와 특성을 논하고, 특히 92개에 달하는 전자석 가속장치에 대해 주목하고 있다. 그는 전자석 가속장치를 이루는 1만 5천 톤이라는 막대한 양의 은을 재처리할 것을 요구하며, 그 은 모두가, 상온常溫 초전도체로의 완전한 전환이 가능할 것이란 가설을 제시한다.[39] 당시의 상황을 보면, 1954년의 '프로젝트 엔텔레키' 2차 실험을 위해 '빅 자이언트'에서 분리되어 쓰여졌던 전자석 가속장치들은, 다시 재분해되어 오크릿지의 Y-12 플랜트 내부에서 30년이 넘는 세월 동안 비밀리에 보관이 이루어졌고, 따라서 가속장치에 쓰인 은도 별도로 회수되지 않고 그 상태 그대로를 유지하고 있었다.[40]

에드워드 텔러는 폰 노이만이 주도했던 '프로젝트 엔텔레키'를 다음과

---

39 초전도체는 온도가 어느 임계값 이하로 내려갔을 때 전기 저항이 갑자기 0으로 사라지는 신기한 물질이다. 초전도체는 에너지 손실이 전혀 없으며 100%의 전력 효율을 나타낸다. 대부분의 초전도체들은 절대 온도 0K(영하 273도) 근처에서 작용한다. 초전도체를 사용하면 마이스너 효과(Meissner Effect)로 강력한 자기장을 만들 수 있기 때문에, 자기부상열차나 초전도베어링, 거대 강입자 가속기의 제작을 가능하게 한다. 일반적으로, 은(Ag)은 상온에서 전기전도도가 좋은 금속이므로 초전도체가 불가능한 성질을 가진 것으로 알려져 있으며, 반면에 역설적이게도, 은은 혼합재로 쓰이거나 막을 형성함으로서 초전도체의 형성에 도움을 주는 물질이기도 하다.

상온 초전도체(저온이 아닌 상온에서 초전도성을 나타내는 물질)가 되는 물질은 아직까지 공식적으론 발견되지 않았다. 사실상, 별도의 냉각 시스템이 필요 없는 상온 초전도체는 아직 생각조차 할 수 없는 사정이고, 절대 온도 0K의 절반 값인 130K(영하 143도) 부근의 높은 온도에서 작동하여, 비교적 저비용의 극저온 냉각이 필요한 고온 초전도체조차 그 특성을 설명할 수 있는 이론이 없다. 따라서 물리학자들은 주먹구구식으로 고온 초전도체를 찾고 있는 실정이다. 현재 고온 초전도체의 최고 초전도 온도는 138K(영하 135도) 수준에 도달해 있다. 여기서 거론되고 있는 상온 초전도체가 공식적으로 발표된다면, 산업적 혁명이란 면에서 그 여파는 전 세계를 뒤흔들고도 남음이 있을 것이다.

40 1970년에 은이 미 재무부로 최종 반환되었다는 설은 풍문에 불과하다.

같이 설명하고 있다. “프로젝트 엔텔레키의 두 실험들에서 전자석 가속 장치에 쓰인 은 일부가, 초전도체로 상온에서 전환되어 상상을 초월하는 막대한 양의 전자기장을 발생시켰던 것이며, 그 결과로서 폰 노이만이 명확히 밝히지 않았던, 일종의 ‘공간 이동’이나 ‘시간 이동’과도 같은 효과가 나타났던 것으로 여겨진다. 그러나 폰 노이만은 ‘공간’ 내지 ‘시간’이란 용어의 사용을 전혀 고려치 않았으며, 오히려 ‘허수-복소수’라는 수학적 은유(Metaphor)가 내포된 (문장 중간부터 단호하게 지워져 있었고, 그 이후 14줄에 걸친 문장 모두가 검은색 마킹으로 깨끗하게 삭제되었다)

거울 대칭성이 깨진 초전도 물질로서의 은이, 결국 거울 대칭적 성격을 가진 자기 반영의 복제 세계를 만들어 낸다. 폰 노이만은 이를 일컬어 ‘허수-복소수 차원계’라 명명하였다.”

에드워드 텔러는 자신의 제안이 통과되기를 은근히 기대하였으나, 레이건 행정부 하에서는 SDI 예산에 대한 압박이 느슨하게 나타난 연유로, 필요성에 대해 절박감이 없어 큰 호응을 얻지 못하고 흘러가고 만다. 1991년 1월, 조지 HW 부시 행정부는 SDI 계획에 대한 대대적인 구조 조정에 들어가는 바, 이때 텔러의 제안이 수용된다. SDIO의 하부 조직으로서 미래자원예측센터(FRFC)[41]가 설립되고, FRFC는 공식 명칭 ‘미래자원개발(Development of Future Resources)’, 암호명으로 바로 ‘프로젝트 에어 브릿지(Project Air Bridge)’를 진행한다. FRFC는 SDIO 산하에 있다가,

41 **FRFC** Future Resources Forecasting Center

1993년 5월, 클린턴 행정부가 SDIO를 탄도미사일방어기구(BMDO)[42]로 축소 개편할 때에 분리되어, 국방부(DoD) 내의 독립적 기구로서 기능하게 되었으며 지금까지 그 역할을 이어오고 있다. (이하 4줄의 문장이 검정 마킹으로 지워짐)

13 페이지

FRFC가 추진한 '프로젝트 에어 브릿지'는, '프로젝트 엔텔레키' 때와는 달리 실험의 시작부터가 군사 전략상의 목적성이 분명했다. 물질 자체의 종류나 가치에 구애받지 않고 그 무엇이 대상으로 되든지, 한 장소에서 다른 한 장소로 복제하여 순간 이동시키겠다는 군사적 목표가 프로젝트의 본격적 개발 이전부터 전제되어 있었다. 물질이란, 국방부(DoD)의 정책 입안자들에겐 곧바로 무기이자 유류 탱크인 것이고, 나아가 어쩌면 군인으로도 여겨질 수 있는 문제였다. 물질의 복제와 원격순간이동(Teleportation)이 모든 비용 발생의 장부상 항목들을 획기적으로 삭제해 나갈 것이란 점은 분명했다. FRFC의 '프로젝트 에어 브릿지' 연구진은 은의 복제라는 연금술적인 집착엔 아랑곳하지 않고, '프로젝트 엔텔레키'의

42 **BMDO** Ballistic Missile Defense Organization

43 **NMD(National Missile Defense system)** 국가미사일방어체제(NMD)란 미 본토로 날아오는 대륙간 탄도 미사일(ICBM)을 대기권 밖에서 요격한다는 군사 전략이다. 이전의 전략방위구상(SDI)과는 조금 개념이 달라지는데, 기술적으로 진보된 적의 대규모 공격을 방어한다기보다는 비교적 소규모의 ICBM 공격을 방어하는 개념이다. 하지만 이를 실현하기 위해서도, 전지구적 규모의 조기경보위성, 레이더, 통신 체계와 요격 미사일이 완비되어야

실험 결과들 중, '잡동사니'들의 '현현顯現'에 집중한다. 이제 '잡동사니'는 '잡동사니'가 아닌, 실제의 그 무엇이 분명히 되어 나타나 적들을 일망타진해야 할 시간인 것이다.

1995년 11월, 국가미사일방어체제(NMD)[43]의 핵심적 개발 요소로서, 기존의 방위지원프로그램(DSP)[44]에서 우주기반 적외선레이다시스템(SBIRS)[45]으로 변화를 꾀하던 위성조기경보체제(SEWS)[46]의 개발 과정에 FRFC가 참여, 그들의 첫 시제품을 테스트용 저궤도-우주기반 적외선위성(SBIRS-LEO)[47]에 장착하여 쏘아 올린다. 그 당시 SBIRS-LEO는 BGCU-PO(투영체 형성 유도제어장치)[48]를 싣고 지상(위성의 궤도 높이가 'mile'이나 'km'로 표기되어 있었을 것으로 짐작되나, 검정 마킹으로 숫자와 단위가 지워져 있었다)의 높이에서 예정된 장소의 투영면 강하 지점(DPPS)[49]들을 정확히 포착해 내는 성과를 올리게 되지만, 원原-대상과 동일하게 복제가 완성된 상태라는 개념에선 물질 복제된 PO(투영체)[50]에 머

한다. TMD와는 확연히 구분된다. 전역미사일방어체제(TMD: Theater Missile Defense)는 적국으로부터 해외 주둔 미군과 동맹국을 향해 탄도 미사일이 발사되면 발사 순간부터 정찰 위성과 이지스함으로 추격, 미사일을 발사해 격추시킨다는 방어 전략이다.

44 **DSP** Defense Support Program

45 **SBIRS(Space-Based Infrared Radar System)** 세간에는 Space-Based Infrared System으로 통용되고 있으나, 이 문서에서는 Space-Based Infrared Radar System으로 표기되었다. 문서 자체의 오기인지, 이중 약어 표시 체계가 있는 건지, 본 문서 작성년도 이후에 미국방부 약어 표시 체계가 변경된 것인지는 분명치 않다.

46 **SEWS** Satellite Early Warning System

47 **SBIRS-LEO [SBIRS(Space-Based Infrared Radar System) satellites in Low Earth Orbit]** 저궤도-우주기반 적외선레이다시스템 위성. SBIRS-Low라 표기하는 약어 방식이 일반적인 것으로 생각되는데, 이 문서에서는 SBIRS-LEO이다.

48 **BGCU-PO** Build-up Guidance and Control Unit of Projected Objects

49 **DPPS** Descent Points of a Projected Surface

물러, 사실상의 실패작으로 결론나게 된다. (이하 11줄이 검정 마킹으로 내용이 삭제되었다) 원격순간이동과 물질 복제, 두 기능이 결합, 텔레클로닝Telecloning[51]된 PO(투영체) 모두는, 어떠한 형태를 가지든지 성분이 분석-완료되지 않는 단일한 3차원 그물상 구조의 공중합체(共重合體 Co-polymer)를 동일하게 이루고 있어, 형태만 복제되지 물질 고유의 물성物性은 전혀 복제되지를 않았다. 나무도, 철도, 유리도, 모두 회색 빛깔의 가벼운 PO(투영체)일 뿐이었다. 실험 회수를 거듭해도 결과는 마찬가지였다. 예를 들어 탱크를 복제하여 원격순간이동하면, 원原-탱크와 달리 복제-탱크는 모든 내외부가 회색의 PO(투영체) 덩어리로 나타나기만 했다. 그 결과, 두꺼운 철판 장갑에 포와 기관총으로 무장한 무한궤도 돌격차량이라는 전술적 특성은 사라진, 한 마디로 무용지물無用之物이라는 점에서 국방부(DoD) 내부 관계자들은 '프로젝트 에어 브릿지'의 성과에 실망할 수밖에 없었다. 다만 과거의 '프로젝트 엔텔레키' 때와는 다른 양상으로 PO(투영체)가 원原-대상(Origin-Objects)에서 복제되어 나타나, '프로젝트 에어 브릿지'의 연구진에게 그나마 희망 섞인 예상과 주장을 가능하게 하고 있었다. 이번에는 복제시 물질의 덩어리 크기와 분리 지점을 자유롭게 조절할 수가 있어 형태상의 재구성과 결합이 용이했다. 그리고 무엇보다 중요한 점은, 시공간 덩어리에서 '시간단면(Time Slice)' 하나를 분명하

50 **PO(Projected Objects)** 'Duplicated Objects(중복체, 복제체)'란 명칭을 쓰지 않고 'Projected Objects(투영체)'라 표현한 것을 보면, 물성은 복제되지 않고 형태만 불완전 복제된다는 면을 강조한 표현으로 보인다.

51 **텔레클로닝(Telecloning)** 양자계에서 원격순간이동(Teleportation)과 복제(Cloning)가 함께 일어난다는 뜻으로 두 단어를 결합하여 텔레클로닝(Telecloning)이라고 한다.

게 짚어 내기, 즉 그 '시간마디(Time Word)'[52]를 정확히 선별할 수 있다는 것이었다. BGCU-PO(투영체 형성 유도제어장치)는 더 이상의 (다음 문맥은 검정 마킹으로 지워짐) PO(투영체)들의 두서없는 뒤섞임과 같이하여 한꺼번에 시간마디(Time Word)들이 뒤죽박죽으로 복제되는 일이 사라졌다. 즉 '과거'와 '현재' 그리고 '미래' 중에서, 목표로 마음먹은 한 시간마디(Time Word)를 명확히 선별할 수 있게 된 것이다. 어쨌든, 원原-대상에서 무작위로 흘러넘치고 유출(流出, Emanatio)되는 복제 PO(투영체)들을 통제 가능케 할 단서 조항이, 연구가 거듭될수록 늘어나고 있다 볼 수 있는, 희망 섞인 상황이라고도 할 수 있었다.

1996년 3월, 네바다주(장소를 나타내는 구체적 지명은 지워져 있음)에 마련된, G-PORA(지상-투영체 지정집결지역)[53]과 PO(투영체)들을 스캔 분석하여 형태들을 결합-완료지을 수 있는 KELLA System이, 4,200 에이커Acre의 규모로 마련되기 시작한다. KELLA System이 2년간의 준비 작업 끝에 1998년 6월에 가동되기 시작하자, 연구진들은 곧바로 중요한 사실을 알아낸다. KELLA System의 대공간 구조물 내부에 모든 복제된 PO(투영체)들을 형태 안착시킨 후, 그 PO(투영체)들의 집합에 BGCU-PO(투영체 형성 유도제어장치)를 재가동시키면, 원격순간이동 되기 이전 단계로서, 원原-시공간 자체의 계량화가 불가능한 질적質的 배경이 다시 재형성되었다. 이런 현상에 대한 논의로서, 일종의 시간 여행, 시간 이동

52 **Time Word** 본 문서를 기술한 연구진들이 자신들 실험 결과의 개념을 세우기 위해, 새로 만들어 낸 단어로 생각된다. 필자는 '시간마디'라 번역해 보았다.

53 **G-PORA** Ground-Projected Objects Randezvous Area

이라 최초에 짐작되었지만, 확실한 상황을 파악하기 위해 가동된 KELLA System 내부로 직접 들어간 연구진은, 이 현상이 단순한 시간 여행이 아니란 점을 곧바로 알 수 있었다. 폰 노이만의 진술을 기록한 1954년 12월의 AIB(사고조사위원회) 조사서 내용을 다시 들춰 볼 수밖에 없었던 연구진은, 확신할 수는 없지만, 자신들이 어쩌면 폰 노이만과 동일한 체험을 한 것이라 생각하게 된다. 그들은 이 현상에 대해 최초로 폰 노이만이 제시한 개념에 따라, '허수-복소수 차원 여행(Imaginary-Complex Number Dimension Travel)'이라 정식 용어를 겸손하게 만든 뒤, 다시 간략하게 말을 줄이고 의미 심장한 뜻을 강화하여 '비일상적 차원 여행(Non-Consensus Dimension Travel)'이라 부르기도 하고, 또는 관념적 유희에 빠져 '상상계 여행(L'Imaginaire Travel)'이라고 친밀하게 불러 보기도 한다. 감각 기관들에 퍼부어지는 그 강렬한 인상印象 때문인지, 연구 목적은 뒷전으로 보낸 연구진은 KELLA System을 가동하곤, 각자 그 안에 들어가 자신들의 여행을 즐기는 여유를 가진다.

14 페이지

이후로, 2001년에 이르도록 연구가 별다른 진전을 보이지 않자, 새로 들어선 조지 W 부시 행정부는 '프로젝트 에어 브릿지'의 답보 상태에 빠진 성과에 대해, 더 이상의 진척을 기다리기보단 그 상태 그대로 활용할 수 있어야 한다는 의지를 보인다. 네바다주(지명이 검정 마킹으로 가려져 있음)에 있는 기존의 G-PORA(지상-투영체 지정집결지역)와 KELLA

System을 전면 전환하여, (약어를 풀어 쓴 원래의 군사 용어가 삭제된 것으로 보임) USSOSTC[54]의 건설 쪽으로 긴급한 이용 계획을 세운다. 당장의 해결점이 뚜렷하지 않다는 판단으로, 그동안의 '프로젝트 에어 브릿지' 연구 성과를 특수전 부대의 훈련에 사용하자는 합동참모본부(JCS)[55]의 강력한 요구가 빚은 결과였다. 부시 행정부의 NMD와 TMD를 통합한 MD계획이 새롭게 재편되면서, '프로젝트 에어 브릿지'의 원래 목적은 그 빛을 바래기 시작한다. 하지만, 오히려 다행스럽게도, 지구 저궤도에 배치된 24대의 SBIRS-LEO(저궤도-우주기반 적외선위성)의 기능 중 하나로 운용되는 BGCU-PO(투영체 형성 유도제어장치)를 '쓸모없는 장식품'이란 불명예스런 평가에서 오히려 구해 준 것이, JCS가 제시한 특수전 운용 계획이었다. 계획에 따라 기존의 G-PORA(지상-투영체 지정집결지역)와 KELLA System은 모두 USSOSTC로 순식간에 전환되고, 목전에 닥친 전쟁에 투입하기 위한 특수전 부대들의 준비 훈련이 연속적으로 그곳에서 이루어진다. 2003년 4월, 이라크전쟁이 발발한 이후, USSOSTC는 특수전 작전의 완전한 성공을 위한 최우선 순위의 문제 해결 능력을 보임으로써, 전쟁에서의 혁혁한 전과의 밑바탕이 된다. 이로써 '프로젝트 에어 브릿지'는, 10여 년이 넘는 세월 동안 해결하지 못한 가장 커다란 문제, 즉 '완전하지 못한 물질 복제'란 문제점을 안고 가는 동시에, 부차적인 성과

---

54 추론해 보면, 한국군 특전대원들과 성중모 중사가 '밤의 유령 작전(Operation Night Ghost)'을 위한 준비 훈련을 하였던 미군의 미 특수전과학화전투훈련장(United States Special Operation Systematic Training Center)임에 틀림없을 것이다.

55 JCS Joint Chiefs of Staff

물로 '특수전 전술상의 획기적 전환점'이란 평가를 아울러 받게 되는, 모순에 찬 미완의 프로젝트로서 그 수명을 이후로 계속 연장하게 된다.

2. 가능성과 한계

형태 복제 : KELLA System의 물질 복제와 원격순간이동은 '형태의 유지'라는 측면에서만 보자면 분명히 성공이라 말해 볼 수 있다. 텔레클로닝Telecloning해야 할 대상-원상原象[56]에 대한 거울 대칭적 좌우 전환에 대한 교정은, DPPS(투영면강하지점)에 대한 BGCU-PO(투영체 형성 유도제어장치)의 운용으로 해결되었다. (이하 3줄이 검정 마킹으로 내용이 삭제됨) SBIRS-LEO(저궤도-우주기반 적외선위성)에서 제어되는 BGCU-PO(투영체 형성 유도제어장치)로 인해, 제한된 3차원으로 유추 해석된 대상-원상原象에 대한 텔레클로닝Telecloning 가능한 깊이(Depth)와 넓이(Extend)는, KELLA System으로 설정되는 토목-건축적 공간 규모가 허락하는 한, 계속적인 확장을 기대할 수 있을 것으로 보인다.

재료의 획일화 : 현재까지의 여러 물질 복제 연구성과를 평가해 본다면, '물성物性의 온전한 획득'이라는 면에서 형편없는 실패의 연속이었다고 서술함이 공정할 것이다. 원原-대상 고유의 물질적 특성은 전혀 복제되지 못하고, 대상-원상原象의 형태만 복제-유지되고 있는 '그림자'로서의 PO(투영체)일 뿐이다. 복제된 PO(투영체)는 원原-대상과는 다른 물질이 되었고, 결국 물질의 복제와 원격순간이동이라는 실험 목표에는 아직까

56 **대상-원상(原象) Objects-Origin Shapes** 원原-시공간 안에서 텔레클로닝해야 될 원原-대상의 '형태'를 강조한 개념으로 생각된다.

지 완전히 도달하지 못하고 있다. 복제되어 원격순간이동을 거친 PO(투영체)들 모두는, 한 가지로 획일화된 재료적 특성을 보인다. 텔레클로닝Telecloning된 PO(투영체)는 다공성多孔性 고분자 물질로서, 현미경으로 확대해서 보면, 마치 내부의 유기물은 분해되어 없어지고 세포벽만 그물망 구조로 남아 있는 썩은 나무가 연상된다. 이 3차원 구조의 그물상 연속체로 이루어져 있는 PO(투영체)를 일컬어, 우리는 '썩은 통나무(Rotten Logs)'라 명명하였다. '썩은 통나무'는 비중이 0.0022~0.0032에 불과해, 1m^{3}당 무게가 2kg에서 3kg 정도로서 놀라울 정도로 매우 가벼운 동시에, 압축강도는 1,100kgf/cm^{2}에 달해 일반적인 고강도 콘크리트보다 단단한 특성을 가지고 있으며, 외견상으로는 회색 빛이 도는 경량기포콘크리트(ALC)[57]를 연상하게 한다. 압축력에 강한 대신 인장력과 예리한 전단 충격에는 비교적 약한 특성을 보이는데, 복제될 대상-원상原象의 물질 종류에 따라 조금은 차이가 발생한다. 대상-원질原質[58]이 유연성이 강한 탄성체일 경우, 텔레클로닝Telecloning된 PO(투영체)-'썩은 통나무'도 인장력과 전단 충격에 조금은 강한 특질을 보이며, 대상-원질原質이 전단 충격에 약하면, PO(투영체)-'썩은 통나무'도 전단 파괴에 약한 상태로 복제된다. 그러나

57 **ALC** Autoclaved Lightweight Concrete

58 **대상-원질(原質) Objects-Origin Substance** 원原-시공간 안에서 텔레클로닝 해야 될 원原-대상의 '물질성', '재료성'을 강조한 개념으로 분석해 볼 수 있다. Material을 쓰지 않고 Substance를 사용한 것을 보면, 철학적 의미에서의 '시초', '본질' 등의 의미일 수도 있겠지만, 이 문서에서는 자연과학적인 의미가 내포되었다고 보여진다. 자연과학에서 Substance는, '양화量化가 가능한 물질적인 개념'을 말하는 것이다. 참고로, 현대의 입자 물리학에선 'Elementary Substance'라 하면, '기본입자(Elementary Particle/Fundamental Particle)'의 의미가 된다.

모든 '썩은 통나무'들의 인장강도와 전단강도 편차는 사실상 미미한 수준 차이라 할 수 있고, 대체적으로 인장강도가 압축강도의 1/20에서 1/25, 전단강도는1/50에서 1/65에 불과해, 전반적으로 높은 허용압축응력에 비해선 인장력과 전단력에 대한 허용응력(Allowable Stress)이 매우 떨어진다 할 수 있다.

'썩은 통나무'는(틀림없이 어떤 물질의 이름이 적혀 있었을 것으로 짐작되나, 검정 마킹으로 아쉽게도 지워져 있었다)를 혼합하므로 젤리와도 같은 겔Gel 상태를 만들 수 있으며, 겔 상태 이후에 응고되는 '2차 고형체'는 매우 밀도가 높아지므로 따라서 하중도 급격히 늘어난다. '2차 고형체'는 '썩은 통나무'에 비해 밀도가 1천 배 가까이 늘어나므로 부피도 반비례하여 급격히 축소되는 특성이 있는 동시에, 불가사의할 정도로 압축강도는 낮아져서 불과 100kgf/cm^2 정도의 압축력 이상이 작용하기 시작하면, '2차 고형체'는 액체화되는 특성을 가진다.

15 페이지

액체화된 '2차 고형체'는 팽창률과 표면장력이 증가하여 수은과도 같은 액체금속적인 광택과 특성을 보이지만, 수은과는 달리 인체에 대한 독성은 없다. 액체화된 '2차 고형체'는 72시간이 지나면 시각적으로 기체로 되어 증발하는 것처럼 관찰되나, 실제로는 우리들이 속한 '이 세계(This Universe)'에서 물질의 존재 자체가 사라지는 것으로 분석되고 있다. 이는 텔레클로닝Telecloning된 '썩은 통나무'의 현현顯現과 더불어 에너지 보존의 법칙을 깨뜨리는 물리적 현상인 동시에, 최초 '썩은 통나무'의 '나타남'에 대한 '사라짐'으로써, 매우 지체되었다는 인간적 인상을 동반하기는 하지만, 한 '시작'에서 출발하여 전개되다가 마무리되는, 마치 분명한 '끝맺음'을 보여 주고자 하는 의지의 발현인 양, 에너지 보존의 법칙을 끼워 맞추려 하는 '이 세계의 원리(The Principle of This Universe)'의 표현인 셈이다. 다만 '2차 고형체'로의 전환이 없을 시에는 '썩은 통나무'의 현현顯現은 보존되는 것으로 현재까지 관찰되며, 우리는 이 현상들을 '허수-복소수 차원계'와 관련된 특성으로 파악하고 있다. 전반적으로, '썩은 통나무'와 '2차 고형체' 그리고 '액체화'와 '사라짐' 사이의, 완전 변태하는 생물과도 같은 이런 식의 변환 메커니즘은 이론적으로 규명되지 않고 있으며, 우리에겐 임상적 관찰 결과만 있을 뿐이다.

시공간 빌리기 : KELLA System은, 이론적으론 지구상의 모든 시간대와 장소를 KELLA 내부로 가져올 수 있다. 24대의 SBIRS-LEO(저궤도-우주기반 적외선위성)은 모든 지구 표면을 추적-관찰하고 있으며, 위성 내부에 설치된 BGCU-PO(투영체 형성 유도제어장치)는 지표면의 지정된 G-PORA(지상-투영체 지정집결지역)와 KELLA System에 연계되어, 시간 차원 내에서 시간의 방향성(Arrow of Time)을 무시하고, 다른 시간 영역대의 서로 다른 공간과 공간을 '에어 브릿지(Air Bridge)'[59]로써 연결

59 **에어 브릿지(Air Bridge)** 틀림없이 전술한 문맥 어딘가, 검정 마킹으로 지워진 부분 안에 설명이 있었을 것으로 생각되지만, 현재로선 정확한 세부적 개념을 알기가 어렵다. 프로젝트명을 '에어 브릿지'라고 하였을 정도니 그중요성에 대해선 능히 짐작하고도 남음이 있다. 유추해서 해석해 보면, 24대의 저궤도-우주기반 적외선위성(SBIRS-LEO)에 설치된 투영체 형성 유도제어장치(BGCU-PO)들로 인해 지구 대기권 정도의 공간에 필요할 때마다

할 수 있다. 물리적인 '현재'란 실질적으로 존재하지 않지만, 시공간 구조(Spacetime Fabric) 내에서, 3차원 공간 차원으로 투영(Projection)된 좌표계 지점을 다른 3차원 좌표계 지점과 '지금 이 순간'이란 '공통 시간단면(Current Time Slice)'으로 동시에 연결하는 일은, '텔레클로닝 대상으로서 살아 있는 생물체와 유체流體는 불가능'이라는 불가항력적인 제약 조건 이외엔 기본적으로 자유롭게 행해진다. 그러나 '과거'나 '미래'에 대한 문제는 보다 복잡해진다. 유기적으로 연결되어 덩어리를 이루는 시공간 구조 내에서, 시간 방향성(Arrow of Time)의 제약을 벗어나 차원 내의 '다른 시간단면(Different Tme Slice)' 하나를 정확히 분리하려면, 그 '다른 시간단면'과 연계성을 가진 인공물의 흔적을 시공간 덩어리에서 찾아내야 하는 제약이 따른다. 반드시 인간의 손길이 닿은, 즉 인위성이 부가된 대상-원상原象의 확보는, 결국 '다른 시간단면(Different Tme Slice)'이 분리되어지는 시간마디(Time Word)의 지표면 탐색 좌표가 된다.

무절제한 배달-혼란한 결과물 : 원原-대상이 가져야 할 덕목인 '인위성의 덧붙임'이라는 필수 충족 사항을 무시하고, KELLA System 내부로 '에어 브릿지(Air Bridge)'를 통한 '무절제한 배달'을 시도한다면, 우리는 시공간 덩어리 내부의 그 자체로 중첩되어 쌓여 있는 형태들을 통제하지 못한

형성되는 것으로 짐작되는, 또한 텔레클로닝의 대상이 존재하는 원原-시공간과 텔레클로닝이 되어 '썩은 통나무'가 나타나는 켈라 시스템(KELLA System)을 연결하는, 인공적인 시공간 사이의 통로를 말하는 것 같다. 이 통로가 이론물리학에서 말하는 '웜홀Wormhole'이나 아니면 '커다란 여분차원(Huge Extra Dimensions)'과도 같은 것인지, 아니면 '양자적 얽힘(Quantum Entanglement)' 그 자체를 가지고 만들어진 인위적인 그 무엇을 말하는 것인지, 본 문서의 상태로는 전모를 파악할 수 없는 것이 아쉽기만 하다.

결과로서, '썩은 통나무', 바로 '잡동사니'들의 거대한 무더기를 바라보게 될 뿐이다. 1943년의 '프로젝트 레인보우'와 1954년의 '프로젝트 엔텔레키' 1차 실험에서는 이런 혼란스런 결과물을 극복하지 못했지만, '프로젝트 에어 브릿지'의 거듭된 실험 결과들에 따라 이론은 완비하지 못한 채, 현상적 관찰의 우직한 적용으로써 한심스런 맹점을 극복할 수 있었다. 물론 이런 식의 '무절제한 배달'에 대한 극복 노력이, 양자적 얽힘(Quantum Entanglement)이란 현상, 바로 '현재'라 불리는 동일한 순간과 순간, 즉 '공통 시간단면(Current Time Slice)'을 결합하며 공간과 공간 사이가 연결되어 물질의 원격이동으로 완성되는, 단순한 텔레클로닝 작업에는 해당 사항 아님이 분명하다. 하지만, '과거'와 '현재', 또는 '미래'와 '현재'라 불리는 '다른 시간단면(Different Tme Slice)'들 사이의 텔레클로닝 경우, 복제 가능한 대상-원상原象들의 범위가, KELLA System이 지목하는 대로 모두 복제되어 넘어오는 무제한적인 성격이 아니고, 인간의 행위에 따른 직접적인 결과물과 인간 정신 활동과 연결된 주변 물질들의 합계라는, 참으로 애매한 제한성을 가진다. 따라서, 복제 목표인 원原-대상들 모두가 일순간에 존재하는 '다른 시간단면(Different Tme Slice)'에 대해 BGCU-PO(투영체 형성 유도제어장치)를 투영한 연유로, 새로이 나타난 KELLA System 의 결과물, 바로 PO(투영체)-'썩은 통나무'들은, 지목한 시공간 좌표 범위 안의 모든 대상-원상原象을 자유롭게 선택하여 마음껏 텔레클로닝하지는 못한, 미묘하게 미비한 결과물임에 더욱더 틀림없어진다.

결국, 물질에 대한 복제와 원격순간이동이 가능한 시공간들을 무제한적으로 확장-통제하겠다는 '프로젝트 에어 브릿지'의 이상은, '썩은 통나무'에 만족해야 하는 지금의 현실 못지않게, '인간과 어떤 식으로든 관계되어 있는 원原-대상들의 집합만 선택 가능'이라는, 또 다른 면에서 제한당하게 된 어색한 결과를 낳게 되었다.

16 페이지

순수한 시간 여행을 허용치 않는 허수-복소수 차원계 : KELLA System의 하나로 마련되는 75에이커Acre 면적의 'KELLA 스튜디오' 내부에, PO-'썩은 통나무'들을 재결합-건설하여, 목표였던 원原-시공간 좌표 지점들의 환경을 재현(Representation)하는 3차원 공간 형태를 완성한다. 그 이후, 'KELLA 스튜디오' 내부 상공에서 하부 쪽을 향해, BBPS(투영면 형성배튼)를 사용하여, PO(투영체)-'썩은 통나무'들로 이루어진 복제 공간 전체로 다시 DPPS(투영면강하지점)를 재설정하는 경우[문서 주석7)] 원原-시공간을 향해 BGCU-PO(투영체 형성 유도제어장치)로 DPPS를 규정하는 것(텔레클로닝 작업)과는 또 다른 2P(투영 현상)[60]이, PO(투영체)-'썩은 통나무'들로 이루어진 복제 공간에 발생하게 된다.

원原-시공간에 대한 텔레클로닝 작업은 목표한 '시간단면(Time Slice)'을 우리가 선택하여 이루어지는 일이지만, 2P(투영 현상)의 발생은, 텔레클로닝된 '썩은 통나무'들과 최우선적으로 긴밀하게 연관된 '시간단면뭉치(A Sheaf of Time Slices)'들에 대한 '허수-복소수 차원계'가 그 자체로

60 2P Projected Phenomenon

행하는 능동적인 재현으로서, 현존現存하는 투영이다. 각도를 달리하여 표현해 보면, 아날로그적인 감수성을 지닌 '썩은 통나무' 복제 세계의 껍데기 안에, 무제한에 가까운 내용물을 담고자 하는 디지털적 변환 가능성의 정보 공세가 한꺼번에 일어나, 관찰자의 감각 기관들에 대한 압도적인 지배력을 행사하는 것이라 비유할 수 있다.

2P(투영 현상)란, 기본적으로는 3차원 공간에서 발생하는 현실의 느낌과 유사하지만, 관찰자는 현실이 아님을 금세 알아차릴 수 있다. 대부분의 관찰자는 2P(투영 현상) 상태에서 머무르며, 그 이상은 들어가지 않는다. 이런 머무름은 관찰자의 2P(투영 현상)에 대한 만족도와 감각 인상에 대한 감수성과 관련이 깊은 것으로 확인된다. 그러나 소수의 몇몇은 과도한 감정적 긴장 상태를 보이는데, 이들이 최초 이후에 감각 기관들로 향해지는 느낌의 폭주를 견뎌 내면 — 프로젝트 초기에, 이 현상을 처음 겪어야 했던 연구진 한 명은 긴장감을 누그러뜨리고자, 이를 두고 "나는 지금 '스테이지 게이트(STAGE GATE)'를 통과했다!"고 농담조로 표현했다 — 우리 안에 있는 보다 심원한, 풀어 보고자 하나 잘 풀리지 않는 매듭들을 만지고 직시할 수 있는 세계와 맞닿뜨리게 된다. 어찌하든, 2P(투영 현상)에 머무르거나, 그 이상으로 들어가거나, 모두 '허수-복소수 차원계'의 일부를 엿보는 행위이며, 이 행위로 인해 관찰자의 정신과 육체에 뚜렷한 이상 증후를 남기는 일은 없는 것으로 지금까지 판단되고 있다.

'스테이지 게이트Stage Gate? 기억나! 맞아! 이건 3년 전 사업 개요서 맨 마지막에 박혀 있던 외국 투자사 이름이잖아! 그때도 이상하게 신경이 쓰이더라니. 그러고 보니 서정진 박사도 한 번 언급한 적이 있지. 야아……! 정말! 어이가 없다……! 진짜, 황당한 얘기들이로구만!'

펜타곤은 지금 수혁에게 자신들 유령 회사 명칭의 유래를 친절하게도 가르쳐 주고 있었다. 알 수 없는 미지의 암호들로 가득 채워진 것 같은 글을 읽다가, 수혁 자신이 너무도 익숙한 단어 몇 개를 발견했을 때의 반가움이란 이루 말할 수 없었다. '스튜디오', '스테이지', '게이트'……. 수혁은 이 단어들이 머릿속에서 쉽사리 지워지질 않고 입안에서 맴도는 것을 느끼며, 문서 내용에 시선을 집중하면서도 속으로 계속 곱씹고 있었다.

'허수-복소수 차원계'로의 여행은, 우리가 지각하고 있다고 여기는 이 세계가 우리에게 극도로 제한적인 동시에, 베일에 싸인 채로 실체를 드러내어 보여 주지 않으려는 의지를 지니고 있다는 가정을 가능하게 한다. 실체를 파악한다는 것은 비참한 일일 수도 있고, 비극적인 일이 될 수도 있다. 우리에게 허가된 이 4차원 시공간의 제약이, 우리에게 이익이 되는 것인지, 아니면 우리의 돌파해야 할 한계인지는 아직 판가름이 힘들다.

중요한 요점은, '허수-복소수 차원계'에서 겪는 경험이 대단히 의미 함축적이며, 관찰자와 관찰 대상 사이의 관입貫入과 상호작용이 관찰자에게 극명한 감정적 긴장을 불러일으킨다는 것이다. 감정적 긴장은 관찰자 자신의 자기 반영을 일으키며, 관찰자는 최초로 외부에서 자신의 내부로 방향성이 전환된 채로 바라보는 체험을 하게 되며, 세계를 이루는 요소로서의 자신에 대한 이해를 가지려 애쓰게 된다. 관찰자의 노력이란, 결과가 허무할지라도, 관찰자 본인에겐 가상히 여겨질 만도 하다.

이해는 언제나 전모全貌에 대한 파악에서 비롯된다. '허수-복소수 차원계'에서의 감각 경험들이 언제나 관찰자의 전모에 대한 집중으로 흐르는 것은 놀랍다. 그러나, 이 또한 관찰자의 의지에 대한 가혹한 시험일 수 있다. 전모에 대한 파악을 관찰 주체(관찰자)가 자신의 의지와 상관없이 일방적으로 당한다는 것과, 관찰자의 건너편은 베일에 싸인 불명료한 '그 무엇'으로서, 관찰 주체 스스로가 '그 무엇'에게 나약한 관찰 대상이 되어 버린다는 미묘한 느낌이 드는 것이 과연 유용한 일인지, 그 점도 아직 우리는 확신할 수 없다. 다만, '허수-복소수 차원계'에서의 관찰자 경험이 관찰자에게 흥분을 불러일으키며, 유익에 대해선 확신할 수 없는 일종의 엔터테인먼트적 자극을 주는 것은 분명하다.

"**유익에 대해선 확신할 수 없는 엔터테인먼트적 자극**이라……."

수혁은 혼잣말 하면서 피식 웃었다. '그럼, **유익에 대해 확신할 수 있는 엔터테인먼트적 자극**이란 건, 과연 이 세상에 있긴 있겠나?'라는 자조 섞인 생각을 하다가, '저 F Zone이 어떻게 흘러가려나?'라는 일말의 불안감이 슬며시 고개를 쳐들더니, F Zone에 가보기도 전에 김칫국부터 마신다는 마음이 들어 고개를 흔들고는 다시 문서에 집중했다.

'KELLA 스튜디오' 안에 조성된 허가받고 한계지워진, 자의 반 타의 반의 인공 세계, 즉 동일한 PO(투영체)-'썩은 통나무'로 만들어진 복제 세계임에도 불구하고, 관찰자 각자의 상황과 경험은 각기 돌변하여 다르게 나타나는 것에 놀라움을 금할 길이 없다. 하나의 객관적 사실이란 어디에도 존재하지 않는다. 결국 '허수-복소수 차원계'에서의 감각 경험이란 '객관적 과거'도 '객관적 미래'도 '객관적 현재'도 아닌, 하나의 사건도, 하나의 해석도 존재하지 않는, 전인미답前人未踏의 미궁迷宮의 사원寺院이 된다. KELLA System이 만들어 낸 감각 세계에서는, '과거의 일'은 '과거'가 아니요, '미래'는 '미래'가 아니며, 각자의 구미에 맞게 재현(Representation)된 '현실'만 존재하는 것이 아닌지 심히 의심스럽다. 유추하여 해석하다 보면 빠지게 되는 비관적 견해일 수 있겠지만, 우리가 속한 이 4차원 시공간이란, 우리에게 허가된 감각 경험 용도의 '썩은 통나무' 세계일 뿐이다.

7) '프로젝트 에어 브릿지'의 연구 초기에는, 저궤도-우주기반 적외선위성(SBIRS-LEO)에 장착하는 BGCU-PO(투영체 형성 유도제어장치)를 KELLA System 중 일종의 조립 저장 창고에 불과했던 대공간 구조물 내부의 천장 철골에 일일이 매달아, 바닥에 조립되어 있는 '썩은 통나무'들을 향해 DPPS(투영면강하지점)이 재설정되도록 가동하는 실험을 하여 2P(투영현상)를 이끌어 내었다. 하지만 이 작업이 너무나 고되고 진행이 느리다는 현장 작업자들의 지적이 계속되어, 전동식 조명, 세트 배튼 시설이 완비된 촬영 스튜디오 환경을 연상하게 하는 새로운 시스템을 도입하게 된다. BGCU-PO의 기능은 스튜디오 조명 배튼의 동작을 모방한 BBPS(투영면 형성 배튼)으로 대체되었고, DPPS(투영면강하지점)의 재설정도, 스튜디오 바닥면 속에 매입-설치된 AC-MDSPF(자동제어-다차원척도투영측정기)의 유도에 따라 BBPS와의 연관 동작으로 이루어진다. 이런 기술적 특징들 때문에, 2P(투영현상)가 일어나고 그 2P(투영현상)에 관찰자가 참여하는 KELLA System의 대공간을 'KELLA 스튜디오'라 부른다.

17 페이지

3. 분석되지 않는 변이

불충분한 데이터 : 2006년 8월, 이렇다 할 변화의 전환점을 마련하지 못한 채로 명맥만 유지되던 '프로젝트 에어 브릿지'의 연구진은, 최초 순간에는 제대로 깨닫지도 못하여 별다른 조치 없이 봉인해 버리는 실수를 범했던, 주변에 미묘한 파장을 일으키며 논란의 중심이 된 조그만 물체 하나를 접하게 된다. 처음 발견되었을 당시에는, 일을 배운 지가 얼마 되지 않아 경험이 일천했던 연구원 한 명이 대수롭지 않게 넘겨 버리는 바람에, 한참 시간이 흐른 뒤 PO(투영체) 목록을 팀장이 별 생각 없이 뒤적거리다 우연히 알게 된, 우여곡절의 사연이 깃든 변화의 시발점이었다. PO(투영체)로 이루어진 케이스 속에 매입된 이유로, 대상-원상原象의 크기나 형태에 대해서 손쉽게 주목받기가 힘든 상황이었음에도 불구하고, PO(투영체)-'썩은 통나무' 그대로의 상태가 아닌, 즉 대상-원질原質의 재료가 무엇일지를 분명히 연상하게 하는 PO(투영체)를 우연히 발견한 것이다.

텔레클로닝의 대상-원상原象이 지표면에 존재하는 원原-시공간은 한반도의 동남부 지역에 좌표 지점들을 확보하고 있었고, 별다른 특이 사항이 발견되는 지역은 아니었지만, 그 원原-시공간의 중요성으로, '에어 브릿지'의 가지(Branch) 형성의 선명한 국소화된 굴곡(Localized Curve)과 궤도를 달리하여 뻗어나간 가지(Branch)들의 결절結節로서, 노드(Node) 부위의 접합 유연성이 자연스럽게 확보된다는 점을 들 수 있었다. 게다가

텔레클로닝이 이루어질 때, 각 '에어 브릿지'의 주요 본류(Main Stream)들이 한 번은 반드시 통과해야 하는 전 지구상의 12개 노드(Node) 중 하나가, 이 원原-시공간을 결박하고 있는 한반도 동남부 지역의 노드(Node)였고, 따라서 이 원原-시공간의 한반도 동남부는 정보 흐름의 중간 변환 단계로서 관문 역할의 특이점(Singularity) 중 하나였다.

연구진이 이 특수한 지역을 대상으로 시험적 텔레클로닝 작업을 시행하고 싶은 호기심이 이는 건 당연한 일이었고, 그 결과로서, KELLA System 내에 쌓여만 가는 PO(투영체)-'썩은 통나무'의 산더미를 3차원 스캔 작업으로 모델링 하는 도중, 아주 조그마한 크기에 얼핏 보면 그냥 흘러가기에 딱 좋은 분위기를 가진, 재질감만은 분명한 구별이 지워지는 PO(투영체) 한 조각이 호기심이란 영감에 답이라도 던지고 싶은 듯 홀연히 나타난다. 당시 이것을 발견한 연구원이 넘버링만 한 채로 별다른 보고 없이 처리해 버리는 바람에 한 달 이상을 주목받지 못하다가, '스튜디오 세팅'과 건설 작업을 위한 목록 조사에서 운 좋게 재발견되었고, 이때 일대 소동과 최초 발견자가 누군지 찾아내 문책하려는 분노가 'KELLA 스튜디오' 안에서 팽배하였다. 하지만, 이후 계속된 반복 실험에서도 더 이상의 별다른 진전은 없었고, 실험 결과로 동일한 형태와 재질감의 PO(투영체) 조각이 반복적으로 개수만 늘어날 뿐이라, 연구팀 모두는 실망감을 또다시 가질 수밖에 없는 상황으로 고착된다.

특성화된 장소 : 이런 변이 PO(투영체)는 이 한국의 특정 지역이 결박하고 있는 원原-시공간 이외에는 어느 시공간 차원에서도 발견되지 않는다. 더욱 이상한 점으로, 특이점(Singularity)을 붙잡고 있는 이 지역의 지질학

적 특성과, 변이 PO(투영체)의 물성物性이 전혀 연관성이 없다는 점이다. (이하 3줄이 검정 마킹 자국으로 가려져 있음) 이 지역에 대한 시간단면(Time Slice) 선정에 관한 면도 미스테리이다. BIRS-LEO(저궤도-우주기반 적외선위성)의 BGCU-PO(투영체 형성 유도제어장치)와 G-PORA(지상-투영체 지정집결지역)에 마련된 KELLA System과의 연계 작용에 의한 '에어 브릿지'의 '재규정화(Redeterminalization)' 문제는 언제나 자유롭지 못하다. 이 한국의 특정 지역은, 자신이 의도하는 '과거'로만 우리를 인도하려 마음먹고 있다는 느낌을 들게 하며, 느낌의 과정 마지막을 묘사해 본다면, 우리의 자유를 통제하는 별도의 의지라도 그곳에 존재하는 양 싶을 정도이다.

특이 구조의 변이체 : 이 PO(투영체)는 분명 기존의 '썩은 통나무'와는 관련이 없다. 화학 성분은 산화알루미늄과 산화크롬, 삼방정계三方晶系의 결정 형성, 비중 4.05, 굴절률 1.769, 복굴절률 0.008. 연구진은 이것이 틀림없는 (물질 이름이 검정 마킹으로 가려져 있음)일 것이라고 판단한다. 하지만, 왜 이 변이 PO(투영체)만이, '다른 시간단면(Different Tme Slice)'들 사이의 '에어 브릿지' 연결과 텔레클로닝 작업시에, 대상-원질原質의 본래적 특성일 것이라 예상되는 물질 구조를 분명히 가져왔는지에 대해선, 사실상 현재로선 수수께끼이다. 이러한 면모는, '공통 시간단면(Current Time Slice)'에서 서로 다른 3차원 공간 사이의 텔레클로닝이건, '다른 시간단면(Different Time Slice)'들 사이의 텔레클로닝 경우이건 간에, 항상 동일하게 적용되는 공통 현상인 '썩은 통나무'로 된 PO(투영체)가 아니라는 점에서, 지금까지의 다른 어떤 경우하고도 비교할 수 없는 유일하고도 특별한 가치를 변이 PO(투영체)에 부여한다.

18 페이지

완료되지 않는 분석 : 미약하기만 한 이 변이 PO(투영체), 즉 '변이체'야말로, '물질의 완전한 복제와 원격순간이동'이라는 '프로젝트 에어 브릿지'의 이상적 목표에 가장 가까운 실험 결과물이다. 이 결과물이 그동안 우리 연구 활동의 유일한 임상적 성공 결과이기 때문에, 원인 규명에 대한 탐색 작업은 반드시 계속 이루어져야 했으나, 발전 없는 동일한 결과로만 반복되었을 뿐 별다른 진전 사항은 사실상 보이지 않았다. 여기에서, 우리는 몇 가지 미묘하지만 눈여겨 보아야 할 변수가 있을 수도 있다는 점을 최근에야 깨닫게 되었다.

첫 번째 변수는, 텔레클로닝이란 1차적 작업의 '시간단면(Time Slice)' 선정의 부자유함과 연계된, 2차적 부산물인 2P(투영현상)의 '시간단면뭉치(A Sheaf of Time Slices)'들에 대한 고착화이다. 앞의 '특성화된 장소' 항목에서 지적한 '시간단면' 선정의 난맥상은, 바로 후에 일어나는 2P(투영현상)의 특색으로 강화되는 듯하다. 순수한 '썩은 통나무' 복제 세계에서의 2P(투영현상)는, 관찰자와 관찰 대상 사이의 상당히 자유스런 상호작용을 보장했으나 — 물론 '허수-복소수 차원계'의 능동성은 언제나 분명한 면모이다 — '변이체'가 섞인 복제 세계에서의 2P(투영현상)은 분명한 제약들이 있다는 점을 알게 한다. 제약은 관찰자와 관찰 대상 사이의 심리적 거리감(Psychical Distance)의 확보 문제인 것 같다. 그리고 오히려 관찰자의 순수한 여행을 요구 당하는 면이 증대한다. 모든 것이 보다 엄정하고 엄격해진다. 고정적이고 견고한 상태 구축에 더욱 유리한 면모를 보이는 동시에, 확보된 심리적 거리감(Psychical Distance)으로 인해 관찰자의 몰입은 정도가 약해진다. 관찰자의 갈망은 오히려 증가하고 관찰자 감각 기관들에 대한 자극의 강도는 약해진다. 이 또한 매번 차이가 발생한다.

두 번째 변수 또한 첫 번째 변수와 사실상 연관지워진다. 첫 번째 변수가 지니는 특색인 고착화된 분리감이, 전체적인 밸런스를 스스로 급작스럽게 맞추기라도 하려는 듯, 그 고착성 자체에 반발하여 느닷없이 양 끝단에서 극단적으로 흔들리는 연유緣由로써, 첫 번째와 두 번째 변수 사이의 연관성은 성립되는 것 같다. '변이체'가 섞인 복제 세계에 대한 수십 회에 걸친 실험 중 두 번은, 2P(투영현상)의 발생이 거울 수평면을 경계로 위-아래 방향이 반전된 상태에서, 이분화된 각기 다른 2P(투영현상)가 전개되는 기묘한 경험을 관찰자에게 제공한 적이 있다. 관찰자는 자신의 거울상을 실제로 직면해야 했으며, 극단적인 공포를 받아들여야 했고, 관찰 대상으로 전락했다는 분리감에 기인한 내면적 의구심에 시달려야 했다. 이때 실험의 달라진 변수는 후에 복기해 보니 변이 PO(투영체)의 부재가 한 번, 과다한 중복이 또 한 번이었다. (이하 4줄이 검정 마킹 자국으로 가려짐) '변이체'의 존재 자체가 KELLA System의 안정감을 해치는 요소인 것은 분명하다.

세 번째 변수는 '일치율(Match Ratio)'에서 찾을 수 있다. '일치율'에 대한 문제가, 변이 PO(투영체)와 맞물려 두 번째 변수에서 언급된 기이한 현상들을 만들어 냈거나, 증폭시켰을 것으로 생각되고 있다. 일반적으로, KELLA 스튜디오 내부에서 발현된 2P(투영현상)로의 순조로운 진행은, 보통 87% 이상의 '일치율'을 달성했을 때라는 점을 모든 실험 결과들이 보여주고 있다. 원原-시공간의 대상-원상原象의 세계와 KELLA 스튜디오 내부에 건설된 '썩은 통나무(Rotten Logs)'로 이루어진 복제 세계와의 형태적 '일치율'이 높으면 높을수록, 2P(투영현상)로의 자연스러운 이행은 보다 쉽게 달성된다. 그러나 실제로는, 원原-시공간으로부터 텔레클로닝된 '썩은 통나무(Rotten Logs)'들을 3D 스캔 작업을 통하여 형태 분석을 하고, 적재적소의 결합면들을 찾아내어 시공 작업을 하는 과정에서, 원原-시공간의 대상-원상原象들로 이루어진 실제 세계와는 3차원 좌표계(차원이동 축들 모두를 3차원으로 수렴한 경우임)상의 미묘한 차이들을 가진 채로, 복제 세계는 세워지기 일쑤이다. 우리들의 모든 실험 결과를 검토해 보면, '일치율'이 92% 이상 달성되기가 대단히 힘들다. 아무래도, 원原-시공간의 세계를 완벽하게 일치시켜 복제-재현한다는 것은, 거의 불가능한 일인 것 같다. 원原-시공간의 대상-원상原象들의 공간적 크기와 형태의 복잡 미묘함이 증대되면 될수록 더욱 힘들어진다. 그러나 대부분 '일치율' 87% 이상이라는 목표는 구현되는 법임에도 불구하고, 한반도 동남부가 원原-시공간으로 텔레클로닝된 '썩은 통나무' 복제 세계는 '일치율'이 80% 이상 넘기기를 만족시키지 못하고 있다. 특히 '일치율'에서 말썽이 나는 '썩은 통나무'들은 한국 고건축 복제 자재들인데, 수 회에 걸친 작업의 결과들이 일치율 71%라는 선을 지금까지 넘지 못하고 있다. 따라서 발생하는 2P(투영현상)는 대단히 조잡하거나, 신빙성이 결여되어 있거나,

2P(투영현상)가 제대로 작용하지 못하여 맥락이 단절되어 나타나는 상황이다.

이 한국의 고건축물은, 그들 고건축 자체 특성으로, 건축물의 존재 이유인 내-외부라는 기본적 공간 구별조차 애매모호한 데다가, 정확한 매스들의 결합선과 면을 통계적으로 결정하기가 어려우며, 각 건축적 부재의 위치 선정 문제조차도, 3D 모델링의 결과로 결정되는 평면-입면의 위치가 계속 달라지는 난해함을 품고 있어, 같은 복제 건축물을 세우는 경우인데도 매번 건축 형태상의 정확한 일치점을 찾기가 어려웠다. 우린 아직 동북 아시아 지역, 한국의 이 고건축물에 대해선 불편한 감정이라 할 수도 있는 생소함을 느낀다. 이런 연고로, KELLA 스튜디오 내內 건설 작업 때마다, 현장 작업자들의 고충은 이만저만이 아니었다. 이런 난제의 해결을 위해, 한국 고건축 전문가를 한국에서 초빙하자는 방안도 제시되었지만, 보안상 정보의 외부 유출 문제 때문에 아직까지는 시행되지 못하고 있다.

이런 한국 고건축물 내부 공간 안에 위치하여, 상기한 특이 구조의 변이 PO(투영체)가 그 공간의 일부분으로 결합되어 있는 관계로 인해, 무엇보다도 이 건축물의 재현이 '프로젝트 에어 브릿지'의 과제 해결의 중요한 문제로 대두된다. 그럼에도 건축물 자체의 '일치율'부터가 말썽이 나는 바람에, 더 이상의 해결을 위한 뚜렷한 과정 전개는 실행에 옮기지도 못한 상태 그대로이다. 어찌하든, 미흡한 '일치율'은, 두 번째 변수 항에서 언급된 기이한 현상들을 증폭시키는 변수 중 하나란 점에서, 우리는 의견의 일치를 보고 있다.

19 페이지

네 번째 변수는, 스튜디오 주위 환경에 대한 KELLA 스튜디오 자체의 고립감-분리성 확립이라는 면에서 찾을 수 있을 것이다. 그동안 수십 회의 실험에서, 스튜디오 내부에 재현된 '썩은 통나무(Rotten Logs)'들의 원原-시공간, 대상-원질原質과는 전혀 관련성 없는 물질들로만 이루어진 스튜디오 바깥의 환경이, 스튜디오 내 2P(투영현상)의 발현에 훨씬 유리하다는 증거를 우리는 여러 번 찾을 수 있었다. 가령 스튜디오 바깥으로 여기저기 존재하는 모래와 돌무더기는, 2P(투영현상) 발현시, 텔레클로닝된 '썩은 통나무(Rotten Logs)'들의 원原-시공간, 대상-원질原質이 바위로 된 사막 일부분이었다면, 분명히 상호 공명 현상을 일으킨다. (이하 5줄이 검정 마킹 처리) 따라서 KELLA 스튜디오 바깥에도 미약한 2P(투영현상)가 나타나는 것이 목도된다. 2P(투영현상)로 표현되는 '허수-복소수 차원계'의 발현은, 스튜디오 외부로 퍼져 흐르기 시작하며, 동시에 왜곡이 일어나 버린다. 결국, KELLA 스튜디오의 제1입지 조건은, 텔레클로닝 가능 조건을 박탈당한 물질인 유체流體, 즉 물이 사방을 둘러싸고 있는 곳, 바로 '섬'이 최적의 입지 조건이 될 것이란 판단을 이끌어 낸다.

우리 안의 선입견과 편향된 시각이란 우물 안에서 벗어날 길은, 수집된 자료들에 대해서 우직스런 정량적定量的 정보 분석을 행할 때 찾을 수 있다. 더욱이 아직 이론화 작업을 위한 토대조차 부족한, 이런 식의 임상적 관찰로서 완성해 나가야 할 실험의 연구 방법으론, 정량적 · 통계적 정보 분석 외에 다른 대안을 찾기가 어렵다. 현 상태에서 포기하지 않고 목전에 다가온 것 같은 고지를 점령하기 위해선, 찾지 못한 사실을 보다 선명하게 보게 해줄 수 있는 능력, 바로 각 변수들을 통제할 수 있는 힘을 실제적으로 더욱 키우는 일이 해결의 실마리가 될 것이다.

4. 전쟁이 아닌 작전 계획 '더 스테이지 게이트(THE STAGE GATE)'

한국의 해역 : 우리는 우선 물로 둘러싸인 '인공섬'이 필요하다. 또한, 고건축적 제문제를 해결하여 '일치율'을 올릴 수 있는 재래 방식의 기술적 연계성을 편히 찾을 수 있는 지역일 것과…….

수혁은 잠시 머리를 소파 등받이에 파묻으며 한숨 돌렸다. 밤을 새워 가며 난해한 것을 머리 굴리며 읽고 있으려니 굉장히 피곤했다. 벽시계의 시침과 분침은 벌써 새벽 5시 반이 넘어가고 있었다. 거실 통창 너머로 새벽이 검푸르게 밝아 오기 시작했다.

'논의 4번 항' [전쟁이 아닌 작전계획 'THE STAGE GATE']의 전체적 내용은 먼저 읽었던 5페이지 [결론]과 대동소이했다. 서로 다른 필자가 작성한 것이 틀림없는 문건이므로, 내용이 겹쳐져 있었다. [결론]은 수혁이 지금 읽고 있는 '논의 4번 항'의 내용을 가지고 나중에 축약, 보완한 것임이 틀림없었다. 구체적 작전계획들의 기술적 데이터 부분들은 전부 검정 마킹으로 지워져 있어, 별다르게 주목할 만한 새로운 서술부분도 거의 보이지 않았다. 소항목 제목 [작전계획 'F Zone']이란, 아마도 한국의 해역에 인공섬을 만들어야겠다는 내용이 있었을 것이고, [작전계획 'KELLA']는 그 인공섬 위에 세울 텔레클로닝을 위한 시설계획일 것이고, [전쟁이 아닌 작전계획 'THE STAGE GATE']란 완전한 텔레클로닝을 이루기 위한 연구계획, 아마도 한국 동남부의 어딘가를 대상지로 삼아 복제 이동시켜, 인공섬 F Zone위에 세워진 'KELLA 스튜디오'란 곳에서 결말을 반드시 지어야만 하는 계획의 대체적인 윤곽 서술이었을 것이다. 마킹 자국으로 읽을 수 없어도 뻔한 예상이 가능했다. 수혁 입장에선 F Zone에 가보면 알 내용들이니까, 검정 마킹으로 지워져 있다는 현실에 크게 애석해 할 필요는 없을 것 같았다.

그는 이해할 수 있었다. 이건 야심으로 가득 찬 계획이라는 것을 말이다. 전 지구적 규모로, 우주 공간과 지상을 연결하면서, 거리적 한계를 뛰어넘어, 물자들의 확대 재생산이 필요 없이 계속 복제해 가면서, 보내고 싶은 곳 어디든지 순간 이동시키겠다는 계획이었다. '군사 전략상의 획기적 전환점'이라 표현하면 범위를 너무 소심하게 잡은 말일 것이고, '인류 문명의 획기적 전환점에 대한 연구'라고 서술함이 보다 더 근접한 표현이 아닐까란 생각이 문득 들었다. 이게 현실화되면 물자의 이동에 따른 시스템 구축과 비용 문제도, 자원의 부족과 고갈이라는 것도, 나아가 삶의 궁핍이라는 것도, 현 상태에서는 살아 있는 생명체나 물과 같은 액체는 복제 대상에 끼지 못하는 모양인데 아마도 그런 식의 제한은 어느 정도 계속 되겠지만, 상당히 해결될 것이란 예상이 가능했다. 하지만 이 기술이 실제로 실현된다 하더라도 공동의 이익을 위해 자비롭게 쓰여질지는 확신할 수 없을 뿐더러, 계획이 가지고 있는 위험성은 무엇인지, 언제나 혁명적 진전에는 위험이 따르는 법이니까……, 그리고 얼마나 완전한 물질 복제가 이루어질 수 있는 것인지는, 아직은 확실히 알 수 없는 상태인 게 틀림없었다. 어쨌든, 물질 복제 연구를 하다가 발견한 그 '허수-복소수 차원계'의 **투영 현상(2P)**이란 것을 가지고 어찌하다 보니, 그들 스스로가 '켈라KELLA 스튜디오'라 부르는 것을 만들게 되었고—수혁이 항상 수십 개의 바늘에 찔린 거대한 '누에고치'라고 생각하며 바다 건너편을 바라보았던 F Zone의 그것이 분명했다—그 '켈라 스튜디오' 안에서 벌어지는 놀이가 무엇인지 모양새는 아주 볼만한지라, 안전은 나름대로 자신해서 제주테마파크의 일원으로 참여했고, 지금은 그 정 하사란 인물의 사라짐으로 인해 그들은 난관에 봉착한 상태였다.

'지금은 불완전한 기술인 것이다! 그래서 여기 한국, 제주도 앞바다에 온 것이다! 그들은 이 상모리 앞바다에서 그들의 기술을 완전하게 가다듬을 생각인 것이다! 동시에, 제주테마파크의 일부분, 이벤트 존으로서 일정 부분 돈벌이도 하고 말이다!' 수혁은 머릿속에 대충 윤곽이 그려지기 시작했다.

'**자주 나오는 허수-복소수 차원계**(Imaginary-Complex Number Dimension World), 말이 좀 길어서 그렇지 느낌은 아주 유니크 하네! **비일상적 차원**(Non-Consensus Dimension)? **상상계 여행**(L'Imaginaire Travel)? 그런 표현들도 괜찮아! 좋아! 맘에 들어. 그게 도대체 어떤 걸까? 읽다 보니 **심리적 거리**(Psychical Distance)란 단어가 다 불쑥 나오더군. 나한텐 익숙하지. 하여튼 신기하구 이상한 얘기들이야! 이 문서 말이야! F Zone에 가면 도대체 뭘 경험하게 될까?' 유난히 마음에 공명이 일어난 단어들을 입 속으로 중얼거리면서 무거운 눈까풀을 잠시 껌

빽이고 생각에 잠겨 보다가, 그는 문서의 끝을 향해 다시 읽어 나갔다.

23 페이지

완전한 시스템의 구축 : 한국의 남쪽 해역에 'F Zone'을 건설하고 그 기반 위에 'KELLA System'을 완비한 이후에, 전쟁이 아닌 작전 계획(OPLANOTW) '더 스테이지 게이트(THE STAGE GATE)'를 실행함으로, 완전한 시스템을 구축하기 위한 노력은 그 결실을 맺을 것이라 우리는 믿어 의심치 않는다.

5. 기대되는 가능성

전全 지구적 규모의 재탄생과 위상 재정립 : 우리는 세계 어느 국가보다도 우주에 대한 의존도가 높다. 우주는 육지, 바다, 하늘에 이어 4번째로 새롭게 열린 중요한 군사작전지역이 되었다. 우리는 우리의 국익을 지키기 위해, 우주 공간을 통한 정보 독점 및 전 지구적 규모의 이동 능력, 나아가 우주 공간에 대한 우위를 점하는 모든 통제 능력의 확보를 통해 지구를 장악할 수 있어야 한다. 이를 위해 우리의 능력은 끊임없는 진화가 필요하다.

새로운 밀레니엄을 맞이하면서, 세계 경제는 보다 위험한 시기로의 진입을 예상 가능케 하는 여러 징후들을 보이고 있으며, 이런 세계 경제를 관리, 보존, 통합하기 위한 우주 공간의 역할은 보다 중요해지고 있다. 세계 경제는 앞으로 더욱 상호 의존적이 될 것이며, 금융에 의한 경제 동맹과 함께 다국적 기업의 성장과 영향력도 증가하여, 안보 동맹을 희석하게 됨이 분명하다. 부유한 지역과 빈곤한 지역 사이의 국경선에 의한 규정은 점차 희미해져 가고, 이 때문에 지역 분쟁은 계속적으로 촉발될 것이다. 미국은 세계적으로 힘을 발휘할 수 있는 유일한 국가로 남아 이 분쟁들을 정리하여야 하며, 자유와 관용, 그리고 정의로 대표되는 문명의 이상에 대한 파괴 행위를 막아, 세계의 질서를 견조堅調히 지켜내어야 한다. 이를 위해 미국은 초강대국으로 유지되어야 하고, 유지될 것이며, 국제적 지도력을 계속적으로 행사하게 될 것임을, 우리는 믿어 의심치 않는다. 그러나 우리는, 앞으로의 미래에도 영구적으로, 우리의 미군을 해외 전선에 전진 배치시킬 수는 없으리라 예상하고 있다. 이를 대체할 우주 공간에서의 무제한적인 작전 능력 확보는, 분쟁이 발생했을 때, 최소 비용 대비 최대 효과의 고효율 원칙을 지켜줌으로써, 미군이 성공적으로 작전을 수행하는데 결정적인 요인이 될 것이다.

우주 공간에서의 무제한적인 작전 능력의 확보는, 바로 KELLA System의 완성과 직접적으로 결부되고 있다. KELLA System은, MD 계획으로 대표되는 우주 작전 능력 확보에 있어서, 물자와 에너지 보급의 지난至難한 과제를 일거에 타개하여, 새로운 전쟁의 궁극적 승리 요건인, '병참선兵站線의 제한 조건 없는 자유로운 설정'에 대한 전략상의 주 해결 통로가 된다. 또한 전-후방의 개념은 사라지고, 언제나 종심縱深 깊게 보는 선제타격과 곧이은 적의 섬멸을 가능하게 하는 (여기서부터 2줄 정도가 검정 마킹으로 가려져 문장의 완성된 내용을 알 수 없음) 우리는 KELLA System의 진화를 위해 모든 역량을 집중하여야 하며, 물질복제와 원격순간이동의 가능성이라는, 적을 완전히 압도할 군사 전략상의 대전환점을 필히 완성하여야 한다. 이로써, 우주 공간에서의 우리의 군사 작전 능력은 우리의 기대치를 달성하게 되는 것이다. (이하 9줄짜리 문단 하나가 검정 마킹으로 완전히 삭제되었고, 날짜 표시와 일련의 조직명이거나 인물명으로 예상되는 문서 하단부의 글자들이 모두 지워졌다)

"사치스런 감상은 다 날아가라고, 정신 버쩍 나게 모질게두 마무리하는구나! 그러면 그렇지. 결국 현실이란 차가운 거야. 기술적 혁신이란 것도, 현실적인 필요성이 차갑게 터져 나올 때, 그제서야 나타나곤 했지."

문서를 다 훑어보고 나니 약간 허탈한 느낌이 드는 수혁이었다. 문서를 탁자 위에 던지고선, 소파 등받이에 상체를 기대며 천장을 멀거니 바라 보았다. 새벽 6시가 조금 지나가고 있었다. 잠깐이라도 침실에 들어가 눈을 붙여 볼까 하다가, 샤워하고 출근해 버리는 게 나을 것 같아 몸을 일으켜 욕실로 휘적휘적 걸어갔다. 피곤했지만 정신은 의외로 말똥말똥했다. 문서가 준 각성 효과인 듯싶었다.

40

“그곳에 들어가서 하루 즐기는 게, 얘기 듣기로는 입장료가 3억 2천만 원이라고 하더군요.”

수혁은 자신과 앞서거니 뒤서거니 하면서 빠른 걸음으로 걸어가고 있는 사내의 말소리에 귀를 기울였다.

“거의 2년도 한참 넘는 옛날에 그 얘길 들었죠. 국정원에서 들었던 겁니다.”

행군이라도 하는 듯 줄기차게 걷고 있는 사내는 수혁을 쳐다보며 또 말을 건넸다. 그의 반응을 기다리는 것 같았다.

‘3억 2천이라……, 맞아! 30만 달러짜리 입장객이 멋진 어드벤처를 즐길 예정이란 말이 유 사장 입에서도 나온 적이 있어! 생각나! 그럴 수 있어. 들인 비용도 뽑아야 할 것이고……. 뭐, 그 정도의 매력물이라고 외치고 있는 거지.’ 수혁은 속으로 그다지 놀랍지는 않았지만, 사내에게 분위기도 맞춰 줄 겸 맞장구를 쳤다. “아! 그래요? 정말 황당하구만. 입장료 3억 2천이라…….”

이 남자하고는 어제 인사를 잠깐 나누고 오늘 바다 위를 걸으면서 대화를 처음 나눠 보는 사이였다. 어제는 헨리 유의 지시 사항만 숙지하기에도 벅찰 지경이었다. 서로 상대방에 대해서 파악을 해볼 필요가 있었다. 사내는 고개를 약간 숙이며 생각에 잠긴 표정이 옆얼굴에 떠오르더니 혼잣말 하듯 대화를 이어갔다.

"예. 나 같은 사람한테는 잘 이해가 되지 않더군요. 입장료가 3억 원이 넘는다는 게."

수혁은 그의 입장을 두둔해 주고 싶었다. 자신이 아는 얘기를 들려주기 시작했다.

"나도 기가 질리는 말을 들었던 게 있어요. 이전에, F Zone 인공섬에 필요한 계획을 한국해양연구원에서 한 게 있는데, 그곳에 계시는 박사님한테 들은 말이죠. 바닥 공사만 16조 원이구요, 그 위에 지어진 것은 자신도 잘 모른다고 말입니다."

"그렇습니까? 정말 흐드드한 돈지랄 얘기들입니다. 16조 원이라니. 하하하." 어딘가, 자신과는 잘 안 어울리는 얘기를 하고 있다는 식의 멋쩍은 태도 같은 것이 섞여 나오면서 혼잣말 하듯 입안으로 조용히 웃는 사내였다.

수혁은 옆에서 웃으면서 퍽 유연하게 대화를 받아넘기는 이 친구에 대해 조금씩 맘을 놓게 되었다. 생각보다 어깨에 힘을 주는 구석이 없었다. 소탈하고 침착한 느낌이 있었다. F Zone을 혼자서 때려부쉈다는 말을 듣고 무뚝뚝하고 울분에 찬 '람보'를 연상했었는데, 일단 겉으로 보기에는, 확실히 헨리 유가 마음에 들어 할 만한 '7급 공무원'의 얌전한 스타일이었다.

지난번 4월 20일 밤의 사태 이후, F Zone 측에선, 상모리 해안선, 바로 제주테마파크와 연결되는 쪽의 연육교 끝단에, H빔 철골로 된 조립 타워 두 개를 해변가 얕은 해저로부터 급히 쌓아 올리기 시작했다. 양 타워 사이로 교차되어 지나가는 연육교 교량 상부 부분에, 잠금 장치가 설치된 육중한 보안 게이트를 타워 꼭대기에서부터 매다는 식으로 설치한 후, 사전에 통보받은 인원 통과시에만 게이트가 열리도록 조치를 취해 두고 있었다. 6월 11일 오늘 아침, 연육교 게이트에 수혁과 성준모가 도착하자, 게이트 너머에서 감시하고 있던 보안 요원은 별다른 조사 없이 일단 통과시켜 주었다. 이후 두 사람은 바다 위로 하얗게 뻗은 좁은 선을 줄곧 걷고 있는 중이다. 최초의 감시자들 이외엔 한 사람도 눈에 띄지 않는 연육교였다.

제주의 6월, 정오의 태양은 두 사람의 머리 위로 따가운 햇살을 내리찍듯이 내려보내는 중이었다. 수혁과 성준모는 바다 위의 연육교를 성큼성큼 걸어갔다. 등에는 커다란 등산 배낭 하나씩을 매고 있었다. F Zone에 도착하면 어떤 조사를 받을지는 모르겠으나, 압수를 고려하지 말고 챙기고 싶은 짐은 다 챙겨 가라는 게 헨리 유의 명령이었다. 헬기로 보내 주겠다는 것을 사양했다. 세 사람이 모인 자리에서, 수혁은 언제나 마음속으로 벼르고 있어 온 일을 실행에 옮기고 싶어 연육교로 가겠다고 말했고, 성준모는 별다른 자기 의견이 없이 묵묵히 있기만 했고, 헨리 유는 수혁을 물끄러미 쳐다보다가 그러라고 고개를 끄덕이며 응낙을 하고 있었다. 수혁의 벼르고 벼른 일이란, 그의 질기고 질긴 투쟁심에서 비롯된 수컷으로서의 영역 표시 욕구일 수도 있었다.

'F Zone으로 가는 길, 저 연육교 위를 내가 직접 발로 밟고 밟아, 걸어서 F Zone에 입성하고 말겠다. 저 F Zone도 제주테마파크일 뿐이다. 모두가 다, 내 영역이야!'

연육교 위, 상모리 해변에서 2킬로미터 떨어진 중간 지점을 지나가면서부터 바람이 세차게 불기 시작했다. 부유체식 경輕구조물 구간에 접어든 연육교가 바람과 파도에 옆으로 흔들리고 위-아래로 출렁이자, 두 사람은 잠시 걸음을 멈추고 휘청거려야만 했다.

"걷는 박자를 서로 달리 해볼까요? 먼저 걸어가시면 제가 뒤를 쫓겠습니다."

성준모는 수혁에게 먼저 가라고 한 뒤, 본인은 수혁보다 반 박자씩 걸음을 불규칙하게 맞추면서 그의 뒤를 쫓아왔다. 두 사람은 자연스레 행군 대형이 되어 걸어갔다. 수혁의 앞으로는, 따가운 햇살과, 거센 바람과, 주위를 넘실거리는 바다의 파도가, 그를 압도하며 충격파를 끊임없이 던져 왔다. 그는 자신이 연육교 위가 아닌 바다 위를 직접 걸어간다는 착각이 잠시 들었다. 연육교 걷기가 이제는 압도하는 매력물 체험이 되고 있었다. 어깨를 파고 들면서 내리누르는 배낭의 무게만 없다면, 웬만한 놀이 기구 타기보다 더 실감나게 와 닿는 공감각共感覺의 쾌락이었다. 수혁은 F Zone으로 간다는 것이 주는 마음의 무게감을 잠시 잊을 수 있었다.

연육교 3킬로미터 지점을 지나면서부터, 바다 위의 예리한 햇살이 갑자기 사라졌다. 모든 빛의 세기와 그에 따라 반사되는 느낌이 확연히 달라지면서, 수혁 들의 앞에 경계면이 나타나며 세계가 갑자기 두동강 나는 듯했다. 제주 바다 위의 날씨란 언제 어떻게 변할지 모르는 변덕의 마술이었다. 경계선이 그려지듯이 저편으로 하늘의 반을 선명히 차지한 구름은, 짙은 회색 빛의 융단처럼 빈틈없이 그 자리를 메우는 중이었고, 그 밑으로 연무가 약간 끼어 있는 F Zone의 모습은, 수혁의 눈앞으로 커지는 속도가 더욱더 빨라지며 다가오고 있었다. 흐린 날씨와 연무 때문인지, 바다 위에 어울리지 않는 모나고 장대한 장방형들이, 입체감 없이 연이어 좌-우로, 가끔씩은 위-아래로, 다양하게 결합되어 줄지어 늘어선 느낌으로 시야를 압박하였다. 다양한 장방형들은 다시 모여, 바다 위로 들썩 모습을 드러낸 빙벽인 듯, 옆으로 기다란 하나의 장방형으로 형태를 뭉치고 있었다. 바다 수평선 쪽의 한 부분을 완전히 차지하고 있었다. 수혁은 생각보다 그 모습이 너무 크고 위압적이라 깜짝 놀랐다. 불길한 기운이 돈다는 미신 같은 생각까지 불쑥 들었다. 수혁이 가는 방향으로 비행장이 있는지 검은색 수송기 동체 하나가 순간 이륙했고, F Zone을 방금 벗어난 그 수송기가 수혁들 머리 위를 낮게 스쳐 지나가느라 사방에 퍼뜨린 진동과 굉음이, 접근하고 있는 두 사람에게 무자비할 정도로 맹렬하게 다가왔다.

3.5킬로미터 지점을 지나면서, 연육교 바닥은 점차로 자신의 경사도를 높여갔다. F Zone에 가까워지면 질수록 경사는 급히 기울어졌다. 수혁과 성준모는 바다 위에 인공적으로 형성된 좁은 언덕길을 힘들게 올라가야 했다. 이제 그들 앞에 보이는 F Zone은, 출렁이는 파도 위에

옆으로 끝없이 펼쳐진 성벽처럼 우뚝하니 솟아 있었다. 그 거무스레한 형체가 점차 뚜렷해지고 있는 성벽, 그 상부上部에 흐르는 푸르스름한 연무 뒤로, 보안 요원들의 서성이는 검은 그림자가 확연히 눈에 들어오기 시작할 즈음에, 성준모는 수혁의 앞으로 나가 길을 인도하기 시작했다. 그의 얼굴엔 긴장감이 역력했다. 수혁은 묵묵히 그의 뒤를 따라갔다.

〈5권에서 계속〉

4권까지의 모든 서사는
5권부터 출발하는 모험들의 준비였습니다.
4권에 연이어서 펼쳐질 어두움에서 빛으로 나아가는,
장엄하고 신비롭고 영롱한 이 이야기들이
세상에 나오게 될 것을 기뻐합니다.

— 한 율 —

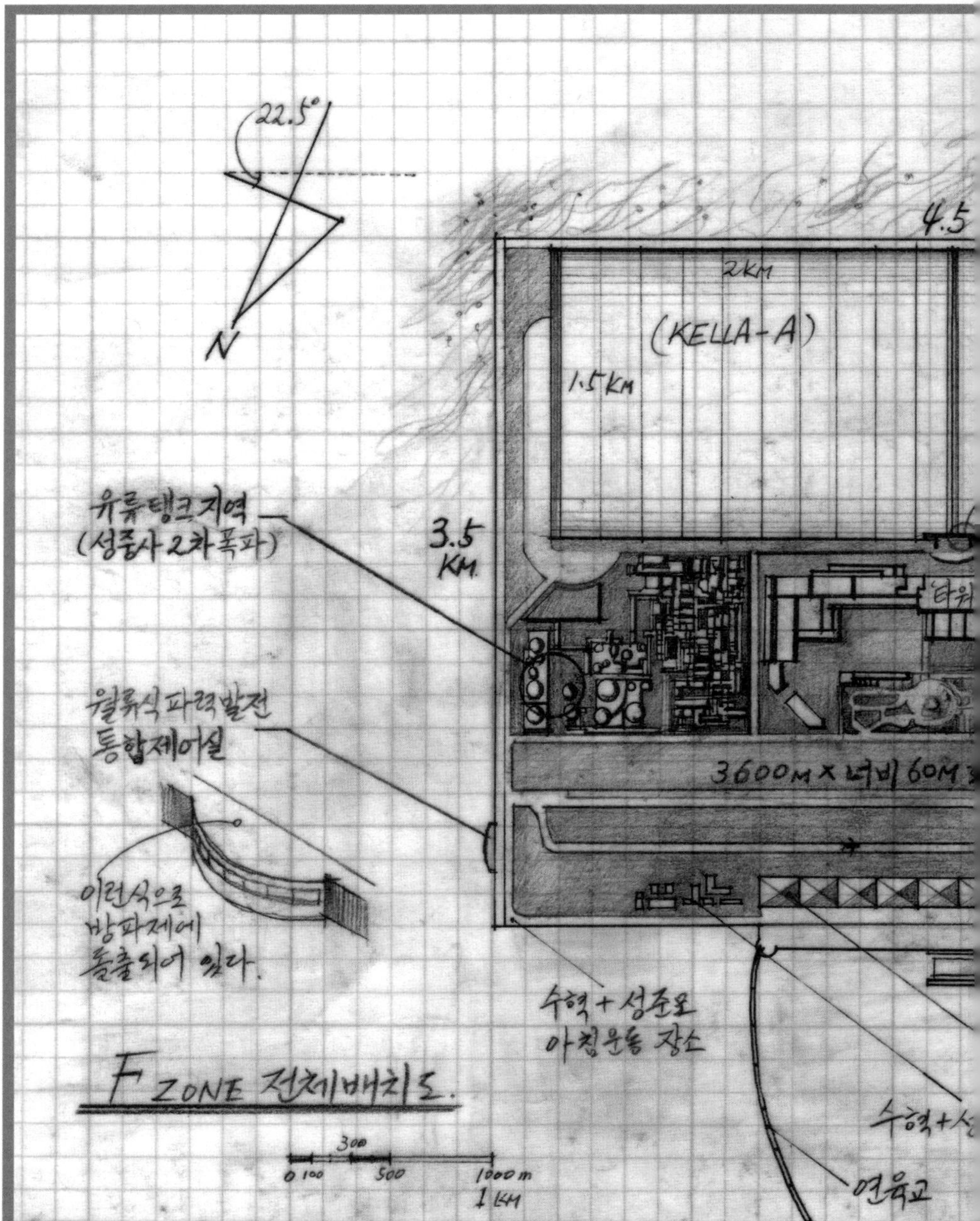
22.5°
N
4.5
2KM
(KELLA-A)
1.5KM
유류탱크 지역
(성준사 2차폭파)
3.5
KM.
타워
월류식 파력발전
통합제어실
3600M × 너비 60M
이런식으로
방파제에
돌출되어 있다.
수혁 + 성준의
아침운동 장소
F ZONE 전체배치도.
300
0 100
500
1000 m
1 KM
연육교

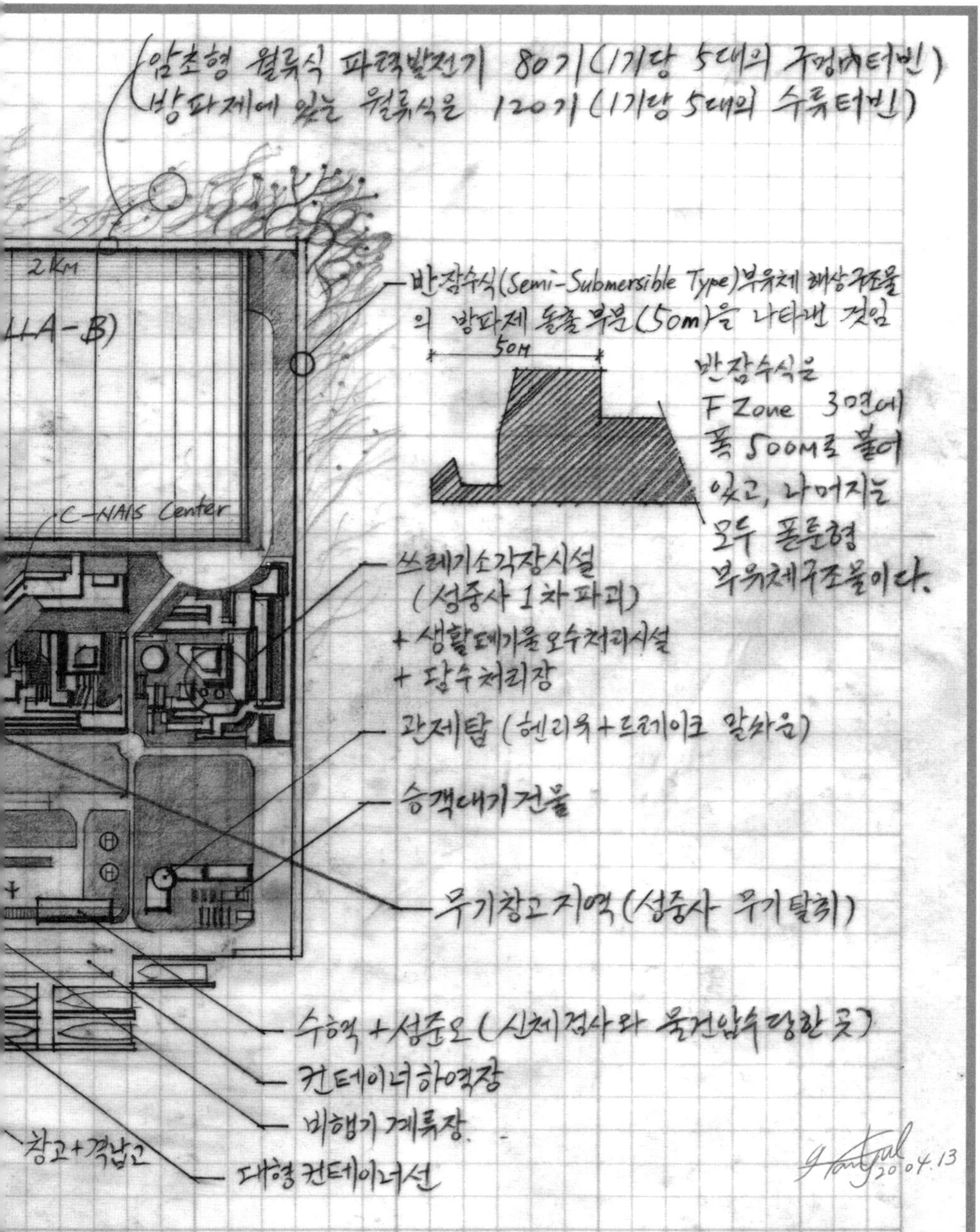
(암초형 월류식 파력발전기 80기(1기당 5대의 수평터빈)
방파제에 있는 월류식은 120기(1기당 5대의 수류터빈)
2KM
LLA-B)
C-NAIS Center
반잠수식(Semi-Submersible Type)부유체 해상구조물
의 방파제 돌출 부분(50m)을 나타낸 것임
50M
반잠수식은
F Zone 3면에
폭 500M로 붙어
있고, 나머지는
모두 폰툰형
부유체구조물이다.
쓰레기소각장시설
(성중사 1차 파괴)
+ 생활폐기물 오수처리시설
+ 담수처리장
관제탑 (헨리와 + 드레이크 말싸움)
승객대기건물
무기창고 지역(성중사 무기탈취)
수학 + 성준오 (신체검사와 물건압수당한 곳)
컨테이너하역장
비행기 계류장
창고 + 격납고
대형 컨테이너선
2004.13